LA MAIN FROIDE

Serge Brussolo

LA MAIN FROIDE

Éditions du Masque

Le sérum de vérité est inoffensif pour les chiens
qui ne peuvent parler, de toute façon.

Ruth Rendell, *Son âme au diable.*

1

Le chien sentit la mort avant tout le monde. Mais c'était son travail, et il était doué pour ça.

Son maître l'appelait Dust ou Dusty, parce qu'il avait le pelage de la même couleur que la poussière du désert. C'était un nom comme un autre et le chien s'en fichait ; un nom inutile, du reste, car il devinait que l'homme allait l'appeler trois secondes avant que celui-ci n'ouvre la bouche. Les humains sont terriblement prévisibles.

En ce qui concernait Dust, on le prenait parfois pour un coyote. Un gros coyote de soixante-cinq kilos. Le chien s'en moquait. Il n'aimait pas qu'on le touche, l'odeur des hommes le gênait, il ne tolérait que celle de son maître. Celle des femmes, des enfants, l'incommodait plus encore. Les gosses lui donnaient envie de mordre. Ils étaient trop petits, toujours à se promener sous son nez comme pour le narguer. Ils ressemblaient à des lapins ou à des gerboises. Leur chair devait avoir un goût de lait, leurs os étaient probablement mous, sans aucune tenue sous la dent. Il y avait en eux quelque chose de « faible » qui appelait la morsure. Une sorte de provocation.

Le chien savait que c'était mauvais pour lui de réfléchir à tout ça, que de telles pensées le mettaient en danger et qu'il devait les enfouir au plus vite au fond de son cerveau.

D'ailleurs les flics l'avaient dit à son maître :

— Monsieur Smart, vous faites une erreur, cette bête c'est une saloperie vivante. On n'a jamais rien pu prouver, mais y'a de drôles d'histoires qui circulent à son sujet, vous savez ? C'est pour ça qu'on l'a réformée. Dans le service, les maîtres-chiens le surnommaient le « loup-garou », c'est tout dire, non ?

Mais Adam Smart s'en fichait bien du boniment des instructeurs. Adam Smart n'était pas homme à s'effrayer pour si peu. Dust l'avait tout de suite aimé avec son visage bronzé, carré, que barrait une grosse moustache noire. Le pelage qu'Adam Smart avait sur la tête devenait un peu gris au-dessus des oreilles, mais c'était tout de même un beau mâle, aux lèvres épaisses et aux yeux très clairs, de husky.

— Vous comprenez, avait insisté le responsable du chenil. Les anciens K9, quand on les réforme, sont le plus souvent adoptés par des flics à la retraite. De cette manière ils restent dans la famille, en quelque sorte.

— Et vous en avez beaucoup qui atteignent l'âge de la réforme ? ricana Adam Smart avec cet air moqueur dont il ne se départait jamais.

— A vrai dire non, avoua le flic un peu gêné. Les chiens policiers sont très exposés, leur carrière est assez courte. Leur mission consiste à épargner la vie des hommes, ils font diversion.

— Vous voulez dire que vous les utilisez comme des boucliers vivants, fit Smart. On m'a dit que pour les rendre plus pointus dans le repérage des drogues cachées vous faisiez d'eux des camés ? Et qu'ensuite, lorsqu'ils devenaient dingues, vous les piquiez.

— Ce sont des calomnies de journalistes, protesta le responsable du chenil. Mais c'est vrai que certaines bêtes sont contaminées par le climat de violence dans lequel elles ont vécu. Et puis il y en a qui se remettent mal des blessures subies. Elles restent traumatisées, peureuses. D'autres au contraire y prennent goût. Leur agressivité naturelle se développe. C'est un peu le cas de Dust. Je vous déconseille d'adopter ce chien. Il n'a jamais donné la moindre preuve d'affection.

Adam éclata d'un rire dur.

— Si j'avais enduré ce que vous lui avez fait subir, lâcha-t-il, je crois que j'aurais, moi aussi, envie de me tailler un hamburger dans vos fesses.

A partir de ce moment, le ton de la conversation était devenu nettement plus froid.

— De toute manière, conclut Smart en s'approchant du grillage. J'aime qu'un chien soit méchant. Il n'y a que les pédales pour se promener avec des caniches ou des yorkshires. Je ne vous écouterai pas plus longtemps mon vieux, je vais adopter cette bête. Et si elle essaye de me bouffer, je lui casserai les dents. Je sens que nous allons parfaitement nous comprendre, elle et moi.

— Alors bonne chance, Monsieur Smart, siffla l'instructeur d'un ton pincé. Moi, du moment que vous signez la décharge, ça ne me regarde plus.

Dust chassa les images du souvenir d'un claquement machinal des mâchoires, comme s'il s'agissait d'une mouche. Il se tenait aplati sur la moquette, sous le bureau, là où on ne pouvait pas le voir. A la banque, les secrétaires avaient peur de lui. Il percevait sans difficulté les émanations de leur frayeur se mêlant aux parfums détestables dont elles s'aspergeaient. Il regardait leurs jambes nues que les courtes jupes dévoilaient très haut. Il regardait même entre leurs cuisses le triangle de tissu blanc d'où émanaient des fragrances de femelle. Elles le chassaient avec des cris effarouchés, se plaignaient à Adam : « Oh ! Monsieur Smart ! Votre chien... il a des yeux de loup affamé, un jour il y aura un accident ! » On ne l'aimait pas, on lui reprochait son regard fixe de prédateur, son immobilité suspecte, son indifférence aux caresses. Il s'en fichait, c'était un peuple de proies. Ils marchaient debout, ils étaient grands, mais ils étaient faibles. Il aurait pu leur casser la nuque en un rien de temps, avant même qu'ils aient pu réaliser ce qui leur arrivait. Il l'avait souvent fait, du reste, dans les ruelles de L.A, quand il travaillait comme K9 au LAPD. Les dealers le surnommaient La Bête de l'Apocalypse. Il s'était amusé à en jeter plus d'un dans le vide du haut des toits ou des escaliers d'incendie. C'était facile, il suffisait de sauter à l'horizontale en calculant bien son coup pour les heurter en pleine poitrine. Ils tombaient comme des pierres en poussant des cris ridicules. De cette manière on ne pouvait rien lui reprocher. Les rapports disaient : *Effrayé par l'auxiliaire canin, le suspect a reculé imprudemment au bord du vide...*

Dust aimait entendre craquer leurs os sur le béton ou l'asphalte. Ils s'aplatissaient, gros oiseaux tombés du nid.

Il souffla par les narines. L'odeur de la mort l'excitait, faisant remonter en lui une foule de souvenirs confus. Il dressa les oreilles pour écouter ce qui se passait. C'était dehors, sur le trottoir devant la banque. Ça allait entrer d'une minute à l'autre. Les secrétaires, les guichetiers, les clients, ne se doutaient encore de rien. Les humains n'avaient pas de flair, c'étaient des bons à rien, de la viande ; de la viande qui parlait tout le temps.

Dust renifla, pas trop fort car l'odeur de la mort aurait pu l'enivrer, lui faire perdre la tête. Ses griffes crissèrent sur la moquette et une soudaine envie de bondir lui creusa les reins. D'un seul coup il se sentait bien, vivant. Foutrement vivant. Il comprenait pourquoi on l'avait mis sur terre. Il se grisa de l'odeur.

Ça empestait la graisse d'arme, le crack et la crasse. Des parfums qu'on lui avait appris à reconnaître à l'école de police et à associer à l'idée de danger imminent. C'étaient des hommes, il reconnaissait leur odeur de mâles. La frayeur, l'excitation avivaient leurs échanges hormonaux et l'air se saturait d'informations entrecroisées. Ils étaient jeunes ; l'un d'eux avait fait l'amour quelques heures auparavant, ils avaient mangé des chili-burgers et le plus jeune avait vomi de trouille. Ils étaient excités, presque sexuellement. Les effluves d'acier s'élevant des armes dominaient tout. On les avait essayées, pas plus tard que la veille, et les produits de nettoyage n'avaient pu effacer l'arôme inimitable de la poudre brûlée.

Ils allaient entrer. Dust se recroquevilla pour qu'on ne puisse l'apercevoir. Adam était en conférence dans le bureau du patron. Adam occupait un poste important à la banque, cependant il n'était pas chef de meute, comme il l'aurait mérité. Dust essaya de canaliser le flot d'énergie produit par ses reins. Il savait ce qui allait se passer, il avait assisté à des scènes analogues des dizaines de fois. Les humains se croyaient très forts dès qu'ils brandissaient des « armes », et, s'ils pouvaient faire illusion sur leurs semblables, ils n'impressionnaient pas Dust, cependant, car ils étaient très lents. Le chien, lorsqu'il se catapultait sur les lieux de l'action, était toujours surpris de les voir bouger presque au ralenti. Il pouvait anticiper chacun de leur mouvement et jouer de la surprise produite par son irruption. Il n'aboyait jamais, ne grondait pas davantage. On n'avait pas eu à le dresser à être silencieux, ce comportement était inné chez lui.

Il se figea en entendant les portes de la banque s'ouvrir violemment. A présent les hommes criaient, frappaient le garde d'un coup de crosse, giflaient une caissière hystérique. La drogue les rendait plus rapides mais accentuait leur maladresse. De plus, elle induisait chez eux une propension à la stupeur en cas d'irruption spontanée.

Dust savait que l'un des leurs allait rapidement parcourir les bureaux pour s'assurer que personne ne donnait l'alarme. S'il était prudent, il se pencherait pour vérifier qu'aucune secrétaire ne s'était recroquevillée sous le meuble. C'est à ce moment qu'il faudrait bondir.

Une sorte de joie crépitait au long des nerfs du chien, et il était soudain récompensé des interminables journées passées sur la moquette, à se faire le plus plat possible, le plus inoffensif.

— Adam, répétait Dick Weston, le président de la *Trade Limited*, vous ne devriez pas amener cette bête avec vous. Les filles ne l'aiment pas, elles se sont mis dans la tête qu'il regardait sous leurs jupes avec un œil vicieux. Je n'invente rien, je les ai entendues en parler autour du distributeur de café.

— Allons, Dick, ripostait Adam Smart en souriant dans sa moustache. Vous n'allez pas prêter l'oreille au pia-pia du poulailler tout de même ? Vous savez qu'un beau chien pose son homme. Il rassure le client en lui prouvant que son banquier aime les bêtes. Or un homme qui aime les animaux est forcément un type bien de nos jours, tous les psychologues vous le diront. La présence d'un animal instaure d'emblée un climat douillet, presque familial.

— Oui... gémissait Weston, c'est vrai quand il s'agit d'un chien « normal », mais votre Dust a toujours l'air d'être en train de monter la garde dans un pénitencier de haute sécurité. On est dans une banque ici, pas à Leavenworth.

— A-t-il mordu quelqu'un ? sifflait aussitôt Adam. Avez-vous enregistré la moindre blessure ?

— Non, bien sûr, capitulait Dick Weston, et je prie pour que cela n'arrive jamais.

— Vous voudriez expulser un fonctionnaire de police à la retraite ? s'étonnait Adam. Hé ! Dick ! Moi qui vous prenais pour un bon citoyen ! Merde, cette bête a fait plus pour la communauté que vous et moi. C'est un vétéran, un soldat qui a vu le feu plus d'une fois. Donnez-moi votre main, que je vous fasse tâter ses cicatrices !

Weston se dégageait maladroitement, battait en retraite, mais Adam lui saisissait le poignet, approchant la paume manucurée du banquier de la fourrure du chien.

C'était vrai que le poil de Dust ne poussait plus en maints endroits, là où les balles et les coups de couteau avaient laissé de grandes balafres d'un rose violacé.

— Hé ! disait alors Adam d'un ton sourd, presque menaçant. Dick, pouvons-nous en exhiber de pareilles, vous et moi, à part celles de nos appendicectomies respectives ?

Dust crispa les muscles des cuisses. Le sol lui transmettait l'écho des cavalcades. On courait dans la grande salle, on avait jeté quelqu'un par terre. L'odeur de peur était écœurante, elle emplissait l'air comme un gaz. Plusieurs humains avaient fait sous eux, terrifiés par l'apparition des armes. La porte de la pièce s'ouvrit à la volée et un homme cria :

— On ne bouge pas ! On lève les mains !

C'était la voix d'un jeune homme, celui qui avait fait l'amour avant de venir. Il y avait une odeur de sperme frais sur lui, mêlée à celle d'une sécrétion femelle.

— Coucou ! dit le voyou en se penchant sur le bureau, on sort de là sans faire le malin !

Dust eut à peine le temps d'enregistrer l'image du visage mal rasé au crâne ceint d'un bandana. Il jaillit, la gueule ouverte, les mâchoires distendues, telles celles d'un piège à loup. Il savait qu'il devait happer la gorge et broyer le pharynx pour empêcher l'homme de crier. Il eut l'impression de mordre une motte de terre glaise, la chair du bandit ne présentait aucune résistance aux crocs. L'affaire fut conclue en moins de trois secondes et l'inconnu eut à peine le temps de se convulser qu'il était déjà mort. Dust ne s'attarda pas à flairer la plaie malgré l'odeur du sang et son goût alléchant sur ses babines.

Il s'agissait maintenant de ne pas perdre la tête, de résister aux pulsions sauvages. Il se faufila dans le couloir, bondit dans la grande salle au carrelage de marbre. Il savait qu'il devait se défier du dallage sur lequel ses pattes avaient tendance à déraper, aussi préféra-t-il bondir du seuil du bureau en direction du second bandit. Il referma ses mâchoires sur sa nuque et se balança de droite à gauche, selon la technique chère aux loups, pour lui casser la colonne vertébrale. Les hommes ne sont pas très bien construits, et leur carapace musculaire sous-développée ne leur permet pas d'opposer une résistance efficace aux atteintes physiques. La nuque de l'individu se brisa presque aussitôt avec un bruit sec. Déjà Dust avait sauté sur le comptoir. Le troisième homme ouvrit le feu dans sa direction, mais il était lent, et le chien le percuta en pleine poitrine avant qu'il ait pu ajuster son tir. Dust lui arracha le visage, lui broya les pommettes et la mâchoire inférieure. Toute la chair vint d'un coup, comme un masque de caoutchouc qu'on arrache, et l'inconnu demeura sur le sol, à se tortiller en poussant des hurlements d'agonie. Il en restait un, qui reculait vers la porte. Il tenait un revolver à la main et tirait au hasard, les yeux agrandis par l'effroi. Dust zigzagua en entendant les projectiles vrombir. Les balles étaient les seules choses qu'il craignait, parce qu'elles étaient plus rapides que lui.

Le chien sauta à nouveau sur le comptoir, puis ricocha en direction du fuyard. L'action allumait en lui une joie proche de la folie. Il n'ignorait pas que le plus dur serait de s'arrêter, *de s'en tenir là*... Il était parti pour dévorer la terre entière mais il ne fallait pas. Sa sécurité en dépendait. Dès qu'il aurait tué cet homme, il devrait s'appliquer à redevenir un bon chien, faire taire les démons qui hurlaient en lui.

Il avait resserré les crocs autour de la main du voyou. Il avait tant d'énergie à brûler qu'il sentit à peine les os s'émietter entre ses mâchoires.

« Arrête ! lui soufflait la voix de la raison. Arrête ou ils vont t'abattre ! »

Il se reçut sur le sol et pivota sur lui-même, prêt à faire face, à recommencer, encore et encore, jusqu'à ce que les crocs lui fassent mal... mais c'était bel et bien fini. Déjà. Plus personne ne le menaçait. Il se campa sur ses quatre pattes, le sang des hommes lui dégoulinant de la gueule, et il vit tous les visages tournés vers lui, avec la même expression d'horreur sur les traits. Il les avait sauvés, mais ils avaient encore plus peur de lui que des voleurs... Ils le regardaient comme un loup surgi des ténèbres pour ravager et détruire, ils le haïssaient. S'ils avaient pu, ils lui auraient cassé la tête d'un coup de pistolet.

Dust eut envie de leur donner raison, de les affronter en un dernier combat, d'en égorger le plus possible, et de mourir là, au milieu des cadavres de ses ennemis. C'est tout ce qu'ils méritaient !

Il allait bondir quand les bras d'Adam Smart se refermèrent sur son poitrail.

— Là ! Tout beau ! C'est bien ! C'est bien ! murmura le maître.

C'était la seule voix dont il acceptait les commandements. D'un seul coup, la colère le quitta.

Tout autour de lui, les gens allongés sur le carrelage commencèrent à se redresser.

— Alors Dick ! lança Adam à l'adresse de Weston, vous direz encore du mal de mon chien après ce qu'il vient de faire pour vous ?

— Seigneur, non ! bégaya le directeur de la banque, mais j'ai bien cru que j'allais pisser dans mon froc quand cette espèce de monstre a jailli de votre bureau !

Des éclats de rire nerveux fusèrent. On se congratulait quand une jeune secrétaire se mit à hurler au seuil du bureau d'Adam.

— Là... balbutia-t-elle quand on vint à son secours. Le type... Mon Dieu ! Le chien lui a presque arraché la tête.

2

Coleman Herbert Huston avait quatre-vingt-deux ans. Il avait aimé Vegas, à la folie. Pas le Vegas d'aujourd'hui — ce Disneyland pour enfants montés en graine — non, le vrai, celui des années 40, quand un Dakota C-47 de l'USAF vous jetait en plein désert, au bord d'une oasis de béton couronnée de néons sur lesquels les vents de sables grésillaient comme du bacon dans la poêle. Alors on descendait du coucou qui, quelques mois plus tôt, trimballait encore sa cargaison de G.I's, en pensant que ça faisait drôle d'emprunter le même moyen de locomotion que ces fantômes, avec, en guise de paquetage, un trombone dans son étui, une trompette bien astiquée, ou encore un saxophone, selon la place qu'on occupait dans l'orchestre. Quelques-uns, dans l'heure précédant le saut, avaient gravé des graffitis sur le métal du fuselage, avec une boucle de ceinture ou un poignard de combat. C'était encore là, ça se devinait du bout des doigts. Où étaient-ils à présent ? Combien d'entre eux nourrissaient la racine des palétuviers dans la jungle d'un atoll au nom imprononçable ?

On était en 46, 47... En ces temps-là les casinos étaient des temples, les gens ne s'y promenaient qu'en smoking. C'était l'époque du « Rat pack », la bande à Sinatra le Magnifique, le crooner dont la voix était une avalanche de cailloux enveloppés de velours. L'époque des règlements de comptes entre chefs de gang. Ça se passait dans le désert du Nevada, à coups de hache. On coupait les mains des tricheurs à la scie et on cautérisait les blessures au chalumeau, par bonté d'âme, pour leur éviter de se vider. Ou bien on leur remodelait le squelette à la batte de base-ball, histoire de leur restructurer la moralité. On réglait tout ça au milieu des sables, avec les serpents à sonnettes jaunes et noirs, les geckos, pour seuls témoins. C'était le temps des voitures fabuleuses qui bouffaient autant de carburant qu'une Forteresse Volante aux soutes pleines de bombes.

Aujourd'hui, Coleman n'avait même plus à fermer les paupières pour revoir les femmes, avec leurs épaules un peu grasses dans la corolle des décolletés. En ce temps-là, il y avait encore de vraies femmes, avec de vrais nichons, un cul qu'il faisait bon pétrir, un bon petit ventre capitonné sur lequel on pouvait poser sa tête après l'amour. La mode des top models anorexiques n'avait pas encore fait ses ravages.

Il n'y avait pas d'ordinateurs, pas de cartes de crédit, quand on manipulait du fric, c'était du vrai argent, de la « pâte » comme on disait alors. Des billets, des liasses vertes en matelas si épais que les passeurs devaient grimper à genoux sur leurs valises pour parvenir à les fermer. Les gens se faisaient beaux pour monter à l'abattoir, les femmes surtout, qui savaient qu'elles auraient peut-être à écarter les jambes pour gagner de quoi retourner miser à la roulette ou racheter une reconnaissance de dette. Ça sentait le parfum, la sueur, et cette espèce d'odeur de four entrebâillé qu'on renifle toujours aux abords des déserts. Une grande morsure sèche qui vous saute à la gueule, vous ratatine la peau, creusant vos rides avant l'heure. On vieillissait plus vite qu'ailleurs à Vegas, mais qui s'en souciait ? On ne vivait que dans l'instant, le temps que roulent les dés, que le croupier retourne la carte fatidique. Coleman y avait rencontré un survivant d'Iwo Jima, Billy Waco, un sergent de Marines qui ne parvenait pas à se réadapter à la vie civile.

— Il n'y avait plus que ça qui lui donnait encore la force de tenir, ricanait le vieux. La roulette, la peur qu'il éprouvait en regardant tourner la bille. La roulette, avec son tapis vert, c'était devenu sa jungle à lui. Waco s'y parachutait toutes les nuits. Il me disait : « Les jetons, dans les poches, ça fait le même bruit que les balles. » Waco, comme beaucoup d'autres, avait fini par sauter d'un building, les poches vides, en criant « Geronimo ! ».

Le vieux était capable d'en parler des heures durant sans même s'humecter les lèvres. Il aurait fait un fabuleux orateur.

Dan Norris, lui, adorait Coleman. Il allait fréquemment lui rendre visite dans le bungalow qu'il occupait à la lisière du désert, là où s'érigeaient ces camps de trailers peuplés de joueurs fauchés, de perdants nés ou d'informaticiens illuminés qui, dans l'étuve d'une caravane, tentaient d'élaborer sur un ordinateur portable (rafraîchi au ventilateur !) la martingale qui ne tarderait plus à les rendre riches.

— Vegas, caquetait Coleman, c'est un non-sens, une ville bâtie contre toute logique, là où il n'y a ni eau, ni verdure, rien à extraire, rien à cultiver. Une cité bricolée sur une enclume, un paysage qui conviendrait mieux à un bagne ou à un terrain d'essais nucléaires. Si on nous coupait l'eau et l'air conditionné, tout le monde crèverait avant la tombée du jour.

Il riait, le vieux, content de prédire l'apocalypse. Avec l'âge, ses joues dilatées d'ancien trompettiste avaient pris l'allure et la consistance des oreilles d'éléphant. Elles pendaient sur le col de sa chemise de part et d'autre de sa bouche aux lèvres martyrisées par les embouts de cuivre.

Il s'était installé là lorsqu'il avait pris sa retraite, dans cette bicoque que le vent de sable — le « Hairdryer », 50° Celsius de moyenne — ponçait chaque jour un peu plus, donnant aux planches la finesse de la soie. Il ne bougeait plus guère de son fauteuil à bascule, les mains comme des araignées arthritiques. Il restait des heures immobile, laissant le soleil décolorer ses chemises hawaiiennes. Beaucoup de vieillards l'imitaient, à cause du climat sec et chaud, réputé clément pour les rhumatismes.

Dan Norris, lui, avait trente-six ans. Il s'appelait en réalité Daniel Caleb Norrish, mais personne ne s'en doutait, et lui-même avait fini par l'oublier. Grand et mince, il avait su conserver une silhouette de surfer adolescent. Il n'était pas beau, mais son visage avait quelque chose de « cassé » qui lui conférait une tonalité intéressante. Il portait les cheveux longs, noués sur la nuque en une sorte de chignon de matador. Comme tous ceux qui s'attardaient à Vegas, il avait dû payer au soleil son tribut de rides précoces, et sa bouche s'encadrait de coupures profondes. Au temps de sa splendeur, chaque fois qu'il rendait visite à Coleman, il apportait une demi-pinte de Wild Turkey, mais ce temps était loin aujourd'hui, et c'était le vieux qui lui offrait désormais à boire.

Le Las Vegas de Dan n'avait plus rien à voir avec celui de Coleman. C'était un parc d'attractions conçu par un paysagiste bourré de L.S.D. Un cauchemar rutilant où les châteaux forts côtoyaient la pyramide géante du *Louxor*, où le lion de la *MGM* dominait les boulevards tel un monstre surdimensionné sorti d'un dessin animé pour extraterrestres géants. On y voyait des chevaliers bardés d'armures en plastique boire le café avec des pirates à fausse jambe de bois, un perroquet empaillé sur l'épaule. Des vestales en péplum garaient les voitures tandis que des pharaons prenaient votre commande dans un grill-room tapissé de sarcophages en plastique. Des doublures d'Elvis hantaient les cabines téléphoniques... Du temps où il était un show-man adulé, Dan descendait tous les soirs dans de tels endroits. Au Ramsès, même le papier toilette était décoré de hiéroglyphes. Les hôtels se révélaient assez grands pour engloutir la population d'une ville de province, on pouvait y vivre en vase clos, sans jamais mettre le nez dehors. Des « forêts » intérieures vous offraient un itinéraire de couloirs baptisés « promenades » avec ciel en trompe l'œil et gentils animaux gambadant dans des prairies d'herbe plastifiée. On y déambulait, au choix, dans les savanes africaines, les forêts de l'Amazonie, en reniflant des parfums végétaux synthétiques diffusés par des vaporisateurs dissimulés. D'autres corridors vous faisaient serpenter dans les ruines grecques ou romaines, sur fond de volcan crachant une lave « lasérisée ». C'était un asile d'aliénés pour fous sans envergure, où les machines à sous avaient définitivement détrôné les jeux « nobles ». Personne ne s'intéressait plus à la roulette ou au Black Jack, seuls comptaient désormais les fameux bandits manchots qui réalisaient 70 % des gains des grands casinos. Tous s'y suspendaient, la main crispée sur le levier du bonheur, les yeux rivés sur le défilement des fruits et légumes tournoyant au hasard des cadrans. Cerises, cloches, ananas... Cerises, cloches... Une clientèle de vacanciers en short, affublés de casquettes et de sneakers. Des matrones aux cuisses rougies par le soleil du désert. Un vacarme à rendre sourd un ouvrier fondeur. Certains, à force de tirer sur le levier des « one-arm bandits », attrapaient des ampoules !

— La médiocrité, pestait Coleman. Partout. Heureusement que je n'ai plus à mettre les pieds là-bas.

Dan était moins sévère. Les foules vomies par les cars touristiques avaient fait sa célébrité.

(Dany Norris, L'homme Qui Mâche De La Soude Caustique En Guise De Chewing Gum ! ! ! Ce Soir, Au Poodle's Beauty Parlour ! En Exclusivité !)

Ça paraissait déjà loin, et pourtant sa dernière représentation remontait à six mois à peine.

Dan noya son scotch dans beaucoup d'eau tiède. Il n'avait aucune envie de devenir alcoolique sous prétexte qu'il avait tout perdu. Il était encore trop jeune pour ça, et, de plus, il n'avait jamais aimé boire.

Depuis un moment il écoutait le radotage de Coleman d'une oreille distraite car il avait cru apercevoir la voiture. Tout le personnel des casinos avait appris à la connaître, à Vegas. C'était une vieille Cadillac Eldorado d'un étrange gris métallique et que la poussière saupoudrait de la calandre jusqu'au coffre. Elle roulait toujours au ralenti, et chaque fois qu'il regardait par-dessus son épaule, Dan la voyait là, arrêtée au bord d'un trottoir, le moteur ronronnant. Le pare-brise polarisé ne permettait pas de distinguer le visage des passagers, mais Dan savait parfaitement qui tenait le volant. Dès qu'il quittait le minable studio où il s'était retranché après son éviction des cabarets, la Cadillac le prenait en filature. Parfois même, elle roulait à sa hauteur, au ralenti, toutes vitres remontées, cercueil de verre et d'acier aux occupants invisibles. Il faisait semblant de ne pas la voir et s'obligeait à garder la tête droite, mais il entendait les ricanements des hommes derrière le verre « miroir » des vitres latérales. Ils le harcelaient depuis des mois, espérant le surprendre en flagrant délit. Leur présence menaçante faisait le vide autour de lui. Les « amis » avaient tous rayé son nom de leur carnet d'adresse, et s'il commettait l'erreur de leur téléphoner, on raccrochait dès qu'il avait prononcé le fatidique : « C'est moi... »

Coleman parlait de Dean Martin, de Sinatra, fredonnait les premières mesures de *On road Sixty-Six*... Dan crispa les doigts sur les accoudoirs du fauteuil à bascule. La voiture se frayait un chemin entre les caravanes des paumés de la roulette. Elle entrait sur le territoire des naufragés attendant de se refaire, des anciennes institutrices au regard fiévreux qui finissaient par tapiner clandestinement pour gagner de quoi retourner se suspendre aux slot-machines.

C'était bien la Cadillac. Elle roulait au pas, pour faire durer la peur. Dan se demanda s'il aurait le temps de courir jusqu'à sa petite Camaro jaune vif et de démarrer. Il décida que non. D'ailleurs c'était déjà trop tard, la longue voiture grise s'immobilisait devant le bungalow. On coupa le contact mais personne ne descendit. C'était étrange ce véhicule silencieux et aveugle sur lequel la poussière du désert grésillait. Dan essaya de demeurer impassible. Pas par dignité, simplement pour ne pas céder à la terreur qui le submergerait s'il s'avisait de bouger un doigt. Enfant, il agissait de même en face des chiens féroces, pour les décontenancer. Ça marchait de temps à autre. Pas souvent.

Il observa le véhicule. Étanche, compact. Ils allaient bien finir par descendre. Ils s'amusaient avec lui, comme d'habitude. Trois minutes s'écoulèrent. Coleman s'était tu, sa pomme d'Adam s'agitait sur le trajet de sa gorge sans qu'on puisse déterminer si c'était de rage ou de frayeur.

Enfin les portières s'ouvrirent et les trois hommes mirent pied à terre. Ils portaient des costumes d'alpaga noir et de ridicules petits chapeaux, comme les agents du FBI dans les années 50. Leurs lunettes à verres polarisants paraissaient taillées dans la même matière que le pare-brise de la Cad'. Leur dégaine rétro leur donnait l'allure de chanteurs de blues ratés, ou d'encaisseurs de créances. Ils s'appelaient Wigs, Curl et Faro, mais s'amusaient à échanger leurs noms chaque semaine, si bien qu'on ignorait toujours qui était qui. Cette facétie semblait les ravir, elle fonctionnait d'autant mieux qu'ils n'avaient guère de traits distinctifs. On disait que, dans les années 70, ils avaient fait partie d'un groupe de rock baptisé The Quean Queens of Queers, et que deux de leurs chansons avaient connu le succès : *One-Way Ticket To Hell*, et *Slippery When Wet* (une cochonnerie à double sens qui avait provoqué un certain tollé parmi les ligues de moralité). Ils n'avaient qu'une ambition dans la vie : gagner assez d'argent pour se faire construire une version banlieusarde de Graceland, la propriété d'Elvis. Comme le King, ils se nourrissaient presque exclusivement de beurre de cacahuète et de sandwiches à la banane.

L'un des trois — Wigs ? Curl ? Faro ? — s'approcha de la Camaro dont il entreprit de crever les pneus au moyen d'un couteau de chasse. Dan ne dit rien, c'était inutile, protester les aurait ravis. Coleman s'agita entre les bras de son rocking-chair.

— Salopards ! lança-t-il de sa voix éraillée. Vous êtes chez moi ici, foutez le camp ! Des bandits j'en ai fréquenté alors que vous n'étiez même pas nés. J'ai mangé des donuts et bu le café avec Bugsy Siegel, j'ai joué dans les soirées privées de Gus Greenbaum. Merde ! Vous n'êtes rien à côté de ces gens-là ! De la crotte de mouche. Tirez-vous !

Les trois hommes ne parurent même pas l'entendre. Côte à côte, ils articulaient des mots inaudibles sans proférer un son, comme s'ils désiraient qu'on lise sur leurs lèvres. Ils avaient l'air d'un trio de muets récitant en chœur une poésie dans un show télé réservé aux infirmes. Dan sut d'emblée que le message lui était destiné, il s'efforça de le décrypter :

Alors, lut-il, *tu t'es enfin décidé à avaler ta langue ?*

— T'excite pas grand-père, lança enfin le plus grand des trois, c'est mauvais pour ton asthme. Quand on garde la bouche ouverte trop longtemps, dans ces régions, on se remplit les poumons de poussière. On ne vient pas pour toi, mais pour ton copain. On est là pour lui faire passer une visite médicale.

— Tas de salauds ! gronda Coleman.

— On est inspecteurs de santé, continua l'homme en noir. Notre boulot, c'est de nous assurer que ton camarade est bien muet. On nous paye pour ça. Tu sais qu'il ne faut pas le laisser parler, n'est-ce pas ? Sa voix est dangereuse. Presque cancérigène. Ceux qui ont commis l'erreur de l'écouter en ont terriblement souffert.

Il ne mentait pas. Debbie Marlowsky, une journaliste de

CNN, qui avait interviewé Dan trois mois plus tôt, avait eu les tympans crevés au tire-bouchon alors qu'elle se faisait « permanenter » chez *Bartoldi*, sur le Strip. Deux hommes vêtus de noir l'avaient maintenue sur le siège du coiffeur pendant qu'un troisième lui enfonçait son tortillon de métal chromé dans les oreilles. La police n'avait pas réussi à dresser de portrait-robot utilisable, tout ce qu'on savait, c'est que le bourreau avait murmuré à sa victime : « Bouge pas ma belle, faut que je t'enlève d'urgence ce que la voix de Dany Norris t'a déposé dans les oreilles ou ça te pourrira la cervelle. Ça va faire un peu mal mais c'est pour ton bien. »

— Il n'a rien dit, s'empressa de chevroter Coleman, merde, laissez-le en paix.

— On voudrait bien, Podn'a, fit l'homme avec un sourire triste. Mais ce monsieur est une nuisance, un virus. Il est de notre devoir de vérifier qu'il n'infecte pas les gens. Sa voix est contagieuse. Une histoire de longueur d'onde sans doute, je ne pourrais pas vous dire exactement, mais dès qu'on l'entend une intervention chirurgicale s'impose, et c'est là que nous entrons en scène.

Il sortit les mains de ses poches pour exhiber le tire-bouchon qui dépassait de son poing fermé.

— On a déjà sauvé pas mal de gens, continua-t-il sur le même ton doucereux. Des mecs et des filles trop attentifs, que les paroles de ce monsieur avaient contaminés. Comme on a pu intervenir à temps, ils s'en sont tirés sans trop de bobo. Oh ! bien sûr, ils resteront sûrement sourds, mais ça vaut toujours mieux qu'une tumeur au cerveau.

Coleman tremblait au fond du rocking-chair. La lassitude et le dégoût submergeaient Dan, il savait ce qui allait se produire. Le trio lui rejouait la même scène depuis trois mois, faisant de lui un pestiféré dont on fuyait l'approche.

— Alors ? lança l'homme en noir en posant le pied sur la véranda. Comment ça va Norris ? Est-ce que tes cordes vocales s'atrophient ? Réponds en remuant la tête. Je te demande ça parce que je n'aimerais pas avoir à t'opérer, tu vois... Te couper la langue par exemple. C'est une intervention compliquée et salissante. Pour la réussir, il faut bien tirer l'organe hors de la cavité buccale, tu vois. Et c'est foutrement glissant une langue. Alors le mieux c'est d'y planter un crochet, ou un hameçon pour la pêche au marlin, ça vous donne une meilleure prise.

En parlant, il tâtait le cou de Dan de ses doigts durs, lui meurtrissant la trachée, comme s'il cherchait des signes d'atrophie clinique.

— Faut plus que tu ouvres la bouche, murmura-t-il en approchant son visage de celui de sa victime. Parler ne te vaudrait rien, tu n'es pas doué pour ça. A ta place j'aurais honte de mettre en danger tous ceux qui m'approchent, j'irais me pendre ou me jeter du haut d'un gratte-ciel, comme tous ces types ruinés par le jeu. Ou bien je roulerais dans le désert jusqu'à ce que le réservoir de ma bagnole soit vide. Il paraît que c'est presque impossible de rentrer à pied. On finit par tomber sur le ventre, frappé d'insolation, et on sèche là, comme une momie indienne. Quand on vous retrouve, votre cadavre a la consistance exacte du cuir mexicain, bon marché, tu sais, celui qu'on utilise pour fabriquer des bottes de touristes, à Tijuana.

Dan ne bougeait pas. La main de l'homme se fit plus dure sur sa gorge.

— T'es peut-être un simulateur ? souffla le type en noir. Tu fais peut-être semblant d'être guéri ?

Il recula de deux pas, faisant signe à ses acolytes d'approcher.

— Faut lui faire passer le test, décréta-t-il doctement. S'il pousse un seul gémissement on lui coupe la langue, d'accord ?

— Okay Doc', firent les autres en chœur.

Tout de suite après, une avalanche de coups s'abattit sur Dan, mais il y était habitué. Il serra les mâchoires à s'en faire éclater l'émail des dents. S'il commettait l'erreur de laisser échapper un cri de souffrance, les tourmenteurs se livreraient aussitôt à des simulacres de mutilation. Une semaine plus tôt, alors qu'il avait crié sous la brûlure d'une cigarette, ils lui avaient entaillé la langue au couteau, sur quelques millimètres. Après cela manger ou boire était devenu un véritable calvaire, et la blessure n'avait cessé de se rouvrir jusqu'à ce qu'il se décide à se faire poser deux points de suture par une infirmière à la retraite qui travaillait au noir.

Il encaissa la raclée sans desserrer les dents. Il faisait très chaud aujourd'hui (55° Celsius à l'ombre), et il misait sur le fait que ses bourreaux se fatigueraient vite. C'est ce qui se passa. Les hommes en noir se redressèrent, haletants. La sueur dégoulinait de dessous leurs chapeaux.

— Ça va, souffla le plus grand. Je constate que t'es décidé à faire des efforts. On s'en va, mais ne te fais pas d'illusions, on sera toujours derrière toi, et si tu ouvres la bouche, couic.

Ils se glissèrent dans la Cadillac et démarrèrent sans attendre. Dan ne se redressa qu'une fois le véhicule avalé par le nuage de poussière. Il avait mal partout mais depuis qu'on le harcelait il avait pris la sage précaution de porter une coquille de footballeur sous son chino « taille large ». Cela lui permettait d'encaisser sans trop de souffrance les coups de pied aux parties. Pour le moment, les hommes de William Ucks ne s'étaient pas encore aperçus de la supercherie, il ne savait pas combien de temps cela durerait.

— Ça va ? s'enquit Coleman. Seigneur ! Quelle dégelée ! Ils vont finir par te tuer fiston, tu ne peux pas rester ici... Il faut que tu trouves un truc pour te mettre au vert. Si j'avais du fric je t'aiderais de bon cœur, c'est vrai. Entre artistes de music-hall on doit se tenir les coudes, mais tu sais que je suis raide... Une retraite de trompettiste c'est pas l'Eldorado.

Dan essaya de sourire, et, d'un signe de la main, signifia que ça n'avait pas d'importance. Même lorsque que la sinistre Cadillac grise ne croisait pas dans les parages il n'usait plus de la parole. Les événements des dernières semaines l'avaient rendu paranoïaque, il en venait à redouter que les trois croque-morts n'aient planqué des micros aux alentours, pour le surprendre en flagrant délit de bavardage.

C'était absurde, bien sûr, mais sa peur prenait un tour superstitieux qui l'effrayait parfois.

Ne voulant pas s'attarder davantage, il alla ausculter la Camaro. Les quatre pneus étaient crevés, s'il voulait rentrer, il devrait le faire en stop. Il rassembla ses maigres affaires. Il avait été idiot de croire qu'il serait en sécurité hors de la ville, les bourreaux du sénateur Ucks le retrouveraient partout, même s'il allait s'installer en Alaska, au milieu des loups. Il salua Coleman et traversa le camp de trailers en boitillant. Le goût du sang lui donnait envie de vomir. Les rideaux des caravanes retombaient à son approche. Tous les paumés avaient assisté à la correction, mais ici personne ne s'occupait des affaires d'autrui, on était trop habitué au passage des encaisseurs spécialisés dans le massage des articulations à la batte de base-ball.

Dan serpenta dans le labyrinthe des camping-cars. Les gens baissaient les yeux lorsqu'il regardait dans leur direction. Toutes ces filles, à la tête surmontée de bigoudis et habillées de maillots de footballeurs, gardaient dans un placard l'inévitable robe du soir qui leur permettrait cette nuit de lever le pigeon capable de leur glisser quelques plaques en guise de paiement. Elles ne voulaient même pas d'argent, des jetons faisaient leur bonheur, ainsi elles n'avaient pas à faire la queue au guichet du change et pourraient se ruer vers les tables de jeu sans perdre une minute. On les payait avec des rondelles de plastique qu'elles entassaient avidement. Et cette monnaie de Monopoly leur paraissait plus réelle que les traditionnels billets verts.

Dan rejoignit la route et leva le pouce. Il avait la migraine. A force de serrer les mâchoires il avait fini par rouvrir la blessure de sa langue.

De temps à autre, en pleine nuit, le téléphone le réveillait, c'était l'un des trois énergumènes du trio qui l'appelait.

« Hé ! Podn'a, disait le type, le monsieur qui te veut du bien m'a chargé de te dire que ta vie cesserait d'être un enfer si tu acceptais de te faire couper les cordes vocales. Tu n'aurais rien à débourser, il t'offre l'opération. Tu es d'accord ? Hé, c'est pas rien, penses-y ! Une fois muet tu retrouverais la tranquillité, tout le monde serait content ! »

Le monsieur qui te veut du bien... Jamais on ne prononçait le nom du sénateur William Marmaduke Ucks. Parfois, Dan se demandait s'il ne serait pas plus sage d'accepter pour en finir, pour retrouver la paix. Muet, ne l'était-il pas déjà plus ou moins ? Au début il avait fanfaronné, persuadé qu'il s'agissait d'une banale manœuvre d'intimidation, mais quand les premiers « accidents » s'étaient produits, il avait rapidement compris que tous ceux qui lui prêteraient désormais une oreille compatissante se trouveraient en danger.

Une voiture de patrouille s'arrêta à sa hauteur, conduite par une jeune femme engoncée dans un gilet pare-balles. Elle transpirait malgré l'air conditionné et des taches sombres maculaient son uniforme sous les aisselles. C'était Maggy... Maggy Crainshaw, une blonde un peu poupine d'une trentaine d'années qui assurait la surveillance de la piste traversant le désert.

— Merde, souffla-t-elle en libérant la portière du côté passager. C'est toi ? Tu t'es encore fait passer à tabac ? Monte, je vais te ramener en ville. Tu veux que je te conduise à l'hosto ?

— Non, soupira Dan en s'installant prudemment sur le siège. Je n'ai pas d'argent pour payer la facture, laisse, un peu de glace fera l'affaire.

— Y'a de l'Anacin dans la boîte à gants, fit Maggy en redémarrant. La Thermos est là. Ils t'ont encore coincé ?

— Oui, j'étais avec Coleman. Ils essayent de me pousser à bout. Peut-être qu'ils espèrent que je me suiciderai.

La jeune femme crispa les mains sur le volant. Elle fixait la route, l'air gêné. Comme beaucoup de femmes-flics, elle avait tendance à s'empâter. Elle mangeait mal et beaucoup, pour se donner du volume et paraître plus impressionnante. C'était inconscient. Certaines se mettaient au culturisme, mais les beignets, les chili-dogs, et le café noir bien sucré agissaient encore plus vite, vous enrobant la ligne des épaules d'une épaisse couche de lard qui vous donnait un profil de catcheuse. Le soleil du désert lui avait tanné la peau, creusé les pattes d'oie, et elle affichait cinq ans de plus que son âge véritable en essayant de s'en moquer. Ici, le cancer de la peau faisait des ravages dans les rangs des adeptes de la bronzette.

— Pourquoi tu ne portes pas plainte ? demanda-t-elle rageusement.

— Ça servirait à quelque chose ? ricana Dan. Maggy, ce truc, c'est politique. Ucks est sénateur, on ne prouvera jamais que les persécutions ont été ordonnées par lui. Il compte beaucoup de partisans parmi les flics, je le sais. Tu le sais aussi. Il n'y aura pas d'enquête, le dossier finira au fond d'un tiroir, et je serai bon pour une dérouillée de plus.

— Alors tire-toi loin... riposta la jeune femme. Avec tes cordes vocales en caoutchouc tu peux sûrement trouver du boulot à Hollywood, dans le cinéma, faire des voix de dessin animé.

— Non, ils me suivraient là-bas, répondit Dan avec lassitude. Et puis les voix de dessin animé, tout ça c'est bricolé par ordinateur aujourd'hui. On n'a plus besoin de gars comme moi.

Ils roulèrent deux minutes sans rien dire. L'habitacle du véhicule de patrouille sentait la sueur et le parfum bon marché dont Maggy s'aspergeait à chaque pause, pour « rester féminine ».

— Mince, dit-elle d'un ton attristé, ce que tu as pu me faire rire, tout de même ! Quand j'allais te voir au *Poodle's Beauty Parlour*... Ces conneries que tu pouvais sortir. Je pissais dans ma culotte, parole ! Chaque fois que j'allais à un de tes shows, j'étais forcée d'emmener un slip de rechange dans mon sac à main, pour en changer à la fin du spectacle. Personne ne m'a jamais fait autant rigoler. Quand tu prenais la voix de Stallone ou celle de Schwarzenegger, celle de Bush, de Reagan. On n'avait qu'à fermer les yeux pour les croire sur scène. Jamais aucun imitateur n'a atteint ce point de perfection.

— Tais-toi, soupira Dan. Je ne devrais même pas te parler

en ce moment, ils me l'ont interdit. Je te mets en danger rien qu'en acceptant de monter dans ta voiture.

— Oh ! Ne pousse pas, je suis flic tout de même !

Elle eut un geste de fanfaronnade en direction de son arme de service qui semblait trop grosse pour sa petite main potelée.

— Ça ne les arrêterait pas, marmonna Dan. Ces types font partie de la protection rapprochée de William Ucks, ils ont probablement un tas de permis dans leur portefeuille, des autorisations fédérales.

— Ça se tassera, murmura Maggy sans trop y croire.

— Oui, approuva Norris. Si Ucks crève d'un infarctus, ou si un dingue l'abat au cours d'un meeting électoral. Parfois la trouille me prend, tu sais ? Je me demande ce que serait ma vie s'il devenait président des États-Unis.

— Merde, siffla la jeune femme, j'y avais pas pensé !

Ils entraient dans la ville, Dan insista pour que la patrouilleuse l'abandonne sur le trottoir. Il n'ignorait pas qu'elle se trompait en croyant que son uniforme la protégeait des trois croque-morts. Au moment où il descendait, Maggy lui glissa deux billets de dix dollars dans la poche.

— Ta gueule, aboya-t-elle. C'est en souvenir de toutes les culottes que tu m'as fait tremper ! Casse-toi, et bonne chance !

Elle démarra sur les chapeaux de roues avant qu'il ait pu protester. D'ailleurs aurait-il protesté ? Il avait cruellement besoin d'argent pour survivre. Pour l'instant il tenait le coup grâce à ses anciens fans, ceux qui avaient réussi à se procurer son adresse et venaient glisser une enveloppe contenant une ou deux effigies d'Alexander Hamilton dans sa boîte à lettres. Cette fidélité avait un côté attendrissant et Dan réalisait à retardement qu'il avait représenté quelque chose d'important pour tous ces gens sans visage. Une bouffée d'oxygène dans le marasme de la vie quotidienne, un éclat de rire. Quelques minutes privilégiées pendant lesquelles ils s'étaient tout à coup sentis vivants... heureux. Ils lui en étaient reconnaissants, et entendaient le prouver à leur manière. La première fois qu'il avait découvert une enveloppe contenant un billet de dix dollars, il s'était senti humilié. Qui s'était mis en tête de lui faire l'aumône ? Il avait froissé la coupure verte, esquissé un geste pour la jeter dans le caniveau... mais dix dollars c'était toujours ça de pris, pas vrai ? Avec dix dollars on pouvait se payer cinq douzaines de donuts, de quoi se caler l'estomac pour deux ou trois jours. Ces derniers temps, Norris avait appris à réviser ses exigences en matière d'alimentation. Il se nourrissait de beignets pâteux et de café noir. Le portier de l'immeuble lui donnait parfois un paquet de Jamaïca Bleu Mountain, piqué au restaurant de son gendre, un « sosie » d'Elvis qu'il ne pouvait pas voir en peinture. Le portier était un ancien fan de *L'homme Qui Mâchait De La Soude Caustique En Guise De Bubble Gum*, un de plus.

Dan se faufila entre les bataillons de touristes rougeauds arpentant le Strip. Le vacarme était assourdissant, et tous les dix mètres des haut-parleurs annonçaient l'imminence d'un super jackpot. A Vegas on jouait vingt-quatre heures sur vingt-quatre. Dan avait pris l'habitude de marcher les yeux baissés, pour échapper à la vision écrasante des enseignes au néon qui, la nuit, ruisselaient telles des cataractes de lumière liquide. Tout lui semblait aujourd'hui surdimensionné ; ce qui l'avait ravi un an plus tôt, accentuait son intime conviction d'être devenu un insecte. Il avait pris en haine le lion de la *MGM*, quant à la pyramide de verre noir du *Louxor*, elle évoquait pour lui un vaisseau extraterrestre aux irradiations maléfiques. Dans l'un de ses sketches, il avait expliqué, avec la voix du président des États-Unis, que le dollar subissait une étrange métamorphose chaque fois qu'il entrait dans l'atmosphère de Vegas. En effet : au lieu de la mention *In God We Trust* figurant au verso des billets, on pouvait lire désormais : *In GOLD We Trust*. Il avait fait rire des cohortes de commis voyageurs avec cette blague idiote.

Il rentra chez lui, dans ce studio acheté avec ses premiers cachets, parce qu'il détestait la vie d'hôtel et qu'il avait très vite éprouvé le besoin de se reconstruire, en privé, un monde à dimension humaine. C'était un logement ridiculement petit, que le moindre désordre rendait vite inhabitable. Dan y conservait les reliefs de sa splendeur passée : un magnétophone haut de gamme, des kilomètres de bandes magnétiques sur lesquelles se trouvaient enregistrées les diverses moutures de ses sketches, un matelas posé à même le sol, une splendide machine à expresso professionnelle importée d'Italie, deux malles-cabines contenant ses anciens costumes de scène. Son compte en banque était vide et on lui avait retiré une à une toutes ses cartes de crédit. Il se maudissait de n'avoir pas enregistré ses sketches sur vidéocassette, comme son agent l'avait supplié de le faire. Peut-être, au moins, aurait-il pu profiter de cette source de revenus ?

— Non, avait-il répondu à l'époque. Un imitateur, il faut l'entendre en « chair et en os », et puis il faut savoir se faire désirer. Avec la vidéo je serais partout, tout le temps ; on se lasserait de moi, je finirais par agacer. Ce que je veux, c'est que les gens fassent le pèlerinage à Vegas pour venir me voir sur scène.

Il avait fini par y croire, grisé de succès. Comme tous les autres il était devenu puant, prétentieux, capricieux. Il avait commencé à rire de ses propres blagues, à s'écouter en battant des mains. Il avait encore, dans les oreilles, les hurlements de joie de la salle du *Poodle's Beauty Parlour*. Et ça lui faisait mal rien que d'y penser. Le public lui manquait comme une drogue, il avait besoin d'un shoot d'applaudissements, d'un sniff de « Bis » ou de « Hourra ! ». Il aurait voulu s'en goinfrer rien qu'une fois encore, jusqu'à en faire une O.D.

Dieu ! Ç'avait été son heure de gloire. Dany Norris, l'homme aux cordes vocales en caoutchouc, capable d'imiter n'importe quelle voix à la perfection : hommes, femmes, enfants, jeunes gens, vieillards. Un prodige que plusieurs facultés de médecine auraient bien voulu étudier... voire disséquer ? Il était devenu si drôle que le directeur des jeux du *Poodle's* l'avait même accusé de détourner les touristes des tables de roulette et des bandits manchots. Un comble.

Au demeurant, Dan ne se faisait guère d'illusion sur son humour. Son vrai talent, c'était l'imitation. Les textes des sketches, il les commandait à des écrivains « comiques » sortis des ateliers d'écriture des meilleures universités. Des blagues de commis voyageurs dépoussiérées, toujours les mêmes thèmes : le cul, l'argent, les hommes politiques. C'était secondaire, seule comptait la performance vocale, hallucinante. Dan capable d'imiter à s'y méprendre une sonnerie de téléphone, une fermeture Éclair qu'on descend, une porte qu'on ouvre... un bruit de coït, les grincements d'un sommier. Il pouvait jouer une pièce à lui tout seul, pourvu qu'on veuille bien fermer les yeux. Il mettait en scène les plus grandes vedettes, à leur insu, en leur volant leurs voix.

Et puis...

Et puis il avait commis l'erreur de sa vie : s'en prendre à William Marmaduke Ucks. Le sénateur.

Ucks avait soixante-cinq ans, c'était un Républicain réactionnaire, anti-jeunes, anti-féministe, anti-gay, anti-avortement. Il détestait les Noirs, les Latinos, les Européens « sans couilles ». On le disait soutenu par le K.K.K, tourmenté par de vagues fantasmes sécessionnistes. Il était petit, taillé en barrique et nanti d'une voix graillonneuse célèbre pour ses invectives publiques. Ucks, tellement bête qu'il constituait une cible rêvée pour un imitateur. Dan avait travaillé sur lui, écoutant ses discours, visionnant les séquences télévisées de sa dernière campagne électorale. A la fin de la période préparatoire, il était tellement plein de son personnage qu'il insista pour écrire lui-même son sketch.

— Fais gaffe, lui murmura son agent. Tu risques des ennuis, ce type est fêlé. Ce n'est pas que de la démagogie. Son programme délirant, il y croit.

— Panique pas ! rigola Dan. Est-ce que le Président s'est plaint quand je l'ai « montré » dans sa baignoire, à la Maison Blanche ? Est-ce qu'il nous a envoyé le FBI ou la C.I.A. ? On n'est plus dans les années 60, vieux, raccroche la parano au vestiaire !

Dan monta un véritable feuilleton sur la scène du *Poodle's.* Toute la vie du sénateur Ucks, l'ennemi des Noirs, l'homme qui avait tété la mamelle du Ku-Klux-Klan et était né avec un colt à six coups en guise de pénis. On y voyait Ucks forant un puits de pétrole. Un drame se produisait soudain, qui allait changer sa vie : le précieux liquide jaillissait, l'éclaboussant de la tête aux pieds. Il avait beau essayer de s'en défaire, sa peau si blanche restait teinte en noir de manière indélébile. Alors commençait le calvaire de William Ucks, pourchassé par ses propres militants qui le prenaient pour un nègre ! Battu, à demi lynché, il ne devait sa survie qu'à un pasteur Noir qui le recueillait et l'emmenait à Harlem. Là, la communauté Black essayait de lui donner une chance de s'adapter à sa nouvelle existence en faisant de lui un basketteur ou un chanteur de Rap... Ucks se révélait mauvais comme un cochon dans chacune de ses tentatives.

Dan savait que tout cela était facile, voire douteux, mais sa voix, ses voix faisaient merveille et la salle croulait de rire. On avait dénombré deux infarctus au cours de la dernière représentation, une crise de hoquet spasmodique nécessitant une hospitalisation d'urgence et un accouchement prématuré.

Le lendemain, il basculait en plein cauchemar. William Ucks n'avait pas apprécié la plaisanterie, il ne portait pas plainte, non, il n'entamerait pas non plus de procès en diffamation... il voulait simplement que Dan Norris se taise, à jamais. Qu'il n'ouvre plus la bouche en public sous peine de se faire trancher la langue. Les hommes en noir (Wigs, Curl, Faro) étaient entrés dans la vie de l'imitateur, faisant fuir tout le monde, menaçant les agents, les patrons des casinos. Ils pouvaient causer bien des ennuis, car Ucks avait le bras long et beaucoup d'amis dans l'administration fiscale.

— Un casino c'est une grosse machine, expliquaient les

tourmenteurs, mais ça peut se fermer en moins d'une heure. Il suffit que l'une des croupières perde la tête par exemple, et qu'elle se déshabille au beau milieu d'une partie pour se mettre à danser sur le tapis vert. Ou qu'elle triche. La législation fédérale ne rigole pas avec ça. Et qui peut assurer que de telles choses ne se produiront pas demain, chez vous ? Vous savez bien qu'il y a dans chaque « fosse » un agent de l'IRS pour dix joueurs, et qu'ils ont des yeux derrière la tête.

Le patron du *Poodle's* avait vite compris le message.

Dan se voyait mal parti, le trio funèbre avait fait de lui un paria. Son agent l'avait lâché au premier coup de semonce, ses petites amies avaient pris la fuite sans demander leur reste. Mais pouvait-on vraiment leur en vouloir ? Vous connaissez beaucoup de gens qui ont envie de se faire curer les oreilles au tire-bouchon ?

Sans les donations anonymes, jamais Dan n'aurait pu tenir le coup. Bien sûr, à Vegas tous les casinos offrent gracieusement nourriture et boissons aux joueurs, ceci afin de leur éviter de quitter le jeu ne serait-ce que dix minutes, et s'il avait été moins célèbre Dan aurait pu bénéficier de ces distributions gratuites ; hélas les serveuses le reconnaissaient au premier regard et s'éloignaient au pas de course avant qu'il ait pu saisir le moindre sandwich. Maintenant il ne dormait presque plus et se barricadait chez lui. Il n'était même pas certain que quitter le Nevada eût amélioré son sort. C'était sa peau que voulait Ucks. Après le silence forcé : le suicide. Dan y songeait parfois comme à une délivrance.

Et où aller sans argent ? Où étaient passés les fabuleux cachets des époques de haute gloire ? Il n'en savait fichtre rien... où file le fric des stars ? En conneries, la plupart du temps ! Réceptions, banquets, fantaisies excentriques destinées à asseoir l'image du grand homme. Location d'un Lear jet pour emmener les copains piquer une tête à Malibu, l'espace d'un week end. Frais d'engagement d'un orchestre symphonique anglais recruté pour jouer *Stars and Stripes For Ever* dans le désert du Nevada à l'occasion du trente-sixième anniversaire de Dan Norris, *l'homme qui mâche*, etc. etc. Il y en avait un carton plein de ces foutaises infantiles. Elles l'avaient mis à sec, bouffant toutes ses rentrées avec un appétit de rongeur.

Et maintenant ?

Maintenant il se débattait dans la nasse, un œil sur les lames de rasoir oubliées sur le rebord de la baignoire. La nuit, au cours de ses insomnies, des idées folles lui traversaient la tête. Il s'imaginait, déguisé en terroriste, abattant Ucks au cours d'un meeting. Il se sentait capable de n'importe quoi pour s'en sortir.

Alors, la sueur aux tempes, il s'asseyait sur son matelas et feuilletait de vieux numéros de *People*. Des numéros où l'on parlait de lui.

3

Dan s'arracha à sa méditation morose pour aller chercher de la glace dans la minuscule cuisine du studio. Il en remplit une vessie de caoutchouc qu'il promena sur les zones douloureuses de son corps. C'était la seule méthode efficace pour empêcher la formation d'hématomes disproportionnés. Ça et la pommade à la cortisone, mais la glace avait au moins le mérite de ne rien coûter. Une affiche du *Poodle's* occupait le mur, au-dessus du réfrigérateur. Elle représentait Dan Norris, le visage tordu en une grimace à la Jerry Lewis. Tout cela prenait aujourd'hui un caractère un peu pathétique. Dan éprouvait un pincement à l'estomac chaque fois qu'il commettait l'erreur de regarder dans la direction de l'affiche. Le fric, les « megabucks » (comme on disait maintenant), ne lui manquaient pas réellement. Ce dont il avait besoin c'était de tenir une salle dans le creux de sa main, d'avoir mille spectateurs en son pouvoir, de se sentir le maître, de tirer sur une ficelle, d'appuyer sur un bouton... et de les voir se contorsionner en pleurant de rire.

Et puis, au fond de tout, il avait la passion de l'imitation. A ce point-là ce n'était d'ailleurs même plus une passion, plutôt du vice ! Ça l'avait pris très tôt, tout enfant. A l'école, il avait commencé à imiter les voix des institutrices, celles des autres gamins. Quand un gosse lui cherchait noise, il se vengeait en contrefaisant sa voix pendant la classe, et lui faisait proférer des insanités qui valaient une punition à l'innocente victime. Il était si habile qu'on s'était mis à avoir peur de lui. Grisé par le succès, il multipliait les blagues téléphoniques. Prenait la voix du proviseur pour imposer des corvées fantaisistes aux différents professeurs. Cela lui avait valu pas mal d'ennuis et on avait fini par le prendre en grippe. C'était son grand défaut, il ne savait jamais s'arrêter avant la ligne fatidique. Et puis les adultes n'aiment pas beaucoup les enfants trop talentueux qui leur renvoient l'image de leur propre médiocrité.

Dan s'approcha de la fenêtre, promenant la poche de glace sur son ventre. A travers le double vitrage il entendait hurler les haut-parleurs du *Bally's* annonçant qu'un super jackpot de 100 000 dollars venait d'être remporté par Irving H. Mason, un représentant en tondeuses à gazon de Trabuco Canyon (Orange County).Tout à coup il se figea.

La fille était là... En bas, sur le trottoir, appuyée au capot d'une Cadillac Fleetwood blanche. Elle avait la tête levée et regardait la façade de l'immeuble comme si elle cherchait à localiser la fenêtre du studio.

La fille... Dan ne savait quel nom lui donner, mais ce n'était pas la première fois qu'il la rencontrait. A deux ou trois reprises, il l'avait examinée à l'aide de ses jumelles de théâtre. Elle était grande, elle bougeait avec cette aisance fluide des top models qui transforment chaque geste en une chorégraphie feutrée. Elle occupait l'espace avec une sûreté impressionnante, comme si elle savait d'emblée que le décor de la ville allait s'agencer autour d'elle pour la mettre en vedette. Comme Dan, elle avait l'habitude d'être le point de mire d'une foule de curieux, cela se devinait à la carapace de charme dont elle s'enveloppait instinctivement. Chacune de ses postures était étudiée, cataloguée, elle les enchaînait sans efforts, tels ces champions d'arts martiaux égrenant leurs katas en un ballet solitaire et menaçant.

Elle approchait de la quarantaine. Mais une quarantaine lisse, dépourvue de rides, une quarantaine « californienne », qui ne parvenait pas, toutefois, à masquer une certaine tristesse. Elle paraissait blessée... Ses yeux, d'un vert très clair, la trahissaient. Il y avait en eux une souffrance latente, facile à réveiller.

Dan avait une bonne raison pour se souvenir d'elle. Elle était venue à ses deux derniers shows. Chaque fois, elle avait occupé une table près de la scène. Chaque fois elle était seule... et, au milieu de la foule des rieurs, elle avait été également la seule à rester impassible, la bouche figée, n'esquissant même pas un sourire poli. Le fait était si rare que Dan avait failli en perdre le fil et s'emmêler dans son monologue. Il en avait éprouvé un curieux malaise qui lui avait gâché son triomphe.

Qui était-elle ? Et pourquoi s'obstinait-elle à venir le voir si elle ne le trouvait pas drôle ?

Il savait que son humour n'avait rien de léger, et que les intellos new-yorkais évitaient ses exhibitions. Alors ?

Et pourquoi, chaque fois, l'avait-elle fixé avec une telle intensité, comme si elle essayait de lui transmettre un message muet ?

Elle n'avait rien d'une femme en quête d'aventures, et même si ç'avait été le cas, elle n'aurait sans doute pas dragué un type comme lui. Il n'était ni assez beau ni assez intelligent pour ça. Les filles qui flashaient sur Dan Norris étaient la plupart du temps des starlettes cherchant un protecteur, quelqu'un qui pourrait les pousser dans le métier, les sortir des oubliettes de la chorus line pour les amener sur le devant de la scène.

Dan recula, la poche de glace à la main. En bas,

l'inconnue fixait toujours sa fenêtre comme si elle savait qu'il se tenait là, de l'autre côté du store, embusqué dans la pénombre.

Elle portait un tailleur coûteux acheté dans une boutique de Rodeo Drive, à L.A. Elle était bien coiffée, d'un blond cendré qui faisait la nique aux premiers cheveux blancs de la quarantaine. Elle était belle, mais d'une beauté rare et chère, un brin dédaigneuse. Même son regard voilé avait quelque chose de follement distingué.

« Ce n'est pas une femme pour toi, songea Dan en tournant le dos à la fenêtre. Alors qu'est-ce qu'elle fout là ? »

Dorana Smart baissa les yeux. Le soleil se reflétant dans les vitres de la façade l'éblouissait. La posture incommode avait allumé une petite douleur à la hauteur de sa nuque. C'était à d'infimes détails de ce genre qu'on apprenait qu'on était en train de vieillir. Les autres avaient beau s'obstiner à vous trouver magnifique, séduisante, on savait que le compte à rebours avait déjà commencé.

Elle ouvrit la portière de la Fleetwood et se glissa au volant. En vérité elle se nommait Deborah-An Smart. C'était Adam, son mari, qui avait inventé le diminutif Dorana. Son mari, Adam Smart, le banquier. L'homme au chien fou.

Elle remonta le Strip en direction du désert. La vulgarité de Vegas lui donnait la nausée. Entre la peur qui ne la quittait pas et la médiocrité de ce qui l'entourait, elle ne savait plus à qui attribuer l'envie de vomir qui lui taraudait l'estomac en permanence.

Elle songea à la fille qu'elle avait prise en stop, à la sortie de L.A, cette gamine qui s'était obstinée à lui donner du « madame » durant tout le trajet. Elle était jolie, avec cette fermeté insolente de la chair qui supporte sans problème le soleil et les nuits sans sommeil. Elle se rendait à Vegas pour essayer de se faire engager dans un spectacle. Elle avait été mannequin dans un magazine pour teen-agers. « Moi aussi j'ai été mannequin » lui avait dit Dorana, et cette conne avait répondu : « Oui, mais dans le temps c'était plus facile, les femmes étaient moins jolies, elles se nourrissaient mal. »

C'est à ce moment précis que Dorana avait eu envie de la tuer. Une envie réelle qui lui avait fait peur. *Dans le temps...* Que s'imaginait-elle ? Que Dorana avait posé pour les femmes de chercheurs d'or ?

L'envie de meurtre ne s'était pas calmée avec les kilomètres. Dorana était de plus en plus fréquemment sujette à de telles pulsions. Peut-être qu'elle devenait folle ? Adam et son foutu chien avaient réussi à lui faire perdre la tête.

Lorsqu'elles s'étaient arrêtées à la première station-service parce que Candy avait envie de « faire pipi » (l'auto-stoppeuse s'appelait Candy, un prénom de connasse !), Dorana en avait profité pour dissoudre une poignée de Valiums dans la Thermos de thé glacé qu'elle emmenait toujours en voyage. Elle l'avait fait sans réfléchir, à la manière des fous. Un peu plus tard, elle avait poussé la fille à en avaler plusieurs gobelets.

— Le thé, vous savez, pérorait Candy, ça tache les dents, et puis c'est mauvais pour les reins. Si l'on veut rester jolie jusqu'à un âge avancé, il faut être très stricte avec l'alimentation.

— C'est quoi « un âge avancé» ? s'enquit Dorana.

— Trente ans, répondit la fille. Après on ne peut plus guère s'exhiber que devant son mari.

Le Valium la foudroya au bout de dix kilomètres, et seule la ceinture de sécurité l'empêcha de donner de la tête dans le pare-brise. Dorana ralentit pour trouver une aire de repos. Elle ne transpirait même pas, ses mains étaient sèches sur le volant. « Je vais le faire, se répétait-elle. Je vais le faire. »

Elle gara le véhicule sur un parking désert et saisit son vanity-case sur la banquette arrière. A l'aide des ciseaux à ongles, elle taillada les cheveux de Candy en mèches inégales, creusant à certains endroits de véritables tonsures qui lui donnaient l'air de souffrir d'une quelconque maladie de peau. Elle travaillait les dents serrées, essayant de résister à la tentation de lui couper le bout du nez ou de lui balafrer les joues.

« Non, lui souffla la voix de la raison. Le Valium n'est pas un anesthésique, elle se réveillerait. Tu ne peux pas aller jusque-là. »

Sans cette restriction elle aurait mis son projet à exécution. Pour se consoler, elle lacéra les vêtements de la jeune fille, ceux qu'elle portait sur elle, et ceux qu'elle conservait dans son sac à dos. Elle ne lui laissa aucune possibilité de se changer, hachant même ses petites culottes. Quand elle eut fini, elle traîna sa victime hors de la voiture et l'abandonna derrière l'un des rochers bordant l'aire de repos. Elle crut qu'elle n'arriverait jamais à se débarrasser des cheveux blonds tombés sur le plancher. Ils collaient à ses paumes, volaient dans les airs. Elle démarra au moment où un Mack manœuvrait pour s'arrêter à vingt mètres de la Fleetwood. Elle se demanda si le routier trouverait la fille, s'il profiterait de son évanouissement pour la violer. Elle n'éprouvait aucun remords, rien qu'une espèce de jubilation nerveuse qui lui mettait par instants dans la bouche un affreux petit rire de sorcière.

Elle essayait d'imaginer ce qui se passerait si une patrouille de police lui donnait soudain la chasse. Il suffisait pour cela que le camionneur décroche sa CB et donne l'alerte. *L'épouse d'un banquier agresse une auto-stoppeuse pour l'abandonner inanimée et demi-nue au bord de la route*... Seigneur ! C'est Adam qui en ferait une tête ! Son amusement retomba aussitôt, non, il ne fallait pas qu'on l'arrête, pas maintenant qu'elle était si près du but. Bientôt tout serait en place. Il lui fallait encore convaincre Dan Norris, mais ce qu'elle savait de sa situation actuelle lui donnait bon espoir de réussir. Elle l'avait vu sur scène, plusieurs fois. Elle ne pensait pas qu'il fût très intelligent, sinon il ne se serait pas abaissé à proférer de telles absurdités, cependant il avait un don extraordinaire, elle devait en convenir. Et c'était ce don qui l'intéressait.

Elle réalisa soudain qu'elle roulait dans le désert depuis un moment, et qu'elle avait failli s'engager sur une route « non patrouillée ». La lumière lui faisait mal aux yeux, sans doute à cause de la photosensibilisation due aux tranquillisants. Elle devrait diminuer sa consommation journalière, même si la tension nerveuse lui donnait envie de hurler ou de jeter la voiture dans le premier mur venu.

Elle songea à Adam. Depuis que le chien avait fait échouer le hold-up, à la *Trade Ltd*, il se prenait pour un surhomme. Il s'était mis à relire Hemingway et envisageait de se laisser pousser la barbe. Dieu ! Est-ce que tous les hommes deviennent fous à cinquante ans ? C'est ce que répétaient ses amies au bord des piscines de Beverly Hills. Dorana avait souvent envie de leur dire : « Vous au moins, vos maris vous trompent avec des gamines de vingt ans... pas avec un chien ! »

Mais elle ne pouvait raconter cela à personne sans passer aussitôt pour une folle. Comment faire comprendre à des gens normaux qu'Adam Smart, le directeur commercial de la *Trade Ltd* ne vivait plus que pour un affreux cabot racheté aux services de police de Los Angeles ? Lorsqu'elle avait consulté un psychiatre, elle lui avait déclaré, à peine allongée sur le divan de cuir : « Il lui parle, vous comprenez ? Pas comme on parle à un animal, non. Il lui parle comme à un être humain. Il l'entretient de politique ou de stratégie commerciale. Un chien ne peut pas comprendre ce genre de choses, ne me dites pas le contraire ! Même un chien intelligent ! Adam passe plus de temps avec lui qu'avec moi... Il y a entre eux une espèce de complicité bizarre. Parfois on dirait deux copains de régiment. Vous pouvez concevoir une chose pareille ? »

Mais le psychiatre n'avait pas compris ce qu'elle essayait de lui dire. A la fin de la séance, il avait murmuré :

— Ne pensez-vous pas que vous reportez sur ce chien une certaine forme de jalousie latente ? Je veux dire : est-ce vraiment le chien qui vous fait peur... ne sont-ce pas plutôt les relations extra-conjugales que votre mari pourrait entretenir avec des femmes plus jeunes que vous ?

Dorana s'était levée, avait réglé le montant de la séance et n'était plus jamais revenue. Si ce crétin de psy' avait accepté de vivre trois jours chez elle, il aurait compris qu'elle n'exagérait pas. Adam Smart était possédé par Dust. Possédé au sens démoniaque du terme. Victime d'un transfert de personnalité.

Cela n'aurait rien eu de grave si le chien en question n'avait été un fauve bon pour la chambre à gaz ou la piqûre de strychnine. Elle savait qu'il la détestait, elle le lisait dans ses yeux. Il était plus intelligent qu'Adam, beaucoup plus, et il avait du flair. Il avait deviné ce qu'elle était en train de préparer contre son maître. S'il avait pu parler, il l'aurait dénoncée.

Elle leva le pied en voyant s'approcher une voiture de patrouille. Depuis quelque temps, elle avait des réflexes d'apprentie criminelle. Elle continua à rouler sans savoir où elle allait. La route du désert semblait filer vers le soleil. Dorana songea qu'en roulant toujours droit devant, elle finirait peut-être par atteindre des territoires d'incandescence où les pneus de la Fleetwood se mettraient à fondre. Elle joua quelques secondes avec cette idée, imaginant le véhicule liquéfié par la chaleur se refermant sur son cadavre carbonisé. Il faisait si chaud que l'air conditionné peinait pour maintenir une atmosphère acceptable à l'intérieur de l'habitacle.

Elle avait bien sûr menti à Adam pour venir passer quelques jours à Vegas. Elle s'entendait encore lui dire : « Chéri, je vais voir Shirley Mc Coy, tu sais, je t'ai déjà parlé d'elle. Elle traverse une sale passe. Sa lipo-succion a foiré et depuis sa sortie de clinique ses fesses ont l'aspect d'un ballon de plage dégonflé, ça lui mine le moral... Ce qui serait bien, c'est que tu me laisses la Cadillac, ça me permettrait de lui en mettre plein la vue. »

Adam s'en fichait, les histoires de nanas l'avaient toujours prodigieusement ennuyé. D'ailleurs, à part Dust et les combats de boxe, rien ne l'intéressait. Pour un banquier, il avait des goûts crapuleux. Pourquoi ne se contentait-il pas du golf et du tennis comme tout le monde ?

Depuis l'attaque de la banque, il était devenu encore plus bizarre, rêveur. Il allait se promener dans les collines avec Dust. Une fois, Dorana les avait observés à la jumelle pendant qu'ils revenaient vers la maison. Elle avait vu bouger les lèvres d'Adam. Il parlait en marchant, il parlait à son chien... interminablement. Aucune personne sensée n'entretenait de telles conversations avec une bête. Un mot de temps à autre, oui... mais pas de pareils monologues ! On eût dit qu'il se confessait, ou qu'il exposait un plan compliqué...

Oui, un plan. Une marche à suivre.

Et puis il avait pris la manie de sortir la nuit. Il quittait la maison en cachette, en prenant garde de ne pas réveiller son épouse. Dorana l'entendait ensuite chuchoter sur la pelouse avec Dust. Ils quittaient le jardin comme des voleurs pour aller rôder dans les Hills, au risque de se faire tirer dessus par les patrouilles de vigiles sillonnant les zones interdites aux piétons.

Dorana se levait dès qu'elle les savait en train de traverser la pelouse. Elle se cachait dans l'encoignure de la fenêtre pour les regarder partir. Adam était habillé de noir, à la manière d'un ninja de bande dessinée. Parfois elle se demandait s'il allait jusqu'à se barbouiller le visage avec une pommade de camouflage, comme les soldats des Forces Spéciales. Où allaient-ils ? Que faisaient-ils ?

— Dust n'est pas un chien ordinaire, se plaisait à répéter Adam. Si on lui faisait mener l'existence d'un cabot de salon, il sombrerait dans la dépression nerveuse. J'ai lu des choses là-dessus. Il a besoin d'un régime spécial. D'un entraînement. Il lui faut le contact du danger, l'excitation de la chasse. Il a ça dans le sang.

Avait-il imaginé une sorte de récréation sanglante et nocturne à laquelle il conviait l'animal trois nuits par semaine ? La légende voulait que les collines fussent infestées de coyotes qui chassaient dès la tombée du jour. Ces chiens sauvages s'en prenaient aux animaux domestiques traînant dans les jardins. Ils étaient assez hardis pour sauter les clôtures et se glisser dans les patios ou les vérandas, à la recherche d'un chat en maraude. Il était rare qu'on les prenne sur le fait, mais on les entendait souvent glapir dans le lointain. Une clameur qui n'avait rien d'agréable. Dorana se demandait si Adam n'encourageait pas Dust à les attaquer ? Ç'aurait bien été dans ses manières. Espérait-il émousser les appétits sanguinaires du chien en lui livrant en pâture ces lointains cousins du désert ?

De telles pratiques mettaient Dorana mal à l'aise. Elle n'aimait pas ces rondes nocturnes, cette complicité de loups-garous en chasse. Elle avait fini par faire un cauchemar dans lequel Adam se déplaçait à quatre pattes, le corps couvert de poils.

Elle n'ignorait pas que les banquiers étaient soumis à une rude tension nerveuse et que le stress les poussait à des activités de détente où ils libéraient leur agressivité rentrée, mais les époux de ses amies s'en tenaient au squash, au karaté, au golf ou au ski nautique, aucun d'entre eux ne quittait la maison conjugale en cachette pour aller égorger les coyotes rôdant dans les buissons.

De toute manière elle n'aimait pas Dust, et Dust ne l'aimait pas. Adam s'amusait de cette aversion réciproque. Il la taquinait. Sa « meilleure » blague consistait à expédier Dust dans la salle de bains quand Dorana s'y trouvait nue, sortant de la baignoire. Dieu ! Qu'elle détestait ça ! Voir le museau de la bête s'insinuer dans l'entrebâillement de la porte, subir l'examen de ces yeux de fauve.

— Rappelle-le ! hurlait-elle. Rappelle-le ou je l'arrose de parfum !

Elle essayait de ne pas déraper dans l'hystérie, mais la peur faisait trembler sa voix. Quand elle esquissait un geste en direction de la bouteille de N° 5, le chien se contentait de découvrir les crocs, en guise d'avertissement. Il ne grondait pas, non, il retroussait juste les babines pour faire scintiller ses dents. Dorana se demandait ce qu'il ferait si elle lui jetait du Chanel dans les yeux ? Battrait-il en retraite, passerait-il à l'attaque ?

Par bonheur, jusqu'à présent Adam avait toujours fini par le rappeler avant que la situation ne débouche sur un affrontement réel.

« Et si Adam essayait de se débarrasser de toi ? lui murmurait la voix du doute au fond de son esprit. Si ton mari était en train de dresser son chien à ton insu, dans le but de t'égorger, hein ? Tu y as pensé ? »

De brusques bouffées de paranoïa la poussaient à échafauder des scénarios rocambolesques dans lesquels Adam accoutumait Dust à déchiqueter des coyotes aspergés avec le parfum de sa femme.

« Oui, s'il l'habituait à associer mon odeur avec celle des proies qu'il met en pièces ? » songeait-elle lorsque l'angoisse la submergeait. Un tel apprentissage n'avait rien d'impossible. Un jour ou l'autre, quand le conditionnement aurait installé une parfaite confusion dans l'esprit de l'animal, celui-ci se jetterait sur elle pour l'égorger... La police conclurait à un accident et obligerait Adam à faire piquer le chien, mais cela n'irait pas plus loin. Un crime parfait exécuté par un tueur obéissant et muet, ne risquant pas de trahir son commanditaire.

A force d'y penser, elle avait fini par se persuader qu'un tel scénario n'avait rien d'improbable. Elle allait avoir quarante ans, Adam entrait dans cette période d'hyper-lubricité qui s'empare des hommes vieillissants et les fait se jeter sur les Lolitas. Certains engagent des tueurs professionnels pour se débarrasser d'une épouse encombrante, lui avait acheté les services d'un chien habitué à la violence. Un professionnel du combat de rue. D'ailleurs les journaux avaient monté en épingle les exploits de Dust à la *Trade Ltd*, et MTV avait même envoyé une équipe pour filmer le héros du jour. On avait eu droit à des manchettes du style : *le chien-flic retraité n'a pas perdu la main*... et autres absurdités du même tonneau. Tout cela n'avait-il pas pour unique fonction de préparer le terrain ?

Dorana ralentit et arrêta la Cadillac au bord de la route. Aussitôt la poussière se mit à crépiter sur le pare-brise. Elle avait la même couleur que le pelage de Dust.

« Arrête ! pensa-t-elle. Tu es en train de perdre la tête. »

Elle prit conscience qu'elle mourait de soif. Les deux bouteilles de Diet Coke achetées à un vendeur ambulant étaient vides, malgré cela, elle ouvrit la portière, sortit de la voiture. La chaleur lui coupa la respiration et elle eut l'impression de s'avancer vers un bûcher ou un volcan en éruption. Elle pouvait presque sentir sa peau se déshydrater de minute en minute.

Elle devait lier connaissance avec Dan Norris maintenant qu'elle avait piqué sa curiosité. Le temps jouait contre elle. Ce serait plus facile de coucher avec lui qu'avec les autres, il était moins laid. Elle frissonna au souvenir de ce qu'elle avait dû supporter lors des deux précédentes prises de contact. Elle n'était plus assez jeune pour trouver qu'un rapport sexuel n'a pas plus d'importance qu'une poignée de main, et pas assez vieille pour se réjouir du contact de n'importe quel homme.

Elle ferma les paupières et demeura immobile, face au désert, l'air ne contenait plus une molécule d'oxygène. Le soleil lui cuisait les lèvres. Si elle restait là trente secondes de plus elle se transformerait en momie indienne, un voleur d'antiquités la ramasserait pour la vendre à un collectionneur de New York. Ce n'aurait peut-être pas été plus mal.

Elle s'ébroua et réintégra la voiture. Là, elle s'examina sans indulgence dans le miroir de commodité. Il lui arrivait de se demander si elle était encore attirante pour un homme. Adam et elle faisaient chambre à part. Ils n'avaient plus aucunes relations sexuelles depuis longtemps. Était-il devenu impuissant ? Elle avait entendu dire que certains cadres supérieurs, usés par le stress, voyaient leurs « capacités » décliner de manière précoce. Adam était très viril d'apparence, mais cela ne prouvait pas grand-chose. La première fois qu'elle l'avait vu, en 1975, elle n'était encore qu'une gamine. A l'époque, les mannequins de Haute Couture s'appliquaient à paraître très « femme » ; il ne serait venu à l'idée d'aucune d'entre elles de se promener comme le faisaient les top models d'aujourd'hui : en haillons, des baskets sans lacets aux pieds, les cheveux gras et le visage nu, sans la moindre trace de maquillage. C'était un autre temps où l'on était fière de se voir prêter un tailleur griffé. On était cover-girl vingt-quatre heures sur vingt-quatre. On s'épiait en permanence dans un miroir imaginaire. On aurait préféré mourir que de se montrer à un homme sans mascara ni rouge à lèvres !

Merde, que restait-il de tout ça ? Chaque fois qu'elle se rendait à un défilé de mode pour avoir le prétexte de rôder dans les vestiaires, elle était effrayée de découvrir ces jeunes souillons en jeans déchirés, T-shirt et sneakers qui débarquaient en bâillant des limousines de leurs protecteurs. On eût dit qu'elles prenaient plaisir à s'enlaidir, que la mode n'était pour elles qu'un passe-temps lucratif mais pas excitant pour un sou. Elles étaient maussades, infantiles. Poser n'était pour elles qu'un « job » d'été, un moyen de se faire beaucoup d'argent de poche. Aucune d'elles n'avait l'amour du beau vêtement ; elles parlaient de « nippes », de « fringues » avec un égal dédain. Elles voulaient toutes être romancière, actrice, chanteuse. Dorana, si elle avait pu, aurait aimé rester mannequin toute sa vie.

— Toi, ricanait Adam lorsqu'elle évoquait ses souvenirs devant lui, tu étais la nonne de la Haute Couture ! Tu présentais les robes comme si on t'avait emballée dans le Saint-Suaire ! Les gamines d'aujourd'hui sont plus réalistes, elles ont conscience d'exercer une activité éphémère. Ton problème, ma chérie, c'est que tu n'as jamais voulu croire qu'il existait une vie après la Haute Couture !

Dorana le détestait quand il se mettait à plaisanter ainsi. Le chien, allongé à ses pieds, avait l'air de ricaner, complice.

Elle mit le contact, fit demi-tour sur la route déserte et reprit le chemin de Vegas. Elle n'avait plus le choix à présent, elle était allée trop loin. Et puis il y allait de sa survie.

« C'est presque de la légitime défense, songea-t-elle. De la légitime défense préventive. »

Était-ce sa faute si elle n'avait rien d'autre pour s'occuper que ses souvenirs, « sa » peinture, et les présentations de mode de Rodeo Drive ? A trente-cinq ans elle avait émis l'idée qu'elle n'aurait pas détesté avoir un enfant, mais Adam avait fait la sourde oreille. On n'avait pas d'enfant quand on aimait les chiens !

— Les gosses, avait-il grogné un soir qu'il avait un peu bu, c'est trop long à dresser, et ça n'obéit pas. C'est menteur, paresseux... et ça vit toujours plus longtemps que nous, tu as remarqué ? Ce qu'il y a de bien avec les chiens, c'est qu'ils ne vivent qu'une dizaine d'années en moyenne. On finit toujours par les enterrer, ça nous donne l'impression d'être éternels. Quelque part, c'est réconfortant. Au contraire, dès qu'un homme regarde son fils, il pense tout de suite : « Voilà donc la gueule du petit salopard qui me portera en terre ! », je trouve ça déprimant. Je n'ai pas envie de donner naissance à mon propre croque-mort.

Dorana avait été anéantie par de tels propos et n'avait su quoi répliquer. Cependant Adam avait raison : on ne peut avoir d'enfant quand on garde à la maison un chien tel que Dust. Si elle avait eu un fils ou une fille, elle n'aurait cessé de trembler à l'idée d'un « accident ». Cet accident avait d'ailleurs eu lieu un an plus tôt. Une femme de ménage mexicaine, Anita, avait commis l'erreur de venir travailler en compagnie de son petit garçon, Jesus, un gamin de cinq ans qui ne parlait pas trois mots d'anglais. Dorana, qui peignait un nu d'après un Polaroïd fourni par une amie, n'avait pas su pressentir le danger. Anita n'avait pas commencé la vaisselle que Dust avait déjà mordu Jesus à la cuisse.

Par bonheur la blessure n'avait rien de grave et Anita ne possédant pas de carte verte, Adam avait enterré l'affaire au moyen de quelques billets.

A ce moment, si elle avait été plus jeune, Dorana aurait choisi la voix de la confrontation : « Adam, maintenant j'en ai assez, c'est le chien ou moi... »

Mais elle avait quarante ans, elle n'était plus certaine de voir pencher la balance de son côté.

Les dix dernières années avaient fait d'elle une femme entretenue, oisive. Pour tromper l'ennui et la peur, elle peignait. Des toiles sans valeur, des barbouillages expressionnistes qu'elle offrait à ses amies, avec un rire d'excuse. Mais la silhouette de Dust avait peu à peu gangrené jusqu'à ces pauvres ébauches picturales, peuplant les tableaux d'ombres à quatre pattes se faufilant dans un brouillard de blanc de zinc.

— Engage un tueur, lui avait chuchoté Suzie Hamilton, la veuve d'un riche producteur de clips vidéo, foudroyé par un infarctus à quarante-deux ans, comme beaucoup de « golden men » de Beverly Hills.

— Un tueur ? avait répété Dorana faussement horrifiée.

— Oui, insista Suzie. Tu descends dans un bar, du côté de South Central, sur Crenshaw Avenue ou Harvard Park, et tu engages trois jeunes gars pour faire le travail. Tu leur files mille dollars pour qu'ils fichent une balle dans la tête à ce foutu clébard. Ça ne doit pas être difficile à trouver, non ? Tu veux que je m'en charge ? Mon jardinier, Paco, est mexicain, il fricote avec une bande de « Browns ». Il pourrait m'arranger le coup si je le lui demandais.

Dorana connaissait Paco, il avait vingt-huit ans et couchait probablement avec Suzie. Il faisait des effets de pectoraux en taillant les citronniers sauvages. Les fesses pas plus grosses que des melons et des cils de madone.

— Tu trouves que je deviens folle ? s'enquit Dorana en jetant un regard inquiet à son amie.

— Non, murmura Suzanne en redevenant grave. Je déteste ce chien moi aussi. Je trouve qu'il a un regard d'homme... C'est idiot, mais je ne peux pas m'empêcher de penser qu'il comprend tout ce qu'on dit. Tu y crois, toi, à ces histoires de métempsycose ? Les gens qui se réincarnent en animal, et tout ce qui s'ensuit ?

En entendant ces mots, Dorana avait eu le plus grand mal à réprimer un frisson. Depuis quelque temps, elle devenait étrangement perméable aux fantasmagories les plus stupides.

Une semaine plus tard, alors qu'elles prenaient toutes deux le thé au *Château Marmont*, Suzanne lui jeta un regard penaud.

— Il faut que je t'avoue quelque chose, chuchota-t-elle après s'être assurée que personne ne pouvait les entendre. J'ai voulu te rendre service... Te faire une surprise, quoi.

— Qu'est-ce que tu racontes ? interrogea Dorana en serrant trop fort l'anse de la tasse en véritable porcelaine de Wedgwood.

— Merde, siffla Suzie un ton plus bas. Ton chien... J'ai demandé à Paco de l'estourbir. Je pensais que ce serait facile. Il a essayé de faire le coup tout seul, pour ne pas partager les mille billets avec ses copains. Dust a failli le tuer. Il est à Cedar-Sinaï, avec cents points de suture au bras droit. Il m'a dit qu'il n'avait jamais vu un chien aussi mauvais de sa vie. Ton cabot lui a sauté dessus avant même qu'il ait eu le temps de sortir le revolver de sa poche.

Dorana ferma les yeux pour résister au vertige qui s'emparait d'elle. Dust était une malédiction. Sa malédiction. Si elle ne pouvait s'en débarrasser, elle partirait. Loin. Loin de L.A et d'Adam Smart.

La Fleetwood s'engagea dans le flot des voitures encombrant le Strip. Le *Treasure Island* et le *Bally's* lui bouchaient l'horizon telle une formidable muraille chinoise.

Dorana se sentait fatiguée et moite. Il lui fallait prendre une douche et dormir quelques heures. Ce soir même, elle prendrait contact avec Dan Norris. A cause des hommes du sénateur Ucks, elle était forcée de mener les choses tambour battant, avant de se faire remarquer.

Devant le *Morgan*, elle abandonna la Cadillac au voiturier déguisé en pirate et gagna sa chambre. Elle se débarrassa de son tailleur et plongea sous la douche. Ce matin, elle avait essayé de joindre Adam à son bureau, mais il avait fait répondre qu'il était en conférence. Il n'avait jamais aimé qu'elle lui téléphone à la banque, il se faisait de la virilité des idées surfaites. Des idées d'impuissant ?

Elle resta longtemps sous l'eau, cédant à la conviction absurde qu'elle devait réhydrater son corps sous peine de tomber en poussière. Puis elle s'enveloppa dans un peignoir blanc et s'installa devant la baie vitrée d'où on découvrait l'invraisemblable panorama du *Louxor* avec son sphinx en toc et sa pyramide noire bâtie par des pharaons de l'an 3000.

« Je suis une salope, songea-t-elle avec un curieux détachement, mais j'ai des excuses. »

5

Dan sortit de chez lui à la nuit tombante et se dirigea vers le *Bilto'*, un « diner » installé à la sortie de la ville. Il avait envie d'un bol de chili et de croûtons frits. Il savait qu'à vingt-deux heures, le mardi soir, le gérant du *Bilto'* s'absentait pour une partie de poker dont il n'émergeait pas avant trois heures du matin. Dan avait suivi l'homme assez longtemps pour assimiler les inflexions de sa voix, ses tics de langage, et la curieuse manière qu'il avait d'expectorer entre deux phrases, comme tous les gros fumeurs aux bronches goudronnées. Le bonhomme se nommait Paragon Juice, il employait trois serveuses : Lucy, Anny et Shelly, qu'il tyrannisait et pelotait sans vergogne. Dès qu'il avait passé le seuil de la salle de billard où se tenait la partie, Dan se ruait dans une cabine et formait le numéro du *Bilto'*.

— Allô, grognait-il en contrefaisant la voix de Paragon dès que l'une des filles décrochait, c'est moi, Juicy. L'un de mes vieux potes va venir, il s'appelle Claymore, comme les bonnes vieilles mines qu'on faisait péter au nez des bridés au Viêt-Nam. Vous lui servirez tout ce dont il a envie, aux frais de la maison. Pigé ? Et s'il réclame une petite pipe, tirez à la courte paille celle qui se dévouera !

Là-dessus il éclatait d'un rire graveleux et raccrochait.

Puis il se rendait au « diner » et engloutissait son chili après s'être présenté sous le patronyme de Claymore.

C'était moins la pauvreté que le besoin de s'offrir une petite représentation privée qui le poussait à agir ainsi. L'excitation de sentir l'autre « accrocher ». Le plaisir de berner son interlocutrice. Dans sa solitude, il retrouvait des réflexes d'enfant, s'amusait à rééditer ses vieilles blagues d'écolier. Le nez dans son bol de haricots au piment, il imitait la sonnerie du téléphone, se retenait de glousser en voyant la serveuse porter le combiné à son oreille. Il faisait parler les clients autour de lui, provoquant d'invraisemblables quiproquos. Son meilleur gag consistait à imiter la voix d'un enfant de cinq ans qui, sur un ton geignard, se plaignait d'une pressante envie de faire pipi. Il y avait du ventriloque en lui, et, au bout de quelques minutes, la plainte lancinante du gosse invisible finissait par engendrer une incompréhension générale qui lui procurait la plus grande satisfaction. Certains regardaient sous les tables, les banquettes, allaient même vérifier dans les toilettes. Un vrai régal.

Fallait-il qu'il soit tombé bien bas pour s'amuser de plaisanteries aussi stupides !

Son repas avalé, il s'enfuyait, mi-satisfait mi-dégoûté de lui-même.

Dans les mois qui avaient suivi son « interdiction », il avait essayé de survivre en participant à des concours d'amateurs. Il se déguisait et grimpait sur des scènes minables, au milieu de vacanciers aux performances pitoyables. Il lui aurait été facile de gagner le premier prix s'il avait su se contenter d'une imitation approximative, les concurrents étaient si mauvais ! Mais, toujours, le vieux démon de la perfection se réveillait en lui, le trahissant, et il se lançait dans un numéro éblouissant qui faisait crouler la salle de rire. Alors, invariablement, il se trouvait quelqu'un pour se lever, le montrer du doigt et crier : « Eh ! Mais C'est Dany Norris ! » A partir de cette seconde il était fichu. Les organisateurs se jetaient sur lui, le rouaient de coups et le flanquaient à bas de l'estrade en lui demandant s'il n'avait pas honte d'arnaquer le pauvre monde !

Il avait gagné, une fois, un premier prix de cent dollars, mais c'était parce que ce jour-là il était enroué et que la fièvre l'avait empêché de donner toute sa mesure.

Il sortait du *Bilto'* quand il sentit qu'on le suivait. D'abord il crut qu'il s'agissait de la voiture grise des gorilles du sénateur, mais un reflet dans une vitrine lui révéla que c'était encore la mystérieuse Fleetwood. La femme au tailleur blanc se tenait au volant, elle roulait au pas, et leurs regards se rencontrèrent dans le miroir du magasin. Elle ne chercha pas à dissimuler qu'elle l'observait. Sans le quitter des yeux, elle étendit le bras pour libérer la portière côté « passager ». Ç'aurait pu passer pour une invite sexuelle, mais Dan sut d'emblée qu'il ne serait pas question de ça. Il avait envie de savoir. Il marcha vers le véhicule et monta.

Dès qu'il fut assis, il remarqua la bible à couverture de carton bleu posée sur le tableau de bord. Une bible bon marché comme les évangélistes en distribuaient dans les hôtels. Il eut peur d'être tombé sur une folle décidée à sauver son âme, une de ces bourgeoises oisives que les sectes courtisaient à cause de leurs généreuses donations.

— Vous savez que je suis derrière vous depuis un

moment, n'est-ce pas ? demanda l'inconnue en guise de présentation.

Elle avait une voix d'hôtesse de l'air annonçant l'imminence d'un crash. Une surface lisse, destinée à rester « correcte » jusque dans les flammes du bûcher.

— Je m'appelle Dorana, dit-elle. Nous n'avons pas beaucoup de temps, ni vous ni moi. Alors il ne faudra pas le gaspiller en étonnements et en questions stupides. J'ai un travail à vous proposer. Je sais que vous êtes au fond de la nasse... comme je le suis moi-même. Nous pouvons nous entraider. Il y a beaucoup d'argent à gagner et votre talent m'intéresse. Je tiens à préciser que ce sera illégal. Maintenant vous pouvez dire non et descendre, c'est à vous de voir si vous avez baissé les bras.

Dan nota qu'elle surveillait le rétroviseur dans la crainte de voir surgir la voiture des gorilles au détour d'une rue.

— Je vous ai abordé ce soir parce que vos anges gardiens sont au MGM, fit-elle. Ils jouent les extras en escortant un joueur à qui on a accordé une ligne de crédit d'un million de dollars. Ça nous laisse quelques heures de liberté. Si vous dites oui, nous partirons dans la nuit, sans attendre. De cette manière nous aurons une chance de casser la filature. Je suppose que vous n'abandonnerez pas grand-chose derrière vous ?

— Où irons-nous ? questionna Dan.

— A L.A, souffla Dorana. C'est là-bas que tout se passera. Je vous le répète : c'est illégal, il y a gros à gagner, mais si nous faisons la moindre erreur nous nous retrouverons en prison jusqu'à la fin de nos jours. Voulez-vous en entendre davantage ?

— Oui, fit Dan. Vous savez bien que je n'ai pas le choix, si je reste ici, ils finiront par me tuer. Je veux recommencer ma vie ailleurs et il me faut de l'argent.

Dorana hocha la tête et manœuvra pour quitter Vegas sans passer par le Strip. La tension nerveuse raidissait ses mains sur le volant. Dan l'observa à la dérobée. Elle était très belle, même de près, de cette beauté que vous offrent la vie facile, les esthéticiennes de luxe et les cures de remise en forme trimestrielles. Elle était de celles qui ont le temps de s'occuper de leur corps, en professionnelles et ne s'autorisent aucun écart. Cela exigeait une volonté de fer. Nue, elle ne devait pas présenter un pouce de graisse au-dessous de la ligne du nombril. La fêlure ne se devinait qu'au visage, aux yeux fiévreux, aux lèvres mordillées. Dan se sentit soudain crasseux à côté d'elle, avec ses hématomes, les croûtes de sang séché accrochées à sa bouche, ses cheveux gras.

Elle avait pris la route du désert. Elle roula un quart d'heure au milieu de la plaine de poussière colonisée par les trailers des joueurs fauchés, et s'arrêta sur le parking d'un petit motel.

— J'ai pris un bungalow, annonça-t-elle. Ce que j'ai à vous expliquer est assez long et compliqué. Je préfère que vous ne m'interrompiez pas car nous n'avons pas vraiment le temps d'entrer dans les détails. Cela viendra plus tard. Vous êtes sûr de vouloir aller jusqu'au bout ?

— Votre combine... commença Dan, implique-t-elle la mort de quelqu'un ?

— Non, répondit Dorana, personne ne sera tué, je peux vous l'assurer. C'est une arnaque, pas un assassinat. Vous serez moins en danger qu'ici, avec ces types à vos trousses qui essayent de vous pousser au suicide.

— Je vois que vous avez pris le temps de vous renseigner, ricana Norris.

— Ce n'est pas très difficile, éluda la femme. Vous faites partie des curiosités touristiques de la région et les barmen ne se privent pas pour raconter votre aventure, ça électrise les touristes. Bientôt on vous photographiera, comme l'homme-iguane à Key West. Le syndicat d'initiative vous allouera peut-être une petite pension, qui sait ?

Le ton moqueur n'était dû qu'à la nervosité, Dan choisit de ne pas s'en offusquer. Il ouvrit la portière et descendit en évitant les zones éclairées. Dorana tira une clef de son sac à main. Ils pénétrèrent dans un bungalow propre mais rudimentaire. La jeune femme n'alluma que la lampe de chevet et tira les rideaux. Elle se laissa tomber dans un fauteuil « indien » en bois et cuir écailleux. Elle ne croisa pas les jambes et conserva au contraire les genoux bien serrés, privant son compagnon du spectacle de ses cuisses. Dan nota qu'elle avait posé la bible sur son ventre. Il commençait à se demander où elle voulait en venir. Une irritation mêlée de peur lui donnait envie de la bousculer. L'abstinence à laquelle il avait été contraint ces derniers mois allumait dans son esprit des fantasmes de viol qui ne lui ressemblaient guère. Il se sentait « bizarre », dans la peau d'un autre...

Dorana laissa à ses yeux le temps de s'acclimater à la pénombre. L'abat-jour « indien » diffusait une lumière rougeâtre dans la pièce, installant un climat propice aux affaires de peau. Elle était résignée, elle savait qu'à un moment ou à un autre (de préférence à la fin de l'entretien) *l'homme* abuserait d'elle, sachant qu'elle avait besoin de lui pour la réalisation de son plan, que rien ne pourrait se faire sans sa collaboration, et qu'elle se trouvait donc dans l'impossibilité matérielle de lui refuser son corps. Les autres avaient fait de même. Elle ne les avait pas repoussés mais n'y avait pris aucun plaisir. Elle n'était pas de celles que l'idée de faire l'amour avec un parfait inconnu excite. Suzanne était comme ça. Pas elle.

Bien qu'elle ne fumât que rarement, elle eut envie d'allumer une cigarette, puis elle songea que le tabac lui dessécherait encore plus la gorge et choisit de s'abstenir. Elle devait se décider à parler. Il attendait, assis juste en face d'elle. La peur et le désir lui faisaient un regard de loup. En ce moment il avait les mêmes yeux que Dust.

— Je vais vous faire l'historique de la situation, commença-t-elle. Je me suis mariée il y a dix ans avec un monsieur du nom d'Adam Smart. Il se prétendait banquier... associé à parts égales dans une affaire qui s'appelle la *Trade Ltd*, j'ai découvert peu à peu qu'en réalité il était l'un des nombreux cadres supérieurs de cette banque, pas davantage. Un gestionnaire de comptes parmi tant d'autres. Pour ma défense, je dirai qu'il avait cette aisance de comportement qu'on rencontre chez les hommes riches. Un parfait mépris de l'argent. Il était capable de louer un avion en pleine nuit pour aller déguster une spécialité locale dans un autre État. Ce genre d'excentricités, vous voyez. J'étais jeune, j'ai vraiment cru que la banque lui appartenait pour moitié.

Elle avait cessé de distinguer le visage de Dan. A présent elle regardait au travers de lui, se laissant submergée par les images du passé.

Elle revoyait Adam, à la sortie de ce shooting pour un couturier de La Brea qui avait décidé de son destin. Adam avec sa silhouette de chasseur de fauves, ses tempes grisonnantes, sa moustache si virile au-dessus des lèvres charnues. Il avait la quarantaine conquérante, installée. Dorana avait surtout été émue par ses mains dures. Plus tard, elle avait appris qu'il les musclait en malaxant des balles de caoutchouc pendant qu'il dictait son courrier ou étudiait un dossier. Cette habitude l'avait doté de doigts puissants, d'une fermeté d'acier, qui s'enfonçaient dans la chair des femmes et les tenaient clouées au fond des lits. Elle ne cherchait pas à se mentir : elle n'avait pas détesté.

L'image s'était émiettée au fil du temps, lorsqu'elle avait fini par comprendre qu'Adam ne possédait rien. La maison des collines, les deux voitures, le bungalow du dimanche à Malibu... l'avion privé... tout cela lui était prêté par la banque à titre de panoplie de représentation. Il s'était bien gardé de le dire, et Dorana l'avait appris par l'indiscrétion plus ou moins accidentelle d'une secrétaire. En réalité, Adam n'avait presque rien sur son compte courant. L'argent lui filait entre les doigts. Notes de restaurant, location de bateau, excursions à Nassau, Key West, Hawaii... Son traitement disparaissait entièrement dans un train de vie auquel il n'avait pas droit.

Il avait fallu du temps à la jeune femme qu'elle était alors pour comprendre qu'elle vivait dans un décor. En fraude.

Tous les voisins étaient riches, les Smart, eux, faisaient semblant.

Adam était entré dans la banque à trente ans. Il avait joué de sa prestance pour impressionner les riches veuves de San Diego ou de Beverly Hills et les convaincre de placer leur argent dans les projets immobiliers de la *Trade Ltd.* Il avait, paraît-il, beaucoup payé de sa personne en ces occasions. Mais dix ans s'étaient écoulés, on murmurait que ses facultés sexuelles avaient pâti des excès de zèle qui l'avaient propulsé au poste qu'il occupait présentement. Aujourd'hui, les veuves, d'abord charmées par ce quinquagénaire aux allures de commandant de l'US Navy, s'étonnaient de sa tiédeur et de son manque d'empressement à « concrétiser » des affaires pourtant bien amorcées. Les jeunes loups des écoles de commerce commençaient à lui rafler la clientèle sous le nez. Pour aggraver le tout, voilà qu'il s'était entiché de cet affreux chien dont il ne se séparait plus, pas même pour se rendre aux déjeuners d'affaires auxquels le conviait Dick Weston, son patron.

— Il m'a roulée dans la farine, dit doucement Dorana. Il m'a empêchée de travailler sous prétexte qu'un mannequin doit toujours quitter l'affiche en pleine gloire, il m'a fait miroiter l'ouverture d'une boutique sur Rodeo Drive alors qu'il n'avait pas le premier dollar qu'aurait coûté l'achat du fonds. Il m'a interdit d'avoir un enfant, arguant du fait que j'étais moi-même trop immature et que je ne ferais que transmettre mes névroses au petit... Il m'a menti, pendant des années, tout en tapinant pour le compte de la banque. Et puis son attitude a changé. Il est devenu bizarre... de plus en plus distant. Il s'est mis dans la tête d'acheter un chien et de le dresser, lui qui ne supportait pas le moindre animal domestique.

Dorana dit tout ce qu'elle pensait de Dust. Elle avait un peu peur de trop parler, de passer pour une folle ou une hystérique. Dan écoutait sans rien dire, les mains posées sur les accoudoirs de son fauteuil. Il avait des mains quelconques, molles et courtes, probablement sans force, comme tous les artistes. Au bout d'un moment il s'agita sur son siège.

— Vous voulez que je tue ce chien ? demanda-t-il. C'est ça ? Vous pensez que votre mari se prépare à vous assassiner et vous préférez vous débarrasser du tueur qu'il a choisi pour exécuter la besogne à sa place ?

Dorana hocha négativement la tête. Elle se rendait compte qu'elle devenait confuse et que son interlocuteur ne s'y retrouvait plus.

— Non, coupa-t-elle. Dust est trop malin, plus malin que nous en tout cas. Il ne faut rien entreprendre contre lui... il le devinerait aussitôt. Je crois qu'il est impossible de le surprendre ou de le berner. Il a un sixième sens. Il a attaqué Paco avant même que celui-ci ne sorte l'arme de sa poche. Il avait senti l'odeur de la poudre et de la graisse à pistolet au travers des vêtements du jardinier. Ce serait pareil si vous tentiez de le tuer... ou de l'empoisonner. Il ne se laisserait pas faire ;

— Alors je ne vois pas ce que vous attendez de moi, soupira Dan. Bon sang, je ne suis qu'un saltimbanque, imitateur, pas dompteur.

— Je sais bien, fit Dorana avec irritation. Mais j'essaye de vous exposer les faits. C'est important. Quand vous serez là-bas, il vous faudra savoir tout ça, et avec la cuisinière, Anita, je n'aurai plus la liberté de vous parler comme je le fais en ce moment.

Elle se leva parce qu'elle avait besoin d'un verre. La bible posée sur son ventre tomba sur le sol avec un bruit sourd qui les fit sursauter. Elle alla ouvrir le minuscule réfrigérateur et en sortit une bouteille de vodka Absolut jusque-là couchée dans le freezer. Elle ouvrit le flacon et remplit des gobelets en plastique. Elle n'ignorait pas qu'elle avait tort de boire, surtout s'il lui fallait prendre la route sitôt son histoire terminée.

— Je crois... commença-t-elle avec réticence. Je crois qu'Adam est devenu impuissant. Une histoire de nécrose des vaisseaux irrigateurs dont son père a commencé à souffrir au même âge. Je l'ai appris par une de ses tantes. Son père s'est suicidé à cinquante-quatre ans avec un pistolet qu'il avait rapporté de la guerre de Corée. Je pense que mon mari est atteint du même mal, et qu'il est en train de perdre la tête. Il me fait peur, je ne veux plus vivre avec lui.

— Divorcez, marmonna Dan. Fichez le camp.

— Il ne me laissera pas partir, dit sourdement Dorana. Pas avec les rumeurs qui courent à la banque. Si je le quittais on y verrait une confirmation des ragots portant atteinte à sa virilité. Et puis je suis trop vieille pour repartir de zéro sans un sou. Ce sont des choses qu'on peut envisager à vingt ans, pas à quarante.

— Oh ! grimaça Dan. Je commence à comprendre... il y a une assurance vie sur sa tête. Vous voulez qu'on le trucide et qu'on fasse porter le chapeau au cabot ? « Le dresseur amateur est déchiqueté par la bête qu'il harcelait» ? C'est hors de question, je ne suis pas un tueur. Je ne serais pas capable de faire ça.

Dorana tapa du pied.

— Oh ! Taisez-vous ! siffla-t-elle. Je vous ai déjà dit qu'on ne tuera personne ! Je suis tout de même plus maligne que ça.

Elle regagna son siège et entreprit de vider son gobelet à petites gorgées. Elle avait besoin de s'anesthésier en vue de ce qui allait suivre. Elle examina Dan, essayant de l'imaginer nu, couché sur elle. Il n'était pas très propre, mais les deux qui l'avaient précédé n'avaient rien de très reluisant non plus. Elle se demanda si elle aurait mal. Elle avait lu dans une revue que les call-girls s'enduisaient la vulve de lubrifiant avant de rejoindre les clients au lit. Elle en avait emporté un tube dans son sac (du *Juicy Joy* — l'horrible nom !), mais Norris lui laisserait-il le temps de procéder à ces préparatifs un peu sordides ?

— On ne tuera personne, répéta-t-elle. J'ai appris par une amie, une grosse actionnaire de la *Trade Ltd*, qu'Adam allait être licencié. Un groupe japonais est en train de mettre la main sur la banque. De jeunes cadres vont débarquer de

Tokyo, avec des méthodes nouvelles. Adam est trop vieux, trop excentrique pour qu'on envisage de continuer à l'employer plus longtemps. Il va être viré. On nous reprendra la villa des collines, les voitures, la maison de Malibu, l'avion. A son âge, jamais il ne retrouvera de travail, nous serons bons pour partir nous installer à la campagne, dans une maison de planches. Avec son indemnité de licenciement, il se lancera dans un commerce imbécile : un élevage de chiens qui fera faillite, ou quelque chose du même genre... Je ne me vois pas en train de préparer des marmites de soupe pour nourrir une armée de pit-bulls. Encore moins en train de nettoyer les cages au jet ou de balayer la merde.

— Alors quoi ? s'impatienta Dan.

Dorana réprima l'envie de le gifler qui montait en elle. Qu'est-ce qu'il s'imaginait ? Qu'il allait lui donner des ordres ? C'était elle la patronne... Elle avait tout conçu. Toute l'arnaque, du début à la fin.

— Je veux m'en aller les mains pleines, expliqua-t-elle enfin. Avec un paquet de fric. Merde ! J'y ai droit. Je veux être dédommagée, recommencer dans de bonnes conditions, ailleurs, loin de la Californie. Ouvrir une boutique de mode à New York, dessiner mes propres modèles, travailler pour une clientèle choisie...

— Quel fric ? coupa Dan. Vous venez de me dire que votre mari est fauché. Vous voulez qu'on lui pique son chèque de l'Aide Sociale ?

— Ne soyez pas idiot, répliqua Dorana. Il y a une autre possibilité. Une fois par mois, la *Trade Ltd* collecte le numéraire en provenance de toutes ses succursales. La salle des coffres est alors remplie de sacs fermés par des cadenas. Remplie jusqu'au plafond, je le sais, je l'ai vu de mes propres yeux. Les sacs sont bourrés de liasses de billets usagés. Il y en a parfois pour deux millions de dollars. Ces billets sont ensuite répartis entre les industries qui payent leurs ouvriers en liquide, principalement parce qu'il s'agit de *braceros*, c'est-à-dire de Mexicains ne disposant pas d'un compte en banque. C'est Adam qui gère la chambre forte.

Contrairement à ce que vous pensez, ça n'a rien d'une promotion, mais il est trop infatué de lui-même pour s'en rendre compte. C'est un boulot de gardien, rien de plus. Dick Weston, le directeur de l'établissement, a été cependant assez habile pour lui faire croire le contraire. Il a suffi d'un zeste d'électronique high-Tech' pour faire passer la pilule. C'est ça que je vous propose : nous emparer de ce trésor pendant un week-end, lorsque la banque sera vide. Je ne possède pas la clef des cadenas, mais il suffira d'un bon couteau pour éventrer les sacs.

— Et vous avez la combinaison du coffre ? interrogea Dan dont les paumes devenaient moites.

— La combinaison c'est Adam, répondit Dorana. Ou plutôt la voix d'Adam.

— Oh... haleta Dan. Je vois.

— Toute la salle des coffres est commandée par un système de reconnaissance vocale, murmura Dorana. La clef ouvrant la serrure électronique c'est la voix d'Adam murmurant une certaine phrase, toujours la même. L'ordinateur analyse ce mot de passe. Si l'empreinte correspond à celle déposée dans sa mémoire, il ouvre la porte.

— Quelle phrase ? s'enquit Dan.

La femme se baissa pour ramasser la bible tombée sur la moquette en fibre de coco. Elle la feuilleta à la recherche d'une page cornée.

— Ça, dit-elle en tendant le livre à son interlocuteur. J'ai entouré le passage.

Dan plissa les yeux pour déchiffrer les lettres minuscules. Comme pour toutes les bibles distribuées par les sociétés d'évangélistes, le texte était rédigé dans un langage très simple, à l'opposé des circonlocutions outrancières de certaines traductions destinées à un public bourgeois. Il s'agissait du sixième verset du chapitre 21 de *l'Apocalypse* de saint Jean :

Et il me dit : Je suis l'Alpha et l'Oméga, le Commencement et la Fin. A celui qui a soif je donnerai à boire l'eau de la vie.

— Rien que ça ? ricana-t-il. C'est votre mari qui a choisi ce passage ?

— Oui, soupira Dorana.

Elle se rappelait très bien les multiples recherches auxquelles s'était livré Adam dès que Dick Weston lui avait expliqué ce qu'on attendait de sa prestation.

— Merde, ne cessait-il de gronder en éparpillant les livres de la bibliothèque, je ne peux tout de même pas dire : « Toc-Toc ! Salut, c'est moi Adam Smart, ouvrez-moi la porte ! », il faut que ça sonne bien... Que ça impressionne les clients quand je déverrouillerai la chambre forte devant eux.

Pauvre Adam, toujours en train d'épier sa propre image dans les miroirs. Elle avait été sur le point de lui dire combien il serait ridicule, penché sur la grille du micro encastré, prophète en costume Armani ânonnant des paroles qui, dans sa bouche, sonneraient comme la tirade ronflante d'un mauvais comédien.

Il avait tour à tour feuilleté *Moby Dick, Les Raisins de la Colère, A l'Est d'Éden*, disputant des mérites et des défauts des citations qui lui tombaient sous les yeux et qu'il entourait au feutre rouge.

— Chéri, hasarda Dorana. Je te rappelle que ces livres sont la propriété de la banque, tu n'as pas le droit d'écrire dessus.

— Parce que tu crois que ceux qui nous remplaceront ici sauront lire ? ricana Adam. Les p'tits jeunes d'aujourd'hui ne connaissent que les chiffres et les écrans d'ordinateur.

Après avoir vidé la moitié des étagères, il se rabattit sur une valeur sûre : la Bible. Il fallut alors supporter ses interminables déclamations, ses essais pour trouver le ton juste. Il arpentait le salon, un dictaphone à la hauteur des lèvres, s'enregistrant et s'écoutant tour à tour. Un calvaire.

— Vous avez conservé ces enregistrements ? demanda Dan.

— Non, dit Dorana. Adam, les a effacés. Ne vous excitez pas, de toute manière, il est inutile d'espérer berner la serrure électronique au moyen d'un magnétophone. Il n'y a qu'au cinéma que ce genre d'astuce fonctionne. Dans la réalité, l'analyse numérique repérerait immédiatement qu'il ne s'agit pas d'une voix « vivante ». Vous comprenez ce que je veux dire ? L'analyse est très poussée. Elle tient compte de très nombreux paramètres, comme le ton, la hauteur, la tessiture, le souffle. Aucun magnétophone, même le plus sophistiqué, ne peut restituer le son avec une telle perfection. Ou alors il faudrait disposer d'un véritable studio d'enregistrement, effectuer une copie numérique sur disque laser, emmener à la banque une chaîne hi-fi perfectionnée capable de lire ce disque dans des conditions optimum. C'est hors de question car ni vous ni moi ne sommes des spécialistes de la prise de son. D'ailleurs, à la base, il faudrait qu'Adam lui-même accepte de prononcer la fameuse phrase dans notre micro. Inutile de vous dire qu'il ne faut pas s'attendre à le voir collaborer. S'il devinait ce que nous préparons, il nous ferait dévorer par son chien. Il se fait une très haute opinion de son travail à la banque. L'idée d'être une clef vivante l'a rajeuni de dix ans !

— C'est donc là que j'interviens, fit Dan. Vous avez besoin de moi pour imiter la voix de votre mari.

— Oui, souffla Dorana. Vous avez un don. Un don fabuleux. Si quelqu'un peut se mettre à parler avec la voix d'Adam Smart c'est bien vous.

Dan referma le livre. La couverture mal encollée adhérait à ses doigts humides.

— Admettons que j'y parvienne, dit-il. Je me rends à la banque pendant les congés de fin de semaine, je parle dans le micro... que se passera-t-il si mon imitation n'est pas assez fidèle ?

— Le sas se refermera sur vous, lâcha Dorana. Vous vous retrouverez enfermé dans une cellule de verre capable de résister à l'explosion d'une cartouche de dynamite. L'alarme se déclenchera et la police viendra vous cueillir.

— Et si l'analyseur valide mon imitation ?

— Alors la porte de la chambre forte s'ouvrira comme la

caverne d'Ali-Baba, et vous pourrez sortir les sacs sans que personne ne vous demande rien.

— Personne ? Pas même un vigile ?

— Non. Dick Weston ne croit qu'en l'électronique. Ce sont les Japonais qui ont équipé les locaux. Les machines se moquent des gros revolvers et des cagoules. Elles n'ont pas de famille à nourrir, comme les vigiles, elles ne se préoccupent pas des dégâts causés par une balle s'enfonçant dans une poitrine. Elles sont insensibles au chantage, on peut les insulter, les frapper, elles ne cèdent pas d'un pouce.

— Toute la banque est surveillée par des robots ?

— En gros, oui. Si l'ordinateur repère une anomalie, il prévient le commissariat du coin de la rue et tout le pâté de maisons est aussitôt bouclé.

Dan saisit la bouteille d'Absolut pour remplir son gobelet. Ses mains tremblaient.

— Une voix, grogna-t-il, ça ne s'imite pas comme ça. N'espérez pas que je vais me contenter d'apprendre à partir d'un enregistrement...

— Je ne vous propose rien de tel, répliqua Dorana. Vous pourrez étudier votre modèle in *vivo*. Vous allez venir habiter chez nous, dans les collines. J'ai licencié le jardinier mexicain sous prétexte qu'il avait pissé dans la piscine. Vous prendrez sa place. Je raconterai que vous m'avez été recommandé par une amie ou quelque chose d'approchant. Il faudra faire très attention : ne pas se parler, se comporter comme des étrangers.

— Votre mari est jaloux ?

— Non, mais le chien a l'œil à tout. Il a un sixième sens pour ce genre de choses.

Dan pouffa d'un rire méchant.

— Vous déconnez, lâcha-t-il. Vous êtes à bout de nerfs, vous voyez des fantômes partout.

— Vous ne penserez plus ça quand vous aurez fait la connaissance de Dust, dit calmement Dorana. Dust sera notre principal ennemi pendant toute l'opération. Si nous ne prenons pas assez de précautions, il devinera très vite que nous préparons quelque chose contre son maître.

— Ça paraît dingue, observa Dan avec un haussement d'épaules. Aucun chien n'est aussi futé.

— Dust, si.

Ils restèrent une minute à se dévisager. L'alcool les faisait transpirer, recouvrant leur peau d'une pellicule huileuse.

— Donc, si je parviens à tromper l'analyseur nous pourrons déménager le contenu de la chambre forte sans que personne ne s'intéresse à nous ? répéta Dan.

— Exact, confirma Dorana. Il suffira de charger les sacs à l'arrière d'une camionnette banalisée. C'est en réalité le seul point délicat. Il faudra faire très vite pour ne pas éveiller l'attention. Nous ne sommes d'ailleurs pas forcés de tout prendre. Les billets seront propres, personne n'aura relevé leurs numéros. Les liasses auront été confectionnées par des machines. Il s'agira d'une transaction courante, mais c'est peut-être la dernière fois qu'Adam servira de clef vivante au coffre-fort. Il est fort possible qu'on le mette à la retraite anticipée le mois prochain. Ou alors on le mutera dans une petite agence du Kansas, très loin, dans un bled perdu. On le nommera directeur pour que cette disgrâce ait l'air d'une promotion.

— Comment réagira-t-il ?

— Il en sera très content. Dupe de lui-même comme toujours. Directeur de banque dans un village... ça lui donnera l'occasion de jouer au notable, il envisagera peut-être même de se présenter aux élections locales. Je ne veux pas finir comme ça. Je veux profiter de la vie tant que je suis encore présentable. Je n'ai pas eu ma chance, j'ai été flouée... Vous comprenez : Adam trichait. Il m'a embobinée comme il embobinait les veuves pour les convaincre d'investir dans la *Trade Ltd.* C'est mon tour à présent, je vais lui rendre la pareille.

Dan se leva pour arpenter la pièce. Dorana l'imita mais demeura immobile. Le lit s'étendait dans son dos. Elle se demanda quand la chose arriverait. L'atmosphère était électrique, comme à l'approche d'un orage. Elle avait appris au cours des semaines passées que la simple évocation d'un acte illégal installe toujours un climat de tension sexuelle, comme si le corps, en prévision des risques de blessure ou d'emprisonnement découlant de cet acte, exigeait de jouir tant qu'il en avait encore la possibilité. L'alcool aidant, elle devait s'avouer qu'elle était elle-même à bout de nerfs et qu'elle aspirait à la libération. Elle avait envie de n'importe quoi : d'une gifle qui l'aurait fait fondre en larmes, d'une caresse apaisante, d'un spasme amenant le sommeil...

Dan se rapprocha d'elle. Ils se touchaient presque maintenant. Ils respiraient tous les deux très vite.

— Deux millions de dollars, chuchota l'imitateur. Et où sera ton mari pendant ce temps ?

— Au Mexique, fit Dorana. Il passe la frontière à Tijuana, tous les samedis. Pour faire participer Dust à des combats de chiens. Il assiste également à des matches de boxe à mains nues, entre paysans. De temps en temps il y prend part.

— Tu ne l'accompagnes jamais ?

— Non, il n'y tient pas. Je n'ai jamais aimé le Mexique.

Ils parlaient pour meubler le silence. Les mains de Dan se posèrent sur les revers de la veste de tailleur. Dorana ferma les yeux. Elle songea au gel lubrifiant dans son sac à main. Encore une fois elle s'était laissé surprendre. Peut-être celui-ci lui ferait-il moins mal que les deux précédents ? Mais elle n'y croyait guère, il avait l'air si affamé.

Elle se laissa renverser sur le lit en pensant à tout ce qu'elle ne lui avait pas encore dit. Ce serait beaucoup moins facile qu'il le croyait, et si elle lui avait révélé toute la vérité il aurait sans doute mis moins d'ardeur à lui arracher sa culotte. Elle posa les mains sur les hanches du garçon, au moins il était maigre, dur. Jeune. Il avait le ventre creux et la peau tendue sur les muscles. Elle l'attira en elle, pour en finir plus vite.

« Mon Dieu, pensa-t-elle avec une pointe de tristesse, s'il savait ce qui l'attend. »

5

Ils partirent à l'aube, après avoir fait semblant de dormir une heure ou deux. En réalité, ils étaient restés côte à côte sur le matelas, dans l'obscurité, les yeux tournés vers le plafond à ressasser les éléments du problème. Ils n'échangèrent pas un mot jusqu'au moment où Dorana se redressa pour passer dans la salle de bains. L'aurore allumait de curieuses lueurs à l'horizon, une sorte d'explosion atomique feutrée au fin fond du désert.

Dan ne savait pas exactement ce qu'il éprouvait, de la peur, de l'excitation ? Tout cela saupoudré de cette pincée de honte que lui avait laissé le rapport sexuel bâclé. Il savait que sa partenaire n'y avait pris aucun plaisir. Jamais, en temps normal, il ne se serait conduit de cette façon.

Pendant que Dorana allait régler la location, il se glissa dans la Fleetwood, des lunettes de soleil sur le nez. Il ne parvenait pas encore à se persuader qu'il allait quitter Vegas.

Au moindre crissement de pneus, il se rétractait sur la banquette, terrifié à l'idée de voir surgir la voiture des gorilles. « Ça ne marchera pas, se répétait-il. Ce serait trop beau ! »

Mais il se trompait. Ils quittèrent la ville par le freeway de Los Angeles, sans incident. Il leur restait maintenant à peu près 700 kilomètres à couvrir pour arriver à destination.

Dorana conduisait sans desserrer les dents. Il se demanda si elle lui en voulait, puis son esprit se mit à dériver, et il essaya d'imaginer ce qu'il ferait de sa part de magot. La première idée qui lui vint à l'esprit, fut l'achat d'une petite station de radio, à la périphérie d'une ville de province. S'il parvenait à mettre la main sur une entreprise de ce genre, il pourrait refaire carrière sous un nom d'emprunt, pour un public limité d'agriculteurs et de routiers. Mieux valait être l'idole de deux mille personnes que de rester muet. On l'écouterait dans les drugstores, les cafés, les boutiques. Il deviendrait vite la coqueluche de la région. Le tout serait de rester prudent, de ne pas outrepasser certaines limites, et de ne pas céder à la tentation de taper dans ses anciens sketches. Bon sang ! C'était un sacré programme, une vraie renaissance. Il faudrait écumer les petites annonces pour dénicher la station ad hoc, mais ça ne serait pas difficile. Il connaissait bien ces studios d'enregistrement plantés au milieu des champs de maïs et laborieusement animés par des présentateurs sans envergure ni talent. Les gens du pays les écoutaient avec une grimace apitoyée en grommelant d'irritation à chaque astuce vaseuse qui les faisait passer aux yeux des touristes de passage pour un peu plus ploucs qu'ils n'étaient en réalité. On y diffusait du blue grass, de la country, des airs de la Grande Dépression, entrecoupés de « réclames » pour les commerces de la région. Avec du fric, il ne serait pas compliqué de mettre la main sur un émetteur, d'en virer l'animateur principal et de prendre sa place.

Dan s'agitait sur la banquette. Il se voyait très bien, planqué au milieu du maïs, faisant se bidonner les bouseux et animant les foires locales. Il lui suffirait de se laisser pousser la barbe, de se raser le crâne et d'acheter de grosses lunettes à verres neutres. Il attendrait là, loin des dangers de la ville, que le sénateur William Marmaduke Ucks veuille bien mourir d'un infarctus au cours des élections primaires de son parti. Ça se produirait bien un jour ou l'autre, n'est-ce pas ?

Il occupa plusieurs heures à remâcher ces fantaisies, se bâtissant une vie imaginaire au cours de laquelle il devenait la célébrité de Tuckson's Falls, dans l'Idaho. Il y vivait heureux, finissait par se marier avec une jeune fille du coin, achetait une ferme pendant que le sénateur Ucks, compromis dans une sordide affaire de mœurs, se débattait devant le Congrès, la Chambre des Représentants et le Grand Jury.

Ils firent une pause à midi dans un restaurant de routiers. Ils mangèrent en silence, sans quitter leurs lunettes noires. Ils n'avaient pas beaucoup d'appétit ni l'un ni l'autre, mais descendaient le café noir à pleines tasses, sollicitant la serveuse dès qu'elle s'avançait, la cafetière à la main.

Quand ils furent de nouveau sur la route, Dan entreprit de poser des questions afin de se faire une idée plus précise de ce qui l'attendait. Son instinct l'avertissait que Dorana ne lui disait pas tout. Quel que fût le sujet qu'il abordât elle en revenait toujours au chien qui paraissait constituer sa principale cause d'inquiétude. Il se demanda si elle ne souffrait pas d'une certaine forme de paranoïa, et décida de ne pas se laisser impressionner.

— En arrivant à L.A je vous donnerai un peu d'argent, expliqua la femme du « banquier ». Il faudra que vous changiez d'apparence, de vêtements, de coiffure. Vous avez été assez connu à une époque, et je ne voudrais pas que mon mari vous identifie au premier regard. Vous avez fait du music-hall, vous devez être familiarisé avec le maquillage et les déguisements, essayez de vous fabriquer un personnage de jardinier pittoresque... Je ne sais pas, moi : dites que vous êtes poète, par exemple. A L.A, tout le monde se prétend artiste, le moindre serveur de bistrot écrit des scénarios pour Hollywood. Présentez-vous comme une sorte de chantre paysan, de cow-boy poète, un émule de Walt Withman ou de Thoreau, mais ne prenez surtout pas Adam pour un imbécile. Il a un grand sens de la manipulation psychologique, c'était un excellent vendeur. Vous ne le roulerez pas facilement.

— Il faudra que je l'entende parler, objecta Norris. Toutes les voix ne sont pas faciles à imiter. Ça s'apprend comme une partition musicale, avec les pauses, les soupirs, la respiration. J'ai eu un problème, une fois, avec un acteur. Je n'arrivais pas à reproduire sa diction à la perfection, il y avait toujours quelque chose qui clochait, une petite différence que j'étais seul à percevoir. Un jour, en interrogeant sa maquilleuse, j'ai fini par apprendre qu'il était affligé d'une excroissance osseuse à la gencive, c'était ça qui déviait sa langue et donnait ce son chuintant, assez particulier, à tout ce qu'il disait. Je me suis fabriqué une fausse malformation à mon tour : une grosse boule de chewing-gum que je collais dans ma bouche à chaque imitation, et j'ai pu enfin obtenir le son parfait. Tout ça pour vous dire qu'il faut parfois de la patience et que ça ne se règle pas en deux minutes.

— Adam possède une voix un peu spéciale, dit doucement Dorana. Toutes les veuves de Malibu en étaient folles, jadis, quand il les démarchait dans l'intimité. Certaines allaient jusqu'à prétendre qu'il bénéficiait d'un timbre d'hypnotiseur. Quand il était jeune, un producteur lui a même proposé de travailler dans la post-synchro, pour doubler les vedettes étrangères. Je n'y connais rien, je ne suis pas capable de me rendre compte si elle peut vous mettre en difficulté. Certaines voix vous posent donc des problèmes ? J'ai remarqué que vous ne semblez pas vous-même posséder de voix propre. Chaque fois que vous ouvrez la bouche, c'est pour vous exprimer avec un timbre différent. Je pense que vous ne vous en rendez même pas compte. Ça produit un drôle d'effet, un peu comme si vous étiez possédé et que plusieurs individus cohabitaient dans votre corps.

Elle eut un rire d'excuse pour l'outrance de la comparaison. Dan haussa les épaules.

— Vous avez raison, admit-il. Je ne sais plus très bien quelle est ma voix réelle. J'ai commencé à huit ans à imiter les célébrités que j'admirais ; depuis je n'ai plus cessé. Ça a un petit côté schizophrénique, je sais, mais les acteurs sont pareils. C'est inconscient, il m'arrive de répondre à un interlocuteur en imitant sa voix, par mimétisme animal, pour établir un meilleur contact.

— Ne faites pas ça avec Adam, dit sèchement Dorana. Il le repérerait aussitôt car il a lui-même pas mal pratiqué le truc. Tous les bons vendeurs sont comédiens. Ils singent à la perfection les gens à qui ils s'adressent, pour créer un climat de confiance, instaurer une connivence fictive. Je suis persuadée que lorsqu'il est seul avec Dust, il aboie pour essayer de communiquer avec lui !

Dan émit un rire mal assuré sans parvenir à déterminer si elle parlait sérieusement ou si elle se fichait de lui.

Au cours de l'après-midi, ils s'arrêtèrent dans un motel pour faire la sieste. Dorana semblait à bout de force. Elle s'étendit sur le lit tout habillée et sombra dans le sommeil presque aussitôt. Dan la regarda dormir. Elle rêvait, s'agitait en marmonnant parfois des mots incompréhensibles. L'inquiétude le gagnait à son tour. Ferait-il le poids ? Cette fois il ne s'agirait pas de duper une salle remplie de spectateurs avinés et complices ; son unique public serait une machine dépourvue d'humour, une machine qui transcrirait ses paroles en courbes mathématiques pour vérifier si elles se superposaient au modèle déposé dans sa mémoire. S'il faisait la moindre erreur le piège se refermerait sur lui. Paradoxalement, il y avait dans ce défi quelque chose qui l'attirait plus que l'argent : le besoin pervers d'être le meilleur, de battre un ordinateur à son propre jeu. C'était dingue mais c'était en lui, et il n'y pouvait rien.

Ils arrivèrent à L.A dans la soirée. Dorana tira une mince enveloppe de son sac à main et la lui tendit.

— C'est tout ce que je puis vous donner, dit-elle. Je ne dispose pas de beaucoup d'argent pour financer cette entreprise. Je vous le répète : les Smart sont fauchés. Descendez dans un hôtel bon marché et prenez-y une chambre pour la nuit. Trouvez une voiture d'occasion et venez demain à la maison, vers quatorze heures. Vous logerez là-haut, au bout du jardin. Il y a une sorte de cabane qu'occupait le précédent jardinier, ce n'est pas fabuleux mais ça vous permettra d'être sur place quand Adam rentrera de la banque, sinon vous aurez peu de chance de l'étudier. Fignolez votre personnage ; si vous lui déplaisez, il vous virera sur l'heure. Ne soyez pas arrogant et prêtez-lui une oreille attentive. N'essayez surtout pas d'amadouer Dust. Tout le monde a peur de lui, et Adam en est très content. Vous le fâcheriez en agissant différemment. Surtout soyez prudent, ne tentez pas de me parler. Personne ne doit se douter que nous nous connaissons.

— D'accord, fit Dan que ces recommandations rendaient nerveux. Donnez-moi l'adresse.

Elle lui remit un plan sommaire. Elle avait l'air pressée de s'en aller, sans doute par crainte d'être vue en sa compagnie. Il glissa le plan et l'argent dans sa poche et descendit de la voiture.

— A demain, dit-il.

Elle démarra sans lui répondre, l'abandonnant au bord du trottoir. Dan consulta sa montre, il lui restait quelques heures pour se fabriquer un personnage désarmant. Il décida de se présenter sous l'apparence d'un baba-cool attardé au sourire béat, un allumé de la nature et des régimes végétariens ou macrobiotiques. Un bouffeur de tofu. Il ne lui fallut pas très longtemps pour dénicher une boutique de livres d'occasion où il fit l'emplette d'une flopée de recueils de poèmes. Sylvia Plath et consœurs. Dans l'échoppe d'un prêteur sur gages, il acheta une machine à écrire qui avait dû faire la Guerre de Corée dans les bagages d'un correspondant de presse pas très soigneux, ainsi que trois paires de lunettes à la John Lennon en verre neutre rose, bleu et jaune. Des manuels de jardinage « naturel » et un sac de marin usé jusqu'à la corde complétèrent le tout. Il se faufila ensuite dans les ruelles jouxtant un immeuble de bureaux, et récupéra au milieu des poubelles, une masse de feuilles manuscrites indéchiffrables, des crayons mordillés, des classeurs écornés qu'il fourra dans son sac. Une friperie lui fournit une demi-douzaine de T-shirts, deux chinos et un jean garantis « désinfectés » pour trente-cinq dollars. Une poignée de bandanas décolorés lui permettrait de se nouer des foulards à la « corsaire » sur le crâne. Il était trop tendu pour avoir faim. La voix de la raison lui criait de s'enfuir sans demander son reste, mais pour aller où ?

Il décida de trouver un hôtel et de passer la soirée à étudier les manuels de jardinage pour se rafraîchir la mémoire car il n'avait pas touché une bêche depuis son adolescence.

Une fois installé, il eut beaucoup de mal à trouver le sommeil. Il dénoua son chignon et laissa flotter ses cheveux pour modifier son apparence. Ce n'était guère suffisant. Le bandana « corsaire » et les lunettes se révélèrent plus efficaces. Il ne tenait pas en place. S'il avait eu plus d'argent il aurait demandé au portier de lui faire monter une fille, mais il devait économiser pour acheter une voiture. Il trompa l'attente en gribouillant des poèmes sans queue ni tête au dos des feuilles dactylographiées récupérées dans les poubelles. Il raturait avec prodigalité, pour donner l'illusion d'une réelle recherche littéraire. *(Les oiseaux des pierres sourdes ont perdu la lumière, des couleurs de silence ont teint leurs plumes lourdes...)* Au bout d'une heure il avait réussi à produire une trentaine de pages d'âneries similaires annotées de commentaires mystiques qu'il intitula :

Œuvres Poétiques de Jason B. Coleman.

Déambulation dans l'Ossuaire Secret d'un Silencieux Massacre.

C'était suffisant comme écran de fumée, aucun curieux ne parviendrait à lire plus de deux strophes de cette bouillie pour chat.

Le lendemain matin, il rendit visite aux vendeurs de voitures des environs. A la troisième tentative il mit la main sur une camionnette Comet rafistolée, et nantie d'un vieux lecteur de cartouches huit pistes. Le précédent propriétaire avait aménagé l'arrière en caravane au moyen d'un bat-flanc relevable et d'un réchaud de camping coincé dans une sorte de caisse en aggloméré. C'était exactement ce que souhaitait Dan. La guimbarde avait sans doute traversé tous les États-Unis pour venir mourir en Californie, mais elle tiendrait bien jusqu'au sommet des Hills. Il n'en demandait pas davantage. Il transporta ses affaires à l'intérieur du véhicule en essayant de donner l'impression qu'il y avait passé beaucoup de temps. A cet effet, il ramassa dans les poubelles de nombreux emballages de pop-corn, des boîtes de bière vides et quelques cartons de pizza qu'il jeta sur le plancher, entre les livres et la machine à écrire. Ces préparatifs l'aidèrent à combattre la nervosité grandissante qui s'emparait de lui. Il ne cherchait plus à se dissimuler qu'il mourait de peur. D'un seul coup, toutes les angoisses de Dorana devenaient siennes. Il était prêt à admettre n'importe quoi : que le foutu chien allait lui rire au nez en l'apercevant, par exemple ! Ou... se mettre à parler ?

Bon sang ! Il ramollissait du cerveau ou quoi ? Il avait survécu aux gorilles du sénateur Ucks, et ce n'était pas un vulgaire clébard qui allait lui mettre des bâtons dans les roues, tout de même !

Il occupa le temps qui lui restait à peaufiner une voix susceptible de convenir à son personnage de hippie attardé. Il voulait quelque chose de lent et de pacifique. Une voix comme doivent en posséder ceux qui ne mangent que des légumes bouillis, du son et du yaourt. Il aurait aimé avoir un magnétophone sous la main pour s'entendre. Il faudrait que Dorana lui procure une machine de bonne qualité.

Le plan étalé sur le tableau de bord, il prit la direction des collines. Il ne connaissait pas très bien L.A dont il n'avait fréquenté que les plages à la mode, au temps de sa gloire. Il s'égara sur les freeways et se retrouva sur Mulholland, doublé par des voitures de sport lancées à pleine vitesse. Le déplacement d'air faisait chaque fois trembler la camionnette. Il se cramponnait au volant, sachant le fossé rempli de carcasses carbonisées. Mulholland détenait le record des accidents mortels et des carambolages en état d'ivresse. Tous les voyous dorés des Hills venaient y casser leur dernière Toronado, et transformer du même coup leur girlfriend en chair à pâtée.

Dès qu'il s'engagea à flanc de coteau, sur la voie privée, les vigiles assurant la surveillance des villas l'arrêtèrent. Il dut expliquer qu'il avait rendez-vous avec Dorana Smart pour un emploi de jardinier, sinon on l'aurait refoulé hors du territoire des nantis. Les flics téléphonèrent de leur véhicule de patrouille pour obtenir confirmation de ses dires. Cet épisode amena Dan au bord de la crise de nerfs. Sans le secours du bandana noué autour de sa tête, la sueur aurait roulé en grosses gouttes sur son front. Quand il remonta dans la camionnette, les vigiles le regardèrent s'éloigner avec suspicion. Il fit l'impossible pour recouvrer son calme dans les derniers mètres du parcours. La maison des Smart se dressait sur un terrain en pente, comme beaucoup de demeures aux alentours. Les arrosages continuels avaient réussi à maintenir à peu près vertes les pelouses offertes à la brûlure du soleil. C'était partout pareil, sans le secours de l'irrigation, la terre se changeait en poussière, l'herbe en paille sèche. Le désert était là, à quelques kilomètres, toujours prêt à faire valoir ses droits sur les territoires fertilisés par l'homme.

Dan arrêta la camionnette devant la haute grille de fer forgé où un lion et une licorne semblaient s'entre-déchirer. Il pressa sur le bouton de l'interphone et attendit qu'une voix teintée d'accent hispanique retentisse dans le haut-parleur. Il se présenta. La femme de ménage — la cuisinière ? — lui annonça qu'elle venait à sa rencontre et qu'il ne devait surtout pas descendre de son véhicule.

— Et roulez en gardant les vitres remontées ! lança-t-elle avec un ton de panique que son accent rendait encore plus théâtral.

Dan recula précipitamment, comme si le mufle d'un quelconque Minotaure allait soudain jaillir d'entre les barreaux pour lui déchiqueter le bras. S'efforçant de rester calme, il grimpa dans la camionnette et attendit que la grille daigne s'entrebâiller. Du regard, il vérifia que les portières de la voiture étaient bien verrouillées et appuya sur la pédale dès que l'ouverture fut assez grande pour laisser passer la fourgonnette. Il conduisait penché sur le volant, scrutant l'espace autour de lui, cherchant à deviner de quel endroit viendrait l'attaque. Il voyait déjà le molosse bondissant à sa rencontre, fracassant le pare-brise pour le saisir à la gorge. Tout lui semblait possible...

La maison était blanche, éblouissante sous le soleil. L'inévitable piscine s'auréolait de marbre à veinules violettes. La pierre, d'une finesse de soie, évoquait une peau de femme.

Le « parc » courait autour de cette oasis bordée de palmiers et de citronniers, une herbe drue, vivace, fruit d'un travail constant. Il y avait peu d'endroits où échapper au regard, juste quelques statues animalières en bronze verdi. Un combat de nègres et de crocodiles à la manière des artistes de Floride du siècle dernier, un ours affrontant un lion des montagnes. Le tout traité avec un parti pris tragique outré qui devait effrayer les dames lors des réceptions mondaines.

Dan roulait au pas. Le gravier grésillait sous les roues de la camionnette. Une femme grassouillette au visage de poupée sortit de la maison. Une Mexicaine aux cheveux très noirs que des peignes de nacre essayaient de discipliner. Elle s'avança sur la pelouse comme si elle s'aventurait dans un champ de mines, en jetant des coups d'œil effrayés de tous côtés.

Elle devait avoir une trentaine d'années, ses mains paraissaient curieusement petites et délicates au bout de ses bras replets. En arrivant près du véhicule, elle fit signe à Dan de descendre la glace.

— C'est à cause du chien, expliqua-t-elle d'une voix haletante. On vous a parlé de lui ? Je suis sûre que non ! Personne ne veut travailler ici à cause de cette saloperie de cabot, il a déjà mordu Jesus, mon fils. Si j'avais une carte verte je ficherais le camp, et tout de suite !

— Je suis le nouveau jardinier, annonça Dan de la voix « pacifique » qu'il s'était fabriquée.

— Je sais, coupa la jeune femme. Et moi je suis Anita, la femme à tout faire. Anita Vasquez. Il ne faudra pas vous promener tout seul dans le jardin tant qu'on ne vous aura pas présenté au chien. Il y va de votre sécurité, vous comprenez ?

— *Présenté au chien ?* répéta Dan, feignant l'ahurissement.

— Oui, expliqua Anita avec impatience. Il faut que quelqu'un d'autorisé vous amène jusqu'à lui en vous traitant en ami. Il faudra qu'il vous renifle la main, les fesses et tout ça pendant qu'on lui assure que vous êtes un gentil garçon.

Quand toutes ces formalités auront été remplies, il acceptera peut-être de ne pas vous mordre !

— C'est le chien des Baskerville, votre clebs ! grogna Dan.

— Non, fit Anita, c'est le chien de Monsieur Adam, personne d'autre que lui ne s'en approche. Il ne faut pas rigoler avec ça. Jesus, mon fils, ne m'a pas écouté, maintenant il a une cicatrice de vingt centimètres sur la fesse gauche. Il gardera ça toute sa vie, et les filles avec qui il couchera se moqueront de lui.

Elle se tut et lança un nouveau regard panoramique sur le jardin. Le chien ne se montrait pas.

— Descendez, hasarda la jeune femme, ça le fera peut-être venir. Je suis sûre qu'il est là à nous observer. Il va nous sauter dessus quand nous nous croirons en sécurité.

Dan ouvrit la portière. Il eut l'illusion que ses testicules se recroquevillaient préventivement, pour offrir moins de prise aux crocs de l'animal invisible.

— On vous a expliqué le travail ? s'enquit la Mexicaine. Faut arroser, tout le temps, sinon tout crève, brûlé par le soleil. La pelouse demande beaucoup d'entretien, l'herbe ne pousse que dans trois centimètres de terre, la couche cultivable est à peine plus épaisse que la moquette du salon, dès qu'on creuse un peu on tombe sur le roc. Vous habiterez dans la cabane au fond du jardin. Mendoza, l'ancien jardinier l'a plus ou moins aménagée. Ça ne veut pas dire que ce soit très propre, les hommes ont une notion bizarre du logement.

Elle s'était mise en marche, entraînant Dan à sa suite. Assez curieusement, elle l'avait pris par la main, comme un enfant.

— Ce n'est pas pour vous draguer, s'empressa-t-elle d'expliquer. Ne vous faites pas d'idées fausses. C'est pour vous protéger du chien. S'il voit que nous sommes copains, il renoncera peut-être à vous sauter dessus.

— J'en suis ravi, dit Dan d'une voix étranglée.

Le jardin en pente avait l'air de se changer, mine de rien, en précipice. L'impression était curieuse.

— Quand il pleut, dit Anita, le ruissellement emporte la terre et l'herbe avec. Mais je suppose que vous savez déjà tout ça ?

Elle n'en paraissait pas convaincue. Dan songea qu'il aurait sans doute du jouer un peu plus au jardinier : se mettre à quatre pattes ? Goûter la terre sur le bout de sa langue ? Les vrais jardiniers faisaient-ils ce genre de choses ailleurs que dans les séries télévisées ?

La cabane était un assemblage de planches décolorées par le soleil planté de guingois sur des poutres tenant lieu de pilotis. Un escalier branlant menait à la porte.

— L'escalier se détache, expliqua Anita. Mendoza l'avait bricolé de manière à pouvoir le décrocher la nuit. Comme ça le chien ne pouvait pas s'introduire dans la maison. Il y a une corde attachée à la dernière marche.

Dan examina la construction qui tenait plus de la passerelle d'avion que du véritable escalier.

— Je passe devant, fit Anita. Suivez moi en posant votre main sur ma hanche. Il ne faut pas rompre le contact. Le chien est sûrement derrière nous.

Dan regarda par-dessus son épaule. Il sentait la peau moite d'Anita sous le léger tissu de la robe. Il avait toujours aimé les femmes dodues.

Arrivée en haut de la passerelle, la Mexicaine poussa le battant qui ne comportait pas de serrure, juste un loquet de fer facile à soulever.

— Voilà, dit-elle en franchissant le seuil. Tous les outils sont là. Tondeuse, faucille, râteau... Dans l'autre pièce il y a un lit, une table, un réchaud. Si vous voulez avoir de l'eau, il faut raccorder l'évier à l'un des robinets du jardin à l'aide d'un tuyau d'arrosage. La douche fonctionne avec un réservoir en tôle que vous devrez remplir vous-même. Mendoza a collé tout un tas de photos cochonnes sur les murs, vous les enlèverez si vous avez un peu d'honneur, moi je n'y touche pas. J'ai mis du savon, des draps propres, du café moulu, un pack de bière sans alcool et un restant de chili dans une marmite, pour vous dépanner.

La baraque avait une odeur de bois chaud assez agréable qui rappela à Dan les greniers de son enfance. Il se prit à penser qu'il aurait aimé vivre ici l'existence d'un véritable jardinier. Du moins pendant quelque temps.

— Tenez les outils en bon état, dit la jeune femme en s'effaçant pour que Dan puisse entrer dans la chambre. Monsieur Adam n'aime pas qu'on gaspille le matériel. Il faudra aussi nettoyer la piscine tous les matins, personne n'y nage, à part le chien, mais c'est une question de standing.

Dan hocha la tête. Au moment où il entrait dans la pièce, quelque chose bondit à sa rencontre. Une forme noire qui le percuta en pleine poitrine et lui fit perdre l'équilibre. Il bascula sur le dos, le souffle coupé pendant qu'Anita se mettait à hurler.

— Dust ! Non ! l'entendit-il crier. Ami ! C'est un ami ! Dust ! Non !

La peur qui vibrait dans sa voix terrifia l'imitateur. Il hoquetait toujours, la respiration bloquée, comme si on lui avait posé une bille de bois sur la cage thoracique. Brusquement Anita se jeta sur lui, noua les bras autour de son cou et l'embrassa à pleine bouche. Il faillit lui crier qu'il étouffait encore plus, mais, du coin de l'œil, il aperçut le chien, babines relevées, crocs découverts, qui se ramassait sur ses pattes postérieures pour bondir de nouveau.

— Ami ! balbutia Anita. C'est mon amoureux ! Tu vois ! Mon amoureux, mon fiancé. *Mi novio...*

Elle restait allongée sur Dan, dans une posture étrangement intime, le couvrant de tout son corps. Le chien hésitait, tournant autour d'eux comme s'il cherchait le meilleur endroit où mordre.

— Embrassez-moi, souffla Anita, caressez-moi les épaules, vite.

Dan s'empressa d'obéir. La Mexicaine poussait des jappements d'aise outrés pour faire comprendre à l'animal que tout cela lui plaisait énormément. La bête restait en attente, les yeux fixes.

— Asseyons-nous, murmura la jeune femme. Tenons-nous les mains. Il faut mêler nos odeurs. Frottez votre nez contre le mien, c'est une mimique d'amitié que les chiens comprennent.

Dan fit ce qu'on lui ordonnait. Sans la peur qui lui tordait le ventre, la situation aurait été ridicule. A présent, il distinguait mieux le fauve. C'était un bâtard. Un mélange de chien loup et de... *de quoi au fait ?* De lion ? de tigre du Bengale ?

Il avait le poil jaune clair, couleur de poussière et une tête de chacal. Ç'aurait pu être Anubis, le dieu des morts de la mythologie égyptienne.

— Ça va aller maintenant, soupira Anita. Mon Dieu ! J'ai failli faire pipi dans ma culotte.

— Il était là, bégaya Dan. Merde, il m'attendait...

— Je vous avais dit qu'il était malin, fit la jeune femme en brossant sa robe. Levez-vous doucement. Je vais prendre votre main dans la mienne et l'approcher de son nez. Ne faites pas de mouvement brusque.

Dan se laissa conduire. Dust fronça le museau comme si on le forçait à inhaler une mauvaise odeur, puis, d'une détente des cuisses, se propulsa hors de la baraque. Ils l'entendirent dégringoler la passerelle et poussèrent un soupir de soulagement. Anita tira un mouchoir de sa poche, le mouilla au robinet, se nettoya la bouche.

— N'allez pas vous faire des idées parce que je vous ai embrassé, grogna-t-elle, c'était pour vous sauver la peau. Il était déchaîné. Je crois qu'il vous aurait arraché la tête.

— Merci, bredouilla Dan en se laissant choir sur la paillasse. Comment savait-il que nous viendrions ici ?

Anita haussa les épaules en se rajustant.

— Je ne sais pas, éluda-t-elle. C'est une sale bête, ça c'est sûr. On raconte que c'est un héros, qu'il a arrêté des dizaines de bandits, mais moi je ne l'aime pas. Il est fou, oui. Restez prudent quand il est dans les parages.

Elle inspira deux fois, faisant saillir ses seins.

— Allez, dit-elle, c'est fini. Venez, il faut que je vous présente à Madame.

— Elle est sympa ? s'enquit Dan dont les genoux restaient mous.

— C'est une femme triste, fit Anita avec un geste vague. Elle n'a pas d'enfant, sûrement que ça lui manque. Et Monsieur n'est pas toujours très gentil avec elle.

Ils sortirent de la cabane, traversèrent la pelouse. Le chien avait disparu. La maison, de style colonial mexicain, évoquait l'hacienda d'un quelconque gobernador. Blanche et vaste, elle multipliait les patios, les vérandas à colonnades. Des œuvres d'art indiennes — poteries, masques funéraires, hiéroglyphes sibyllins — décoraient les murs et le dessus de ces cheminées qu'on n'a guère l'occasion d'allumer en Californie, sinon pour faire joli. Dorana fut d'une froideur exemplaire, très « grande dame recevant un nouvel employé ». Dan chercha vainement une lueur de complicité dans son regard. Elle ne s'approcha pas de lui à moins de trois mètres et dicta ses ordres en examinant le jardin par la baie vitrée. Bien qu'il sût que cela faisait partie du jeu, il en éprouva une certaine irritation. Il eut envie de lui rappeler que la nuit précédente il l'avait tenue sous lui.

Anita mit fin à l'entretien en le tirant dans l'office pour lui montrer l'endroit où il prendrait ses repas.

— Il faudra venir avant six heures, dit-elle. Si vous voulez manger chaud. A six heures et demie je m'en vais. Je laisserai quelque chose au frigo pour vous.

— Vous ne dormez pas ici ?

— Non, je dois récupérer mon fils à la garderie. Et puis, avec le chien, je n'arriverais pas à fermer l'œil.

Elle remplit deux tasses de café, en poussa une vers Dan.

— Faut pas vous laisser impressionner par les grands airs de Madame, murmura-t-elle. Ils essayent de donner le change mais ce ne sont pas des gens riches. La maison, les meubles, tout appartient à la banque. C'est un logement de fonction. Même les voitures, la Cad' et la Pontiac, sont la propriété de la *Trade Ltd.* Seulement, ils sont là depuis si longtemps qu'ils ont fini par l'oublier.

Dan émit un grognement vague pour signifier qu'il s'en fichait. Il appréhendait le moment où il lui faudrait quitter la cuisine pour traverser le jardin. Seul, cette fois. Anita devina ses hésitations.

— Tenez, dit-elle en décrochant un vêtement d'une patère. C'est un de mes tabliers, mettez-le, comme ça vous aurez mon odeur sur vous. Les chiens se fient davantage à ce qu'ils sentent qu'à ce que leur transmettent leurs yeux ou leurs oreilles.

— Merci, fit Dan en songeant qu'il aurait l'air ridicule dans cet accoutrement.

Le café fini, il se résolut à mettre enfin le nez dehors. Il s'immobilisa une minute sur le perron de pierre blanche, scrutant pelouses et buissons. Dust demeura invisible, comme s'il avait subi un entraînement spécial pour se dissimuler aux yeux d'éventuels ennemis. Le tablier roulé en boule dans la main, Dan se lança dans l'allée. Il devait s'installer et commencer son travail. Il décida de désherber, ça ferait illusion et, au moins, il ne risquerait pas de commettre un impair. Dorana lui avait assuré qu'Adam ne s'intéressait guère au jardinage, mais il n'était pas très sûr qu'elle connaisse bien son mari.

Il occupa la demi-heure qui suivit à transporter ses affaires dans la cabane. Sur la table, il disposa la machine à écrire, une feuille blanche engagée dans le chariot. Puis il éparpilla ses « œuvres », de manière à ce qu'elles tombent sous les yeux d'un éventuel visiteur. Il empila les recueils de poésie près du lit, y glissa des signets confectionnés au moyen de bouts de papier. Ça faisait plus sérieux. Restait à décrocher les photos érotiques punaisées par Mendoza sur la cloison. Elles ne convenaient guère à l'image qu'on se fait d'un poète nourri de riz complet et de tofu. Il arracha les clichés, tous découpés dans des revues sexy mexicaines présentant des filles très typées, à la peau d'olive et au corps replet. Sous le lit, il découvrit une pile de bandes dessinées en provenance de Mexico. Les aventures pleurnichardes et un brin cochonnes d'une jolie secrétaire dégringolant un à un les barreaux de l'échelle sociale. Ça s'intitulait : *Esclave du Destin.* Il décida de les garder pour passer le temps. Il vérifia que l'unique fenêtre fermait bien. Elle était munie de volets dont il éprouva la solidité. Pour finir, il examina la passerelle qu'on pouvait « décrocher » à l'aide d'une corde et laisser descendre jusqu'au sol, isolant ainsi la maison du reste du jardin. Lorsqu'on voulait sortir, il suffisait de tirer sur le filin pour faire monter l'escalier, et de l'emboîter dans les encoches prévues à cet effet. Mendoza avait dû en baver pour en arriver à s'inventer un pareil pont-levis. Tout ça n'avait rien de très rassurant.

Il ne pouvait pas rester accagnardé dans sa guitoune tout le reste de l'après-midi, même s'il crevait de trouille à l'idée de baguenauder sur la pelouse. Rassemblant son courage, il se changea, passa un jean, son T-shirt le plus fatigué, et prit les outils qui convenaient.

Pour donner le change, il entreprit de désherber le pied des citronniers. Il n'avait jamais réellement travaillé dans un jardin, mais il possédait quelques rudiments. Plus délicat serait l'emploi des engrais dont quinze bidons au moins s'entassaient dans la cabane. S'il se trompait sur leur destination, toute la végétation crèverait en quarante-huit heures. Il se promit de potasser les notices jusqu'à l'aube s'il le fallait.

Agenouillé dans l'herbe, il besognait lentement en jetant de fréquents coups d'œil par-dessus son épaule. Il ne parvenait pas à se départir de l'impression d'être observé. C'était ce foutu chien, à n'en pas douter. Mais où se cachait-il ?

Adam Smart fit son apparition au cours de l'après-midi. Il revenait d'un rendez-vous avec une cliente sexagénaire qui vivait au milieu d'une douzaine de chats abyssins. C'était la raison pour laquelle il n'avait pu emmener Dust avec lui. Dan l'entendit expliquer la chose d'une voix posée au chien qui avait, par miracle, surgi de derrière une statue en entendant approcher la voiture de son maître. L'homme parlait à l'animal comme s'il s'adressait à un être humain, sans bêtifier. On eût dit qu'il s'adressait à un collègue de bureau, pour un rapport de synthèse, et cette liberté d'expression avait quelque chose de gênant. Tout en traversant la pelouse, Smart détaillait son entrevue à l'intention du chien, le régalant de détails qu'il était à coup sûr incapable de comprendre. C'était à sa femme qu'il aurait dû dire ce genre de choses, pas à une bête dont les facultés d'identification vocale ne devaient pas dépasser cinquante mots !

Dan choisit de rester en retrait. L'apparence de Smart le surprenait. A force d'entendre Dorana le présenter comme une sorte de gigolo des placements boursiers, il avait fini par se le représenter sous l'aspect d'un garçon de plage vieillissant. Un cover-boy un peu efféminé et inondé d'eau de toilette. Ce n'était pas ça du tout.

Adam avait la stature d'un guide chasse du Kenya. Il paraissait sortir d'un roman d'Hemingway et on s'attendait presque à lui voir les poches remplies de cartouches pour la chasse au rhinocéros. Ne manquait que le traditionnel stetson au ruban en peau de léopard. Il était grand et fort, à peine empâté par la cinquantaine, et nanti de mains impressionnantes, musclées à l'excès, comme s'il passait ses journées à broyer des balles de tennis entre ses doigts à la manière des forains s'exhibant à Venice Beach. Il avait une belle gueule carrée, une moustache poivre et sel plantée au-dessus d'une bouche aux lèvres de jouisseur. Avant-guerre, il aurait pu devenir le spécialiste des rôles de « distinguished grey » dans les films anglais sentimentaux. Une sorte de Clark Gable, la fatigue en moins.

Comme un acteur, il bougeait de manière étudiée. Il ne se serait pas conduit différemment sous l'œil d'une caméra. Cela se devinait aux fréquents regards qu'il jetait à toutes les surfaces susceptibles de lui renvoyer son reflet. Dan le repérait d'autant mieux qu'il avait été comme ça, lui aussi, à une certaine époque.

Smart disparut dans la maison, le chien sur les talons.

Viendrait-il faire connaissance, ou bien se désintéresserait-il du nouveau jardinier engagé par sa femme ?

Dan était tendu. La partie, à peine entamée, se révélait beaucoup plus complexe qu'il ne l'avait cru tout d'abord. Il décida de poursuivre son labeur. Le soleil lui cuisait le visage, et il se maudit de n'avoir pas songé à acheter un chapeau. Pendant une heure il se concentra sur les citronniers, les nettoyant, vaporisant sur leurs feuilles un insecticide anodin qui ne risquait pas de les rendre chauves.

La chaleur et la tension nerveuse lui avaient desséché la gorge. Il décida d'aller chercher à boire dans la cabane. Anita n'avait-elle pas parlé d'un pack de bière sans alcool ? Elle serait chaude, mais il n'en était plus à ça près. Au moment où il entrait dans la cabane, il aperçut la silhouette massive d'Adam Smart dans la chambre. Penché sur la table, il lisait les « poèmes » de son employé sans chercher à dissimuler un sourire amusé. Dan s'en voulut de ne pas l'avoir vu entrer. L'homme était donc aussi sournois que le chien ?

— Je n'aime pas la poésie, dit Smart en se redressant. J'ai toujours pensé qu'elle avait quelque chose de larmoyant. C'est un truc de femme, non ? Je n'y connais pas grand-chose, mais vos machins ne me semblent pas « engagés ». C'est déjà ça. En voyant tout votre attirail j'ai eu peur, un moment, d'être tombé sur un communiste. Un vieux hippie de Berkeley, vous voyez le genre ? Le type qui, à cinquante-cinq ans, ponctue encore sa conversation de « Hey ! Man », et de « Cool, brother, cool »...

Dan ne songea pas à répliquer. La voix de Smart l'avait surpris, elle aussi. C'était une sorte de grondement feutré qui semblait prendre naissance très bas, au fond de sa poitrine. Une voix de crooner, une voix affinée au goudron de cigarette, et qui accentuait bizarrement les syllabes finales, les élevant à la manière des Français quand ils essayent de parler anglais. C'était probablement voulu, étudié. Un truc pour se donner une petite touche « européenne », faire croire qu'il avait longtemps vécu à Paris. Si longtemps, qu'il y avait contracté un accent dont il ne pouvait plus se défaire.

— Je ne voulais pas vous blesser, dit Adam avec un sourire carnassier. Je suis un homme plutôt direct. Je dois trop finasser dans mon travail pour ne pas avoir besoin de parler sans détours une fois rentré à la maison.

— Pas de problème, fit Dan avec sa voix « végétarienne ». J'aime l'authenticité, la franchise. Je ne suis pas non plus quelqu'un de très déférent. J'aime la nature et ce qui sort de mes mains. Je crois que j'entretiens un très bon contact avec la terre.

Smart l'écoutait d'une oreille distraite. Sans se soucier de demander la permission, il avait commencé à feuilleter les recueils empilés à la tête du lit. Le petit sourire était toujours fiché sous sa moustache en brosse. Dan se demanda comment les femmes pouvaient supporter le contact de ce petit balai de crin gris quand il les embrassait. Mais peut-être Adam Smart n'embrassait-il plus personne ?

Smart feuilletait à présent un livre de Gertrud Stein qu'il laissa tomber sur la paillasse presque aussitôt. Dan chercha le chien du regard. Où se cachait-il ? Attendait-il un sifflement de son maître pour bondir par la fenêtre ?

A quelle hauteur était-il capable de sauter ? Bon Dieu ! Il faudrait ficeler les volets chaque nuit, quitte à crever de chaud dans cette baraque dépourvue de tout confort.

— Je ne suis pas quelqu'un de pacifique, dit sourdement Adam. Quand j'étais jeune j'ai raté le Viêt-Nam. J'avais envie d'y aller mais je me suis retrouvé en garnison dans un camp du Kentucky, à gérer le fourniment pour le compte d'un capitaine qui détournait une partie des approvisionnements. Je suis resté là-bas jusqu'à la fin de mon temps, à ronger mon frein. Il m'en est toujours resté quelque chose. Une envie de mordre ou de distribuer des coups de pied au derrière. On m'a floué, vous comprenez ? On me doit quelque chose et j'attends d'être remboursé. L'ennui, c'est qu'avec les années les intérêts augmentent.

Dan se fit la réflexion qu'on lui servait une tirade cent

fois débitée. Smart gardait sûrement en réserve autant de versions de sa jeunesse qu'il avait d'interlocuteurs. C'était un bonimenteur de première. Quelqu'un qui lui ressemblait.

D'un seul coup Adam releva la tête pour planter ses yeux dans ceux de Dan.

— Vous n'êtes pas tellement bronzé pour un jardinier, observa-t-il mine de rien. On dirait que la vie au grand air ne vous profite pas tant que ça.

Le music-hall avait habitué Dan à l'improvisation.

— J'utilise un écran total naturel que je fabrique moi-même, lâcha-t-il. Le soleil c'est bon pour les plantes, pas pour les hommes, surtout ici où il est trop fort. Vous savez que le nombre des cancers de la peau dus à la bronzette augmente tous les ans ? Ça commence par une banale kératose actinique, et puis...

— Mouais, marmonna Smart. Ça se raconte. Moi je crois que c'est une rumeur propagée par les nègres et les Mex, pour nous faire croire qu'ils nous sont supérieurs.

Il cessa de sourire et prit l'expression d'un homme accablé par l'ennui.

— J'espère que vous travaillerez mieux que ce salopard de Mendoza, dit-il en marchant vers la porte. Il pissait dans la piscine et sur les arbres, pour les faire crever. C'était un obsédé de la trique, il faisait venir des filles en cachette, la nuit. Je dis ça pour vous mettre en garde. Personnellement je m'en fous, mais l'odeur de la baise rend Dust complètement dingue. Si vous amenez une nana ici, ne vous étonnez pas d'entendre mon chien hurler à la mort sous vos fenêtres ou mettre votre porte en charpie à coups de griffes. C'est un ancien K9, un chien-flic, vous savez ? On l'a fait planquer dans les pires bordels de L.A pour surprendre des dealers en flagrant délit. Il a fini par associer les odeurs de l'amour à la violence et au meurtre. Dès qu'un couple se met au lit, il croit qu'on va se trucider sous son nez d'une minute à l'autre. Je ne veux pas vous obliger à vivre comme un moine, mais pour vos petites affaires, il vaudrait mieux faire ça à l'extérieur, ce serait plus prudent.

Sans attendre de réponse il sortit. Cinq minutes plus tard, Dan le vit faire grimper Dust dans sa voiture et disparaître en direction de la ville.

« Foutu salopard » ne put-il s'empêcher de murmurer.

Profitant de ce qu'il était seul, il essaya d'imiter la voix de Smart, mais l'essai se révéla pitoyable. Il dut s'avouer que le bonhomme l'avait impressionné, ce n'était pas dans ses habitudes. Il se demanda si la peur n'allait pas entraîner un blocage de ses facultés d'imitation. Il crevait de soif ; pour se désaltérer, il fit couler l'eau du réservoir, mais elle avait un goût de rouille. La bière sans alcool était chaude. Il plongea le pack dans une cuvette avec l'espoir de le rafraîchir et sortit.

Il poursuivit son nettoyage du jardin, ratissa les allées et repêcha les cochonneries qui flottaient à la surface de la piscine à l'aide d'une épuisette à long manche. A plusieurs reprises il distingua la silhouette de Dorana derrière la baie vitrée, mais elle reculait chaque fois qu'il regardait dans sa direction.

La chaleur et le travail manuel l'épuisèrent, et c'est à demi mort de fatigue qu'il fit son entrée dans la cuisine, sur le coup de six heures. Anita s'affairait, préparant des sandwiches.

— Monsieur mange rarement à la maison, expliqua-t-elle. Il a des obligations. Madame se contente d'un fromage de régime et de vitamines. Les Américaines ne savent pas profiter de la vie. Chez nous on a un dicton : « heureuse à table heureuse au lit ». Vous avez bien travaillé ?

Dan s'assit en grimaçant. Ses épaules et ses reins lui faisaient mal à hurler. Il se demanda comment il ferait pour recommencer le lendemain. Anita pérorait sans attendre de réponse. Elle avait disposé un couvert devant lui et remplissait son assiette de riz et de haricots noirs. Ce n'était pas très diététique mais néanmoins savoureux. Elle parut se réjouir de le voir se goinfrer sans chipoter. Elle parlait en s'activant. De son fils Jésus, de sa carte verte, de son désir de devenir une vraie Américaine en se mariant avec un

WASP garanti grand teint. Dan finit par se demander si elle ne cherchait pas à le séduire... ou du moins à lui proposer une « association », comme cela se pratiquait de plus en plus. Il essaya de s'imaginer avec elle. Elle était probablement gourmande, jalouse, ardente au lit et fervente catholique. Toute nue, elle devait se révéler assez agréable à regarder avec son ventre rond, ses seins de nourrice et ses cuisses potelées. Dan songea que le destin lui faisait peut-être là un clin d'œil pour le ramener sur le droit chemin. Et s'il laissait tout tomber ? S'il acceptait les avances d'Anita... ?

Ne serait-il pas agréable de se laisser chouchouter par cette jeune femme dodue et sans complications ? Qu'avait-il besoin de flirter avec quelqu'un comme Dorana Smart qui puait l'angoisse et la combine à cent pas à la ronde ?

— Vous avez quel âge ? interrogea Anita, confirmant du même coup ses soupçons.

— Trente-six, dit Dan.

— Vous n'avez pas l'air méchant, observa la Mexicaine. Mendoza, lui, il était *muy macho.* Trop « coq », vous voyez ce que je veux dire ? Il essayait tout le temps de m'entraîner dans la cabane. Il me montrait ses sales photos, il me disait que je pourrais poser dans ce genre de magazines et que je gagnerais bien mieux ma vie qu'en travaillant ici. Il disait qu'il connaissait des combines, qu'il pouvait me présenter à des gens.

— J'ai jeté les photos, annonça Dan. Vous avez bien fait de ne pas l'écouter. Ces choses-là finissent toujours mal.

Il continua à manger sous le regard bienveillant d'Anita qui semblait prendre un certain plaisir à rester debout de l'autre côté de la table pour le servir. Elle remplissait son verre au fur et à mesure, lui passait le pain. Il joua à se laisser servir.

« Profites-en, lui soufflait la voix de sa conscience, quand tu seras en prison ce sera une autre chanson ! »

A dix-huit heures trente, Anita lava la vaisselle et s'en alla en lui serinant mille recommandations. Dan l'accompagna jusqu'à la grille. La petite Camaro stationnée sur le parking lui appartenait.

Quand elle fut partie, il hésita à profiter du moment de répit pour aller voir Dorana, mais il jugea que ce serait une erreur. Adam Smart était peut-être embusqué quelque part dans les collines, au milieu des blocs de rochers surplombant la maison. Une paire de jumelles à la main...

Non, il ne fallait pas tenter le diable. Il décida de retourner à la cabane et de faire sa toilette. Si Dorana voulait lui parler, elle n'aurait qu'à se déplacer.

Il s'activa, les muscles douloureux, pour remplir le réservoir de la douche et celui de l'évier, puis il ferma la porte et se déshabilla. L'eau tiède lui fit du bien. S'il avait bénéficié des avantages de l'eau courante, il serait resté assis sous le jet, les yeux clos, laissant sa fatigue s'en aller avec la poussière et la crasse.

Il se sécha avec la vieille serviette éponge un peu pelée mais très propre qu'Anita avait accrochée à un clou, à la sortie de la cabine de tôle. Nu, il s'étendit sur le lit, fixant le carré de ciel par l'ouverture de l'étroite fenêtre. Il s'en voulut d'être ici pour autre chose qu'un simple emploi de jardinier. La lassitude lui faisait apparaître les projets de Dorana bien chimériques. Il n'avait plus envie de rien, que de fermer les yeux et de dormir d'un sommeil d'honnête homme aux paumes douloureuses.

Le ciel rougissait. Les cloisons de planche prenaient une curieuse teinte dorée. L'odeur de bois chaud et de poussière était agréable. Il se prit à penser que s'il avait été réellement poète et végétarien il aurait pu se contenter de cette existence, mais il ne faisait que jouer un rôle... et il n'avait jamais été capable d'écrire autre chose que des sketches à l'humour douteux. Des sketches qui auraient fait mourir de rire Adam Smart.

Il s'endormit sans en avoir conscience. Dorana n'était pas venue le voir.

6

Il se réveilla en pleine nuit, en proie à une angoisse incontrôlable, une certitude de danger absolu et imminent.

Quand il ouvrit les yeux, la chambre était plongée dans les ténèbres, et il mit un certain temps à comprendre que la respiration haletante qui résonnait dans ses oreilles n'était pas la sienne. C'est alors qu'il vit les yeux du chien, au pied du lit, deux boules phosphorescentes en suspension dans l'air. La terreur l'empêcha de bouger. Plus tard, il songea que c'était probablement cette inertie qui l'avait sauvé de l'égorgement. La bête ne bougeait pas. Elle aurait pu être empaillée, sculptée dans un bloc de charbon. On l'entendait seulement respirer tandis que sa gueule béante exhalait une odeur de viande.

Dan, toujours nu, les bras le long du corps, ne s'était jamais senti aussi vulnérable. Il n'osait esquisser le moindre geste de peur de provoquer une riposte fulgurante de l'animal. Il se maudit d'avoir oublié de décrocher la passerelle, mais la fatigue l'avait fauché par surprise, ne lui laissant pas le temps de s'organiser pour la nuit.

Il n'était pas très difficile d'imaginer ce qui s'était passé ensuite : Adam Smart, de retour à la maison, avait libéré le chien qui s'était empressé de courir à la cabane, attiré par l'odeur de l'étranger. La bête n'avait eu qu'à grimper la passerelle et à soulever le loquet avec son museau pour entrer dans la baraque. Depuis combien de temps était-elle là, à le surveiller ?

Dan ne savait que faire. Appeler ? Essayer d'amadouer le fauve ? Il n'avait guère envie de se lancer dans une telle entreprise.

Il resta ainsi pendant une heure, à suer sur sa paillasse, n'osant pas même poser les mains sur son pénis exposé. Il avait entendu dire que c'était toujours à cette partie de l'anatomie que s'en prenaient les chiens d'attaque, par instinct, parce qu'ils savaient que c'était l'endroit clef du corps masculin. Dust ne bougeait pas, on sentait qu'il avait été dressé à prendre l'affût des heures durant, sans remuer un muscle ou une oreille.

Dan espéra d'abord qu'Adam remarquerait son absence et se lancerait à sa recherche, puis le doute s'insinua en lui : n'était-ce pas Adam Smart lui-même qui avait ordonné au chien de venir lui flanquer une bonne frousse ?

Le bonhomme devait aimer jouer avec les domestiques, leur faire peur et les tyranniser. Dan commençait à comprendre ce que Dorana éprouvait pour son mari et ses velléités de renoncement l'abandonnèrent. D'un seul coup, il eut envie de se payer la peau de Smart, de se venger en le ridiculisant. Bon sang ! Maintenant c'était sûr, il irait jusqu'au bout ! Il viderait la chambre forte de la *Trade Ltd* et laisserait le bon monsieur Smart s'expliquer avec ses supérieurs !

Tout à coup, l'animal bondit hors de la pièce et dévala la passerelle. Il bougeait vite, sans qu'on puisse prévoir ses mouvements. A la différence des autres chiens, il ne se trahissait pas par des frémissements musculaires anticipant l'action, non : une seconde il était pétrifié, la seconde suivante il avait disparu.

Dan se redressa en titubant. Son premier réflexe fut de courir à la porte et de décrocher la passerelle qu'il laissa descendre sur la pelouse au moyen de la corde, puis il ferma la porte dont il ligota le loquet avec un bout de ficelle. Pour finir, il tira les volets et les bloqua. Il était trempé de sueur et il ouvrit le robinet pour s'asperger. Il aurait eu besoin d'un verre d'alcool, mais Anita n'avait rien prévu de tel.

Il s'assit au bord de la paillasse, tâtonna pour allumer la lampe tempête posée sur la caisse d'oranges qui servait de table de chevet. Il grelottait et claquait des dents, en proie à une forte réaction nerveuse. Est-ce qu'il avait déplu à Smart ? Le « banquier » avait-il choisi ce moyen pour lui faire comprendre qu'il ne devait pas s'attarder ?

Il finit par s'allonger mais ne réussit pas à fermer l'œil avant l'aurore.

Il se réveilla en sursaut avant même que retentisse la sonnerie du vieux réveil mécanique orné d'une effigie de Mickey Mouse. Il se leva et entreprit de se faire du café sur le réchaud de fortune. En se rasant, il se mit à chanter, puisant dans son répertoire du vieux Sud. Il agissait toujours ainsi lorsqu'il devait mettre ses cordes vocales en condition. Le chant lui permettait de se chauffer, d'atteindre à un certain degré « d'élasticité ». Il fut rassuré de constater qu'il avait envie d'en découdre. La terreur superstitieuse qui l'avait affecté durant la nuit s'était dissipée. Il fit quelques essais, à voix basse. Ça ne collait pas. Il avait besoin d'un magnétophone de bonne qualité, capable de faire défiler une bande magnétique à 18 cm/seconde et d'un micro de preneur de son. Si seulement Dorana lui avait laissé le temps de passer chez lui avant de quitter Vegas, il n'aurait eu qu'à puiser dans son matériel personnel.

Le café avalé, il descendit au jardin en regardant où il mettait les pieds car il n'était pas rare de trouver des petits scorpions entre les pierres. A tout hasard, il s'était muni d'un grand sécateur pour tailler les haies. Il avait souvent gagné son argent de poche de cette manière durant son adolescence, il espérait ne pas avoir trop perdu la main. De plus, le cliquetis des grandes lames le rassurait. Il se sentait moins démuni face à une éventuelle attaque de Dust.

« Qu'il vienne, se répétait-il, et je lui coupe la tête avant qu'il ait le temps d'aboyer ! »

Mais Dust ne se montra pas, comme s'il avait deviné les intentions de son adversaire. Dan songea que l'animal savait sans aucun doute reconnaître tout ce qui, de près ou de loin, s'apparentait à une arme. Chien-flic, il avait été éduqué dans ce but, et il serait assez difficile de le surprendre dans ce domaine. Dès qu'on posait la main sur un bâton, il y voyait une possibilité d'agression et se préparait à riposter en conséquence.

La matinée se déroula sans anicroche. A midi, Dan se rendit dans la cuisine pour prendre son repas. Anita lui servit une tortilla aux piments, des galettes de maïs et du *gua-*

camole, le tout accompagné des éternels *frijoles*, cette purée de haricots rouges revenue dans la poêle. La nourriture était excellente, et la jeune femme faisait deux sortes de café : l'un très clair, à la « gringos » pour les patrons, l'autre à la « cubaine », très serré, pour son usage personnel.

— Pourquoi à la « cubaine » et pas à la « mexicaine» ? s'enquit Dan.

Anita pouffa de rire.

— Parce que le café mexicain est encore plus mauvais que le vôtre ! gloussa-t-elle. C'est de la farine de pois chiches à 50 % !

Norris dégusta sa tasse d'encre copieusement additionnée de sucre.

— Est-ce que le chien vous a fait des misères ? interrogea-t-elle.

Dan lui raconta sa mésaventure nocturne en essayant de prendre un ton plaisant, mais Anita ne trouva pas la chose comique.

— Vous avez bien fait de ne pas bouger, déclara-t-elle. Quand la nuit tombe, Dust devient comme fou. Un vrai loup. Vous savez que son maître l'entraîne à chasser le coyote ? Un jour ça finira mal. Je ne comprends pas que la police ne l'ait pas piqué. Sans doute qu'il leur a coûté trop cher et qu'ils voulaient l'amortir en le vendant ?

Elle paraissait soucieuse et tordait son torchon entre ses mains.

— Des fois, fit-elle en hésitant, je me dis que ce n'est pas une bête normale, vous voyez, mais un animal de laboratoire, un chien sur qui on a fait des expériences. Il est trop intelligent. On lui a peut-être greffé un cerveau d'homme ? J'ai vu un film comme ça sur MTV. *Iron Fangs*...

— Il ne faut peut-être pas aller jusque-là, soupira Dan, mais c'est tout de même une sale bête. Comment se comporte-t-il quand vous lui donnez à manger ?

— Ce n'est pas moi qui le nourris, murmura Anita. C'est Monsieur. Dust n'avale que ce qui vient de la main de son maître. Et s'il a trop faim, il se met à chasser. Jamais il n'accepte le moindre morceau d'un inconnu. Vous ne le verrez jamais manger une boulette trouvée sur la pelouse ou ce genre de trucs. C'est à la police qu'il a appris à se méfier. S'il crève de faim parce que Monsieur Adam est en retard sur l'heure de la soupe, il saute la barrière et va dévorer un chat dans une villa voisine. Personne ne l'a jamais pris sur le fait, mais on le soupçonne. Ça a déjà fait pas mal d'histoires. Les Smart ne sont pas très bien vus sur la colline.

Son déjeuner avalé, Dan retourna dans le parc tailler les haies en essayant de ne pas leur donner cet aspect en dents de scie qui trahit le jardinier amateur. Comme Adam Smart était parti à la banque en compagnie de Dust, la journée se passa bien, et il finit même par se détendre. Pendant quelques heures il travailla mécaniquement, l'esprit vide, concentré sur la ligne de feuillage et le bruit des cisailles. L'angoisse ne pointa son nez qu'à la tombée du jour, quand la voiture d'Adam se présenta à la grille, et que le chien jaillit par la fenêtre arrière sans même attendre que son maître lui ouvre la portière. Smart descendit à son tour, posa son attaché-case sur l'herbe et ôta sa cravate. Il portait une chemisette à monogramme et un pantalon bleu marine taillé dans un très beau tissu. C'était un homme plein de charme, à la mâchoire carrée et aux cheveux drus, et cela à un âge où beaucoup de cadres supérieurs voient leur bedaine rouler sur leurs cuisses chaque fois qu'ils s'assoient, et leur calvitie luire au soleil comme un casque de la Garde Nationale quand ils ont le malheur d'en surprendre le reflet dans un miroir.

Pendant que Dust flânait sur la pelouse, le nez au ras de l'herbe, Smart s'approcha de Dan. Il ne semblait pas pressé d'aller saluer sa femme. Il respirait à petits coups. Il avait l'air d'un instructeur de Marines sur le retour. Un homme solide, dangereux, à qui il ne faisait pas bon chercher noise.

— Alors ? lança-t-il avec un coup de menton en direction de la haie, ça marche ?

Dan s'appliqua à sortir quelques considérations techniques pêchées dans le manuel de jardinage naturel. Il avait pioché la section « fabriquer vos propres insecticides » et se proposait d'entretenir son patron des vertus des poisons concoctés à partir d'épluchures diverses. Il ne lui fallut pas longtemps pour comprendre que Smart ne l'écoutait pas. Ce n'était pas grave, il était capital qu'il passât pour un imbécile ; l'un de ces ecofreaks qui militent pour l'enterrement des ordures, la sauvegarde des moustiques, et l'interdiction des déodorants.

Le mari de Dorana s'était planté au bout du jardin, les poings dans les poches, l'œil fixé sur ce que le voile de smog laissait deviner de la ville, en contrebas.

— Foutues veuves, grogna-t-il entre ses dents comme s'il poursuivait un monologue entamé durant le trajet. Elles sont toutes là, embusquées comme des vampires. Vous savez quel est le sport national en Californie ? La chasse au mari. Le meilleur gibier c'est le type de quarante-cinq ans, qui a réussi dans sa partie. Le quadragénaire doré, bien installé. Un beau matin, il découvre en se réveillant que posséder le dernier modèle de voiture de sport ne lui semble plus aussi important qu'il le croyait jusque-là. Il prend conscience qu'il en a marre des coups à la sauvette, des escortes et des call-girls, alors il veut se caser, faire un môme tant qu'il en est encore à peu près capable... C'est là qu'elles lui tombent dessus, les salopes. Elles savent qu'avec un peu de chance, le mec crèvera d'un infarctus dans les cinq ans qui viennent ; alors à elles la bonne galette ! Elles sont des centaines à chasser ce genre de proie.

Il semblait remâcher sa rancune.

— Ne vous mariez jamais mon vieux ! jeta-t-il à Dan. Elles ont toutes ça dans la tête, c'est plus fort qu'elles. Elles ont besoin du pognon des vieux et de la quéquette des jeunes. C'est dur à concilier. Parfois je dois me retenir pour ne pas leur tordre le cou tellement elles me dégoûtent.

Comme si cet anathème l'avait soulagé, il tourna les talons et disparut dans la maison.

Dan travailla encore un peu, puis se retira dans ses quartiers pour une bonne douche. Il était décidé à ne plus se laisser surprendre. Le travail manuel lui dérouillait les muscles et les articulations, ce n'était pas une mauvaise préparation à ce qui risquait de s'ensuivre si les choses tournaient mal. Il s'était trop laissé aller ces derniers temps, une reprise en main s'imposait. Il éprouva un réel plaisir à rester sous la pomme d'arrosage de la cabine rudimentaire. La cabane lui plaisait de plus en plus. Il fit réchauffer le reste de chili, le mangea à même la marmite à l'aide d'une cuiller tordue, et fit passer la brûlure du piment avec deux boîtes de bière sans alcool. Ce repas expédié, il s'allongea sur la paillasse pour une courte sieste. Cette fois, il avait pris la précaution de décrocher la passerelle, et il s'amusa à guetter le va-et-vient du chien frustré entre les pilotis de la maison. Dust s'énervait de ne pouvoir monter. Dan l'entendait claquer des mâchoires comme s'il chassait les mouches. Content de lui, il feuilleta les bandes dessinées de Mendoza et s'endormit au bout de trois pages, juste au moment où la jeune secrétaire était sur le point de perdre sa virginité sur le bureau du chef comptable, *el señor* de la Cruz.

Il se réveilla alors que la nuit tombait.

Après s'être passé de l'eau sur le visage, il s'embusqua dans l'entrebâillement de la fenêtre pour surveiller le jardin. Quelque chose lui soufflait que Smart tenterait une sortie ce soir, afin de se soulager les nerfs. Il se cala sur la vieille chaise et commença ses exercices d'assouplissement vocaux. Il travaillait à voix basse, essayait de reproduire certaines expressions d'Adam en répétant les mêmes mots. Jadis, pour parvenir à la perfection, il lui était arrivé de répéter une journée entière, amenant ses petites amies au bord de la crise de nerfs. Quand il entamait ces travaux d'approche, il perdait toute notion du temps, aussi était-il toujours assis dans la même position lorsque Adam Smart se faufila hors de la maison en compagnie du chien. Il était minuit trente. Smart s'était habillé de noir de la tête aux pieds. Il avait rabattu sur sa tête le capuchon d'un sweat-shirt qui ne laissait apparaître que son visage. Il avait mis des gants, et des sneakers noirs. Dust trottait à ses côtés, mais son allure avait changé, elle aussi. Il avait à présent l'air d'un loup sur le sentier de la guerre. Les deux complices se glissèrent hors de la propriété et disparurent sur la route, vers le sommet de la colline. Dan se demanda ce qu'ils avaient l'intention de faire. Chasser le coyote ? S'en prendre aux chats et aux chiens des propriétés environnantes ? C'était un coup à ramasser une salve de plombs dans le dos. Toutes les villas étaient défendues par des systèmes de protection électroniques... Smart avait-il trouvé le moyen de contourner les faisceaux des radars ou de ramper sous leur couverture invisible ?

Quel plaisir retirait-il de ces déprédations dérisoires ?

Dan essaya de se le représenter, se traînant dans la poussière, indiquant à son chien les angles morts par où il pourrait s'introduire dans la place. De quoi se vengeait-il ? De la morgue de ses voisins ? De leur richesse ?

C'était prendre beaucoup de risques pour peu de chose, car les vigiles pouvaient lui tomber dessus à tout instant et ouvrir le feu sans sommation. Mais peut-être espérait-il vaguement une telle confrontation qui lui aurait permis de jeter son fauve à la rencontre des flics privés ?

Dorana avait raison, il était dingue.

Les muscles tendus, Dan resta à l'affût, guettant les bruits de la nuit. Au bout d'un moment, il lui sembla entendre le cri de détresse d'un animal pris au piège. Un couinement vite étouffé, puis des lumières s'allumèrent, quelque part du côté de la crête, et il crut percevoir l'écho d'une détonation assourdie. Il se surprit à espérer que Smart se soit fait descendre, ainsi toute la combine tomberait à l'eau...

Il n'eut pas cette satisfaction. Une demi-heure plus tard, Dust et son complice réintégraient le jardin. Adam paraissait à bout souffle, et ses vêtements de camouflage étaient maculés de poussière. Il fallut quelques secondes à Dan pour comprendre que la dépouille coincée entre les mâchoires du chien était celle d'un chat angora au pelage rougi de sang. Un gros chat de concours, dont Dust avait manifestement cassé l'échine et qu'il ramenait comme un trophée.

Arrivé au milieu de la pelouse, Smart s'agenouilla pour caresser le chien. Il lui flattait la tête et la croupe à petites tapes sèches, pour lui faire comprendre qu'il avait bien travaillé. Ce manège dura une minute ou deux, puis le banquier se redressa, murmura quelque chose , et rentra dans la maison.

Dust resta assis dans l'herbe, le chat mort entre les pattes. Comme s'il devinait la présence de Dan, il regardait fréquemment en direction de la baraque. Il finit par reprendre le petit cadavre entre ses dents et le traîna derrière le socle d'une statue, pour l'y enfouir.

Cette fois, Dan tira ses volets et s'allongea sur le lit. Dans quelle maison de fous avait-il mis les pieds ?

Le lendemain midi, il demanda à Anita si elle avait recueilli des échos des événements de la nuit car il savait que les employés des maisons du voisinage se téléphonaient les uns les autres pour se tenir au courant des ragots de la colline.

— Ne m'en parlez pas ! fit-elle d'un air pincé. Je me suis fait enguirlander toute la matinée. Il paraît que le chat des Doherty a disparu. Une bête de concours qui a remporté tous les prix imaginables. Bien sûr, c'est nous qu'on soupçonne !

— Le matou a peut-être fait une fugue ? proposa Dan en se servant une tasse de café.

— Une fugue ? Vous rigolez ! On a trouvé des taches de sang au bord de la piscine. C'est encore un coup de « qui vous savez ». Un jour les flics viendront ici avec des sondes à méthane, comme dans *Corpses' Squad*, ils retourneront le jardin et ils découvriront les cadavres de toutes les bestioles que Dust à enfouies sous la pelouse. Il n'y a pas beaucoup de terre, ça ne les fatiguera pas de creuser.

— Vous croyez que les... cadavres sont ici ?

— Bien sûr. A moins qu'il ne les bouffe pour son quatre-heures.

— Mais comment s'y prend-il ? Il y a bien des radars, des couvertures infrarouges, non ?

— Oui, mais elles sont réglées pour laisser circuler les bêtes de la maison sans que l'alarme se déclenche. Dans ce cas-là, c'est facile de les attirer hors de la propriété jusqu'à l'endroit où Dust les attend pour leur sauter dessus.

— Vous voulez dire que c'est Monsieur Smart qui se charge de ce travail ?

Anita s'agita, mal à l'aise.

— Sûrement, murmura-t-elle. Mais il ne faut pas en parler. Je crois qu'il devrait consulter un docteur. A son âge, on n'a plus le droit de faire des farces comme ça.

Dans les jours qui suivirent Dan essaya de faire parler Smart, et notamment de l'amener à prononcer à son insu les mots contenus dans la phrase-clef provoquant l'ouverture de la chambre forte, mais le banquier se révéla taciturne, réservant ses confidences à son chien. Dan en était réduit à tendre l'oreille pour épier la « conversation » des deux complices. A ce train-là, il ne serait jamais prêt. Il lui fallait un magnétophone, à la fois pour enregistrer son modèle et pour faire ses exercices. Dust ne s'approchait plus de lui mais le surveillait à distance. Parfois, alors qu'il taillait une haie, Dan le découvrait derrière lui, silencieux. En attente. Si l'imitateur posait alors la main sur un instrument tranchant, une lueur s'allumait dans l'œil du molosse, un peu comme s'il pensait : « Vas-y donc ! Essaye un peu pour voir, qu'on rigole ! »

Et Dan se dépêchait d'adopter une attitude pacifique dans l'attente de la prochaine fois.

Depuis que Daniel Norris s'était installé dans la cabane du jardinier, Dorana faisait semblant de peindre pour dissimuler sa nervosité. Elle avait d'abord eu peur que l'imitateur ne se laisse aller à quelque impair, faute d'une appréciation réaliste de la situation, mais il avait su se tenir à l'écart. Ensuite, elle avait tremblé d'appréhension à l'idée que les agaceries du chien pourraient bien l'effrayer et provoquer son départ prématuré. Cela ne s'était pas encore produit, elle en remerciait le ciel. Anita l'avait mise au courant de l'agression dont avait été victime le « jardinier », et cela l'avait curieusement rassurée. Norris avait donc plus de sang-froid qu'elle ne l'avait imaginé, c'était de bon augure pour la suite.

Elle peignait. Elle peignait de manière automatique, sans même prêter attention aux figures ébauchées par ses doigts. Cette activité avait au moins le mérite d'excuser la tension de son visage et son irritabilité. Elle avait barbouillé une immense toile, la plâtrant de blanc de zinc et d'éclairs de jaune de cadmium. Lorsqu'elle s'interrogeait sur la signification de ce brouillard, elle y voyait un grand appartement immaculé traversé par des rayons de soleil. Une mince silhouette se dessinait à l'horizon d'une salle à manger grande comme le désert Mojave, celle d'une petite fille s'avançant les bras tendus.

Dorana restait souvent le pinceau levé, se demandant quel pouvait être le prénom de cette enfant dont on ne voyait pas encore le visage mais qu'on devinait souriante. Doris ? Anna ? Par moments, elle n'osait plus toucher au tableau de peur de gâcher les contours de ce petit être qu'elle était encore seule à distinguer.

Adam n'était pas dans une bonne période, lui non plus, car Dick Weston l'avait réexpédié à l'assaut des veuves de Malibu et de San Diego. Très tendu, il sortait souvent la nuit en compagnie de Dust, sans aucun doute pour se glisser dans les jardins voisins. Pourquoi se laissait-il aller à de tels enfantillages ? On commençait à chuchoter des choses dans les environs et il n'était pas exclu qu'un jour ou l'autre il tombe dans un piège tendu à son intention. Que se passerait-il s'il était blessé... ou même arrêté ? Dorana le savait bien : Dick Weston procéderait immédiatement à la modification des procédures d'ouverture de la chambre forte, et la combine tomberait à l'eau.

Elle enrageait à la seule idée que son futur dépendait des caprices d'un détraqué, d'un prédateur au petit pied qui s'amusait à persécuter les habitants des Hills avec la complicité de son chien. Combien de chats primés, de yorkshires, de chihuahuas, avaient-ils déjà assassinés à eux deux ? De qui ou de quoi se vengeait Adam ? De son médiocre salaire qui, jamais, ne lui permettrait d'acheter une aussi belle propriété que ses voisins ? De la vieillesse qui s'installait en lui chaque jour un peu plus ?

Un soir, elle le vit sortir son vieux sac Gladstone de la penderie, et elle comprit qu'il allait enfin partir au Mexique.

— Tu pars ? s'enquit-elle l'air de rien.

— Ouais, grogna-t-il. Je prendrai la Fleetwood, je te laisserai la Pontiac. J'ai demandé une semaine de vacances à Dick. Je ne supporte plus les bonnes femmes qu'il me force à rencontrer, toutes ces goules qui me tripotent les mains en me coulant des regards par en dessous.

— C'est parce que tu es trop beau.

— Non, c'est parce qu'elles s'imaginent qu'en couchant avec moi, elles me pousseront à les rendre encore plus riches. Il n'y a que le fric qui les excite. Les dollars payent leurs opérations de chirurgie esthétique. Elles sont recousues de partout, elles changent de nez tous les trois mois et de seins tous les ans. J'ai parfois l'impression d'être dans un putain de film de science-fiction.

— Tu es méchant.

— Et toi gourde.

Il plongea dans la penderie, décrochant des costumes en tissu colonial. Dès qu'il s'agitait, la sueur perlait à son front et il soufflait par le nez. La belle image craquait. A la façon dont il s'appuyait au chambranle de la porte, chaque fois qu'il se relevait trop vite, elle devinait qu'il avait un voile noir devant les yeux. Elle avait beau le détester, cet indice de faiblesse éveillait en elle une vague compassion. Le cœur des femmes n'est jamais assez endurci. Cela lui rappelait le titre d'une chanson de son adolescence, *Women's heart is not so hard.* Qui chantait ça, déjà ?

— Tu veux que je vienne avec toi ? demanda Dorana d'un ton souffreteux.

Elle savait qu'il dirait non, mais elle appréhendait tout de même la réponse.

— Surtout pas, gronda Adam. Pour t'entendre te plaindre des moustiques et de la chaleur vingt-quatre heures sur vingt-quatre ! C'est un pays où il faut être en bonne santé et peu soucieux de confort. Toi, chaque fois que tu commandes un verre, tu regardes au fond en plissant le nez, comme si tu pouvais y voir nager les amibes.

— Et alors ? protesta-t-elle pour la forme, ils mettent bien des vers de terre dans la tequila !

Adam haussa les épaules. L'*aguardiente con gusano* ne l'avait jamais effrayé.

— Qu'est-ce qu'ils ont dit à la banque ? risqua-t-elle enfin.

— Weston fait la gueule, ricana Adam, parce qu'il n'aime pas que je m'éloigne quand le coffre est plein. Évidemment, si je prenais un coup de couteau dans un bar louche à Tijuana, il serait plutôt emmerdé. Le fric serait bloqué jusqu'à ce qu'il vienne lui-même ouvrir la porte au moyen de la procédure de secours, et il a horreur de ce genre de responsabilités.

— Il y aura vraiment de l'argent ou bien il dit juste ça pour te faire sentir que c'est lui le chef ?

— Bien sûr qu'il y aura de l'argent ! aboya Smart. Deux millions de dollars en liquide, la paye de tous les *braceros* qui ramassent les melons, le long de la frontière, et celle des gars de la vallée de Napa. Ça représente une sacrée armée.

Il baissa le ton, et ajouta avec une certaine lassitude :

— Je suis à peu près sûr que les ramasseurs de melons et de raisin servent de couverture. En réalité c'est de l'argent en cours de blanchiment. Weston ne veut pas en convenir, mais c'est de cette manière qu'il comble les trous creusés par le projet foireux des marinas de Redondo Beach.

Dorana se contenta d'un grognement machinal. Adam adorait exagérer, c'était dans sa nature. Avec lui, tout devenait *spécial.* Hors norme. L'installation d'une succursale nipponne sur Sunset prenait l'allure d'un complot de l'Extrême Droite samouraï contre les États-Unis. Il aimait laisser croire qu'il connaissait le dessous des cartes, qu'il fricotait avec des agents de la C.I.A, ou qu'il avait accès à des prototypes expérimentaux plus ou moins mystérieux, il exhibait alors des briquets, des stylos, dont les pouvoirs révolutionnaires n'existaient le plus souvent que dans son imagination. Dorana jouait les naïves et feignait de s'extasier. Aussitôt, il en rajoutait, frisant la mythomanie. Hors de ces échappées fantasmatiques, il parlait peu.

— Quand pars-tu ? fit la jeune femme, peu soucieuse, cette fois, de le laisser s'embarquer dans l'un de ses habituels délires. Il faudrait que tu me donnes les dates. Je n'aime pas rester toute seule ici, tu le sais bien. J'en profiterai pour inviter une amie.

Elle calcula que cela leur laisserait une semaine pour se préparer à l'action. Elle espéra que Dan aurait fait de sérieux progrès dans son imitation. Elle n'ignorait pas qu'il avait eu peu d'échanges avec Adam, et que cela pouvait le gêner dans son travail de reconstitution.

— Tu devrais dire un mot d'encouragement au jardinier, lança-t-elle d'un ton qu'elle espérait distrait. Il fait de gros efforts et nous ne le payons pas très cher.

— Ce hippie ? marmonna Adam en examinant ses bottes. Il m'a l'air plutôt ramolli. Il écrit des poèmes de gonzesses. Je me demande s'il ne serait pas un peu pédé.

— Au moins il laissera Anita tranquille, objecta Dorana. Rappelle-toi les problèmes que nous avons eus avec Mendoza. Seigneur ! Il en était arrivé à la convaincre de poser pour des photos cochonnes dans un magazine spécialisé !

Adam pouffa de rire. Dorana quitta la pièce car la sueur ruisselait dans le creux de ses reins et elle craignait de se trahir. Elle n'était pas très bonne comédienne, elle le savait depuis le collège. Dans le couloir, elle eut un étourdissement et dut s'appuyer au mur. Adam continuait à vider la penderie, à la recherche de l'équipement de baroudeur qu'il emmenait à chacune de ses escapades. Dorana détestait le Mexique. Au Mexique, pendant la Fête des Morts, on trouve dans les boulangeries des crânes en sucre et des gâteaux en forme de cercueils. Elle y avait toujours vu une provocation dangereuse. Un mauvais présage.

Le souffle court, elle grimpa dans le minuscule atelier qu'elle occupait tout en haut de la maison. Elle appuya son front contre la baie vitrée, regardant Daniel Norris qui bataillait avec les haies pour essayer de donner le change. Il faudrait lui annoncer que l'échéance se rapprochait à pas de géant. Il faudrait également se résoudre à lui dire la vérité...

Toute la vérité.

Elle plissa les yeux pour mieux distinguer les mains de l'imitateur. Elles lui parurent pâles et menues comparées à celles d'Adam. Elle avait adoré les mains d'Adam. Plus que son visage, plus que son allure ou sa voix. Il y avait quelque chose d'ironique dans la tournure prise par le destin. Adam avait demandé sa main... et ils s'étaient mariés, et maintenant c'était à elle de lui demander la sienne. Pour s'en aller.

Elle frissonna. Quand elle se retourna, elle s'aperçut que son mari la contemplait depuis le seuil de la pièce. Elle pria pour ne pas devenir aussi pâle que les toiles vierges qui encombraient l'atelier.

Adam s'avança, son éternel sourire ironique fiché au coin de la moustache. Elle réalisa qu'il fixait le tableau sur lequel elle avait « travaillé » ces trois derniers jours. Celui du grand appartement noyé de soleil et de la fillette aux bras tendus.

— Qu'est-ce c'est que ce barbouillage ? fit-il en haussant les sourcils. Bon dieu, si tu continues comme ça tu ne vendras jamais rien, ma pauvre fille ! Tu ne peux donc pas faire des choses qui aient figure humaine ? Quand je pense à tous les cours que tu as suivis. Au début je pensais que tu ferais des nus, j'étais tout prêt à te payer des modèles, au moins j'aurais pu me rincer l'œil pendant les séances de pose. Mais ça... Ça ressemble à quoi ?

« A ma peur, faillit lui répondre Dorana. Et à la tête que tu feras quand tu découvriras que j'ai vidé le coffre de la banque ! »

Arriva enfin le jour de sortie d'Anita, celui pendant lequel elle récupérait son fils au jardin d'enfants et se consacrait à lui. Dan attendait ce moment avec impatience. Il savait en effet qu'une fois Adam Smart parti pour la banque en compagnie du chien, Dorana serait seule à la maison. Il devrait donc mettre ce court moment de répit à profit pour lui parler. La chaleur, l'isolement et la tension nerveuse le plongeaient dans un état d'hyper-réceptivité qui grossissait le moindre bruit et lui rendait la lumière du jour presque insupportable. Il fit le mort jusqu'à ce que la voiture de Smart disparaisse dans un nuage de poussière et que le système de fermeture de la grille fasse entendre son claquement sourd. Alors il sortit de la cabane pour traverser la pelouse en direction de la maison. La chaleur lui coupa le souffle, le silence lui parut « haletant », comme dans un roman de gare. Il eut soudain l'impression que tous les habitants du voisinage retenaient leur souffle pour l'espionner à la jumelle, et que des dizaines d'yeux se tenaient braqués sur le jardin des Smart.

Il se mit pourtant en marche malgré les signes de frayeur que lui adressait Dorana de l'autre côté de la baie vitrée. Il comprit qu'elle lui ordonnait de rebrousser chemin, mais il n'en était pas question. Il en avait assez de jouer les imbéciles et de cuire à l'étouffée dans sa cabane en planches.

Il entra dans la maison. Dorana vint à sa rencontre, très pâle, enveloppée dans une sortie de bain en éponge jaune. Elle était pieds nus, les yeux dilatés par l'angoisse. Elle se plaqua contre l'un des murs de la salle à manger, là où personne ne pouvait la voir.

— Tu es fou ! siffla-t-elle d'une voix étouffée. Fiche le camp ! Je t'avais dit de ne jamais chercher à me parler !

— Arrête tes simagrées, coupa Dan en la saisissant par les épaules. Il est parti. Il n'y a plus personne. Nous sommes seuls.

Dorana se débattit, mais elle semblait sans force, paralysée par la frayeur.

— Tu ne comprends pas, gémit-elle. C'est peut-être un piège... Qui te dit qu'Adam ne s'est pas arrêté à mi-chemin pour lâcher Dust ? Le chien est peut-être déjà à la grille, il va s'introduire dans le jardin à notre insu. Tu saisis ? Adam lui a sans doute ordonné de nous espionner, ce serait bien dans ses manières !

Dan se sentit douché ; non par ce que lui disait Dorana, mais parce que, l'espace d'une seconde, il se demanda si elle n'était pas bel et bien en train de sombrer dans la folie. Il ne put se retenir de la secouer. Le peignoir s'ouvrit. Dessous, elle portait un maillot de bain noir, une pièce, fin comme de la soie. La peur avait érigé le bout de ses seins et ses mains étaient glacées.

— Calme-toi, fit Dan avec plus de douceur. A ce rythme-là tu vas perdre la tête. Adam est à la banque et le chien l'accompagne. Tu n'as rien à craindre. Il faut que je te parle.

— Pas ici, balbutia Dorana. Dust va sentir ton odeur. Il saura tout de suite que tu es entré. Il va passer la soirée à renifler la moquette, les meubles, tout ce que tu auras touché, et Adam finira par se douter de quelque chose... Va dans la cabane. Je te rejoindrai dans dix minutes.

— Il me faut un magnétophone à piles, dit Dan. Et des cassettes. Une cassette vierge, et d'autres de musique. N'importe quoi, c'est pour brouiller les pistes. Tu as ça ?

Elle paraissait ne rien entendre de ce qu'il disait. Les mains tendues, elle le poussait vers la sortie.

— Si tu as un micro, amène-le, continuait Dan en marchant à reculons.

Il se retrouva sur la véranda avant d'avoir pu obtenir un acquiescement. De mauvaise humeur, il traversa le jardin pour rejoindre la cabane. L'état de délabrement nerveux dans lequel était Dorana le préoccupait. Combien de temps tiendrait-elle encore le coup ? Elle paraissait prête à passer des aveux complets à la première paire de gifles.

En proie à l'angoisse, il pénétra dans la baraque après avoir jeté un coup d'œil panoramique aux villas voisines. Personne ne regardait de ce côté ; à cette heure de l'après-midi les oisives de Beverly Hills faisaient déjà la sieste autour des piscines, gentiment anesthésiées par les deux ou trois scotches avalés à la fin de leur repas de régime à 200 calories, sous prétexte que l'alcool coupait la fringale et ne contenait pas de glucides susceptibles d'engendrer une surcharge pondérale.

Il faisait chaud, le vent était tombé. Le smog épaississait son coton jaune au-dessus de la ville. Bientôt il submergerait la colline, l'engloutissant dans un brouillard à la pestilence de produits chimiques.

« Un excellent écran de fumée » songea Dan en rongeant son frein. Il craignait que Dorana ne vienne pas, mais elle finit par sortir de la maison, un sac sous le bras. Elle longea la haie pour ne pas traverser à découvert, et se glissa entre les pilotis de la cabane. Quand elle parvint au sommet de la passerelle, elle respirait vite et ses narines palpitaient. Dan ferma la porte et bloqua le loquet à l'aide d'une ficelle nouée. Dorana le regarda faire sans rien dire, paralysée par une sorte de stupeur analogue à celle qui saisit les drogués en plein « voyage ». Quand il eut terminé, elle lui tendit le sac qui contenait un magnétophone et un micro de très bonne qualité.

— C'est un cadeau d'Adam, dit-elle machinalement. Il me l'a offert quand je me suis inscrite à l'atelier d'écriture de l'UCLA. C'était pour enregistrer mes poèmes. Je n'en ai écrit que deux. Deux et demi pour être exacte. Mais ils étaient bons.

Elle avait l'air d'une adolescente en train de défendre son journal intime contre la curiosité d'un père autoritaire. Dan retourna le sac. Des cassettes tombèrent en vrac sur la table. De la musique classique. Des trucs pour piano, mais pas exécutés par Liberace.

— J'ai besoin de m'entendre, expliqua-t-il. Je ne peux pas travailler à l'aveuglette. Tu sais bien qu'on se fait toujours une idée fausse de sa propre voix.

— Est-ce que ça... marche, les imitations? bégaya Dorana.

— Je n'en sais rien, fit Dan. Ton mari a une voix impossible. De plus, il n'est pas très porté sur la conversation. Avec le magnétophone, je vais essayer de l'enregistrer sans qu'il le sache.

— Fais attention, souffla Dorana. Le chien entendra le bruit de la machine. Il a l'oreille très fine.

— La barbe ! explosa Dan. Tu me casses la tête à toujours ramener ce clebs sur le tapis !

Il eut soudain envie de lui faire mal, de passer sur elle la tension nerveuse qui le torturait depuis son arrivée chez les Smart. Avant qu'elle ait eu le temps de réaliser ce qui lui arrivait, il rabattit le peignoir et tira sur le maillot de bain, la dénudant jusqu'à la taille sans se soucier de lui égratigner la pointe des seins au passage. Elle poussa un cri étranglé mais ne protesta pas, comme si elle se résignait à être punie. Sa passivité décupla la rage du jeune homme qui la renversa sur la couchette, achevant de lui arracher ses vêtements. Il la prit dans une sorte de confusion mentale où se mêlaient l'exaltation et la peur. Pendant tout le temps qu'il la laboura, il ne cessa de penser que Dust pourrait surgir dans son dos, lui saisir la nuque entre ses mâchoires et le tuer. Et si Dorana avait raison ? S'il s'agissait bel et bien d'un piège tendu par Adam ? Il finit par s'abattre sur le corps moite de la femme, à bout de souffle, lui offrant le tableau pitoyable commun à tous les mâles en ces instants de débâcle organique.

Elle demeura un instant immobile, puis rouvrit les yeux et lui caressa les épaules. La chaleur, à l'intérieur de la bicoque, était insupportable, et ils avaient tous deux l'impression d'être enfermés dans le coffre d'une voiture oubliée en plein désert, tels des tricheurs condamnés par des mafiosi à la mort lente. De nouveau, la honte s'empara de Dan, il roula sur le flanc. Dorana s'assit et entreprit d'essuyer leurs deux corps à l'aide du peignoir. Elle ne semblait pas lui en vouloir.

— C'est dur, fit-elle sur le ton du constat. Il ne faut pas laisser les nerfs prendre le dessus. Ne pas trop penser. C'est ça le plus dangereux : l'imagination.

Elle lui effleurait distraitement la poitrine et le ventre, un sourire triste aux lèvres. Dan tendit la main vers les boîtes de bière sans alcool entassées dans une bassine à la tête du lit. Il en décapsula deux. Dorana but maladroitement. De la mousse coula entre ses seins, mais elle ne fit rien pour l'essuyer. Elle semblait abîmée dans un rêve.

— Tu sais, dit-elle. Je ne suis pas folle. Ne crois pas ça. Il faut vraiment se méfier d'Adam. Il n'a rien d'un mari complaisant, et ne t'imagine pas qu'il nous a laissés seuls en connaissance de cause, pour s'exciter à la manière des pervers, non. Tu es plus jeune que lui, ça te rend automatiquement suspect à ses yeux. S'il te soupçonne d'être mon amant, il te fera mordre par Dust. Salement. Et tu auras si peur que tu t'enfuiras ventre à terre, sans demander ton reste. Je parle toujours du chien, c'est vrai. Mais c'est également vrai que Dust est une arme entre ses mains. Tu sais ce que fait mon cher époux certains soirs ? Il s'habille très chic, comme un monsieur qui entend faire voir qu'il a de l'argent, puis il descend à L.A, dans South Central le quartier des taudis. Il arrête sa voiture sur le bord de la route, soulève le capot pour simuler une panne... et se met à attendre. Auparavant, il a baissé toutes les glaces pour que Dust, tapi sur la banquette arrière, puisse sauter dès qu'il le sifflera. Il attend que des voyous se décident à l'attaquer. Il joue les chèvres, si tu préfères. Du côté des slums, c'est une mise en scène qui fonctionne très bien, et il ne se passe jamais beaucoup de temps avant qu'une bagnole remplie de loubards ne s'arrête à sa hauteur. Tu imagines la suite.

Dan se redressa sur un coude.

— Tu veux dire qu'il les fait... dévorer par le chien ? hasarda-t-il.

— Oui, soupira Dorana. Dust aime ça. Il a été dressé à

ce travail. On l'envoyait en couverture pour protéger les femmes-piège destinées à appâter les sadiques dans les ruelles des quartiers chauds. Adam l'utilise aussi de cette manière. Il part en avant, gardant le chien à distance, trente mètres en arrière, caché dans les poubelles. Il s'offre aux types embusqués dans les ruelles. Parfois même, il joue les pochards, et quand les voyous essayent de l'assommer pour lui voler son portefeuille, Dust les cueille à la volée et les met en pièces.

— C'est Adam qui t'a raconté ça ?

— Oui.

— Tu n'as jamais envisagé qu'il pouvait mentir, pour t'impressionner ?

Dorana haussa les épaules.

— Non, dit-elle, je sens que c'est vrai. Il ment pour un tas de choses, il a l'habitude d'exagérer... mais pas pour ça. Il ne peut plus me baiser, ça n'empêche pas qu'il n'a aucune envie que quelqu'un d'autre le fasse à sa place. Pas parce qu'il m'aime, non, mais parce que ça le ferait se sentir encore un peu plus vieux. C'est pour ça qu'il ne faut pas prendre de risques inutiles. Dans quelques jours il va partir au Mexique, et ce sera à toi d'agir. Il y a des choses à mettre au point, des détails que je dois te fournir. Je le ferai bientôt. Nous nous rencontrerons à L.A, dans un vieil atelier que j'ai loué.

Elle se leva et marcha en ondulant jusqu'à la lucarne aux volets entrebâillés. Elle avait une grâce inconsciente qui mettait en scène chacune de ses attitudes comme si on allait la photographier là, d'une seconde à l'autre. Chaque fois qu'elle se cambrait, son corps devenait, du bout des orteils à la pointe du menton, une ligne parfaite, tendue, dont on aurait pu tirer une statue ou une figure de proue.

Embusquée entre les volets, elle surveillait la grille. La sueur roulait en perles fines au creux de ses reins. Dan savait qu'elle attendait le chien. Elle mourait de peur mais elle se forçait à le dissimuler. Il songea qu'elle offrait un curieux mélange de force froide et de débâcle nerveuse.

Au moment où il pensait qu'elle allait lui annoncer qu'il était temps de se séparer, elle dit, d'une voix lointaine :

— Tu ne crois pas que nous avons droit à une seconde chance, tous les deux ? Nous étions les meilleurs dans notre partie, mais on nous a éliminés, toi, moi... J'ai été trahie par la mode des filles décharnées, des squelettes ambulants. D'un seul coup, les vraies femmes ont fait figure de matrones, on ne jurait plus que par les sacs d'os. J'ai été flouée. Il y a comme une injustice là-dedans.

Elle eut un rire triste.

— J'ai essayé cent fois de maigrir, poursuivit-elle. J'ai bouffé des hyperthyroïdiens à pleines poignées. Ça m'a détraqué les nerfs. Depuis je n'arrive plus à dormir, j'ai le cœur qui s'emballe dès que je m'allonge. J'ai une amie qui s'est tuée à trop vouloir devenir filiforme. Elle a fait une crise cardiaque chez le coiffeur. Elle était sous le casque. Comme elle ne se plaignait pas, on ne faisait plus attention à elle. Au bout d'un moment ça a commencé à sentir le brûlé. C'étaient ses cheveux qui prenaient feu. Elle était morte depuis un moment déjà et personne ne s'en était aperçu. Il a fallu l'enterrer avec une perruque. C'est rigolo quand on le raconte, bien sûr. On ne peut pas faire pleurer les gens avec une histoire comme ça, et pourtant...

Elle tendit le bras pour mouiller sa paume sous le robinet et se rafraîchit le visage, la poitrine, laissant l'eau dégouliner sur sa peau.

— Adam, chuchota-t-elle, il voudrait que je devienne comme les Mexicaines. Des grosses fesses, de gros nichons. Il souhaiterait me voir engouffrer des montagnes de haricots rouges. C'est pour ça qu'il a engagé Anita. Elle ne sait que cuisiner Tex-Mex. Il voudrait que je *m'arrondisse.* C'est son mot.

— Il aime peut-être les femmes dodues ? plaida Dan.

Dorana le foudroya d'un regard.

— S'il voulait que je m'arrondisse il n'avait qu'à me faire un enfant, siffla-t-elle avec colère.

Elle ferma les yeux, ouvrit la bouche comme pour aspirer l'oxygène en provenance de l'extérieur.

— Non, murmura-t-elle. Il n'aime pas les femmes rondes. Il voudrait me faire grossir pour m'abîmer, pour qu'aucun autre homme ne puisse plus me désirer. Il veut m'associer à sa dégringolade. S'il ne peut plus se servir de moi, alors autant casser le jouet, c'est sa philosophie. C'est pour ça qu'il faut que je m'en aille, avant qu'il ne me tue. Je suis en danger, Dan, je n'exagère pas. Un jour ou l'autre il me fera exécuter par son chien, puis il ira pleurer dans le giron des flics en prétendant qu'il ne pouvait pas prévoir un tel accident.

Dan l'écoutait d'une oreille distraite. Il était hypnotisé par son profil un peu dur de princesse égyptienne, son cou interminable, et sa bouche — surtout sa bouche — aux lèvres épaisses et tristes.

— Nous avions du talent, dit-elle rêveusement. Mais on nous a cassé notre rêve. Nous sommes d'une autre race, toi et moi, et nous avons été victimes de la jalousie des autres. On nous doit des dommages et intérêts. Tu ne sens pas ça ? Ça ne hurle pas au fond de toi ? Moi ça me réveille, la nuit, quand par chance j'arrive à m'endormir.

Elle divaguait. Il n'avait pas le cœur de la ramener sur terre.

— La deuxième chance, on ne nous l'offrira pas sur un plateau, lança-t-elle avec une sorte de rage rentrée. Il faut se la payer.

Elle s'ébroua, se baissa pour ramasser son peignoir.

— Il faut que j'y aille, dit-elle. Le chien ne va pas tarder à rentrer.

— Et si on l'empoisonnait ? proposa Dan. On pourrait mettre ça sur le compte des voisins ! Tous ceux qui habitent sur la colline veulent sa peau !

Elle haussa les épaules et pénétra dans la douche.

— N'y pense même pas, lança-t-elle du fond de la cabine de tôle. Il ne toucherait pas au poison, je te l'ai déjà dit.

Elle fit couler le jet misérable et entreprit de se savonner avec ardeur.

— Il faut que je me débarrasse de ton odeur, expliqua-t-elle. Dust la sentirait sur moi. Il serait bien fichu de venir me renifler les cuisses sous la table, et Adam comprendrait tout de suite.

Elle fit tant mousser le pain d'Ivory sur son ventre qu'elle eut du mal à se rincer.

— C'est aussi bien, observa-t-elle. Les chiens détestent les parfums artificiels, ils ont tendance à les faire éternuer. Ça le tiendra à distance.

Elle se sécha à l'aide du peignoir et fit une boule du maillot de bain déchiré.

— Sois prudent, dit-elle en marchant vers la porte. Ce n'est pas un jeu. Adam est jaloux, mais jamais il ne se doutera de ce que nous sommes en train de mettre au point, c'est trop loin de son petit univers personnel. Je n'en dirais pas autant de Dust. Cette bête a un sixième sens dès qu'il s'agit du crime. La précédente cuisinière volait de l'argent dans le tiroir de la cuisine, Dust l'a « dénoncée ». Un beau jour il lui a sauté dessus pour lui arracher son tablier. Le tissu s'est déchiré, et on a pu voir les billets qu'elle cachait dans la doublure. Dissimule bien la cassette où tu enregistreras tes exercices, et lorsque tu parleras à voix haute, vérifie que le chien n'est pas dans les parages, il pourrait identifier la voix d'Adam et venir voir ce qui se trame. Il est assez intelligent pour savoir que son maître ne peut pas se trouver en deux endroits à la fois.

Sur cette dernière mise en garde, elle tourna les talons et descendit la passerelle.

Dan fut tenté de l'imiter et d'aller prendre une douche, mais elle avait utilisé toute l'eau du réservoir, et il était agacé de céder au climat de fantasmagorie distillé par Dorana. Elle était trop impressionnable, usée par la vie d'enfer que lui avait fait mener son mari, il ne fallait pas prendre tout ce qu'elle disait au pied de la lettre.

Il se contenta de s'asperger à la hâte sous le lavabo, passa des vêtements propres, puis retourna la paillasse pour dissimuler les taches de sperme sur la toile de coutil. La poussière soulevée par cette entreprise le fit tousser à s'en arracher les poumons.

Pour tromper l'attente, et bien qu'il n'eût guère besoin d'accroître sa nervosité, il se fit du café. Il le but copieusement additionné de sucre, assis sur la dernière marche de la passerelle. Il savait qu'il attendait le retour du chien mais ne voulait pas se l'avouer. Il finit par se secouer, au lieu de perdre ainsi son temps, il ferait mieux de travailler ses imitations puisqu'il disposait désormais d'un magnétophone ! Il se redressa, rinça la tasse dans l'évier, et s'agenouilla devant la machine. Il répéta deux heures d'affilée, s'enregistrant et s'écoutant tour à tour. Quand il eut terminé, il effaça la bande par précaution, et fit un nouvel enregistrement bidon au cours duquel il déclama l'un de ses mauvais poèmes. Si Adam Smart décidait d'enquêter sur ses agissements, il n'aurait que des vers de mirliton à se mettre sous la dent !

Le bruit de la grille s'ouvrant sous l'action de la télécommande le fit sursauter. Il y avait peu de temps qu'il vivait chez les Smart, mais il en était déjà à haïr le son du vantail raclant le gravier tant il l'associait à l'inévitable entrée en scène de Dust.

Nerveusement, il éjecta la cassette et écrivit au stylo-bille, dans le cartouche prévu à cet effet :

Jason B. Coleman. Lectures publiques.

Au moment où Dan s'avançait au seuil de la cabane Adam sortit de la voiture et le salua de la main. Il semblait épuisé et maussade. Jetant sa veste Armani sur le dossier d'une chaise de jardin, il alla s'étendre sur un transat au bord de la piscine, les lunettes de soleil sur le bout du nez. Il eut encore un ou deux soubresauts pour se débarrasser de ses mocassins puis s'assoupit dans le soleil de cette fin d'après-midi.

Dust émergea du véhicule avec un temps de retard, et, tout de suite, Dan devina qu'il était aux aguets. Il avait flairé quelque chose d'insolite, son museau se plissait avec irritation. Il leva deux ou trois fois la truffe en direction de la cabane, et commença à décrire des cercles sur la pelouse. Dan bénit la fatigue qui avait terrassé le banquier, l'empêchant de voir ce qui se passait dans son dos. Pour se donner une contenance, il prit son vaporisateur d'insecticide et descendit s'occuper des poivriers. Il agissait comme un somnambule, se forçant à ne pas céder à la tentation de regarder par-dessus son épaule. Il entendait le chien gratter la terre au pied des pilotis. Bon sang ! Avait-il flairé la piste de Dorana ? Aux grincements du bois, Dan comprit que la bête escaladait les marches de la passerelle. Qu'allait-il faire dans la maison ? Fureter dans tous les coins ? Pourvu que Dorana n'ait pas oublié quelque chose... un lambeau de maillot de bain par exemple. Le cabot était bien foutu de le ramasser dans sa gueule et d'aller le porter à son maître. Smart identifierait immédiatement cette étoffe bizarre, qui évoquait la soie mais restait imperméable. Pendant une minute il ne sut plus que faire. Courir vers la maison et en chasser Dust ? Non, c'était impraticable, le fauve lui sauterait à la gorge dès qu'il ferait mine de le toucher. Alors quoi ? S'enfuir ? Se rapprocher de la grille du jardin, l'entrouvrir et prendre la poudre d'escampette sans demander son reste ?

Dust se décida enfin à sortir de la baraque. Il avait l'air de fort méchante humeur et soufflait par le nez. En trois bonds il descendit l'escalier et courut à petites foulées vers Dan. Celui-ci faillit pousser un cri de terreur et se maudit de n'avoir par choisi d'emporter le sécateur pour se défendre. Alors qu'il n'était plus qu'à un mètre de l'homme, le chien se retourna, leva la patte, et lui pissa sur les pieds.

Dan fut tellement soulagé de ne pas sentir les crocs du fauve sur sa gorge, qu'il accueillit la manifestation de mépris avec un rire aigrelet. Dust s'éloigna en bondissant et disparut derrière une statue. Dan demeura un moment interdit. L'urine du chien avait plaqué le pantalon contre ses jambes. Dans une minute il empesterait, il devait aller se changer.

Ce n'est qu'en franchissant le seuil de la baraque qu'il prit conscience du désastre. Dust avait arraché la paillasse du sommier pour la traîner au milieu de la pièce. Là, méthodiquement, il l'avait réduite en charpie.

« *Il sait*, songea l'imitateur avec un frisson. Dorana avait raison. Il a deviné. »

Une étrange peur superstitieuse déferla sur son esprit, et son premier réflexe fut de courir à la lucarne pour vérifier que le chien ne racontait pas tout à son maître. Il n'aurait pas été surpris de voir l'animal saisir Adam Smart par la manche pour l'entraîner vers la cabane.

Combien de temps le banquier, à la vue de la paillasse en loques, mettrait-il pour comprendre ce qui s'était passé là au cours de l'après-midi ? Dix ou quinze secondes ?

Essayant de ne pas céder à la panique, Dan s'agenouilla pour entasser les débris du matelas dans l'un des sacs-poubelles de jardinage où il avait l'habitude de fourrer les mauvaises herbes. Il tremblait rétrospectivement à l'idée de ce qui aurait pu arriver si Dust avait surgi deux heures plus tôt, alors qu'il était au lit avec Dorana.

Il remit de l'ordre du mieux qu'il put et se jura de ne pas de nouveau tenter le diable. Seigneur ! comme il avait eu tort de ne pas prendre la jeune femme au sérieux.

Cette nuit-là il se barricada pour parer à toute éventualité et resta longtemps sur le qui-vive, un manche de pioche à la main. Il finit par s'endormir sur le sommier défoncé dont les ressorts lui entraient dans les côtes, fauché par la fatigue.

Un choc sourd le réveilla à l'aube, comme si l'on venait de heurter l'un des poteaux soutenant la cabane. Hagard, son bâton à la main, il alla entrebâiller la porte. Dust se tenait là, en bas. Il avait traîné sur la pelouse le cadavre d'un coyote à la gorge déchirée. Une bête qu'il avait coursée dans les collines à la faveur de la nuit.

Au moment où Dan allait lui crier « fous le camp ! », la voix d'Adam Smart résonna.

— C'est une offrande qu'il vous fait, ricana le banquier.

Normalement vous devriez descendre pour partager ce festin avec lui.

L'imitateur étouffa un juron.

Était-ce une offrande, vraiment ?

... ou bien un avertissement ?

7

Dorana s'éclipsa deux jours plus tard. C'était dangereux mais elle ne pouvait pas s'abstenir de tout signe de vie plus longtemps encore. Les autres s'impatientaient, surtout Bébé Monk, que le Doc' avait le plus grand mal à faire tenir en place. Elle aimait beaucoup Seth Brannigan, surnommé « le Docteur », ce vieil homme sans âge à la mise toujours proprette de retraité s'apprêtant à monter dans l'avion de Miami. Ses lunettes, ses rares cheveux argentés et ses éternels nœuds papillons inspiraient confiance. Il se tenait toujours voûté, les mains sagement cachées au fond des poches, comme s'il redoutait qu'un accident puisse leur porter préjudice. S'il s'envolait un jour pour Miami — ce paradis des vieillards — il pourrait sans peine s'y faire passer pour un médecin à la retraite. Un chirurgien ou un gynécologue. Dorana n'avait pas peur de lui, il l'amusait et l'apitoyait parfois. Elle ne pouvait pas en dire autant de Bébé Monk.

Elle quitta les collines pour s'engager en plein cœur de la ville, dans un quartier misérable encombré de hangars et de boutiques où l'on vendait tout à la sauvette : des téléviseurs d'occasion, des autoradios, des climatiseurs de façade aux hélices gainées d'une carapace de poussière noire... Le tout entassé jusqu'à constituer des piles instables qu'il ne faisait pas bon frôler. Elle avait pris soin de laisser la Fleetwood au garage et utilisé la Pontiac verte, de seconde main, qu'Adam lui abandonnait pour son usage personnel.

Chaque fois qu'elle venait ici, Dorana tremblait de se faire agresser et elle s'appliquait à se vêtir « pauvrement » au moyen d'un jean et d'une banale veste de toile, ces précautions agaçaient Bébé Monk qui la préférait bien sûr en « bourgeoise », avec tailleur, bas, porte-jarretelles et chaussures à talon haut. Pour le satisfaire — car il ne faisait pas bon le contrarier — elle emportait cette panoplie dans un sac de voyage, afin de se changer avant « d'entrer en scène ».

Elle ferma la voiture et donna dix dollars à un gros Chinois armé d'une batte de base-ball pour qu'il veille sur le véhicule, en lui promettant la même rétribution lorsqu'elle reviendrait.

Le repaire se situait au bout de la travée partageant les blocs de hangars qui appartenaient aux commerçants asiatiques de L.A. C'était un ancien atelier où l'on roulait jadis les feuilles de tabac à la main pour confectionner des cigares de luxe. L'odeur de nicotine avait fini par imprégner chaque fibre des cloisons de bois, mais aussi la table, les poutres. Elle était partout. On la trouvait tour à tour délicieuse ou écœurante selon les heures de la journée. Dix Cubaines avaient jadis travaillé là, dans la touffeur de la bâtisse mal aérée, mais Doc' Brannigan avait avoué à Dorana que cette image n'éveillait aucun fantasme dans son esprit. Les belles cigarières faisant aller et venir les rouleaux de tabac sur leurs cuisses nues, Carmen — tout le folklore — le laissait froid, car il connaissait trop les méfaits de la nicotine sur l'épiderme pour donner dans ce genre de fantasme. Chaque fois qu'on évoquait devant lui les cigarières à la jupe troussée, il pensait à Juanita, une fille de trente ans que le contact permanent des feuilles de tabac avait affligée d'un terrible carcinome sur la face interne des cuisses. Est-ce que les gens pensaient à ça, hein, quand ils allumaient un cohiba, à la fin d'un bon repas ?

Dorana remonta la travée et s'immobilisa devant le grand vantail de bois bruni. L'endroit n'était défendu par aucun système d'alarme et les serrures n'avaient rien d'exceptionnel, mais la présence de Bébé Monk dissuadait les petits voleurs du quartier de venir s'y frotter. Dorana déverrouilla le battant qui grinça sur ses gonds. Elle plissa les yeux, attendant que ses pupilles s'accoutument à la pénombre. La lumière du jour ne pénétrait qu'au travers d'un panneau de verre installé sur le toit en pente et par de minuscules fenêtres. Doc' ne se leva pas à son approche car ses rotules le faisaient souffrir et il avait du mal à supporter la station verticale. Malgré la chaleur confinée qui stagnait entre les murs, il était très correctement vêtu de son éternel costume de croque-mort. Il se trouvait assis à la grande table, son nécessaire de moulage éparpillé devant lui, tel un prothésiste au travail. Des mains de caoutchouc avaient été disposées sur des supports, comme pour un cours d'anatomie. Elles avaient les couleurs étranges du matériau dans lequel on les avait coulées : rose bonbon, bleu pâle, vert pomme. Quand on les détaillait, on s'apercevait avec surprise qu'elles étaient d'une grande fidélité et que la plupart des lignes figurant d'ordinaire au creux d'une paume humaine y étaient reproduites.

Le petit vieillard les époussetait avec un pinceau pour les débarrasser des particules de l'ébarbage. Il regarda pardessus ses lunettes, reconnut Dorana et sourit.

— Je me demandais si vous n'aviez pas oublié notre existence, ma chère enfant, dit-il. Moi, j'ai la patience de mon grand âge, mais Bébé Monk n'a pas cette vertu. J'ai eu beaucoup de mal à l'empêcher de sortir. Il voulait grimper dans les collines, dénicher votre maison et vous « baiser sur la pelouse devant tout le monde ». Excusez la vulgarité du propos, mais je ne fais que citer ses paroles. C'est un vrai bonheur qu'il ne possède pas votre adresse. Vous comprendrez aisément qu'il n'est pas dans mes compétences physiques de le retenir.

— Je sais, soupira Dorana. Mais je n'ai pas pu faire mieux. Daniel Norris éprouve certaines difficultés à imiter la voix d'Adam. Toute cette semaine je l'ai senti sur le point d'abandonner, vous savez bien que nous ne pouvons rien faire sans lui.

Elle s'assit. La chaleur qui régnait dans l'atelier lui coupait la respiration. Doc' Brannigan ne semblait pas en souffrir. Il ne transpirait pas et le col de sa chemise de coton élimé était fermé jusqu'au dernier bouton. Dorana dénombra les mains de caoutchouc autour d'elle. Il y en avait huit.

— Je n'ai plus de latex, annonça Doc'. Y a-t-il suffisamment de moulages ?

Il posa sur la table la main qu'il était occupé à nettoyer et la poussa vers la visiteuse, paume tournée vers le plafond.

— Est-ce convaincant ? demanda-t-il.

Dorana dut se forcer à toucher le membre factice. Les articulations, les plis de la peau y étaient reproduits avec une grande exactitude. Il s'agissait d'une main droite. D'ailleurs, toutes les prothèses alignées sur la table étaient des mains droites, larges, aux doigts carrés fortement charpentés.

— Ça devrait aller, murmura-t-elle. Emballez celle-ci dans du papier de soie et placez-la dans un coffret. La couleur est plus réaliste, les autres ont l'air d'avoir été prélevées sur des cadavres d'extraterrestres.

— C'est dû à la couleur du latex, s'excusa Doc'. Il faudrait les peindre mais je n'ai pas ce qu'il faut. Si vous achetez un aérographe et de la couleur, je veux bien m'en charger... Ça m'occupera.

Il rajusta ses lunettes qui glissaient.

— Avez-vous prévenu Norris ? s'enquit-il. Est-il au courant de notre existence ?

— Non, avoua Dorana. Je préfère attendre qu'il soit bien... accroché.

— Vous avez peur de sa jalousie ? fit le vieillard en fronçant les sourcils. Nous n'avons pas besoin de ça, Bébé Monk est déjà bien assez difficile à tenir en laisse.

— Ça ira, s'empressa de lancer Dorana. Disons que c'est un travail de... gestion un peu délicat, mais j'y arriverai. En ce moment, Dan a surtout peur du chien.

— Justement, dès qu'il se sera assez « documenté » sur votre mari il pourra venir s'installer ici, comme ça il ne verra plus Dust.

— Mais il y a Monk. Je ne sais pas s'ils pourront se supporter.

Le vieux haussa les épaules avec irritation.

— Quand le signal de l'action sera donné, personne n'aura plus le temps de penser à ces histoires de lit, décréta-t-il. Croyez-moi, c'est un ancien soldat qui vous parle. Savez-vous au moins quand nous aurons une chance de tenter le coup ?

— Oui, Adam part au Mexique dans une semaine.

Ils passèrent une nouvelle fois en revue les différentes phases d'un plan qu'ils connaissaient tous les deux par cœur, mais parler leur faisait du bien.

Quand la soif les força à se taire, Dorana se leva pour aller chercher de la bière dans la vieille glacière posée sur le sol, au pied de la poutre maîtresse. Elle remarqua qu'il s'agissait d'une marque de médiocre qualité. Doc' nota son froncement de sourcil.

— Il ne reste presque plus rien de l'argent que vous nous avez donné, dit-il. Monk a un appétit d'enfer et il passe beaucoup de temps au cinéma.

— Je n'ai plus grand-chose sur mon compte, avoua Dorana. Tout est passé dans l'achat des fournitures. Vous savez bien que je ne dispose d'aucune fortune personnelle.

— Je sais, marmonna le vieux. Il n'y a qu'au cinéma que les truands investissent d'énormes moyens dans la préparation d'une combine. Dans la réalité on fait avec ce qu'on a sous la main... et c'est comme ça qu'on se fait prendre.

— Taisez-vous, siffla Dorana. J'ai raclé les fonds de tiroir, vendu les derniers bijoux que je possédais. Ce n'est pas ma faute s'ils ne valaient pas grand-chose !

Ils burent en silence, se faisant face de part et d'autre de l'immense table d'atelier. Les mains de caoutchouc semblaient leur adresser d'étranges saluts auxquels ils ne daignaient pas répondre.

Comme cela se produisait toujours au bout d'un moment, Doc' se mit à radoter. Il était à cet âge où tout est prétexte pour évoquer le passé : un bruit, une saveur. Cette fois ce fut la bière éventée qui lui rappelait le goût de la « pisse d'âne » qu'on leur faisait boire dans l'armée durant la guerre du Pacifique.

Et il commença à égrener des noms fabuleux : Guadalcanal, Corregidor...

Les yeux perdus dans le brouillard des souvenirs, il se revoyait dans la jungle, à dix-huit ans, engagé volontaire pataugeant dans un treillis gorgé de pluie. Un préservatif enfilé au bout du fusil pour éviter que le canon ne se remplisse d'eau et de sève. C'était un monde infernal où tout s'oxydait à une vitesse hallucinante, où les champignons vous poussaient sur la plante des pieds. Malgré les années, il conservait intacte à l'esprit cette impression d'humidité permanente, un peu comme l'enveloppement d'une serpillière non essorée. Il en avait contracté un dégoût tenace pour la pluie, et, dès qu'il tombait la moindre goutte il se claquemurait chez lui en attendant le retour du soleil.

La jungle... Ça ne lui paraissait pas vieux, bien au contraire. Il revoyait même chaque image avec un grand luxe de détails, à la manière d'un cameraman prodigue en gros plans. Il avait encore le rythme de la patrouille dans les jambes. C'était important le rythme, ça vous faisait tenir la distance. Il revoyait le médecin major, avec ses mains fracassées emballées dans des pansements boueux. Le major, qui avait essayé d'arrêter de ses paumes tendues l'un des pièges préparés pas les « Bridés », en l'occurrence une grosse bille de bois pendue à une liane qui, lorsqu'on se prenait le pied dans un fil d'amorce, tombait du faîte d'un arbre pour venir vous heurter en pleine poitrine tel un pendule. Le choc suffisait généralement à vous disloquer la cage thoracique. Le major avait eu le réflexe de tendre les mains pour amortir le coup et faire dévier la bûche, mais il s'y était émietté toutes les phalanges. Seule la morphine l'empêchait de hurler.

Oui, c'est à cause des mains brisées du médecin que Seth Brannigan avait dû prendre le relais. On savait qu'il était ouvrier horloger dans le civil et qu'il possédait un contrôle exceptionnel de ses mouvements fins.

— Quand nous nous sommes perdus dans le champ de mines et que deux gars en ont pris plein les jambes, expliquait-il de sa voix mesurée, il a bien fallu que quelqu'un se décide à les opérer. Alors le major m'a dit : « Tu vas le faire, Brannigan. Je te dicterai la marche à suivre et tu opéreras à ma place. Tu verras, ce sera bien moins compliqué que d'aller trifouiller dans les rouages d'une montre. »

Mais le toubib mentait. Les montres sont peut-être complexes, mais elles ont au moins deux qualités : elles ne hurlent ni ne saignent.

— C'est comme ça que j'ai appris, soupirait Seth. Sur le tas, avec la voix du major qui me criait dans les oreilles : « Fais ceci, fais cela ! ». Et ma foi, j'ai eu la surprise de découvrir que je n'étais pas mauvais ouvrier. Les gars que je rafistolais reprenaient du poil de la bête. Je suis devenu une sorte de chirurgien analphabète, sans diplôme. Un praticien habile mais ne connaissant même pas le nom des organes. J'avais le coup de main, et c'est tout ce qui comptait.

Au bout d'un an passé dans la jungle, coupé du reste du monde, il était devenu une célébrité parmi les soldats. On racontait qu'il portait chance, que planait sur lui la grâce des fous. On le surnomma « main d'or », « doigts de fée », « le tricoteur ». Les G.I's le préféraient aux véritables toubibs qui en prirent ombrage.

— La guerre finie, concluait-il, quand on m'a démobilisé, un lieutenant m'a sermonné : « Faites gaffe, Brannigan. Chez nous vous êtes un héros, vous avez sauvé la peau à des dizaines de gars, mais dehors ce sera différent. Ne vous avisez pas de continuer, ça ne vous vaudrait que des ennuis. »

Alors il était retourné à ses montres, mais sans plaisir. Les rouages d'acier n'avaient plus aucun attrait pour lui. En fait, les horloges avaient deux défauts, il en prenait seulement conscience : elles n'étaient pas vivantes et ne disaient jamais merci.

A cet endroit du récit Dorana fit une ou deux tentatives pour ramener le vieil homme à la réalité, mais il ne parut pas l'entendre. Une fois sur les rails, il fonçait tel une train lancé à pleine vitesse et ne percevait plus rien du paysage aux alentours. Dorana appréhendait toujours cet instant, lorsqu'il évoquait « l'accident »...

— J'aurais dû profiter de la bourse accordée aux G.I's pour entreprendre des études, murmura-t-il. Mais la théorie, ce n'était pas mon truc. Quand les profs se mettaient à parler, leurs voix se changeaient en bourdonnement dans ma tête. Je suis un manuel, un artisan.

Alors il s'était installé dans un bled. L'histoire classique. Une pompe à essence, un chien maigre remontant la rue principale, des buissons de genévriers roulant dans la poussière. La fournaise en été, la banquise en hiver... Il y avait connu une femme, une veuve de guerre mère d'une petite fille, Daisy. Ils se voyaient en cachette, quand la gosse dormait, ou faisait semblant pour ne pas les gêner.

Ça avait duré un an, et puis...

— Et puis l'hiver est venu, chuchotait Seth Brannigan. La neige, partout, les routes coupées. Le village isolé, pas de médecin à moins de cent kilomètres, et la petite qui nous fait une péritonite.

Il fallait agir, vite, avant l'issue mortelle. Seth, après beaucoup d'hésitations, avait fini par céder aux supplications de la mère qui lui demandait d'opérer la gosse.

— Seigneur ! balbutiait le vieil homme en se passant la main sur le visage. On a fait ça sur la table de cuisine nettoyée à la chlorine, avec les instruments du bord.

Et la gosse était morte au cours de l'intervention. Avait-il fait une erreur d'appréciation ? Avait-il trop attendu pour agir ? Le shérif l'avait arrêté le lendemain matin, au beau milieu de la tempête de neige, sur dénonciation d'un voisin. On l'avait condamné pour exercice illégal de la médecine, pas trop lourdement, eu égard à son passé de héros militaire. Il était resté cinq ans en prison, rafistolant les prisonniers après chaque bagarre. A sa sortie, le comité de réinsertion lui avait déniché un emploi chez un entrepreneur de pompes funèbres. Préparateur de cadavres. « Reconstructeur plastique ». Il s'agissait de travailler dans une cave mal aérée au milieu des odeurs de formol.

— Je ne détestais pas, avouait Doc' avec un sourire cynique. Les morts on peut les maquiller sans crainte des allergies, ils ne se plaignent jamais d'être mal coiffés. Ils ne bougent pas et n'exigent pas davantage de contrôler votre travail dans le miroir. J'étais assez doué pour ça. Après la prison, on a toujours du mal à se réhabituer aux grands espaces. On se sent toujours en faute à l'extérieur, on tremble en croisant les flics.

Il lui plaisait de se montrer sous un vilain jour, méchant, acerbe, comme si l'emprisonnement avait tué en lui tout respect. Il était cependant beaucoup plus discret sur ce qui avait suivi, notamment sur cette histoire de vol de dents en or qui l'avait conduit à fuir le *funeral parlour* avant qu'un mandat d'arrêt ne soit lancé contre lui. Dorana ne savait rien des motifs qui l'avaient poussé à fracturer les mâchoires des cadavres en attente d'embaumement. Un chantage ? Une dette de jeu ? Une femme ?

Car Doc', en dépit de son grand âge, aimait les femmes. Il adorait les voir se déshabiller, il les caressait des heures durant de ses petites mains sèches et ridées. Il paraissait se satisfaire de ces contacts superficiels, et Dorana avait appris à lui faire plaisir en lui abandonnant son corps comme pour un interminable massage. Souvent, les effleurements du vieil homme se révélaient si relaxants qu'elle finissait par basculer dans le sommeil sans même s'en rendre compte. Seth Brannigan n'avait jamais tenté de la faire jouir, et ses doigts prenaient bien garde de ne pas effleurer la toison pubienne de sa « patiente ». C'était, somme toute, un curieux petit vieux.

Dès qu'elle avait entendu parler de lui, au salon de coiffure, par l'entremise du papotage de deux voisines, elle s'était mise à sa recherche. Elle avait su d'emblée qu'il serait l'homme de la situation. C'était un survivant qui n'avait plus rien à perdre.

— Je suis trop vieux pour avoir peur de la prison, lui avoua-t-il un soir. Et puis, la prison a au moins un avantage : on n'y est jamais seul, je ne peux pas en dire autant du « dehors ».

Pendant qu'il radotait, Dorana regardait souvent ses mains... ces petites mains d'ancien horloger qui avaient tour à tour rafistolé des hommes, tué une enfant, et maquillé des cadavres, et elle éprouvait une impression bizarre à l'idée que ces mêmes paumes couraient pendant des heures sur sa chair nue.

« Tu es idiote, décidait-elle alors. Ce serait pareil si tu couchais avec un chirurgien ! »

A l'étage supérieur Baby Monk, étendu nu sur le plancher, écoutait le murmure du vieux monter vers lui à travers les interstices des lattes. Il aimait se plonger dans cet état d'hyper-réceptivité où il finissait par avoir l'illusion d'entendre les crissements mandibulaires des insectes habitant la charpente. Il ouvrait les yeux, très grand, et fixait la couche de poussière recouvrant le sol jusqu'à ce que chacun des grains devienne aussi gros qu'un caillou.

Il était petit, nanti d'un corps à la musculature d'écorché vif. Ses muscles n'avaient rien d'hypertrophié, mais leurs contours se dessinaient sous son épiderme avec une précision surprenante. Comme tous les lutteurs professionnels, il se rasait les cheveux et le pubis, s'épilait le torse et les jambes afin qu'aucun adversaire ne puisse crocher les doigts dans une quelconque pilosité. A vingt-trois ans, il avait un visage vieilli par la méfiance et les coups encaissés. Alors qu'il n'était encore qu'un enfant, un direct expédié par son père lui avait brisé la joue droite, l'os malaire et dévié la cloison nasale. Depuis, sa figure présentait un curieux aspect torve, comme celle d'une statue d'argile qu'un modeleur aurait écrasée d'un pouce mécontent.

C'est d'ailleurs ce coup de poing qui avait décidé de sa vocation. A dix ans, il s'était juré de devenir un pugiliste émérite... pour tuer son père de ses propres mains.

Étendu sur le plancher, l'oreille aux aguets, il se demandait quand la femme allait se décider à monter. Elle était grande, mince, et assez vieille pour être sa mère puisque sa véritable génitrice l'avait eu à quinze ans. Et surtout, elle avait une odeur de femme riche, bien propre. Des mains qui n'avaient jamais travaillé de leur vie. Elle était habituée à donner des ordres, mais ici, c'était lui qui la commandait, et elle n'avait qu'à filer doux sinon...

« Ne me frappe pas, suppliait-elle. Si mon mari voit des marques sur mon corps il se doutera de quelque chose et l'affaire tombera à l'eau. Je ferai ce que tu veux, mais ne me tape pas. »

Et elle obéissait dès qu'il levait ses poings recouverts de corne. Son manager lui avait toujours raconté que les femmes de la Haute aimaient se faire traiter comme des putains par les boxeurs ou les dockers, mais il ne l'avait jamais vraiment cru jusqu'au jour où Dorana était venue suivre ses combats, soir après soir. Une nuit, elle l'avait attendu à la sortie des vestiaires. C'était dangereux, mais elle ne le savait pas. Après un combat, Monk ne se contrôlait plus et son coach refusait de lui amener des filles sous prétexte qu'il ne sentait pas sa force et leur faisait mal. Jamais il n'aurait pensé qu'un jour il se ferait une femme comme Dorana Smart, une femme qui parlait avec des mots compliqués et portait de la soie. Le premier soir, elle lui avait dit : « C'est Doc' Brannigan qui m'a parlé de vous... »

Monk connaissait Doc', un vieux tôlard qui acceptait de servir de soigneur pour quelques dollars. On disait qu'il était embaumeur dans le civil, mais il n'y en avait pas deux comme lui pour recoudre une plaie.

Monk posa les mains à plat de chaque côté de ses oreilles. Elles étaient si caparaçonnées de cal qu'il éprouvait une légère difficulté à les fermer. D'un simple coup du tranchant, il pouvait enfoncer un clou de dix centimètres dans une planche de chêne. Elles constituaient son capital, sa fierté d'homme. Il lui avait fallu dix ans pour les endurcir en les cognant sur tout ce qui l'entourait : sacs de riz, poutres, murs de brique. Son père était mort en mer avant qu'il fût prêt à l'affronter, ce qui lui avait causé une frustration dont il se remettait mal.

Il rampa dans la poussière, résistant au désir de frapper sur le plancher. La femme allait peut-être s'isoler avec le vieux et il faudrait encore attendre. Il n'aimait pas ça. Quand cela se produisait, il se faufilait jusqu'à la porte de leur chambre et regardait par le trou de serrure. Au début il avait été jaloux, puis il avait découvert que Doc' se contentait de la caresser, rien de plus. Un passe-temps de grand-père qui n'a plus rien entre les jambes. Finalement, il avait décidé de ne pas se fâcher. Il n'était pas cocu, et l'ancien avait bien droit à quelques douceurs, pas vrai ?

Mais maintenant ils parlaient d'un autre mec, un jeune, et Monk sentait se réveiller sa colère. Yo ! Il ferait beau que ces deux-là s'envoient en l'air sous son nez ! Il leur apprendrait aussitôt qui était le maître, et les hématomes, ils n'auraient pas assez de leurs dix doigts pour les compter !

Il se redressa, les jambes jointes, ramassé sur lui-même. Il bougeait très vite en demeurant toujours extrêmement compact. Il n'y avait pas un gramme de graisse sur son corps frotté d'huile. Son nez de travers et sa joue écrasée lui donnaient un faciès de brute assez effrayant. Il le savait et en jouait sur le ring pour impressionner ses adversaires.

Sans un bruit il sortit de la chambre et se faufila sur la galerie qui faisait le tour de la grande salle. Il avait tendance à se déplacer à demi courbé, les bras pendants, ce qui l'avait fait surnommer Baby Monkey, lorsqu'il était enfant. Avec le temps — et la crainte qu'il inspirait — ce sobriquet malencontreux s'était mué en Baby Monk, ou même Bab Monk.

Son regard rencontra celui de Dorana qui tressaillit.

— Monte, grogna le lutteur. J'en ai marre de vous entendre radoter. Et change-toi, j'te veux pas en souillon.

Il réintégra la chambre et s'allongea sur la paillasse qui lui tenait lieu de lit, les mains croisées sous la nuque.

En bas, Doc' posa une main compréhensive sur l'avant-bras de Dorana.

— Allez-y mon enfant, murmura-t-il. Sinon nous n'aurons pas la paix.

Dorana se leva et entreprit de se dévêtir sous le regard du vieil homme. Elle ne conserva que ses sous-vêtements et passa les effets qu'elle puisait au fur et à mesure dans le sac de voyage. Quand elle eut boutonné son tailleur, elle mit ses escarpins et s'avança vers l'escalier. Cette fois elle n'avait pas oublié le gel intime que les étreintes du lutteur rendaient plus que nécessaire.

Elle n'essayait pas de crâner, elle avait peur de Monk, il avait douze ans d'âge mental et des réserves de haine inépuisables. Lors de son incorporation dans l'armée — déjà passé maître dans l'art du combat de rue — il avait tué son instructeur au cours de la première démonstration de close-combat. D'un seul coup de poing au cœur, provoquant un arrêt cardiaque immédiat... et définitif. Par bonheur, la cour martiale avait conclu à l'accident, et Monk s'était trouvé libéré avant la fin de son temps de service, pour *inadaptation à la vie collective en structure fermée*... Ce qui équivalait à dire qu'il entrait dans la catégorie des sociopathes rebelles à toute forme de hiérarchie. Un organisateur de combats clandestins lui avait alors mis la main dessus, le formant à la boxe thaï et l'exhibant dans des combats d'une rare violence sur les quais et dans les entrepôts des docks. Ç'avait été pour Baby Monkey, l'occasion de démolir nombre de petits frimeurs asiatiques émules de Bruce Lee, qui croyaient qu'un *nunchaku* faisait de vous le maître du monde. Bab Monk, lui, ne travaillait pas dans la dentelle, il ne prenait pas de poses follement esthétiques, ne faisait pas davantage décrire d'étranges arabesques à ses mains ou à ses pieds, non... Il se pointait et cognait. Et son adversaire allait au tapis, la mâchoire brisée en six points ou la cage thoracique enfoncée. Monk était un anachronisme vivant, un gladiateur égaré au XXe siècle. Pour finir, il avait subi le décervelage d'un gourou appartenant à l'organisation Tong, et qui lui avait mis de curieuses idées dans la tête. Au terme de cet enseignement mystico-pugilistique auquel il n'avait rien compris, Monk croyait à la magie noire, aux forces occultes et vivait avec la conviction intime que les ninjas, à un certain stade de leur art, jouissaient de la faculté de se dématérialiser pour traverser les murs.

Bref, c'était un imbécile, mais un imbécile dangereux.

Dorana entra dans la chambre. Elle fut forcée de s'avouer que le corps du jeune homme l'impressionnait. Il y avait quelque chose de barbare et de cliniquement parfait dans cette machine de chair et d'os. Les mains de Monk la fascinaient. Quand elles se promenaient sur son ventre, elle avait l'illusion d'être auscultée par les pinces d'un crabe géant. C'était bizarre, effrayant, mais pas tout à fait désagréable, *au fond*.

Dans la pièce, tous les objets portaient les marques des sévices de Monk. Lors de ses séances d'entraînement solitaire, il frappait les poutres, les cloisons, enfonçant lattes et planches. Dorana l'avait choisi parce qu'elle voyait en lui le seul être humain capable d'affronter Dust avec une mince chance de sortir vainqueur du combat. Il était aussi méchant et aussi primitif que le chien, il avait passé sa vie aux aguets, les crocs découverts, s'en prenant à tout ce qui passait à sa portée. D'ailleurs il ne parlait pas, il aboyait ou jappait, c'était selon.

Monk se redressa à son entrée et lança une main entre ses jambes, sous la jupe, pour explorer la soie des bas. Il portait aux sous-vêtements démodés une adoration qu'alimentaient des fantasmes d'adolescent monté en graine. Dorana, quant à elle, se serait bien passée d'un tel attirail.

— Quand est-ce qu'on tue le clebs ? demanda-t-il. Tu sais que je peux le faire tout de suite ? J'ai répété mon enchaînement, je lui casserai le museau et toutes les dents avant qu'il ait le temps d'aboyer. C'est facile, regarde...

Il bondit sur ses pieds et se mit en garde face à un fauve imaginaire, puis il tendit le bras droit, poing fermé.

— Tu vois, expliqua-t-il en riant nerveusement. Il saute et je lui enfonce mon poing dans la gueule. Il a beau essayer de mordre, ses dents ne s'enfoncent pas dans le cal qui protège mes doigts. Il étouffe, car moi je pousse mon avantage. Je descends ma main dans sa gorge, pour l'empêcher de respirer. Je tasse sa langue comme un bouchon. Il ne peut plus rien faire, il s'asphyxie... Il se débat.

Il mimait à présent l'agonie du chien avec des tressaillements grotesques, les mains repliées sur la poitrine pour simuler les pattes avant de l'animal.

La pantomime aurait été ridicule si tout son être n'avait dégagé une telle aura de force brute. En le regardant, Dorana prenait conscience que les prouesses des karatékas, qui la faisaient sourire sur l'écran d'un téléviseur, pouvaient réellement donner la mort.

— Tu veux que j'y aille ? s'impatienta Monk. Tu sais, je travaille, je me suis entraîné en simulation réelle.

La « simulation réelle » à laquelle il faisait allusion consistait à errer la nuit dans le quartier et à briser la nuque de tous les chiens errants qui avaient le malheur de croiser son chemin. Une fois, il avait même poussé le zèle jusqu'à franchir la clôture d'un entrepôt gardé par des dobermans pour affronter ceux-ci sur leur terrain. Il les avait tués tous les trois, sans même récolter une morsure. Au matin, le propriétaire de l'endroit avait découvert ses bêtes réduites à l'état de dépouilles flasques. Monk ne leur avait pas laissé un os intact.

Dorana s'agenouilla au bord de la paillasse, pressée d'en finir. Elle en avait ras-le-bol des caprices des hommes, de leurs désirs, de leur violence infantile. Elle songea qu'une fois l'affaire terminée, elle n'aurait plus envie de faire l'amour avant des années. Peut-être serait-ce assez agréable, au fond, cette paix de la chair ?

— On ne peut pas tuer Dust, dit-elle avec lenteur, afin que Monk enregistre bien tous les mots. Pas maintenant. Adam annulerait aussitôt son voyage au Mexique, et nous avons besoin qu'il soit loin pour agir en toute tranquillité. Tu te rappelles ? S'il restait à L.A, nous serions toujours à la merci d'une visite surprise. Tu sais bien que pour m'éviter, il passe une grande partie de ses dimanches à la banque, dans son bureau, soi-disant pour étudier des dossiers. Non, le chien doit rester intact, du moins jusqu'à son arrivée à Tijuana.

Monk se ratatina avec une expression d'enfant frustré.

— T'es sûre ? insista-t-il.

— Oui, fit Dorana en déboutonnant sa veste de tailleur. Il faut te calmer, les choses vont aller très vite maintenant. Tu n'auras plus longtemps à attendre. Essaye surtout de contrôler ta force, si tu venais à tuer Adam, tout serait fichu, tu as bien compris ça ?

— Je sais retenir mes coups, grogna Monk. J'ai le contrôle total. Bientôt j'aurai assimilé la science secrète des ninjas. Yo ! Regarde, j'ai commencé le rituel !

Il s'agenouilla avec solennité au centre d'une étoile peinte sur le planchcr. Tout autour de lui avaient été disposés des lames de rasoir et un flacon d'encre de Chine. Au mur, fixé par une punaise, pendait un papier où des idéogrammes japonais s'étiraient en longues colonnes parallèles. Monk nourrissait une fascination sans bornes pour ces signes incompréhensibles qui renfermaient à ses yeux une formidable puissance magique. Il avait entrepris depuis peu de les recopier sur son corps, en prévision de son affrontement avec le chien.

— Tu vois, expliqua-t-il, je les reproduis un par un. Avec la lame de rasoir j'incise ma peau, puis je fais couler de l'encre sur la plaie. Ça teinte la chair en profondeur. Il est toujours bon qu'un peu de sang soit versé au cours d'un rituel magique, ça renforce le pacte.

Au moyen de ce procédé rudimentaire en usage dans les prisons, il s'était tatoué la cuisse droite, recopiant la première colonne d'idéogrammes. Les signes formaient des croûtes noires et rouges sur sa chair, et leur tracé zigzagant donnait à penser qu'un chat furieux s'était acharné sur sa jambe.

— Il y a encore dix colonnes à recopier, murmura le lutteur avec respect. Quand j'aurai terminé, la puissance millénaire des ninjas coulera dans mes veines. Je pourrai me dématérialiser pour traverser les murs... ou effacer à volonté les traits de mon visage, comme ça personne ne pourra plus me reconnaître.

Il y avait dans ses yeux une telle flamme naïve que Dorana en fut remuée.

— Où as-tu trouvé le... manuscrit ? demanda-t-elle en désignant le lambeau de papier accroché au mur.

— C'est un vieux Chinois des entrepôts de poisson qui me l'a vendu, dit fièrement Monk. Il était dans sa famille depuis 3000 ans. Il me l'a cédé parce qu'il n'a pas de descendance et qu'il ne veut pas emporter le secret dans sa tombe. J'ai eu de la chance, il y a des gens qui paieraient des fortunes pour l'avoir. Il me l'a vendu à moi parce qu'il avait vu mon visage en rêve, et que Bouddha lui a révélé que j'étais l'élu.

Dorana hocha prudemment la tête. Elle avait fait assez de défilés de mode à Tokyo pour savoir que le lambeau de papier de riz pendu à la cloison était le menu d'un restaurant de sushi bon marché. Elle ne jugea pas utile de le révéler à Bébé Monk.

Elle tendit toutefois la main pour vérifier l'état des scarifications qui lui semblaient infectées. Il n'aurait plus manqué que cet imbécile meure d'une septicémie à la veille du coup !

Monk se méprit sur le sens de son geste et s'agenouilla devant elle pour achever de la déshabiller. Elle se laissa faire avec lassitude et résignation, se contentant de répéter les éternelles recommandations :

— Ne me fais pas de marques, s'il te plaît. Adam ne doit se douter de rien. Tu feras attention ?

Il la renversa sur la paillasse et déchira ses bas. Il prenait toujours un extrême plaisir à lacérer la soie. Chaque fois qu'elle quittait l'entrepôt, elle jetait ses sous-vêtements dans la première poubelle venue.

— Doucement, dit-elle quand il s'allongea sur elle. Ne te sers pas de tes mains. Laisse-moi faire.

Son torse était si dur qu'elle avait l'impression d'être couchée sous une statue tombée d'un piédestal.

« Allons, pensa-t-elle pour se donner du courage, ce sera bientôt fini, et tu pourras vivre comme une nonne pour le restant de tes jours, dans un grand appartement blanc rempli de soleil. »

8

Deux jours plus tard, Dorana avertit Dan qu'il leur faudrait se retrouver en ville pour discuter des détails de l'opération. Ils partirent donc chacun de leur côté, à des heures différentes — lui avec la fourgonnette, elle avec la Pontiac— et se rejoignirent dans le quartier des entrepôts. Là, Dorana mena l'imitateur jusqu'à l'ancienne fabrique de cigares. Elle était très tendue, lointaine, et Dan se demanda ce qui l'attendait. Pendant qu'ils cheminaient entre les hangars, la femme d'Adam Smart lui dit simplement :

— Je t'ai un peu menti. Nous ne sommes pas seuls sur le coup. C'était impossible de cette manière. Il y a deux autres spécialistes, des gens comme toi, excellents dans leur partie. Rien ne pourra se faire sans eux, alors inutile de leur chercher noise. Nous sommes tous complémentaires dans cette affaire. L'un ne vaut rien sans les autres. Tu as compris ? Je ne veux pas vous voir jouer les coqs de combat.

Elle tira une clef de sa poche et déverrouilla une vieille porte en bois. L'atelier puait le tabac éventé, le jus de chique. Deux hommes très dissemblables attendaient. Un petit vieillard aux allures de croque-mort assis derrière une longue table de travail, et une sorte de gargouille humaine assise sur ses talons, le dos appuyé à la poutre maîtresse soutenant le toit.

— Doc' Brannigan et Baby Monk, annonça Dorana. Voici Daniel Norris, notre imitateur.

Le vieux inclina poliment le chef, le crétin émit un petit rire insultant, comme si on lui demandait de serrer la patte à un caniche. Dès qu'il fut habitué à la pénombre, Dan réalisa que la table de travail était encombrée de moules, de bassines et de flacons. Des objets incongrus, qu'il prit d'abord pour des gants de caoutchouc, séchaient sur des tiges de fer.

L'atmosphère était lourde, pleine de méfiance réciproque. L'imitateur devina qu'il s'y mêlait une forte dose de jalousie, et il eut la conviction spontanée que Dorana avait couché avec chacun des hommes en présence. L'ancêtre comme le débile...

« Merde ! songea-t-il, tu ne vas pas commencer à jouer au collégien. Qu'est-ce que ça peut te foutre, après tout ? »

Il jeta un coup d'œil interrogateur aux prothèses de caoutchouc encombrant la table. Il avait l'illusion d'être entré par erreur dans l'arrière-boutique d'un artisan fournissant les mutilés de guerre. La mise désuète du vieux bonhomme renforçait l'illusion. Celui-ci poussa soudain dans sa direction un carton à chaussures bourré de papier de soie.

— Allez-y jeune homme, dit-il d'une voix bienveillante. Ne perdons pas de temps. Déballez votre cadeau de Thanksgiving.

Dan hésita, puis plongea les doigts dans la boîte. Il ne lui fallut qu'une seconde pour mettre au jour une main de caoutchouc rose remarquablement imitée.

— Qu'est-ce que c'est ? lança-t-il. Une prothèse ?

Dorana s'assit au bout de la table. Elle semblait lasse, comme si la perspective d'exposer pour la millième fois la même chose la fatiguait d'avance.

— C'est une reproduction de la main droite d'Adam, dit-elle. Doc' l'a fabriquée à partir d'un moulage. Un soir, j'ai mis un somnifère dans le whisky de mon mari, et pendant qu'il dormait, j'ai pris l'empreinte en creux de sa main, grâce à une boule de résine spéciale que m'avait fournie Doc'. Regarde la paume, tu verras qu'elle est reproduite de manière superbe. Toutes les lignes y figurent. Ligne de vie, ligne de cœur... On pourrait presque la donner à lire à une chiromancienne à la place de l'original.

L'imbécile râblé qui se tenait accroupi au fond de la salle émit un « Yo ! » déplaisant. Dan nota que ses mains présentaient un aspect bizarre, des protubérances qui ressemblaient à de la corne, ou du cal. Jusque-là Norris avait toujours cru que ces déformations, résultant d'un entraînement outrancier, n'existaient que dans les films de karaté. Il avait lu quelque part les propos d'un spécialiste affirmant que le cal faisait partie du folklore macho des ceintures noires, et qu'il était dépourvu d'efficacité réelle.

— Pourquoi une reproduction de la main d'Adam ? grogna-t-il. Vous allez ouvrir un musée de cire ?

— Je ne t'ai pas tout dit, fit Dorana sans tenir compte de la mauvaise plaisanterie. Il y a une double sécurité. La chambre forte ne s'ouvre pas seulement par reconnaissance vocale. Elle réclame également une identification graphique.

Dan se raidit.

— Tu veux dire qu'il faut montrer patte blanche, c'est ça ? souffla-t-il.

— Oui. Juste au-dessous du micro de l'analyseur vocal, il y a une plaque de verre semblable à une vitre de photocopieuse. Pour déverrouiller la porte du coffre, Adam doit poser sa main dessus et attendre que le scanner lise le tracé des lignes palmaires. Comme pour l'empreinte vocale, le « paysage » de sa main est déposé dans la mémoire de l'ordinateur. Numérisé comme une carte d'état-major. Les deux relevés sont alors superposés, si les configurations sont jumelles, la porte s'ouvre.

Dan lâcha un juron et s'assit. Instinctivement il avait retourné la prothèse de caoutchouc pour examiner le tracé de sa paume.

— C'est un latex très fin, se crut obligé d'expliquer Doc' Brannigan. On l'utilise dans les techniques d'embaumement pour remplacer les membres manquants. Certaines familles, en effet, tiennent à ce que la victime d'un accident ait l'air intacte lors de la cérémonie d'inhumation. Si le mort a eu les deux bras arrachés, il faut bien avoir recours à un subterfuge, n'est-ce pas ? Dans ce cas, on moule de fausses mains qu'on croise sur la poitrine du défunt. On y colle des ongles synthétiques ; un peu de peinture et de poudre de riz font le reste.

— Je ne savais pas, dit machinalement Dan.

— Si, c'est vrai, insista Doc'. Beaucoup de familles pensent que si le corps n'est pas intact le mort ne trouvera pas sa place au Paradis. Alors on triche un peu, en espérant que les anges auront la vue basse.

Du bout de l'index, Dan explora la paume de latex. Son doigt percevait nettement la gravure en creux des plis de la « peau ».

— Et vous croyez que ce sera assez fidèle pour duper la machine ? interrogea-t-il.

— Il le faudra bien, fit Dorana. Puisque Adam ne sera pas là pour nous prêter main forte. Ne t'inquiète pas, nous avons pris les empreintes digitales de la prothèse pour les comparer avec celles de mon mari. Il n'y a pas de différences notables, même au microscope. La réplique est parfaite, mais il faut en prendre bien soin, la moindre écorchure modifierait la lecture du scanner et le coffre refuserait de s'ouvrir.

— La moindre écorchure ?

— Oui, c'est pour cette raison qu'Adam conserve toujours la main droite dans sa poche, je ne sais pas si tu l'as remarqué ? Souvent, même, il porte un gant. Un seul, c'est pour se préserver d'un éventuel accident. Une fois, il y a six mois, il s'était entaillé la paume. Pas grand-chose, une petite plaie de trois centimètres qui formait une croûte en relief. Chaque fois qu'il posait la main sur la vitre de lecture, l'ordinateur lui refusait l'accès de la chambre forte. Il a fallu attendre la complète guérison de la coupure pour pouvoir enfin ouvrir le coffre. Adam était très fier de se découvrir capable de paralyser la *Trade Ltd* à lui tout seul.

— Vous devrez prendre grand soin de cette prothèse, fit le vieil homme. La fabriquer m'a demandé beaucoup de temps.

Dan essaya de s'imaginer dans la cabine d'identification, les doigts serrés sur la main de caoutchouc, cette main froide, inhumaine en dépit des apparences.

— D'accord, capitula-t-il. Monsieur est prothésiste funéraire, il a fabriqué cette chose, je comprends, mais quel est le rôle de cet autre personnage ?

Il s'était adressé à Dorana en désignant Bébé Monk d'un coup de pouce. Celui-ci se redressa d'un bond souple. Dan comprit qu'il appartenait à cette race d'hommes capables de faire le grand écart facial comme d'autres se grattent le bout du nez. Son visage « dévié » donnait envie de regarder ailleurs.

Dorana se campa sur sa chaise, le dos bien collé au dossier. Dan ne parvenait pas à déterminer si elle était d'une froideur de banquise ou prête à exploser en hurlements hystériques.

— Dans quelques jours, dit-elle avec lenteur, Adam va partir au Mexique en compagnie du chien. Il le fait plusieurs fois par an, mais avec beaucoup de caprice. Ses escapades peuvent durer une semaine comme s'interrompre au bout de vingt-quatre heures. C'est selon son humeur du moment. Si les choses s'engagent bien, il ne revient qu'à la dernière minute, dans le cas contraire, il est déjà de retour alors qu'on le croyait à peine arrivé à la frontière. C'est un cyclothymique, toujours sur les montagnes russes. Nous ne pouvons pas travailler dans ces conditions. Il risquerait de nous tomber dessus alors que nous nous préparons à investir la banque, et le chien sentirait immédiatement qu'il se passe quelque chose. Son sixième sens l'en avertirait, et il finirait par éveiller la méfiance d'Adam. Il faut donc « fixer » mon mari à Tijuana, pour toute la durée de ses vacances.

— Le *fixer* ? répéta bêtement Dan.

— Oui. Un léger accident fera l'affaire. Quand il est là-bas, Adam aime participer à des combats de boxe d'amateurs. Il emporte toujours des gants en prévision de ces petites rencontres. Des gants d'entraînement, qui lui protègent les mains. Il adore ça, jouer les Jack London ou les Hemingway. Il se fait l'effet d'être un marin en bordée. Il s'encanaille. Monk se mêlera à la foule et le provoquera. Monk est très capable de lui abîmer le poignet ou la main en dépit de la protection du gant de boxe. Une fois Adam blessé, Doc' interviendra, se présentant comme un médecin retraité en villégiature au Mexique. Il soignera Adam, le veillera, et lui administrera assez de sédatifs pour le plonger dans l'inconscience plusieurs jours durant. Le but de la manœuvre, c'est de contraindre le chien à rester près de son maître, car jamais Dust ne s'éloignera d'Adam.

— Où cela se passera-t-il ? demanda Dan, à l'hôtel ?

— Non, Adam a l'habitude de louer une petite hacienda, toujours la même. Elle est pourvue d'un chenil où Doc' exigera qu'on enferme Dust. Pendant ce temps nous dévaliserons la banque, en toute tranquillité.

Dan hocha la tête, pas complètement convaincu par ce que lui disait Dorana. Il eut un sourire froid.

— Je me demande s'il n'y aurait pas une autre raison à cet éloignement, murmura-t-il. Est-ce qu'en définitive, vous n'auriez pas dans l'idée de faire porter le chapeau à Adam Smart ?

Il se leva et fit quelques pas à travers la salle.

— Je crois que c'est ça, reprit-il. Quand on découvrira le vol, la police pensera immédiatement que seul le préposé au coffre pouvait convaincre l'ordinateur d'ouvrir le verrou électronique. Or ce responsable, en l'occurrence Adam Smart lui-même, demeurera introuvable... en fuite ? Pourquoi pas ? En fouillant un peu, les flics découvriront qu'il avait tous les mobiles pour dévaliser la banque : un mauvais salaire, une menace de mise à la retraite anticipée, la perte, du jour au lendemain, de tous les avantages en nature octroyés au cours de sa carrière... Les employés de la *Trade Ltd* s'accorderont pour reconnaître qu'il était devenu bizarre ces derniers temps. Un peu... dingue ? Ne serait-ce que cette manie d'emmener son chien partout avec lui, au risque d'effrayer ses clients.

Il fit une pause, essuya ses mains moites sur le fond de son pantalon. Dans l'atelier personne ne soufflait mot. Dorana était très pâle, raidie entre les accoudoirs du fauteuil. Dan eut la conviction qu'il avait percé à jour leurs intentions cachées.

— La police viendra t'interroger, toi, Dorana, poursuivit-il. Tu répondras qu'Adam est parti au Mexique depuis plusieurs jours mais que tu n'as aucune nouvelle de lui. Alors on lancera un mandat de recherche. « Adam Smart, suspect N°1 dans le cambriolage de la *Trade Ltd* ». On finira par l'encercler dans son hacienda, abruti de drogue, camé jusqu'aux yeux, balbutiant une invraisemblable histoire d'accident de boxe. Qui le croira ? Pour tout le monde, il restera le seul à avoir eu la possibilité de vaincre les systèmes de sécurité de la banque. Le coupable idéal. Quant à Monsieur Brannigan et à Monsieur Monk, ils se seront bien sûr évanouis dans la nature entre temps.

Doc' siffla entre ses dents.

— Pas mal raisonné jeune homme, fit-il en souriant. C'est vrai que nous avons besoin d'un coupable si nous voulons être tranquilles. Ce fric, c'est sans aucun doute de l'argent en cours de blanchiment, il est donc dangereux d'endosser la paternité de cette opération. Adam Smart nous servira de bouc émissaire. Les flics resteront persuadés qu'il a planqué le magot au Mexique. Dès qu'il sera incarcéré, Dorana demandera le divorce, nous nous partagerons le trésor et nous filerons au quatre points cardinaux pour ne plus jamais nous revoir.

— Pourquoi accordez-vous tant d'importance au chien ?

s'enquit Dan. A vous écouter, on dirait qu'il va décrocher le téléphone pour appeler la police...

— Ne fais pas semblant de crâner, coupa Dorana. Tu sais très bien de quoi il retourne. Tu as eu le temps d'observer Dust au cours de la semaine passée... Tu sais qu'il a véritablement un sixième sens pour détecter tout ce qu'on essaye de cacher. C'est pour cela qu'il nous faut mettre Adam K.O durant quarante-huit heures.

Pendant l'heure qui suivit, ils passèrent en revue les différentes modalités du plan. Monk ne daigna pas s'approcher de la table. Le dos collé à la poutre, il se contenta d'émettre d'irritants ricanements à intervalles réguliers. Dan devait sans cesse repousser l'idée que Dorana avait couché avec chacun de ces hommes. Cette jalousie imprévue le surprenait lui-même, et il faisait de véritables efforts pour la refouler. Qu'est-ce qui lui arrivait ? A aucun moment Dorana ne l'avait associé à son futur, à aucun moment elle ne lui avait laissé entendre qu'ils referaient leur vie ensemble ?

— Il faut que je rentre, annonça enfin la femme d'Adam Smart. Je ne sais pas si nous aurons l'occasion de nous revoir avant le départ de mon mari. Tenez-vous prêts et emballez le matériel. Dès qu'Adam sera sur le point de prendre la route, j'enverrai Daniel vous prévenir.

Ils quittèrent l'atelier et Dan, après avoir sué dans l'étuve de l'ancienne fabrique de cigares, fut surpris par la fraîcheur de l'air.

Pendant qu'il cheminait aux côtés de Dorana en direction du parking, celle-ci lui saisit le poignet.

— Je sais ce que tu penses, murmura-t-elle. Tu te demandes pourquoi il faut que tu accompagnes ces deux-là au Mexique.

— Exact, confirma l'imitateur. Adam me connaît, si je m'approche un peu trop de lui, il risque de me voir et de s'étonner de me trouver là, sur ses talons.

— Tu veux savoir la vérité ? fit Dorana en cherchant ses clefs de voiture. J'ai besoin d'un superviseur... Je ne peux pas abandonner Doc' et Monk dans la nature, livrés à eux-mêmes. L'un est trop vieux et l'autre à moitié débile. Il faut que quelqu'un se charge de les contrôler. Et puis tu es un artiste, tu as l'habitude d'improviser. Ni l'un ni l'autre ne sauront s'adapter aux circonstances, ce n'est pas dans leur nature.

Après avoir glissé un billet au gros Chinois qui faisait office de gardien, elle déverrouilla sa portière.

— Il faudra que tu te déguises une fois de plus, ajouta-t-elle, mais ça aussi tu en as l'habitude. Fais-toi une tête qu'Adam n'aura pas l'impression d'avoir déjà vue. De toute manière il sera trop occupé par les combats de chiens pour prêter attention à ce qui l'entoure. C'est tout ?

— Non, grogna Dan. Ça ne te gêne pas de faire plonger ton mari à notre place ?

Les traits de Dorana se crispèrent.

— Écoute, martela-t-elle. Il nous faut un coupable de remplacement. Un bouc émissaire. Sinon les flics nous tomberont dessus pour nous cuisiner. Si on ne leur désigne pas très vite Adam du doigt, ils se mettront à fouiller partout, à passer nos emplois du temps au crible. Il est capital d'empêcher ça. Tu ne vas tout de même pas pleurnicher sur ce salaud ? Tu sembles oublier qu'il n'hésiterait pas une seconde à te faire mutiler par son chien s'il savait que tu es mon amant !

Au moment où elle se glissait au volant, Dan lança :

— A propos d'amant, tu as couché avec tous ces types, n'est-ce pas ? Doc... Monk...

Il s'en voulut de se montrer aussi bête, mais les mots avaient jailli de sa bouche sans qu'il puisse les retenir. Dorana haussa les épaules.

— Et alors ? riposta-t-elle en mettant le contact. Dans cette histoire, il faut bien que chacun paye de sa personne, n'est-ce pas ? Et chacun selon ses capacités. Tu crois que ça m'amuse de faire l'amour avec un type qui peut me casser la nuque chaque fois qu'il jouit ?

Dan regarda la Pontiac s'éloigner sans parvenir à démêler ce qu'il ressentait.

9

Ce fut un étrange départ en vacances, dans la vieille fourgonnette de Monk. Un véhicule ayant servi au ramassage des pastèques et dont les parois révélaient des mouchetures d'écorce durcie et de pépins desséchés. L'arrière était occupé par un entassement de valises métalliques (l'une d'elles étanche) dont Dan se demandait à quoi elles servaient. De quel matériel Doc' pourrait-il avoir besoin à l'hacienda ? Pour l'heure, le vieil homme tenait le volant, mais il avait d'emblée annoncé qu'à son âge on se fatiguait vite, et qu'il faudrait le relayer assez fréquemment. Monk, lui, s'était allongé au milieu des bagages, il essayait de déchiffrer un ouvrage de métaphysique orientale en suivant chaque ligne du bout de l'index. Ses grosses lèvres bougeaient en silence lorsqu'il égrenait les syllabes. Il avait emporté un sac transparent rempli de nourriture macrobiotique, à l'aspect plutôt répugnant. Du poisson haché cru pétri avec des herbes et des graines inidentifiables qui répandaient une odeur infernale. De temps à autre, il interrompait sa lecture pour puiser dans cette poche et mâchonnait en dénombrant ses mastications à voix basse.

Dan, sachant qu'il lui faudrait prendre le volant, s'était « déguisé » en conséquence. Cette fois, à court de moyens, il avait choisi de se tondre le crâne comme un Marine en permission et de dissimuler ses yeux derrière d'énormes lunettes noires. C'était à la fois simple et efficace. Il ne se raserait pas au cours des jours à venir, de manière à ce que la barbe envahisse ses joues.

Il était inquiet mais pas trop, car il savait qu'une tête passée au papier de verre rend toujours méconnaissable quelqu'un qu'on a eu l'habitude de côtoyer lorsqu'il portait encore les cheveux longs. Pour achever de transformer sa physionomie, il avait planté un gros mégot de cigare au coin de sa bouche et accroché un anneau de cuivre à son oreille droite. Il espérait simplement que cette physionomie de Bonehead ne lui vaudrait pas la haine des flics mexicains.

L'absence de climatisation à l'intérieur de la fourgonnette les obligeait à rouler vitres baissées, ce qui rendait la conversation impossible et les condamnait à manger de la poussière dès qu'ils ouvraient la bouche.

Les deux dernières journées dans les Hills avaient été difficiles. Comme s'il se doutait de quelque chose, Dust n'avait cessé de tourner autour de Dan, multipliant les provocations. A plusieurs reprises, l'imitateur avait été gagné par la certitude que le chien cherchait à le pousser dans ses derniers retranchements afin de provoquer le geste malheureux qui lui eût enfin fourni un prétexte pour attaquer le « jardinier ».

Lorsque Adam Smart avait manifesté son intention de partir pour Tijuana, le samedi matin, Dan était aussitôt descendu prévenir Monk et le Doc' qui rongeaient leur frein. Dorana s'était en effet opposée à ce qu'on utilise le téléphone — même celui d'une cabine publique située dans le périmètre de la maison — par crainte des relevés auxquels la police pourrait procéder sitôt le « coup » effectué.

— Il ne faut pas qu'on puisse établir le moindre lien entre la maison et la fabrique de cigares, répétait-elle. Tu ne connais pas les flics, dès qu'il s'agit d'argent ils seraient capables de suspecter leur mère.

Dan avait donc dû changer d'aspect en quatrième vitesse, tels ces comédiens des spectacles à petit budget qui se maquillent dans la coulisse pour jouer plusieurs rôles au cours de la même représentation.

— T'es dégueulasse, grommela Monk alors qu'il se tondait le crâne, tu fous des cheveux partout. T'as pas d'hygiène. Tu dégages des mauvaises ondes. T'approche pas de moi, tu « négativerais » mon karma.

Dan ignora la provocation. Un quart d'heure plus tard ils attendaient au pied de la colline que débouche la Fleetwood blanche d'Adam Smart. Elle surgit enfin d'entre les arbres. Le chien, couché sur le siège arrière, observait la rue par la vitre latérale. Dan frissonna en le voyant passer.

— C'est à nous, lança Doc' Brannigan. Essayons de ne pas les coller de trop près.

— Je ne comprends pas pourquoi vous tenez à le prendre en filature, objecta Dan. Si vous connaissez le point de chute de Smart, il n'y a qu'à aller directement l'attendre là-bas.

— C'est plus prudent comme ça, dit le vieil homme. Avec Adam Smart on ne peut être sûr de rien. Cette fois il a très bien pu choisir une autre location sans rien en dire à sa femme. C'est un capricieux cet homme-là. Je crois que notre méthode n'est pas mauvaise. Ne soyez pas si nerveux.

— Vous le serrez de trop près, marmonna Dan. Il va finir par nous repérer.

— Allons ! Vous êtes trop inquiet, soupira le vieux. Tous les samedis des milliers d'Américains prennent la direction de la frontière. Regardez derrière nous, et vous verrez que des tas de voitures nous filent le train. Aucune n'est conduite par un flic lancé à nos trousses. Elles vont simplement dans la même direction.

Dan s'agitait, mal à l'aise, ne voulant pas avouer qu'il avait surtout peur du chien. Lorsque son tour vint de prendre le volant, il fut gagné par la détestable impression que Dust le fixait depuis la vitre arrière de la Fleetwood, les oreilles dressées, le museau plissé par un grognement continuel qui n'allait sûrement pas tarder à éveiller la méfiance du banquier.

— Le cabot me regarde ! lança-t-il à l'adresse de Seth Brannigan. Bon sang ! Je suis sûr qu'il m'a reconnu. C'était couru d'avance.

— Calmez-vous, intervint l'ancien croque-mort. Ne

déconnez pas. Les chiens se fient surtout à leur odorat, et il est impossible que Dust puisse vous sentir en ce moment, ça ne tient pas debout. Il est enfermé dans une voiture, vous aussi, nous sommes environnés de gaz d'échappement d'odeurs d'essence, et cinquante mètres nous séparent. Ne laissez pas votre imagination prendre le dessus, vous êtes un grand garçon.

— Même si vous avez raison ça ne fait que retarder le problème, riposta Dan. Quand nous mettrons pied à terre, il me localisera immédiatement. Si Adam Smart ne me reconnaît pas, Dust s'en chargera.

— Ne soyez pas bête, fit le Doc' avec patience. Il existe des moyens pour se préserver du flair des chiens et détourner leur attention.

— Ah ! Oui ? Et lesquels ?

— On peut utiliser de l'urine de chienne en chaleur, par exemple, annonça Brannigan. J'en ai amené un bidon. Si j'en asperge mes chaussures, Dust sera incapable de percevoir une autre odeur que celle-là lorsque je me tiendrai dans la même pièce que vous. Cette émanation l'obnubilera tellement qu'il oubliera jusqu'à votre existence. Il y a aussi une autre méthode : l'anis. L'anis anesthésie les terminaisons olfactives des chiens. Son parfum est si puissant qu'au bout d'un moment il devient presque douloureux et que les cabots refusent de flairer la piste plus longtemps. L'odeur de l'anis brouille tout. Pendant la Seconde Guerre mondiale les prisonniers l'utilisaient pour se défaire des bergers allemands que les Boches leur lançaient aux trousses. Ils se procuraient des graines qu'ils broyaient pour en remplir les poches et les revers de leur pantalon. J'ai concocté une pommade dont vous vous enduirez avant d'approcher Dust. Vous allez puer l'ouzo, mais ce n'est pas grave, les poivrots sont légion à Tijuana.

— L'anis... fit Dan. Vous êtes sûr de votre coup ?

— Mais oui. C'est ça le problème quand on possède je ne sais combien de millions de terminaisons olfactives dans la truffe : les parfums trop forts vous font l'effet d'une pulvérisation de moutarde dans les narines. Je me porte garant de votre incognito. Dust ne vous identifiera pas. Et puis il faut tenir compte du contexte. Les combats monopoliseront son attention. Vous vous faites de la bile pour rien du tout.

— Okay, capitula Dan. J'espère que vous savez de quoi vous parlez.

— Je le sais parfaitement, conclut le vieillard d'un ton soudain plus dur. Les Japonais utilisaient des chiens, eux aussi.

Ils roulèrent sans incident jusqu'à la frontière. Ils arrivèrent enfin en vue de la muraille de tôle censée interdire l'entrée du territoire américain aux émigrés clandestins. Des flics surveillaient les abords des chicanes à l'aide de grosses jumelles afin d'intercepter tous ceux qui profitaient de l'ouverture des barrières pour se faufiler entre les voitures, au risque de se faire renverser. Il y avait là des dizaines de gosses et d'adultes, remorquant des sacs en plastique ou des baluchons. Dès qu'une barrière se soulevait, ils se jetaient dans l'ouverture et couraient droit devant, avec l'espoir que l'un d'entre eux passerait entre les mailles du filet et parviendrait à échapper à la vigilance de la *Border Line Police Patrol.*

Les flics les interpellaient au bout d'une dizaine de mètres et les reconduisaient fermement de l'autre côté de la ligne. Les gosses prenaient alors un air penaud... puis tentaient de nouveau leur chance une heure plus tard. C'était un jeu absurde, mais les flics avaient appris à demeurer imperturbables.

Tout au long de la frontière s'élevait désormais une muraille de plaques de tôle imbriquées, haute de trois mètres, et truffées de trous au ras du sol. C'était par ces orifices que les « Dos Mouillés » s'introduisaient chaque nuit aux États-Unis. Les patrouilles de l'Immigration équipées de lunettes militaires à vision nocturne n'y changeaient pas grand-chose. Le mur, dérisoire parce que de jour en jour un peu plus troué, n'arrêtait personne, à la grande colère des autochtones qui ne cessaient d'exiger des mesures draconiennes et n'hésitaient pas, parfois, à se regrouper en milices. Les Mexicains dégoulinants surgissaient du Rio Grande qu'ils avaient traversé accrochés à un radeau de fortune, toutes leurs possessions réunies dans un sac de supermarché, rampaient sous le grillage et grimpaient dans les camions des passeurs clandestins qui les emmenaient aussitôt à l'intérieur des terres, là où on leur ferait ramasser des tonnes de pastèques ou de maïs pour un salaire de misère. Chaque fois qu'on en interceptait 1 000, il en passait trois fois plus. Les flics de la *Migra*[1] commençaient à devenir nerveux... et méchants.

Dan avait fait trois ou quatre incursions à Tijuana, il n'en gardait pas un très bon souvenir. C'était partout la bruyante foire des pièges à touristes, le bric à brac des souvenirs de pacotille : les tissages « indigènes », les animaux de papier mâché aux couleurs bigarrées, les bottes de cow-boy, les étuis à revolvers en mauvais cuir cartonneux. Assez de sombreros pour couvrir les têtes de toute une armée, et de mariachis pour venir à bout des tympans les plus résistants.

Le « tourisme sexuel » y était prospère. La nuit, il ne faisait pas bon traîner dans les ruelles ou les bars louches car les querelles y étaient nombreuses et souvent sanglantes. On y entrait pourtant avec la bénédiction de la police, guère soucieuse d'examiner les passeports. Les agences de voyage y expédiaient les gogos par autobus entiers. Dan savait qu'il convenait de s'y montrer prudent et de ne faire confiance à personne, pas même aux flics, presque tous corrompus jusqu'à l'os. Tijuana était comme un damier. Les cases blanches représentaient les immeubles habitables, les noires : les bidonvilles. Dès qu'on sortait des artères touristiques comme l'*Avenida de la Revolucion* ou le *Bulevar Agua Caliente*, la misère vous sautait au visage.

C'était un pays magnifique et dérisoire qui vivait encore dans le souvenir de vieux fantômes, et se raccrochait aux miettes d'une époque de grandeur révolue en psalmodiant une prière nostalgique où revenaient sans cesse les noms de Pancho Villa ou d'Emiliano Zapata.

— Quel est le programme ? interrogea Dan.

— Suivre notre bonhomme le plus discrètement possible, en nous relayant, répondit Doc'. Pas question de s'afficher tous les trois ensemble. Il faudra rester séparés. La foule des gogos nous y aidera, mais elle peut aussi nous compliquer la tâche. Smart a des manies. Généralement, il commence par ingurgiter quelques verres, puis, à la tombée de la nuit, va voir des combats de chiens. Parfois, il y fait participer Dust.

— Ramène-t-il des filles chez lui ?

— Non, jamais. On dirait que ce n'est pas son truc. Quand il est là depuis quarante-huit heures, il commence à se prendre pour un cow-boy. Il boit pas mal, c'est à ce moment-là qu'il se mêle à des combats de boxe.

— Il n'a jamais pris de mauvais coup ?

— Non. Ne vous y trompez pas. Il tient très bien l'alcool et sait se servir de ses poings. C'est un ancien Marine, même s'il a servi dans l'intendance. Il sait encaisser et distribuer les coups.

— C'est quel genre de combat ?

— Des trucs informels, organisés dans des granges. On prend des paris sur des petits coqs de village. Les Mexicains combattent à main nue, mais les gringos peuvent amener leurs gants. Ça fait ricaner les gars du coin, c'est tout. Smart trimballe une vieille paire de *Golden Spartan Gloves* de seize onces partout avec lui. Il gagne assez souvent. Les jeunes ont tendance à le sous-estimer parce qu'il a les cheveux gris, mais il n'est pas rare qu'il rafle la mise. Dust est là en couverture, pour calmer les mauvais payeurs.

Il se tut, le temps de dépasser une nouvelle pancarte de protestation. Entre San Diego et la frontière, les panneaux colériques fleurissaient des deux côtés de la route. On y lisait des choses comme : *Close the Border ! NOW !* Ou encore *Spics Out !*

Pour beaucoup, les immigrés clandestins étaient responsables de tous les maux dont souffrait la Californie, ils amenaient la drogue, le chômage. On parlait des « Browns » comme d'une armée loqueteuse en prolifération constante. Ils colonisaient les villes quartier par quartier, installaient leur langue et leurs coutumes sur les territoires jadis réservés aux WASP.

L'attention de Dan fut retenue par un panneau d'un jaune violent sur lequel était représentée, en ombre chinoise, une famille mexicaine courant ventre à terre — père, mère, enfants se tenant par la main. Dernière de la file, une gamine à longues nattes se trouvait remorquée avec tant de force qu'elle paraissait flotter au-dessus du sol, ses pieds ne touchant plus terre. La pancarte rappelait celles qu'on utilise d'ordinaire pour mettre en garde les automobilistes contre les animaux susceptibles de traverser les routes à l'improviste. Elle avait exactement la même fonction, les immigrés clandestins ayant tendance à franchir le *no man's land* en une course aveugle qui, parfois, les jetait droit sous les roues des voitures.

Adam Smart traversa Tijuana sans s'arrêter et longea la Tijuana River par la *Calle International*. Les rues encombrées de touristes obligeaient les véhicules à rouler au pas. Dan crut que les couleurs bigarrées allaient l'affliger d'une migraine ophtalmique. Les trompettes geignardes des mariachis pleuraient à chaque croisement pour le plus grand bonheur des retraités en excursion.

Trois bidonvilles plus tard, ils sortirent de la ville pour emprunter une piste défoncée, dont le bitume se desquamait. A partir de là la terre devenait rouge et le moindre souffle de vent la soulevait en nuages crépitants. Ils croisèrent des flics à cheval, casqués, bardés de matraques et de mitraillettes. Leurs visages fermés ne donnaient guère envie de demander un quelconque renseignement.

— Tout le monde est nerveux dans le coin, dit Seth Brannigan. A cause des guérilleros zapatistes. Ça se passe loin d'ici, dans le Chiapas, à la frontière du Guatemala, mais la révolution du « Sous-commandant » Marcos commence à faire rêver pas mal de gens. Là-bas, ils font des descentes chez les gros propriétaires terriens. Ça se règle à coup de machette. Ici, certains se disent qu'il faudrait peut-être en faire autant. Dans les bazars, on vend des poupées habillées en guérilleros. Tout ça explosera un jour ou l'autre, et ça fera très mal.

On longeait à présent une rivière que la chaleur n'avait pas encore asséchée. La muraille de tôle ondulée scintillait sur la rive américaine, on la disait plus trouée qu'une écumoire. Çà et là, des miradors permettaient aux observateurs de la Border Patrol de surveiller les environs au moyen d'une technologie héritée des « années Viêt-Nam ». La voie longeant *El Muro* — comme le surnommaient les Dos Mouillés — était truffée de détecteurs d'approche enfouis dans le sol ; malgré toutes ces précautions, les « Browns » passaient la ligne presque chaque nuit par escouades entières, échangeant leur misère natale contre une autre, qui leur laissait au moins l'illusion de l'espoir.

Dan avait la bouche pleine de poussière rouge, il aurait donné n'importe quoi pour une Coors bien fraîche. Des cahutes se dressaient au bord de la route, des villages qui tenaient plus du bidonville que du pueblo typique aux murs chaulés. Des gosses assis le long de la piste vendaient des piments, des morceaux de pastèque, des bouteilles d'une bière artisanale qui devait compter autant de bulles que d'amibes.

— Où va-t-on ? demanda Dan.

— A Opachaca, répondit Brannigan. C'est un peu sur les hauteurs. On logera dans un petit hôtel. Inutile de vous prévenir que ce ne sera pas luxueux.

Ils arrivèrent enfin à destination, et Doc' posa soudain la main sur le bras de Dan pour lui signifier de s'arrêter. C'était une bourgade peuplée de gens maussades et d'enfants qui ne semblaient pas savoir sourire. Devant l'hôtel, un vieillard en oripeaux colorés jouait du violon. N'ayant plus de boyau pour les cordes de son instrument, il les avait remplacées par du fil de fer tendu à bloc, ce qui produisait un son difficile à supporter. Dan se demandait s'il était sage de rompre la filature sous prétexte qu'Adam Smart roulait dans la direction de l'hacienda. Que se passerait-il si le bonhomme changeait d'idée à leur insu et disparaissait dans la nature ?

Les trois hommes s'installèrent dans une sorte de bungalow en torchis baptisé « motel » par le propriétaire des lieux. Un ventilateur de plafond tenait lieu de climatiseur, la télé noir et blanc était emprisonnée dans une cage de fer boulonnée au mur pour décourager les voleurs.

A peine installé, Monk s'allongea sur son lit et alluma l'appareil pour suivre les aventures d'un quelconque catcheur masqué aux prises avec des trafiquants de drogue nord-américains. Les Mexicains adoraient les redresseurs de torts affublés de cagoules délirantes, et par-dessus tout les catcheurs au corps replet, dont tout le monde ignorait le vrai visage. Ils enquêtaient au pas de course, seulement vêtus d'un slip écarlate sous leur cape de soie noire, et personne ne s'étonnait de les voir déambuler dans un tel accoutrement, ni la police, ni les grands de ce monde chez qui ils faisaient irruption à des fins d'interrogatoire musclé.

Monk semblait fasciné par ces inepties, et Dan sentit que le débile était parti pour fixer l'écran jusqu'à une heure avancée de la nuit. Il voulut prendre une douche, mais une pancarte punaisée dans la « salle de bains » précisait que l'eau n'était branchée dans la cabine que de 7 à 9 le matin et de 6 à 8 le soir. Il se passa la main sur le visage en essayant de conserver son calme. Les hurlements du catcheur masqué s'ajoutant au crin-crin du violoneux lui sciaient les nerfs.

— Allons déjeuner, lui proposa Doc' Brannigan. De toute manière, il faudra que quelqu'un reste toujours à proximité des bagages si nous ne voulons pas nous retrouver dépouillés. Monk va assurer le premier tour de garde.

Une fois de plus, Dan examina les mallettes de métal brossé entassées sur le carrelage en se demandant ce qu'elles pouvaient bien contenir.

Laissant le lutteur absorbé dans la contemplation de l'écran bleuâtre, ils se rendirent dans la salle à manger et commandèrent de quoi se restaurer. De la purée de haricots rouges frite et des tacos, qu'ils firent passer à l'aide de deux Corona au citron vert qu'on leur amena, un quartier de fruit glissé dans le goulot.

— Nous pousserons une reconnaissance jusqu'à l'hacienda tout à l'heure, chuchota Doc'. Je veux m'assurer que le chenil est en bon état et qu'on pourra y boucler le fauve le moment venu. Sinon, il faudra prévoir de le réparer en quatrième vitesse.

— Vous comptez vraiment tenir Dust prisonnier pendant plusieurs jours ? s'étonna Dan.

— Oui, fit Brannigan. On ne peut pas le tuer. Ce serait suspect. J'espère l'affamer assez pour l'amener à avaler de la viande additionnée de soporifique.

— Vous n'y arriverez pas, déclara sèchement Dan. Il a été dressé à n'accepter de nourriture que de la main de son maître. Il préférera jeûner.

Doc' secoua négativement sa veille tête en émettant un petit rire moqueur.

— Ça c'est ce qu'on raconte dans les écoles de dressage, dit-il avec un sourire. Mais il existe des méthodes pour vaincre le conditionnement des molosses. Les commandos les utilisaient pendant la guerre, et elles fonctionnaient très bien.

— Ah oui ? grogna Dan, incrédule. Et elles consistent en quoi ?

— A appâter la bête avec quelque chose qui le fait véritablement disjoncter. Une odeur hormonale puissante, plus exactement un phéromone inscrit dans son instinct. Pendant la guerre du Pacifique, on empoisonnait les chiens des Japonais avec des vagins de chiennes hachés. Le parfum qui s'en dégageait leur faisait oublier toute prudence.

Dan repoussa son assiette, l'appétit soudain coupé.

— Vous avez amené ce... truc avec vous ? demanda-t-il avec une grimace.

— J'ai tout prévu, ricana le vieil homme. L'une des valises est un réfrigérateur d'appoint fonctionnant au gaz de camping. Ne prenez pas cet air dégoûté, vous devriez vous réjouir de découvrir que nous avons un atout dans la manche. Cessez de prêter à ce chien des pouvoirs surnaturels.

Le repas terminé, ils essayèrent de chasser leur fatigue à l'aide d'un double café, mais Anita n'avait pas menti : coupé aux pois chiches, il avait un goût abominable.

Ils quittèrent la taverne pour longer la route. Partout la terre était rouge, pulvérulente, prête à s'envoler à la première saute de vent. Une bande de gamins les escorta un moment, les harcelant de propositions diverses auxquelles ils ne répondirent pas. Les mioches finirent par se lasser et rebroussèrent chemin en les insultant. Doc' peinait dans la caillasse et la chaleur ne facilitait pas la marche. Ils parvinrent enfin au sommet d'un mamelon broussailleux dominant une bâtisse environnée de cactus. La Fleetwood était là, garée devant l'entrée principale. Dust faisait le tour des lieux, le museau au ras du sol. A peine Doc' et Dan avaient-ils posé un genou en terre qu'il releva la tête pour regarder dans leur direction, comme s'il les voyait parfaitement en dépit de l'écran de verdure.

— Il nous a repérés, souffla l'imitateur. Qu'est-ce qu'on fait s'il se met à courir vers nous ? On n'aura même pas le temps de faire demi-tour !

— Il ne fera rien tant que nous ne franchirons pas la distance de sécurité, dit Seth. Nous sommes au-delà des barrières qui entourent l'hacienda, pour le moment, il nous a à l'œil, c'est tout.

Adam Smart apparut. Il portait un pantalon, une chemise en jean et des bottes éculées. Il bougeait paresseusement, comme un homme qui essaye de se persuader qu'il est bel et bien en vacances. Il ne prêta pas attention aux grondements sourds du chien.

Doc' tira de la poche de sa veste des jumelles japonaises piquetées de rouille. Les ajustant à sa vue, il examina la maison. Dan remarqua une espèce de cage grillagée sur le flanc nord de la bâtisse. Le chenil. Jadis, il avait dû abriter une meute de molosses, ce n'était plus qu'un enclos aux barreaux oxydés, envahi par les herbes folles.

— Ça a l'air de tenir debout, chuchota Doc'. A tout hasard j'ai amené une chaîne et un gros cadenas. Ça nous permettra de renforcer la serrure une fois le chien bouclé.

Il eut un petit rire d'excuse.

— Dans un film d'aventures nous serions équipés d'un fusil à fléchettes paralysantes, ou un truc de ce genre, dit-il en se redressant. Faute de gadgets, il faudra se contenter du bon vieux système D ! Venez, ne traînons pas. Inutile d'agacer le cabot.

Sur le chemin du retour, il poursuivit son soliloque.

— Habituellement, Smart ne reçoit personne. Il fait ses courses pour une semaine et bourre le frigo jusqu'à la gueule. Les gens ont peur de lui à cause du chien, et même les gosses se tiennent à bonne distance de l'hacienda. Vous avez vu comment ils ont rebroussé chemin dès qu'ils ont compris que nous allions dans cette direction ?

— Quand va-t-il partir en bordée ?

— Dès ce soir. Il ne perd jamais de temps. Vous verrez passer la Fleetwood devant l'hôtel sur le coup de huit heures. Il commence toujours par les combats de chiens. Ça ne présente aucun intérêt pour nous.

— Sauf si Dust se faisait égorger ! ricana Dan.

— Ne parlez pas de malheur ! gronda le vieil homme. Si le chien était amoché, Smart rentrerait aussitôt aux États-Unis et tout le plan tomberait à l'eau. Comment pourrions-nous le faire accuser du cambriolage s'il passait tout son temps dans une clinique vétérinaire d'Hollywood ?

Quand ils franchirent la porte de l'hôtel ils ruisselaient de sueur. A l'intérieur du bungalow, Monk fixait toujours l'écran du téléviseur. A présent, il mimait les mouvements du catcheur-justicier. Doc' lui raconta ce qu'ils avaient vu, mais le débile ne prêta aucune attention à ses propos.

— Yo ! déclara-t-il alors que retentissait la musique du générique de fin, je pourrais jouer dans une série comme ça, je serais meilleur que lui... Je devrais peut-être passer une audition, non ? Il me faudrait juste une cagoule et une sorte de cape. Un costume, quoi ! Y'a sûrement un tas de pognon à se faire avec la télé... et c'est sans risque !

— Tu n'es pas Mexicain, objecta Dan que l'enthousiasme du lutteur commençait à inquiéter.

— Et alors ? grogna Monk. Sous la cagoule est-ce que ça se voit ? Suffirait que je me passe la couenne à l'auto-bronzant et le tour serait joué. Non, ce qui est important, c'est le costume.

Cette constatation parut le plonger dans un abîme de réflexion, et il conserva les sourcils froncés durant une bonne demi-heure, comme s'il échafaudait une stratégie complexe. De temps à autre, il parlait à mi-voix, sans même en avoir conscience, et esquissait des dessins du bout de l'index sur la toile de son oreiller.

— Essayons de nous reposer, lança Doc'. La route a été longue et la nuit risque de l'être encore davantage. Le mieux serait de dormir en attendant le soir.

Dan était de cet avis. Il se laissa choir sur le lit de planches et ôta ses chaussures. Le ventilateur tournait au-dessus de sa tête, trop lentement pour apporter un peu de fraîcheur. Il ferma les yeux en se répétant qu'il avait tort de céder à la fatigue, et qu'il aurait été plus sage de surveiller Monk pour l'empêcher de faire une bêtise, mais il était trop fatigué pour résister. Il s'endormit, bercé par le crin-crin du violon aux cordes en fil de fer.

14

Ce furent les rires stridents des gosses, à l'extérieur du motel, qui réveillèrent Dan. Il roula sur le flanc en suffoquant, le visage et le cou huileux de transpiration. Sur le lit voisin, Doc' dormait, la bouche entrouverte sur un dentier près de se décrocher. Il émettait de brefs ronflements, à la façon d'un moteur qu'on essaye de faire démarrer au starter. Monk avait disparu. Dan s'assit, en alerte et son regard accrocha la paire de ciseaux, les lambeaux de tissu en travers du matelas, et les crayons-feutres en vrac. Les enfants riaient toujours. Dan les entendait se bousculer devant la fenêtre. Il se leva, persuadé que quelque chose allait de travers. Qu'est-ce qui pouvait bien causer l'hilarité de ces mioches encore si sombres une heure plus tôt ?

Il s'avança vers la fenêtre et reçut un coup à l'estomac. Monk se pavanait sur la véranda. Il était en tout et pour tout vêtu d'un slip, d'une cagoule confectionnée à partir d'un fragment d'oreiller, et d'une cape dans laquelle on pouvait reconnaître la couverture de son lit. Cette dernière pièce tenait à son cou au moyen d'une ficelle. Il marchait dignement en prenant des postures martiales, imitant en cela le catcheur-justicier dont il avait suivi les aventures tout l'après-midi. La cagoule, percée de trous approximatifs, avait été crayonnée tel un masque d'Halloween dessiné par un gamin du jardin d'enfants. Dans cette tenue grotesque, Baby Monk apostrophait son public à l'aide des rudiments d'espagnol en sa possession. Les gosses du village se roulaient dans la poussière en se tenant les côtes, incapables de réaliser qu'ils pouvaient à tout moment provoquer la fureur destructrice du débile.

Abîmé dans son rêve intérieur, Monk quitta la véranda pour longer la route. Dan se mordit les lèvres en songeant à ce qui se passerait si un escadron de la police montée mexicaine surgissait maintenant. Les flics éclateraient de rire, eux aussi, et s'ils tentaient d'intervenir, Monk leur casserait le cou et les membres. L'échauffourée se terminerait dans un bain de sang et toute la combine serait à l'eau.

— Doc' ! souffla-t-il en secouant le vieil homme par l'épaule. Venez voir ça !

L'ancien croque-mort s'éveilla en sursaut.

— Mon Dieu ! gémit-il dès qu'il eut rejoint Dan derrière les rideaux. Il faut le ramener ici. Essayez de le raisonner avant qu'il ne comprenne que les gosses se fichent de lui sinon il risque de les réduire en bouillie.

Sans même savoir ce qu'il allait faire, Daniel ouvrit la porte et s'avança vers Monk, toujours occupé à parader au bord de la piste. S'enhardissant déjà, les gamins commençaient à lui lancer des cailloux. Dan leur montra le poing et leur fit signe de décamper. Avec sa demi-taie d'oreiller enfoncée sur la tête Monk atteignait les sommets du grotesque. Les trous percés pour les yeux n'étaient pas à la même hauteur, ce qui renforçait l'aspect ridicule du déguisement.

Le débile pivota sur lui-même au moment où l'imitateur s'approchait.

— Il faudrait plus de rouge, dit Dan. Pour la cagoule. Plus de dessins rouges. Et peut-être des rayures comme sur le pelage des tigres.

Il improvisait avec l'espoir que Monk ne prendrait pas la mouche.

— Ah ouais ? fit le lutteur d'une voix hésitante. C'est que je ne sais pas très bien dessiner...

Il se décida enfin à ôter la cagoule. L'aspect de son visage mutilé doucha les enfants qui cessèrent de rire et reculèrent en désordre.

Dan tendit la main vers le morceau de tissu.

— Je ne me débrouille pas trop mal, lâcha-t-il. Je pourrais peut-être t'aider ?

— C'est vrai ? fit Monk avec un éclair de joie puérile dans le regard. Ce serait chouette. Tu comprends, le costume c'est important... Je suis sûr que je peux devenir une vedette dans ce bled.

— On va essayer plusieurs dessins, se dépêcha de bredouiller Dan. On y arrivera à la longue.

Il avait pris la direction du bungalow, avec l'espoir d'entraîner Monk à sa suite. Le demeuré se décida enfin à bouger. Alors qu'ils allaient pousser la porte de la baraque, une matrone surgit, vitupérante. L'imitateur comprit qu'elle accusait Monk d'avoir salopé une couverture et bousillé une taie d'oreiller. Elle hurlait d'une voix stridente qui faisait mal aux tympans. Baby Monk grimaça, ce qui n'annonçait rien de bon, et Dan tenta d'endiguer les reproches de la patronne. Cette grosse gourde ne paraissait se rendre compte de rien. Allait-elle enfin piger que l'homme en slip rouge qu'elle accablait de son courroux pouvait lui retourner la figure dans le dos d'une simple torsion de poignet si l'envie lui en prenait ?

Dan chercha un peu d'argent dans la poche de son jean. Les ululements de la bonne femme devenaient insupportables et de plus en plus rapides.

— Qu'est-ce qu'elle a, cette conne ? gronda Monk en rejetant sa cape en arrière pour libérer ses bras.

Par bonheur le patron de l'établissement intervint. Le spectacle offert par la face tordue du lutteur parut l'inciter à la prudence, et c'est lui qui saisit sa femme par l'épaule pour la ramener à l'intérieur en lui chuchotant quelque chose à l'oreille.

— Et alors ? s'emporta Monk. Elle croit peut-être que je ne peux pas jouer les catcheurs masqués parce que je ne suis pas Mexicain ? Ces salopards débarquent chez nous par camions entiers, mais dès qu'un seul Américain met les pieds chez eux ils piquent leur crise !

— Allons, fit Dan. C'est une vieille bonne femme, elle n'y connaît rien. Il ne faut pas tenir compte de son avis. Le plus important c'est de te trouver un nom de guerre, maintenant... Tu as une idée ?

Monk écarquilla les yeux.

— Non, avoua-t-il. J'suis pas trop fort pour ce genre de trucs, mais toi t'étais dans le spectacle, tu dois avoir l'habitude.

Il se décida à rentrer. Doc' n'avait pas bougé. Il se tenait raide, près de la fenêtre, le visage livide, conscient d'avoir frôlé la catastrophe.

— C'est vrai, continua Monk en s'asseyant. Pourquoi se casser le cul à monter un cambriolage, hein ? Alors qu'on peut gagner une fortune en jouant dans une série télé ? Si vous m'aidez, je vous paierai bien. Dan fera l'impresario, et

Doc' sera mon soigneur. Y'a pas de raison que ça rate, vous avez vu le film cet après-midi ? Merde ! C'était minable à côté de ce que je peux faire. Quand il cassait les briques, on voyait bien que c'étaient des briques en carton. Moi je ferai la même chose, mais sans chiqué, tout sera vrai. Le seul problème, c'est que je ne peux pas me présenter au casting sans un costume valable. Va falloir phosphorer là-dessus les mecs...

Il continua à délirer de la sorte de longues minutes encore. Dan avait étalé des feuilles de papier sur la table et s'appliquait à ébaucher des projets de cagoules effrayantes. Doc' ne savait que hocher la tête et ponctuer les déclarations de Monk de monosyllabes approbatrices. De temps à autre, il coulait à l'imitateur des coups d'œil alarmés.

Dan ne savait comment réagir, il ne connaissait pas assez le dingue pour savoir si la crise risquait de s'éterniser ou s'il suffirait d'une sieste pour qu'il oublie tout. En attendant, il gribouillait des têtes de démons tandis que la sueur dégoulinait dans le creux de ses reins, trempant l'élastique de son caleçon.

—Yo ! déclara Monk, le visage illuminé par l'excitation. J'ai une idée : pour faire ma promotion je ne sortirai plus désormais qu'habillé en catcheur masqué ! Ça va piquer la curiosité des gens, vous ne croyez pas ?

Dan se sentit gagné par les signes avant-coureurs d'une irrépressible panique. Tout était fichu... Ce maboule allait tout foutre par terre à cause d'une lubie de gamin attardé ! Pourquoi diable avait-il fallu qu'on le laisse regarder la télévision ? Où Dorana était-elle allée pêcher un tel demeuré ?

— Et ce n'est pas tout, renchérit Monk. Quand j'aurai fini de recopier sur la peau les signes secrets des ninjas, je pourrai traverser les murs sans aucun trucage ! Les mecs des effets spéciaux en resteront le cul par terre !

Il se rembrunit, posa ses grosses mains cornées sur la table, et observa, un ton plus bas :

— Le problème c'est qu'il va falloir descendre jusqu'à Mexico. C'est là-bas que tout se tient, les producteurs, les studios. C'est pas en restant dans ce trou qu'on pourra signer un contrat. Va falloir se remettre en route, les gars.

— Mais... la mission ? hasarda Doc'. On est ici pour s'occuper d'Adam Smart, tu te rappelles ?

— On s'en fout du père Smart, grogna Monk. Pourquoi prendre des risques ? Dès demain on fout le camp, direction Mexico ! Et à nous la gloire !

Dan et Doc' Brannigan attendirent le soir dans un état de grande nervosité. Monk ne faisait pas mine de se calmer. Il cherchait maintenant un nom de guerre capable de rivaliser avec ceux dont s'affublaient les catcheurs mexicains : Le Serpent à Plumes ? Le Tigre des Andes ? Le Grand Sacrificateur ? Le Boucher Maya ?

Quand il eut épuisé ses ressources imaginatives, il s'isola dans la salle de bains pour recopier sur son corps les idéogrammes du « parchemin millénaire ». Dan, qui le surveillait par l'entrebâillement de la porte, serrait les dents chaque fois qu'il voyait la lame de rasoir entailler la peau du lutteur. Monk paraissait n'éprouver aucune douleur, à la manière de ces camés aux terminaisons nerveuses engourdies par le PCP. Le sang coulait sur ses cuisses, tachant le carrelage.

A la brusque fraîcheur de l'air, ils comprirent que la nuit tombait ; au Mexique il faisait assez froid dès que le soleil disparaissait à l'horizon. Doc' Brannigan se décida à ouvrir l'une de ses mystérieuses valises et y préleva un pot à confiture rempli d'une pommade rosâtre.

— Passez-vous cette merde sur le corps, dit-il. En insistant bien sur les aisselles et l'entrejambe, c'est mon fameux baume à l'anis. Avec ça le chien ne devrait pas vous identifier.

Dan obéit. Le produit n'empestait pas trop l'absinthe, on pouvait le confondre avec l'un de ces liniments dont abusent les sportifs.

— On pensera que vous sortez d'une officine de massages coquins, observa Doc'. Ne vous inquiétez pas. Il faut se préparer, la Fleetwood ne va plus tarder.

Dan tira un bonnet de son sac de toile car la fraîcheur de la nuit lui glaçait le crâne.

— Non, intervint Brannigan, restez comme vous êtes. Votre tête tondue vous rend méconnaissable. C'est mieux.

Ils eurent du mal à décider Monk à bouger. La présence du lutteur n'était pas nécessaire mais ils répugnaient à le laisser seul à l'hôtel. Monk refusa de sortir sans sa tenue de catcheur, et il fallut déployer des trésors d'éloquence pour le convaincre qu'il valait mieux dissimuler la panoplie tant qu'elle n'était pas encore au point. Grommelant, boudeur, il accepta de les accompagner pourvu qu'on le laisse emporter sa cagoule dans sa poche et sa cape roulée sous son bras.

— Je ne veux pas qu'on me les pique, expliqua-t-il. Après tout le temps que j'ai passé dessus je l'aurais mauvaise si c'était un autre gars qui décrochait le rôle à ma place !

Dan se dépêcha d'aller nettoyer le carrelage de la salle de bains car les taches de sang pouvaient inquiéter les patrons de l'établissement et les pousser à prévenir la police. Ils sortirent du bungalow, traînant les inévitables valises de tôle dont Seth Brannigan ne voulait se séparer pour rien au monde.

L'incident éclata alors qu'ils se préparaient à grimper dans la fourgonnette. La matrone qui les avait déjà agressés au cours de l'après-midi surgit de nouveau et agrippa de tous ses ongles la couverture pelée que Monk portait sous son bras. Elle recommença à hurler de la même voix criarde, accusant les gringos de voler le matériel de l'hôtel et de vouloir déménager à la cloche de bois. Monk se cramponnait à sa « cape ». Un attroupement se forma. Doc' dut exhiber une liasse de pesos crasseux, prélever quelques billets et expliquer que les mallettes de fer contenaient du matériel photographique. La grosse femme battit en retraite, leur jetant des regards outragés.

— Trois hommes et une couverture, soupira le Doc', pour elle c'est la porte ouverte à tous les péchés. Elle doit s'imaginer que nous allons tourner un porno gay au milieu des cactus.

Ils s'installèrent dans la fourgonnette, Monk au volant, Doc' et Dan à l'arrière. Ils quittèrent le parking, roulèrent une centaine de mètres et se garèrent au milieu d'un bouquet d'arbres, de manière à pouvoir surveiller la piste.

— Il ne serait pas mauvais que je lie connaissance avec Smart, dit le vieil homme. Après tout, nous pouvons partager les mêmes goûts, lui et moi, n'est-ce pas ? Ma mise lui inspirera confiance, et de cette manière il me tiendra au courant de ses déplacements. Ça nous évitera de monter la garde en permanence.

La Fleetwood passa devant le nez de la fourgonnette trente minutes plus tard. Dust était une fois de plus installé à l'arrière, surveillant les abords de la piste à travers la vitre. Ils se coulèrent dans son sillage.

— Il aurait mieux valu changer de voiture, fit Dan.

— Je sais, soupira le Doc', mais nous n'en avons pas les moyens. En voler une serait trop risqué, ce serait stupide de se faire arrêter pour un tel motif.

Adam roulait lentement, comme s'il cherchait quelque chose. Sans doute essayait-il de localiser une grange ou un hangar ? Ce n'était pas des plus facile dans une zone dépourvue de tout éclairage public. Lorsque la lune disparaissait derrière les nuages, les ténèbres recouvraient la campagne, condamnant le routard imprudent à progresser à tâtons.

Au bout d'un moment, Smart engagea son véhicule dans un chemin de terre dont l'entrée avait été marquée au moyen d'un brasero improvisé. Des lampions suspendus à de grandes perches fichées en terre semblaient baliser la route. L'obscurité se peupla soudain d'hommes moustachus fumant le cigare et une odeur de tortilla emplit l'air. Une grange aux planches disjointes se dressait au milieu des cactus ; des aboiements en sortaient, rageurs ou apeurés. Des gosses allaient et venaient, proposant aux parieurs des gobelets de plastique remplis de fourmis rouges vivantes qu'il était recommandé de déguster saupoudrées de jus de citron et de sel. Le pop-corn des autochtones.

Les abords de la bâtisse se révélèrent encombrés de véhicules garés au petit bonheur : pick-ups, américaines mangées de rouille aux ailes dépareillées. Des camions, également, agrémentés de cages pour transporter les chiens de combat.

Les bêtes étaient nerveuses, les oreilles couchées, s'épiant l'une l'autre. La plupart se déplaçaient au bout d'une laisse, quelques-unes, réputées folles dangereuses, portaient une muselière. Adam Smart mit pied à terre, accompagné de Dust. Le fauve demeurait impassible, lointain, indifférent aux autres animaux. Son arrivée provoqua un frémissement dans les rangs de la population canine. On eût dit qu'un tigre venait de débarquer, maquillé en caniche, et que les autres chiens criaient à la tricherie. Pendant que Smart se dirigeait vers le lieu du combat, Dust se retourna à deux reprises pour regarder en direction de la fourgonnette.

« Il sait... » pensa Dan.

— J'y vais, annonça Doc' en rajustant sa mise. Restez là. Il est inutile que vous vous fassiez repérer. Je vais parier sur Dust, j'espère que ça renflouera nos finances. En tout cas, ça me fournira une excellente entrée en matière pour lier connaissance avec son maître.

Il descendit. Dans son costume de lin tropical soigneusement repassé, il avait l'air d'un retraité à l'aise venu s'encanailler. Son éternel nœud papillon inspirait confiance, et on lui aurait confié les économies d'une institution charitable sans aucune hésitation.

« Vieille canaille ! » songea Dan en le regardant disparaître dans la grange. L'air sentait la sueur, le cigare et la peur. Beaucoup de bêtes urinaient nerveusement au moment d'entrer en lice. L'imitateur remarqua que certaines présentaient des réseaux de cicatrices sur les flancs et le museau. Il se recroquevilla dans son coin, ne regrettant nullement de demeurer en retrait. Les gosses allaient et venaient, cognant du poing sur la portière pour proposer leurs friandises. L'un d'eux leur vanta les délices des vers de maguey frits et roulés dans le sel qui craquaient sous la dent comme des pommes chips. Monk le chassa en claquant la paume sur la tôle de la carrosserie.

Presque aussitôt les clameurs des paris éclatèrent entre les murs à claire-voie de la grange. Les hurlements des hommes dominaient ceux des chiens. Dan prit son mal en patience. De temps à autre, un jappement de souffrance aigu le faisait tressaillir mais il essayait de ne pas le montrer. Les minutes s'écoulaient. Des hommes sortaient, déçus, frappant à coups de botte les bêtes vaincues qui allaient la queue basse, le museau sanglant. Les gladiateurs à quatre pattes ne se rebellaient jamais et réintégraient les véhicules en boitant.

Après trois quarts d'heure de combat, un gros paysan en guayabera loqueteuse sortit du hangar en traînant son champion par les pattes de derrière. Le chien, un gros dogue à poil roux, ne donnait plus signe de vie. L'homme le tira jusqu'au bord d'une fosse sans doute creusée à cet effet au cours de l'après-midi, et le fit basculer dans le trou. Un sac de chaux vive et une pelle attendaient à l'écart.

— J'te parie que c'est Dust qui l'a bouffé ! ricana Monk. Les champions du coin, il n'en fait qu'une bouchée. J'espère que Doc' aura été assez malin pour tout parier sur lui.

Une autre demi-heure s'écoula. Un second chien fut évacué de l'arène dans les mêmes conditions. Il perdait ses intestins. Dan tourna précipitamment la tête pour fuir ce spectacle.

— C'est bon, observa Monk. Ça ne durera plus très longtemps maintenant. Dust commence à se fatiguer et notre bonhomme va rentrer pour le bichonner.

Il ne se trompait pas. A peine avait-il fini de parler que Smart émergea de la grange en compagnie du chien et de Doc' Brannigan. Le vieil homme agitait les bras, mimant un enthousiasme sans borne. Smart lui parlait en souriant. Dust s'ébroua. Il ne paraissait souffrir d'aucune blessure sérieuse, et c'est tout juste si Dan repéra un peu de sang sur son museau écorché.

— C'est vrai qu'il est fort, grogna Monk. Y'a que moi qui pourrais lui régler son compte. Vous êtes cons de ne pas vouloir que j'intervienne, vous n'avez pas d'honneur. Vous ne pigez donc pas que cette bête nous provoque ? Elle nous lance un défi, yo... Faut vraiment pas avoir de couilles pour rester assis sur son cul comme vous le faites, toi et Doc' !

Dan ne releva pas. Là-bas, le vieux Seth prenait congé du banquier. Il resta planté au même endroit tout le temps que mit Smart pour s'éloigner au volant de la Fleetwood. A intervalles réguliers, il lui adressait des signes de la main. Quand la Cadillac eut disparu dans la nuit, il cessa de sourire et s'avança vers la fourgonnette.

— C'était à vous retourner l'estomac, grogna-t-il en se hissant dans le véhicule. Seigneur ! On aurait dit que cette bête était venue là comme au restaurant. Elle ne mordait pas ses adversaires, elle les mangeait !

Il déboutonna sa veste et se laissa choir sur son siège.

— T'as gagné du blé ? s'enquit Monk.

— Oui, marmonna le vieil homme. Je suis devenu copain avec Smart. Je connais son emploi du temps de demain. Il m'a même invité chez lui.

Il ne dit plus grand-chose jusqu'au motel, comme si la tuerie canine lui avait soulevé le cœur.

Personne n'avait faim à part Monk qui sortit de son barda une quelconque pâtée macrobiotique. Ils se couchèrent mais mirent un certain temps à trouver le sommeil. Alors qu'il se retournait sur le flanc, Dan aperçut le visage ridé de Seth Brannigan. Le vieil homme fixait le plafond, les yeux grands ouverts. Il sentit qu'on l'observait et battit des paupières.

— Ce sera dur, dit-il avant de s'enrouler dans sa couverture. Bon sang, ce n'est pas du tout cuit, ça c'est sûr.

La journée du lendemain se déroula dans un climat morose et tendu. Monk découpa les deux taies d'oreiller encore intactes et passa beaucoup de temps dans le cabinet de toilette, à s'admirer dans le miroir du lavabo. Doc' se révéla étrangement silencieux, comme si, pour la première fois depuis le début de l'opération, il prenait enfin conscience du danger représenté par Dust. Dan essaya de conserver son calme et s'appliqua à reprendre ses travaux d'imitation. Il avait apporté le petit magnétophone de Dorana et écoutait chacun de ses essais d'une oreille critique.

— C'est presque ça, fit Doc' au cours de l'après-midi. Le timbre est bon, mais il y a quelque chose qui déconne dans cette espèce d'accent français que Smart s'obstine à prendre. Vous n'avez pas encore tout à fait attrapé le truc. Au téléphone vous feriez illusion... devant un ordinateur c'est moins sûr.

Dan commençait à douter de ses capacités. Pourtant il s'était toujours considéré comme le meilleur des meilleurs, mais c'était la perspective d'être écouté par une « oreille » électronique qui le bloquait. Sur scène, les spectateurs se laissaient emporter par sa faconde, son humour, qu'en serait-il de la machine ? Il ne pourrait pas prétendre la bluffer par des effets de manche faciles.

Cette fois, lorsque la nuit s'installa, ils n'attendirent pas le passage de la Cadillac pour se mettre en route. Doc' les conduisit sur le lieu du combat avec une demi-heure d'avance et leur expliqua la marche à suivre :

— L'important, c'est que nous ne soyons jamais tous les trois ensemble dans la salle. Il faut que quelqu'un garde la camionnette en permanence, sans elle et sans le matériel nous serions fichus. Nous nous relayerons sans jamais nous adresser la parole. Nous ne nous connaissons pas, c'est bien compris ? Dan, vous resterez en retrait, inutile d'aller exhiber votre déguisement sous le nez d'Adam. Par chance, ces combats ont toujours lieu dans des granges miteuses, mal éclairées et enfumées à souhait. Le chien sera très excité car il aura bien sûr tendance à vouloir défendre son maître. Ne l'approchez pas. Monk peut se montrer, lui ; après tout il est censé partager la même passion que Smart.

La rencontre avait lieu dans un endroit en tout point semblable à celui où s'était tenu le combat de chiens de la veille, à cette seule différence près que les animaux en compétition allaient cette fois sur deux pattes. Dan se glissa dans la grange qui empestait la sueur, le tabac, le liniment et la tequila. Les « managers » préparaient leurs champions, des jeunes gens moustachus aux yeux bridés, aux joues grêlées de petite vérole. Certains étaient dotés d'une belle musculature, mais la plupart se révélaient grassouillets, empâtés par un régime alimentaire à base de riz et de haricots rouges. Ils combattraient à mains nues, les plus délicats se contentant d'un simple bandage de sparadrap autour des phalanges pour empêcher la peau d'éclater. La bière circulait dans des seaux de plastique. Une bière artisanale très fermentée, qui soûlait vite son homme et qu'on buvait à la louche. Dans vingt minutes les spectateurs commenceraient à pisser derrière les piliers pour ne rien perdre des combats, et l'atmosphère deviendrait irrespirable. Il y avait là des métis indiens montés du Oaxaca et qui baragouinaient en zapotèque. Dans le brouhaha des conversations revenaient sans cesse les mots magiques du machisme latin : *Pendejo... Cabrón... Hijo de la chingada...*

On s'insultait pour rire, pour se donner du cœur au ventre, se fouetter le sang. Pour conjurer le sort également. Les hommes coulaient des regards noirs en direction de Dan, tout de suite identifié comme un gringo. On aimait bien que ces petits connards de Norteamericanos se croient assez forts pour entrer dans l'arène, ça permettait de leur donner une bonne correction sans courir le risque de voir débarquer les flics. L'imitateur fut plusieurs fois bousculé, mais il demeura impassible. Quelqu'un cracha à ses pieds en murmurant le mot *Joto* ! Pédé...

L'entrée d'Adam Smart détourna la curiosité de la foule. Le banquier portait sa vieille paire de « seize onces » noués par les lacets en équilibre sur l'épaule. Les gants étaient vieux, en cuir écailleux strié de craquelures. Smart devait les posséder depuis le service militaire. Dust marchait la tête haute, collé à la jambe droite de son maître. Il couchait les oreilles, signe qu'il se tenait aux aguets. L'arbitre s'élança à la rencontre d'Adam. C'était un type malingre et édenté, coiffé d'un chapeau melon brûlé par le soleil. Torse nu sous une guayabera coupée dans de la toile à sac.

— Pas le chien ! protesta-t-il. *Señor*, si vous gardez le chien, personne ne voudra se battre contre vous. Cette bête égorgera le premier qui tentera de vous donner un coup de poing ! Il faut le laisser dans votre voiture.

— Pas question ! objecta le banquier. Si le chien n'est pas là pour me protéger, vous refuserez de me payer ce que vous me devrez lorsque je vous aurai tous battus !

La vantardise provoqua un concert d'éclats de rire et de sifflets. On appréciait le culot. On savait que le gringo aux cheveux gris était un *chingón*, un mec à couilles. Un vrai *padre*.

Pour appâter les combattants, Smart avait sorti de sa poche un rouleau de dollars maintenus par un élastique, et le faisait sauter au creux de sa paume.

— D'accord ! D'accord ! capitula le meneur de jeu, vous gardez le chien mais si vous voulez combattre, il faudra l'attacher !

Joignant le geste à la parole, il désigna un anneau fixé à l'un des piliers soutenant la charpente. Smart tira une laisse de son sac de cuir et entrava Dust comme on le lui demandait, puis il glissa le rouleau de dollars dans le collier du chien, là où personne ne s'aviserait de venir le voler. Ensuite il retira sa chemise. Il était bien bâti, mais l'âge avait commencé à flétrir sa musculature, et la toison de sa poitrine était grise. Ses seins s'affaissaient un peu. A côté des jeunes brutes à peau brune qui l'entouraient, il faisait piteuse figure. Les gants de boxe n'arrangeaient rien. Il demanda à l'arbitre de l'aider à les lacer, mais le Mexicain lui tourna le dos en lançant une plaisanterie que Dan ne compris pas. Doc' Brannigan choisit ce moment pour intervenir, se proposant aimablement comme soigneur.

— J'ai été chirurgien dans l'armée... l'entendit radoter Dan.

Autour d'eux les paysans s'envoyaient des coups de coude en évoquant l'équipe des *cabezas blancas*, les vieux à tête grise qui perdraient leurs dentiers au premier uppercut !

Dan avait toujours détesté la boxe, mais, en ce moment, il avait envie de voir Adam Smart prendre une raclée. Il tendit l'oreille pour essayer de déterminer si quelqu'un pariait sur le gringo, mais seul Doc' Brannigan plaça deux billets sur la tête du banquier en s'arrangeant pour que Smart ne perde rien de son geste.

Une étrange griserie s'empara de Dan, l'excitation perverse qui s'empare du prestidigitateur lorsqu'il sent que son tour de passe-passe est en train de réussir. Depuis qu'il était entré dans la grange, Dust n'avait pas une seule fois regardé dans sa direction. Il était trop inquiet du sort réservé à son maître pour détecter la présence de l'ancien « jardinier » de la villa des collines.

L'arbitre collectait les paris. Les pesos circulaient. Adam s'était mis en garde. Une brute de vingt-cinq ans lui faisait face. Un taurillon aux moustaches tombantes qui avait enveloppé ses doigts dans du chatterton. Un enjoliveur de voiture pendu à une poutre faisait office de gong. Le maître de jeu le fit sonner d'un coup de barre de fer. Le combat commença mais Dan se garda bien de suivre le mouvement de la foule qui l'aurait porté en avant. Il ne tenait nullement à se retrouver au premier rang. Les coups avaient ce bruit mou et un peu dérisoire qu'on est toujours surpris de redécouvrir depuis que le cinéma a pris l'habitude de sonoriser les rencontres sportives au moyen d'effets spéciaux apocalyptiques. Dès le premier échange, Dust se mit à aboyer, furieux de voir son maître encaisser. Il tirait sur sa laisse et se dressait sur ses pattes arrière, s'étranglant à demi avec le collier de cuir. La foule se tenait prudemment hors de sa portée, et c'était le seul endroit d'où l'on pouvait suivre la rencontre dans de bonnes conditions.

Doc' criait des encouragements, les Mexicains hurlaient des imprécations à l'adresse du gringo : *Tiene más lengua que manos ! Perezoso ! Torpe !* Dan recula, cherchant la sortie. La fraîcheur de la nuit lui fit du bien. Il se glissa dans les boqueteaux pour rejoindre la camionnette.

— Alors ? interrogea Monk avachi sur le volant. Ça cogne ?

— Tu veux allez voir ? proposa l'imitateur.

— Non, fit Monk. Vaut mieux pas. Les bagarres ça m'excite et je ne peux plus me tenir. Je serais foutu de les réduire en purée.

— Il faudra pourtant bien que tu te maîtrises quand tu te retrouveras en face de Smart, observa Dan. Pas question de le massacrer celui-là ! Si tu le mets en pièces, qui croira encore qu'il a pu cambrioler sa banque ?

Le lutteur ne répondit pas. Des clameurs s'élevèrent dans la nuit. Smart était-il en train de reprendre l'avantage ?

« Et s'il avait le dessous ? songea-t-il. S'il prenait une raclée au point de se trouver dans l'impossibilité de remettre ça de toutes les vacances ? »

Cette brusque bouffée d'inquiétude le poussa à rebrousser chemin pour suivre la fin du combat. A l'intérieur de la grange l'excitation du public était à son comble. Adam Smart était toujours debout. Il saignait du nez, de la lèvre supérieure et de l'arcade sourcilière gauche, mais il cognait avec une précision systématique, en homme qui a beaucoup fréquenté les salles de sport. Son adversaire, au contraire, se laissait emporter par une rage brouillonne qui l'amenait à se découvrir. D'abord persuadé qu'il n'aurait aucun mal à expédier au tapis ce quinquagénaire couvert de poils gris, il s'était exposé, ce qui lui avait valu de se faire moucher de manière plutôt rude, comme en témoignaient les boursouflures qui lui fermaient à moitié les yeux. Il n'y voyait presque plus, et un manager digne de ce nom aurait incisé les poches de sang depuis longtemps, mais on n'était pas sur un ring, et le combat n'était pas fractionné en rounds qui auraient permis aux pugilistes de se faire soigner et de reprendre haleine.

Conscient du handicap de l'âge, Adam Smart hâtait les choses. Il savait qu'il devait se dépêcher de conclure avant que la fatigue ne lui scie les bras. Il décocha encore deux directs à la face dans lesquels il mit ses dernières réserves d'énergie. Dan entendit craquer le nez du Mexicain. Du sang éclaboussa les gants de cuir, et le paysan tomba sur le dos, d'une masse, se cognant la tête sur le sol jonché de paille.

Le silence se fit, et, l'espace d'une demi-minute, la haine de l'assemblée parut presque vibrer dans l'air. Dan crut que les spectateurs allaient d'un commun accord se jeter sur le gringo pour le lyncher. Doc' Brannigan dut avoir la même impression, car il dénoua la laisse de Dust, et l'enroula autour de son avant-bras, rendant ainsi le chien libre d'intervenir en cas de débordement. La présence de la bête fit hésiter les perdants et personne n'osa contester la victoire du banquier. Des billets changèrent de mains. Des liasses de pesos qui représentaient sans doute beaucoup pour ces hommes pauvres, et très peu pour Smart. Doc' entreprit de dénouer les gants du boxeur, et lui tendit une serviette éponge imbibée d'eau pour qu'il puisse se nettoyer le visage. Smart se rhabilla en toisant la foule d'un air ironique. Quand il fut prêt, il sortit un cigare d'un étui, le ficha au coin de sa bouche et l'alluma au moyen de la liasse de billets qu'il venait de gagner. Les coupures crasseuses s'enflammèrent très vite entre ses doigts, et, en moins de deux secondes il n'en resta plus rien. Des injures fusèrent des quatre coins de la grange. Sans la présence du chien, il se serait trouvé quelqu'un pour sortir un couteau et faire un mauvais sort au gringo.

Dan battit en retraite, ulcéré par le comportement de Smart. Ce type était une véritable pourriture.

Il pressa le pas pour grimper dans la fourgonnette et se tassa à l'arrière, attendant le retour de Doc'. Le vieil homme vint enfin les rejoindre. Il s'épongeait le front avec un mouchoir.

— Seigneur ! soupira-t-il, j'ai bien cru que nous allions y passer. Ce mec est fou, quel besoin avait-il de les humilier ainsi ?

— Avec le chien pour le protéger il ne craint plus personne, fit Dan. Je crois qu'il aurait aimé que l'un des gars tente quelque chose... Ça se voyait dans ses yeux. Il n'avait pas eu sa ration de sang. C'est un malade. Un de ces jours il se fera couper la gorge.

Doc' hocha la tête, ratatiné sur son siège, il paraissait encore plus âgé que d'habitude.

— Je n'aime pas ce pays, murmura-t-il. Chaque fois que je passe le Rio Grande ou le Rio Bravo, je me sens en danger. Nous sommes des cibles sur pattes, tout le monde ici rêve de nous faire la peau.

Il s'ébroua, rajusta son nœud papillon et murmura :

— Ce sera pour demain... La victoire de ce soir l'a excité, il veut remettre ça au plus vite. Il y a un autre combat demain après-midi, à Fuente Hermosa. C'est là qu'il faudra intervenir. On ne peut pas courir le risque d'attendre plus longtemps. Il n'est plus tout jeune, et s'il se faisait abîmer son assurance médicale le rapatrierait d'urgence en Californie. Ça le doterait d'un alibi en béton. On ne peut pas décemment cambrioler une banque avec un traumatisme crânien.

Dan sentit son estomac se nouer. Ainsi ça y était ? Dans quarante-huit heures ils auraient sauté le pas... pour le meilleur ou pour le pire.

— Monk, dit doucement le vieil homme. Il faudra jouer serré, tu entends ? Ne pas te laisser emporter... Tu te rappelles comment les choses doivent se passer ? Tu te mêles au public, tu défies Smart, tu l'attaques sur ses qualités de boxeur, et tu le frappes à la main droite au bout de quelques minutes d'engagement. Je ne veux rien de trop grave, surtout pas de fracture ouverte ou même de poignet cassé. Une simple foulure suffira. Il faut se méfier de la douleur, elle pourrait occasionner un infarctus, et nous serions dans de beaux draps. Jusqu'à preuve du contraire les morts ne font pas de hold-up, tu saisis ?

Monk se contenta de grogner. Dan percevait l'inquiétude de Seth. L'ancien croque-mort ne se faisait aucune illusion : Baby Monk était incontrôlable, dans l'excitation du combat il était capable de perdre la tête et de tuer Adam Smart.

— Ne l'abîme pas trop, répéta-t-il. Ce n'est plus un jeune homme, et ce n'est pas un combattant digne de toi. Il peut faire illusion avec des paysans sans discipline, mais il ne représente aucun danger pour un maître des arts martiaux. Tu as compris ?

Mais Baby Monk ne répondit pas. D'ailleurs avait-il seulement entendu ce qu'on venait de lui dire ?

10

Ils arrivèrent à Fuente Hermosa après une très mauvaise nuit. Dan n'avait pas fermé l'œil, et il savait que Doc' en avait fait autant. Seul Monk avait peuplé le bungalow de ses ronflements. Avant de se coucher, il avait glissé sa cagoule sous son oreiller. Dan tremblait à l'idée que le débile se fût mis dans la tête de combattre contre Adam Smart dans sa tenue de catcheur « justicier ».

Fuente Hermosa était une petite ville subsistant de l'élevage. Il leur avait fallu errer un long moment entre les parcs à bestiaux avant de dénicher le lieu de la rencontre. Un abattoir se dressait à la périphérie de l'agglomération. Les boxeurs amateurs qui venaient s'affronter dans l'arène y travaillaient tous à l'abattage ou à la découpe des bêtes. C'étaient des garçons râblés, presque aussi hauts que larges, élevés au chili, au riz et à la tequila. Ils étaient gras mais fermes, avec des faces camuses dont on ne parvenait pas à déterminer si elles provenaient d'une ascendance indienne ou d'un excès de coups.

On décida de banaliser l'aspect de Monk en lui vissant une casquette de base-ball sur le crâne et en l'affublant de lunettes de soleil. Doc' lui répéta qu'il devrait cacher ses mains dans ses poches jusqu'au moment d'entrer dans l'arène, afin que leur aspect si particulier n'effraie pas Smart. Monk, taciturne, subissait ces conseils d'une oreille indifférente.

Cette fois, la rencontre avait lieu dans un hangar aux parois de tôle où les conversations faisaient rouler des échos métalliques. Une odeur indéfinissable y flottait, mélange d'épices et de viande séchée, ou peut-être d'engrais à base de sang de bœuf. Elle vous tournait vite l'estomac. Smart arriva accompagné de Dust, et un murmure désapprobateur salua son entrée. Son coup d'éclat de la veille était déjà connu de tous les amateurs de rencontres privées. Comme d'habitude, on exigea qu'il attache le chien à l'une des poutrelles d'acier du hangar. Dan, à l'expression colérique qui plissait la face de plusieurs jeunes gens, devina qu'ils étaient bien décidés à en découdre, il fallait donc intervenir rapidement, car le banquier ne ferait sans doute qu'un seul combat aujourd'hui.

Contrairement à ce qu'ils avaient craint, Monk se montra d'une remarquable présence d'esprit et se porta au premier rang des spectateurs dès que Smart apparut, ses vieux gants de boxe jetés sur l'épaule.

Doc' pénétra dans le hangar avec quelques minutes de retard et se précipita vers Adam avec de grands gestes de complicité. Dan, lui, demeura au dernier rang, un chapeau de brousse enfoncé au ras des sourcils. La barbe qui envahissait ses joues contribuait déjà à modifier sa physionomie.

— Hé ! Toi, l'homme au chien ! lança Baby Monk avec un coup de menton méprisant en direction du banquier. J't'ai vu l'autre soir... T'es pas mauvais tant qu'il s'agit de dégommer des ploucs bronzés engraissés aux haricots, mais je me demande ce que tu vaudrais contre un vrai Américain.

Ses poings plantés dans ses poches accentuaient sa dégaine provocante. Seul son visage tordu aurait pu mettre la puce à l'oreille d'un homme avisé, et l'avertir que cet étrange individu avait une certaine habitude des combats, mais Doc' avait prévu la chose et il avait passé trois bonnes heures à faire répéter à Monk la même phrase en espagnol, de manière à ce que l'assemblée comprenne la provocation et se réjouisse de voir les deux gringos s'entre-tuer. Monk s'empressa de réciter sa leçon. Désormais, Smart ne pouvait plus refuser sans passer aussitôt pour un couard. Monk en rajoutait, se piquant au jeu. Les garçons d'abattoir le regardaient en souriant, quelques-uns lui expédièrent des claques dans le dos. Adam fronça les sourcils, comme s'il soupçonnait quelque chose, et Dan en profita pour se cacher derrière un pilier, mais il ne risquait pas grand-chose, la foule était compacte et le hangar plongé dans la pénombre.

— Hé ! lança Monk, qu'est-ce qu'un beau monsieur comme toi vient foutre ici ? T'as pas besoin de fric... Alors tu ne serais pas un peu pédé sur les bords ? Hein ? Ces histoires de boxe ce serait pas un prétexte pour tripoter les garçons ?

Toutes ces invectives avaient été mises au point par Doc' Brannigan. Elles visaient à humilier Smart devant les Mexicains, toujours ombrageux dès que se profilait à l'horizon la moindre allusion à l'homosexualité. On se mit à chuchoter et Dan entendit le mot *puto*, courir de bouche en bouche.

— Ce n'est pas la peine de devenir vulgaire, riposta Smart. Si vous voulez une raclée, je me ferais un plaisir de vous la donner. Mais c'est peut-être ce que vous désirez secrètement ? Ne feriez-vous pas partie de ces gens qui n'éprouvent du plaisir que lorsqu'on les frappe ?

Doc' affichait une expression de dignité outragée, et c'est en murmurant des encouragements qu'il laça les gants du banquier. Smart s'avança au centre de l'arène, un simple cercle de craie qu'on avait recouvert de sciure fraîche. Il tomba en garde, le visage caché derrière ses gants. Monk arracha sa casquette et sortit les mains de ses poches. Ce geste produisit un murmure, car même dans la mauvaise lumière, on pouvait se rendre compte qu'elles étaient caparaçonnées de cal. La corne jaune ossifiait presque les articulations, dressant une crête à chaque jointure. Adam parut décontenancé, et, à son expression, Dan devina qu'il regrettait d'avoir cédé à la provocation. Cette fois il avait devant lui un quelconque maniaque du karaté ou du kung-fu, l'un de ces demeurés qui s'endurcissent les poings en frappant trois heures par jour sur des poteaux recouverts de chanvre tressé. Pour dominer sa peur, il choisit de passer à l'attaque et expédia deux directs très secs à la face de Monk qui ne chercha même pas à les éviter. Le cuir sonna sur son visage tordu sans lui arracher une grimace. Il se contenta de sautiller, les bras à demi levés, dans une posture proche de celle de la mante religieuse.

Smart le toucha encore deux fois. Il y mettait toute sa force, tout son poids, mais le débile semblait posséder à peu près autant d'aptitude à la souffrance qu'un sac d'entraînement bourré de sable. Les spectateurs appréciaient en connaisseurs. Et soudain, alors qu'il paraissait avoir opté pour la passivité, Monk bougea...

On eut à peine le temps de voir son bras se détendre. Il frappa Smart en plein sur le gant droit, le banquier poussa un cri sourd et tomba à genoux, sa main blessée repliée sur le ventre. Il était blême, et Dan crut qu'il allait perdre connaissance. Le bruit de la boule de cuir rencontrant le tranchant de la main de Baby Monk sonnait encore dans ses oreilles.

Doc' se précipita, sa trousse de secours à la main. D'un geste de professionnel, il fit craquer une capsule de nitrite d'amyle sous le nez du banquier. Smart semblait salement touché, et Dan se demanda si son poignet droit n'était pas cassé.

Dust, toujours attaché à son pilier, était en train de devenir fou. Il hurlait, écumait, sautait en tous sens, s'arrachant la peau du cou.

— Je vais vous reconduire chez vous, chuchotait Doc'. Je suis médecin, vous n'avez rien à craindre. Il est préférable de ne pas mettre les pieds dans un hôpital mexicain si vous voulez vivre encore quelques années. Je vais examiner ça...

— J'ai très mal, balbutia Smart, les traits crispés par la souffrance. Bon sang ! Ce connard m'a cassé la main...

— Je vous inoculerai un analgésique dès que nous serons dans votre voiture, dit Seth Brannigan. J'en ai toujours dans ma trousse, une vieille habitude de toubib. Détachez votre chien et passez-lui une muselière, je ne pourrai pas vous toucher tant qu'il sera comme ça...

Soutenu par le vieil homme, Smart se releva et s'avança vers le pilier. Il cracha un ordre, et Dust se calma. La seconde suivante, Smart lui passait la muselière de cuir que la loi l'obligeait à toujours conserver sur lui mais à laquelle il n'avait jamais recours. Dust gémissait comme un chiot, la queue entre les jambes.

Le trio sortit sous les huées des Mexicains. A la lumière du jour, il apparut que le banquier était livide.

— Je vais prendre le volant, décida Doc'. J'enverrai quelqu'un de l'hôtel récupérer ma voiture.

— Les frais seront à ma charge, murmura Adam qui tentait de faire bonne figure. Bon sang ! Si vous n'aviez pas été là, j'aurais vraiment été dans la merde.

— Faites monter votre chien à l'arrière et attachez-le, ordonna Doc' qui prenait de l'assurance. Les bêtes de ce calibre croient souvent qu'on fait du mal à leur maître alors qu'on essaye justement de le soigner. Je ne voudrais pas qu'il m'arrache la tête alors que je serais en train de vous faire une piqûre.

— Vous avez raison, hoqueta Adam, c'est plus prudent... D'autant plus que c'est un ancien K9, il a tendance à associer l'image des seringues à la notion de criminalité.

— Je vais vous injecter un peu de morphine, annonça Seth Brannigan pour l'appâter. Avec ça vous ne sentirez plus rien.

Le banquier s'exécuta. Dust tremblait, comme si la muselière le mettait en état d'infériorité. De sa main valide, Smart noua la laisse à la poignée de la portière.

— Bon Dieu ! grommela-t-il en se laissant tomber à côté du vieil homme. Quand vous m'avez enlevé le gant j'ai cru que j'allais tourner de l'œil.

— On verra ça chez vous, dit Seth Brannigan. Le poignet est peut-être simplement démis, je vous remettrai les os en place dès que vous serez anesthésié. Vous n'êtes plus si jeune que ça et je ne voudrais pas que la douleur provoque une crise cardiaque. Où en êtes-vous de ce côté-là ? Des ennuis récents ?

Il singeait à merveille le bagout des praticiens. Depuis qu'il jouait les sauveteurs patentés, il avait l'air d'avoir grandi de plusieurs centimètres et bombait sa poitrine osseuse.

D'où il se tenait, Dan devina qu'il administrait à Adam la piqûre tant annoncée.

« Ce sera léger, avait expliqué Doc'. Pas question qu'il s'endorme en chemin. Tant qu'il aura mal il sera docile et m'obéira sans discuter. Je veux surtout l'amener à boucler Dust dans le chenil. Une fois le cabot sous les verrous nous aurons le champ libre. Laissez-nous dix minutes d'avance et rejoignez-moi à l'hacienda. Quand vous arriverez notre bonhomme ronflera comme un sonneur. »

— Alors ? questionna Monk en s'approchant de l'imitateur. J'étais bien ?

— Superbe, affirma Dan. Au bruit, j'ai cru que tu lui avais émietté tous les os, mais je dois reconnaître que tu as mené ça de main de maître.

— Ah oui ? fit Monk avec une fierté enfantine. J't'aime bien, tu sais. Au début j'avais envie de te faire la peau, mais ça m'a passé. Quand on sera devenus riches, on pourrait peut-être se prêter Dorana, qu'est-ce que t'en penses ?

Le retour à l'hacienda s'effectua dans une grande confusion. Adam Smart, recroquevillé sur le siège du passager semblait prêt à tourner de l'œil d'une seconde à l'autre tandis que Dust menait un tapage d'enfer sur la banquette arrière. Dans ce climat de débandade, Doc' faisait des efforts méritoires afin de ne pas montrer l'affolement qui le gagnait au fur et à mesure que défilaient les kilomètres.

— Il est plus prudent d'éviter les hôpitaux du coin, répétait-il tandis que la panique le gagnait. A Tijuana, à cause du « tourisme sexuel », le Sida fait rage, vous le savez, bien sûr ? Je ne conseillerais à personne d'aller se faire soigner là-bas...

Il moulinait cette rengaine depuis vingt minutes déjà, s'effrayant de voir se dissoudre les beaux discours qu'il avait pourtant si soigneusement préparés. « Bon Dieu ! pensa-t-il, je suis en train de radoter. »

Il fut soudain transpercé par la certitude douloureuse d'être devenu trop vieux pour ce genre de combine et d'avoir surestimé ses capacités. L'angoisse lui coupa la respiration et il se mit à haleter au-dessus du volant, comme s' il allait succomber à un infarctus. *Trop vieux*... Jusqu' à présent il n'avait jamais voulu envisager cette éventualité, et son grand âge lui avait toujours paru, au contraire, une armure de ruse et d'expérience qui le mettait à l'abri des grossières erreurs des plus jeunes. Il avait pris l'habitude de se retrancher derrière la métaphore du vieux singe à qui l'on n'apprend pas à faire la grimace... mais soudain, sur cette route noyée de soleil et de poussière, à quelques centimètres de cet homme fouaillé par la souffrance, il prenait conscience que les vieux singes ont justement le poil gris et qu'ils courent beaucoup moins vite et moins longtemps que les autres à l'heure du danger. L'espace d'une minute il faillit bel et bien céder à la terreur, et une sueur glacée lui nappa le visage. Il jeta un coup d'œil au miroir de commodité et réalisa qu'il était aussi blême que son « patient ».

L'hacienda se profila enfin au bout de la piste. Un chien efflanqué, sans doute attiré par le fumet de la boîte à ordures, s'enfuit à l'approche de la Cadillac.

— Courage, murmura le vieil homme. Dans une minute vous ne sentirez plus rien.

— Vous m'avez déjà dit ça tout à l'heure ! gronda Adam Smart, et cette foutue main me fait toujours aussi mal ! J'espère que vous avez quelque chose de plus puissant dans votre barda !

— Ne vous énervez pas, répliqua doctement Seth Brannigan. Plus vous vous exciterez, plus la douleur deviendra vive... C'est mécanique. L'adrénaline accélère les ondes de souffrance ; si vous continuez comme ça vos nerfs vont devenir des autoroutes sur lesquelles la douleur roulera le pied au plancher.

« Je deviens grotesque » songea-t-il en arrêtant la Fleetwood devant la maison. « Ce type va finir par comprendre que je ne suis qu'un charlatan. »

Il ouvrit la portière, cramponna sa trousse médicale et désigna Dust qui, dressé sur ses pattes de derrière, griffait la vitre latérale.

— Enfermez le chien dans le chenil, commanda-t-il. Si cette bête me saute à la gorge nous nous retrouverons tous les deux mal en point.

Smart descendit en grognant. De la main gauche, il déverrouilla la portière arrière et dénoua la laisse de Dust.

— Tais-toi ! hurla-t-il. Ça suffit ! Ce n'est pas le moment.

Le chien se mit à couiner, effrayé par le ton mordant de son maître. La queue entre les jambes, les oreilles couchées, il se laissa traîner vers le chenil. Smart avançait courbé, son bras blessé replié sur sa poitrine. Seth Brannigan se mit à prier pour que le banquier ne s'avise pas de perdre connaissance à mi-parcours. Si cela se produisait, le chien réagirait très mal, et il deviendrait impossible d'approcher Smart tant qu'il serait inconscient.

Adam atteignit péniblement la cage grillagée du chenil. De la main gauche, il souleva le loquet et fit signe à Dust d'entrer. Le chien hésita, peu habitué à subir ce type de claustration. Il était manifeste qu'il cherchait à comprendre pourquoi on le punissait ainsi ; l'absence de réponse le plongeait dans un grand trouble. Smart se décida enfin à rabattre le verrou, abandonnant l'animal au milieu des niches délabrées et des écuelles vides. Dust se raidit sur ses pattes et continua à gémir. Il poussait des plaintes de chiot, mais le banquier, tout à sa souffrance, n'y prit pas garde.

— Allons-y, grogna-t-il à l'adresse de Doc' Brannigan. Faites-moi cette foutue piqûre et qu'on en finisse ! Êtes-vous sûr au moins d'avoir ce qu'il faut ?

— Vous n'avez jamais souffert de problèmes cardiaques ? s'enquit le vieil homme, s'obstinant dans son rôle de médecin. Pas d'hypertension, pas d'allergie aux anesthésiques ?

— Merde, non ! s'emporta Adam. Je suis en parfaite santé. Déballez votre attirail avant que je ne tourne de l'œil.

— D'accord, d'accord, fit Seth conciliant. Où se trouve votre chambre ?

— Par là, suivez-moi...

C'était une belle hacienda, aux murs chaulés de frais. Des « objets d'art » touristiques la décoraient, mais les meubles de bois massif de style espagnol avaient une certaine prestance.

— Vous vivez tout seul ? demanda Doc', ou bien quelqu'un vient-il s'occuper de vous ? Une cuisinière ? Une femme de ménage ?

Il connaissait déjà la réponse mais tenait à vérifier.

— Non, grommela Smart. Je préfère me débrouiller par moi-même, ça me rappelle le bon temps où j'étais célibataire. En fait, je n'ai trouvé personne ; les bonnes femmes du village ont trop peur de Dust pour venir travailler ici.

Un grand lit à baldaquin occupait la chambre. C'était une pièce d'ébénisterie espagnole pourvue d'immenses moustiquaires. Le banquier s'assit au bord du matelas. Il avait le visage gris, et la sueur dégoulinait de ses sourcils.

— Allongez-vous, ordonna Seth. Je vais m'occuper de votre main.

— Est-ce qu'elle est cassée ? interrogea anxieusement Adam. C'est une sorte d'instrument de travail, comprenez-vous ? Si on doit la plâtrer, ça va soulever d'énormes problèmes avec mes employeurs.

— Vous êtes pianiste ? s'étonna Doc'. Je croyais que vous

étiez banquier ou quelque chose de ce genre... J'ai sûrement mal compris.

— Non, non. C'est vrai, s'impatienta Adam. Je ne peux pas vous expliquer en détail, mais j'ai besoin de cette main pour mon boulot...

— Allons, allons, fit Seth en adoptant un ton badin. Si c'est seulement pour écrire, vous trouverez bien une charmante secrétaire pour le faire à votre place. Et puis les dictaphones n'ont pas été inventés pour les chiens !

— Vous ne pouvez pas comprendre... grogna Adam. Si elle est cassée je dois tout de suite appeler ma banque pour qu'ils prennent des dispositions en conséquence, mais je voudrais éviter ça. Le directeur va m'accabler de reproches, il ne voulait pas que je prenne de vacances. Ça lui donnerait raison.

— Je ne comprends rien à ce que vous me racontez, mon garçon, soupira Doc'. Je me demande si vous ne délirez pas un peu sous l'effet du choc. Rassurez-vous, vous avez une simple luxation du poignet. Dès que vous serez endormi, je remettrai les os en place, et je vous appliquerai un plâtre léger, le temps que les ligaments se rétractent. Avec un petit traitement anti-inflammatoire, il n'y paraîtra plus. C'est l'affaire d'une semaine.

— Quelle connerie ! s'emporta Smart, et moi qui comptais participer à de nouveaux combats... Si j'abrège mes vacances et que je rentre avec le bras dans le plâtre ma femme va se foutre de moi.

— Allons, un peu de patience, plaida Doc'. Si ça se trouve, dans trois jours tout sera rentré dans l'ordre. Une luxation c'est toujours spectaculaire, mais une fois les os remis en place, on n'en garde qu'un mauvais souvenir.

Il avait dénudé le bras du banquier et nettoyé la saignée du coude avec un tampon imbibé d'alcool. Il dut se retourner pour emplir la seringue tant ses mains tremblaient. Il ne parvenait plus à contrôler ses doigts. S'il continuait comme ça, il allait saccager les veines de son « patient » qui le chasserait aussitôt de la maison.

— Merde ! Qu'est-ce que vous foutez ? gémit Adam.

— Ça vient, balbutia Doc'. Je pense que vous ne tenez pas à ce que je vous injecte une bulle d'air dans la veine ?

Il serra la seringue entre ses doigts maigres et tenta de faire son boulot proprement. Smart poussa un grognement de douleur :

— Hé ! Vous n'y allez pas de main morte ! Il y a longtemps que vous n'exercez plus ?

— Fermez les yeux, ordonna Seth. Le calmant va faire effet. Laissez-vous emporter par le sommeil. Je m'occuperai de votre poignet dès que vous serez endormi.

— Quelle connerie ! répéta le banquier. Tout s'annonçait si bien... Je n'aurais pas dû me battre contre ce type. Il avait l'air bizarre, un peu dingue... Je suis sûr qu'il a fait exprès de m'esquinter. Je l'ai vu dans ses yeux. Il avait préparé son coup. Pourquoi ?

— La jalousie, répondit Doc'. Vous boxez pour l'art, lui le fait sans aucun doute pour l'argent. Il a eu peur que vous lui retiriez le pain de la bouche.

— Oui, marmonna Adam d'une voix éteinte, c'est sûrement ça.

— Un voyou, renchérit Doc', un traîne-patin.

Smart essaya d'ajouter quelque chose, mais la drogue avait déjà pris le contrôle de son esprit. Il ne put que bredouiller des mots incompréhensibles et ferma les paupières. Deux secondes plus tard, sa tête roulait sur l'oreiller.

Doc' se redressa avec difficulté, s'empara de la bouteille de tequila posée sur la table de chevet et se versa un fond de verre qu'il avala d'un trait.

« Trop vieux, murmurait une voix au fond de sa tête. Trop vieux. »

Il revint vers le lit, prit le pouls du malade pour vérifier qu'il avait bel et bien sombré dans l'inconscience. Rassuré, il quitta la chambre, traversa la grande salle commune et s'avança sur le pas de la porte pour observer la route. La camionnette ne tarda pas à surgir au détour de la piste, et son apparition sortit Dust de son apathie. D'un seul coup, le chien retrouva toute son énergie et se jeta contre le grillage en grognant dans sa muselière.

Dan arrêta le véhicule au milieu de la cour en songeant qu'il faudrait lui trouver un endroit plus discret si l'on ne voulait pas que les gens du village notent sa présence à l'hacienda. Il ouvrit la portière et se laissa tomber sur le sol. Il fut frappé par l'expression de détresse de Doc' Brannigan, et, durant un instant, il crut qu'Adam Smart avait succombé à un infarctus.

— Ça va ? interrogea-t-il en s'avançant à la rencontre du vieux bonhomme.

Doc' parut s'ébrouer.

— Oui, balbutia-t-il. Comme sur des roulettes. On peut passer à la phase deux.

— La phase deux ?

— Je n'ai pas le temps de vous expliquer, fit Doc' en détournant les yeux. Vous n'aurez qu'à me regarder faire.

Il ébaucha un geste à l'intention de Monk qui entreprit aussitôt de sortir les mallettes métalliques de la camionnette.

— Ne restez pas dans mes jambes, siffla Doc'. Aidez plutôt Monk à transporter le matériel. Nous ne serons pas trop de trois.

Dan obéit, mais un mauvais pressentiment s'empara de lui. Quelque chose se préparait... Quelque chose qui n'allait pas lui plaire, il le sentait.

Déjà, Monk entrait dans l'hacienda, les bagages sous le bras. A l'intérieur du chenil, Dust bondissait comme un diable, se meurtrissant le museau aux barreaux de l'enclos.

— Hé ! lança Dan en courant sur les traces de Doc'. Qu'est-ce que vous manigancez, hein ? C'est quoi tout ce barda ?

Mais le vieux ne daigna pas lui répondre. Il était en train d'ôter sa chemise et de se savonner les bras au-dessus de l'évier.

— Ça suffit, siffla l'imitateur en saisissant l'ancien croque-mort par les épaules, arrêtez de me mener en bateau ! Ça fait une semaine que vous me racontez des histoires à dormir debout, je veux savoir la vérité.

Doc' se dégagea. Son torse maigre, parsemé de poils blancs avait quelque chose de pathétique. Sans se donner la peine de répondre, il tira de sa poche une clef plate retenue par un anneau et la lança à Monk qui l'utilisa pour déverrouiller les valises de métal brossé. Dan ne put s'empêcher d'aller voir ce qui se cachait à l'intérieur des mystérieux bagages. Il ne distingua tout d'abord que des boîtes d'aluminium brillant, semblables à celles qu'on utilise dans les hôpitaux pour le transport des outils chirurgicaux stérilisés. Il eut une sorte de hoquet et recula. Une idée épouvantable venait de lui traverser l'esprit.

— Hé ! souffla-t-il en saisissant le bras maigre de Doc'. Dites-moi que je me trompe... Vous n'allez pas...

Une fois de plus, le vieux se dégagea. Dans l'un des bagages, il choisit une blouse médicale qu'il déplia d'un coup sec avant de l'enfiler. Monk s'était installé à califourchon sur une chaise retournée, il observait Dan en ricanant, comme s'il appréciait en connaisseur les effets d'un bon canular.

— Écoutez, dit enfin Seth Brannigan d'un ton las. Je n'ai pas le temps de vous consoler. Je regrette que Dorana n'ait pas jugé bon de tout vous expliquer dès le départ, mais elle avait sûrement ses raisons, et après tout c'est elle qui commande.

— Vous allez... répéta bêtement Dan.

— Oui, martela Doc', je vais couper la main droite d'Adam Smart pendant qu'il est sous anesthésie générale. Ne vous inquiétez pas, j'ai fait ça des dizaines de fois pendant la Guerre du Pacifique. Je ne sais même plus aujourd'hui combien j'ai pu trancher de bras ou de jambes... Je possède très bien la technique et j'ai sauvé un tas de types qui, sans mon intervention, seraient morts de la gangrène. Je vais faire ce boulot aussi bien qu'un toubib diplômé, et je ne vous demanderai pas de m'aider, rassurez-vous.

— Mais le moulage en caoutchouc... protesta Dan.

Merde ! La main de latex que vous m'avez montrée, je croyais que...

— Ne soyez pas idiot, siffla Doc'. C'était juste un appât, une façon de vous rassurer. Aucune prothèse de latex, même la plus fidèle, ne pourrait tromper le scanner de la chambre forte. Réfléchissez un peu ! Vous savez combien d'informations peut stocker la paume d'une main ? Des milliers ! Il y a les empreintes digitales, et toutes les lignes qui s'entrecroisent... tous ces plis minuscules qui font le bonheur des chiromanciennes. Comment voulez-vous qu'on puisse les reproduire sur un simple moulage ? Aucune matière n'est assez fine pour enregistrer ce fourmillement de petites rides. Si vous posiez la prothèse de caoutchouc sur la vitre du scanner, le sas de sécurité se bloquerait, et vous resteriez là-dedans comme un poisson dans un aquarium, à attendre l'arrivée des flics.

Dan hésitait entre deux sentiments contraires : l'anéantissement ou la rage destructrice. Il aurait suffi d'un rien pour qu'il saisisse le vieillard par la gorge et lui enfonce les deux pouces dans la trachée.

— Dorana savait que vous vous dégonfleriez si on vous disait trop tôt la vérité, lâcha Seth Brannigan. Écoutez, on ne va tuer personne. On va juste couper la main de ce type, la placer dans un container réfrigéré. Vous prendrez ce bagage et vous rentrerez à L.A. Ensuite, ce sera à vous de jouer.

— C'est grotesque ! hurla Dan. Dès qu'il se réveillera, Smart s'apercevra qu'on l'a amputé.

— Pas du tout, objecta Doc'. Vous n'y connaissez rien. D'abord il sera bourré d'analgésiques. Ensuite il aura le bras dans le plâtre, du coude jusqu'au bout des doigts, et je lui expliquerai qu'il doit rester comme ça au moins quatre jours...

— Vous êtes fou ! cracha l'imitateur. Il sentira bien qu'il lui manque quelque chose... que sa main a disparu...

— C'est là que vous vous trompez, mon petit gars, ricana Seth Brannigan. Un amputé continue à sentir la « présence » du membre qu'on lui a coupé. C'est un effet « fantôme » dû aux nerfs. J'ai connu un type qui avait laissé ses deux jambes dans un champ de mines, il était amputé à mi-cuisses, hé bien, il avait toujours l'impression de « sentir » ses orteils. Adam Smart sera victime de la même illusion. Il « sentira » sa main sous le plâtre, il aura même l'impression de pouvoir bouger les doigts. Ne me demandez pas pourquoi, c'est comme ça, tous les chirurgiens vous le diront. C'est sans doute à cause du cerveau qui met un certain temps à s'adapter à la nouvelle configuration du corps. Smart ne se doutera de rien tant qu'il n'aura pas mal, et je me charge de le maintenir dans cet état.

— C'est dégueulasse... balbutia Dan.

— On n'a rien sans sacrifice, conclut Doc' avec un haussement d'épaules. Vous préféreriez qu'on lui flanque une balle dans la tête et qu'on l'enterre derrière les cactus ? Des gens moins civilisés que nous le feraient sans hésiter.

Il ouvrit un flacon et se nettoya les mains et les avant-bras à l'alcool iodé.

— Maintenant laissez-nous, fit-il avec lassitude. Monk va me servir d'assistant. Vous n'aurez qu'à aller faire un tour dehors en attendant la fin de l'intervention. Ça ne sert à rien de parler pour ne rien dire, il n'existe aucun autre moyen d'ouvrir la chambre forte. Pour vous consoler, pensez que d'ici quelques jours vous serez riche.

Dan sortit de la pièce à reculons au moment où Monk ôtait ses vêtements pour se déguiser, lui aussi, en chirurgien de campagne.

Il se retrouva dans la cour, en état second, percevant les grondements furieux de Dust à travers un voile cotonneux. Il se mit à marcher droit devant lui, sans même savoir où il allait, et s'enfonça dans la végétation, indifférent au harcèlement des mouches. Il avait l'impression d'avoir la fièvre. Une voix lui soufflait de revenir sur ses pas, de sauter dans la camionnette et de filer vers la frontière sans demander son reste.

Et après ?

« Ne sois pas stupide, songea-t-il en essayant de reprendre ses esprits. Une fois de retour au pays tout recommencera comme avant. Pas de fric, pas d'engagement, aucun avenir... N'oublie pas la malédiction que le sénateur William Ucks a jetée sur toi ! Tant qu'il sera en vie, tu ne pourras jamais revenir à Vegas... et tu devras rester muet. »

Il se laissa tomber sur une pierre, à bout de souffle. Son tee-shirt trempé de sueur lui collait à la poitrine. Il ne voulait surtout pas penser à ce qui se déroulait dans l'hacienda, en ce moment même. Il haïssait Dorana pour lui avoir caché la vérité. Il n'osait même pas envisager la suite. Le retour à L.A, avec la main coupée au fond de la valise réfrigérée. Et comment ferait-il, quand, dans la cabine du scanner, il lui faudrait sortir le débris de son emballage protecteur pour le poser sur la vitre d'identification ? Bon sang ! C'était à devenir fou.

Il crevait de chaud et de soif. Il ne savait plus depuis combien de temps il était là, perdu dans la végétation. Un sifflement en provenance d'un tas de cailloux lui fit craindre l'approche d'un serpent à sonnettes, et il se redressa en prenant garde où il mettait les pieds.

Il descendit la colline en titubant, avec le soleil dans le dos, qui lui cuisait la nuque et les omoplates. Jamais il ne s'était senti aussi mal. Les mouches, attirées par son odeur, le harcelaient. Il atteignit enfin l'hacienda et vomit au moment même où il s'engageait dans la cour. Comme il n'avait rien mangé depuis longtemps, les spasmes le plièrent en deux. Quand il eut rendu son dernier jet de bile, il clopina vers le puits, s'empara du seau posé sur la margelle, et se nettoya à grande eau.

A l'intérieur du chenil Dust faisait des bonds prodigieux, comme s'il essayait de traverser le grillage. A force de gratter, il s'était écorché les pattes. Dan pensa que l'animal avait flairé l'odeur du sang... du sang d'Adam Smart. Il savait parfaitement qu'on faisait du mal à son maître. S'il avait pu sortir de l'enclos où on le tenait prisonnier, il aurait tué les trois hommes sans la moindre hésitation.

— Ça y est, dit la voix de Doc' Brannigan depuis le seuil de l'hacienda. Vous pouvez revenir. Monk va brûler les compresses. Je suis en train de faire du café, vous en voulez ?

Dan dévisagea le vieil homme. Doc' semblait fatigué et inquiet.

— Ça... ça s'est bien passé ? hasarda l'imitateur.

— Oui, dit Seth. Je n'ai pas perdu grand-chose de mon savoir-faire. J'étais un peu inquiet, mais tout s'est déroulé à merveille.

— Et les risques post-opératoires ? lança méchamment Dan. L'infection... tout ça.

— Je lui ferai des injections massives d'antibiotiques, soupira Brannigan. Il n'y a pas de raison que ça se passe mal. Je vais rester à son chevet pendant que vous rentrerez à L.A en compagnie de Monk.

— Bien sûr, ricana Dan. Il faut quelqu'un pour me surveiller, au cas où je prendrais le large avec la « clef » du coffre.

— Ne soyez pas si négatif, soupira Seth. Monk pourrait se révéler très utile si le retour ne se passait pas aussi bien que prévu. Il connaît beaucoup de gens de ce côté-ci de la frontière. Bien plus que vous et moi.

— Que voulez-vous qu'il arrive ? interrogea Dan sur le qui-vive.

— Je ne sais pas, éluda Brannigan. Nous sommes au Mexique, tout est possible.

Il fit un pas en arrière et rentra dans la maison. Dans la cuisine, l'odeur du café luttait avec celle de l'éther.

— Rassurez-vous, fit le vieux. Vous ne verrez rien d'horrible. La « chose » est déjà dans le freezer. Avec une telle chaleur on ne peut pas lambiner. Quand vous partirez, vous la placerez dans la valise réfrigérante. Faites attention, elle est alimentée par des bonbonnes de gaz de camping. Placée près d'une source de chaleur trop vive, elle pourrait exploser. Il faudra changer les cartouches de gaz au fur et à mesure.

— Vous ne pouviez pas la plonger dans le formol, tout simplement ? grogna Dan.

— Non, expliqua Doc'. Le formol, comme tous les liquides a un effet dilatateur sur la peau. La main aurait l'air d'appartenir à un noyé, et le tracé de sa paume ne correspondrait plus à celui enregistré par l'ordinateur puisque le modèle de référence a été numérisé, lui, à partir d'une paume sèche. Vous voyez, il faut penser à tout.

L'ancien croque-mort se leva pour servir le café. Il avait posé sur la table une bouteille de tequila et trois verres. Dan remplit le sien sans attendre.

— Il y a autre chose... dit doucement Seth.

Dan tressaillit.

— Quoi encore ? aboya-t-il.

— Une troisième mesure de sécurité, répondit le vieux. Qu'est-ce que vous imaginiez ? Qu'une chambre forte contenant deux millions de dollars s'ouvrait d'une pichenette ?

— Cette « troisième mesure »... c'est quoi ?

Doc' s'assit et prit le temps de boire une gorgée de café brûlant.

— Quand il n'est pas à L.A, Adam Smart doit rester en liaison avec l'ordinateur de la *Trade Ltd Bank*, commença Doc'. Pratiquement, ça signifie qu'il doit passer tous les matins, vers sept heures trente, un coup de fil au moyen d'un téléphone portable d'un modèle particulier, crypté à l'aide d'un algorithme. Il compose alors un numéro connu de lui seul, et prononce un mot code. A ce moment-là, il est en ligne directe avec l'ordinateur qui régit tout le système de sécurité de l'établissement. Le cerveau électronique identifie sa voix, le mot-clef, et le reconduit dans son rôle de gardien du coffre.

— Que se passerait-il s'il n'appelait pas ? Ou s'il ne prononçait pas le mot juste ?

— L'ordinateur tolère un écart de trente minutes en plus ou en moins, cette marge dépassée il déclenche le changement de procédure. L'ouverture de la chambre forte est alors commandée par la main et la voix d'un autre cadre supérieur de la banque. On ne sait pas qui. Peut-être le directeur, Dick Weston, peut-être le chef comptable... Ce changement provoque bien sûr un certain affolement. Si cela se produisait, Smart serait aussitôt déclaré disparu et la police mise sur l'affaire. Il ne serait plus question pour nous d'approcher le magot.

— Oh-oh-oh ! ricana Dan. Voilà donc pourquoi vous ne vous êtes pas contenté de scier la main de notre ami après lui avoir flanqué une balle dans la tête ! Ce n'est pas par bonté d'âme que vous le gardez en vie, mais parce qu'on ne peut pas faire autrement !

— Pensez ce que vous voulez, je m'en fiche, siffla Doc'. Je vais rester à son chevet pendant que vous rentrerez à L.A. Mon travail consistera à le tirer du sommeil tous les matins de manière à ce qu'il puisse passer son foutu coup de fil, et à le rendormir pour le reste de la journée. Inutile de vous préciser que je ne pourrai pas réaliser cette performance très longtemps, et qu'il est capital que vous fassiez vite.

— Que ferez-vous ensuite ? Vous l'abandonnerez à son sort ?

— Sitôt le vol connu, la police débarquera ici. Ce sera alors à Smart de se débrouiller.

— Vous m'avez mené en bateau, répéta Dan. Jamais les flics ne le suspecteront d'être le cerveau de l'affaire. Pas avec une main coupée ! C'est ridicule. Il ne sera pas inquiété, et on cherchera ailleurs...

— Je pense comme vous, avoua Doc'. En fait, c'est surtout Dorana qui espère qu'on suspectera son mari et qu'on l'arrêtera, mais je n'y crois guère. Il faudrait admettre qu'il a tout mis en scène lui-même, et acheté la complicité d'un médecin pour se fabriquer un alibi en forme d'amputation. C'est un peu énorme.

— Pourquoi alors m'avez-vous laissé croire que Smart jouerait les boucs émissaires, et que les flics lui tomberaient dessus sans s'occuper de nous ?

— C'est évident ! Pour vous rassurer, bien sûr ! A l'époque vous ne saviez pas qu'on l'amputerait.

Dan grogna d'exaspération.

— Merde ! fit-il, à vous entendre nous n'avions aucun souci à nous faire. Le coupable était tout trouvé ! Smart se retrouvait derrière les barreaux et nous coulions des jours heureux sans que personne ne se doute de notre existence !

Seth eut un geste las.

— Je regrette d'avoir dû vous mentir, dit-il. Mais Dorana craignait que vous ne vous déballonniez. Elle tenait à ce qu'on vous présente les choses sous la forme d'une excursion de tout repos.

— Je veux voir le téléphone, lâcha brusquement Dan. Ce téléphone « magique » qui permet de parler à l'ordinateur ! J'en ai assez de me faire rouler dans la farine.

— Suivez-moi, soupira Brannigan en prenant la direction du salon.

Sur une table basse trônait un attaché-case qu'il ouvrit. Un téléphone cellulaire d'un modèle non commercialisé reposait au fond du bagage.

— Super-puissant, commenta Doc'. Liaison directe par satellite et codée au moyen d'un algorithme. Du matériel comme en utilisent les types de la NASA.

— Mais vous ignorez tout du numéro d'appel et du mot-code...

— Vous avez tout pigé. Dorana a bien essayé d'espionner son mari, mais Smart n'a jamais passé ses appels de sécurité devant elle. Il n'y a qu'Adam pour savoir ce qu'il faut faire. Bon sang, on ne peut pas avoir le contrôle total de la situation, réfléchissez un peu, nous ne sommes pas dans une série télévisée !

Dan hocha la tête. Plus le temps passait plus il était gagné par l'illusion de s'enfoncer dans un marigot.

— Et vous êtes certain de pouvoir le tirer de l'inconscience tous les matins ? interrogea-t-il. Et cela malgré les doses d'analgésique que vous lui injecterez ?

Doc' haussa les épaules.

— Les amphétamines lui redonneront un semblant de vivacité pendant une heure ou deux, fit-il évasivement. C'est pour cette raison que vous devrez faire vite. Gardez bien présent à l'esprit qu'il n'a pris qu'une semaine de vacances. Plus tôt vous viderez la chambre forte, plus la marge de risque sera réduite. Smart n'est plus de première jeunesse... On ne peut pas prévoir comment son organisme réagira à longue échéance.

— Et vous n'êtes pas médecin... ajouta perfidement Dan.

— Et je ne dispose pas non plus d'un camion de médicaments, conclut Doc' Brannigan.

11

La nuit tombait déjà et il n'était pas question de prendre la route dans ces conditions. Au Mexique, une voiture étrangère remontant une piste déserte éveillait bien des convoitises, et il eût été stupide de se faire dépouiller par une bande de voleurs de grands chemins spécialisée dans l'agression des touristes imprudents.

Dan n'avait pu résister au besoin d'aller regarder Adam Smart sur son lit de douleur. Le banquier reposait sur le dos, très pâle. Son bras droit disparaissait jusqu'à la hauteur du coude dans une coquille de plâtre.

— J'ai noyé la prothèse de caoutchouc sous les bandages, commenta Doc' Brannigan, de manière à ce que le plâtre ne sonne pas creux s'il s'avisait de cogner dessus.

— Mais vous serez forcé de casser la coquille chaque fois que vous devrez refaire son pansement, observa Dan. Ça va vous prendre un temps fou.

— Je sais bien, fit le vieux avec un haussement d'épaules, mais il n'y a pas moyen de faire autrement.

De retour dans la salle commune, il ouvrit la valise de métal pour en expliquer le fonctionnement.

— Ça n'a rien de sorcier, dit-il. C'est bricolé à partir d'un banal frigo de camping alimenté par des cartouches de gaz. On a récupéré le circuit d'évaporation pour l'installer à l'intérieur de cette mallette. La main sera placée dans cette boîte métallique couverte de givre qui fonctionne comme une sorte de freezer. Évitez autant que possible d'exposer la valise en plein soleil, remisez-la toujours à l'ombre, et posez dessus une couverture, une veste, de façon à renforcer l'isolation. Chaque cartouche assure une dizaine d'heures de fonctionnement. On en a stocké un tas dans la camionnette. Malgré cela, ne traînez pas en chemin, la chaleur et l'exposition à l'air libre provoqueraient une corruption accélérée. Je n'ai pas voulu embaumer la main. Je sais par expérience que les produits de conservation modifient parfois la texture de la peau, et dans le cas qui nous occupe, ce serait fâcheux. Dans de bonnes conditions de fonctionnement la température interne de la valise est de zéro Celsius, impossible de descendre plus bas.

Il referma le bagage à clef. Dan remarqua qu'il glissait celle-ci dans sa poche au lieu de la lui tendre. Il ne se faisait pas d'illusions, la méfiance allait s'installer à partir de maintenant et on ne le laisserait jamais seul.

— Et pour Smart, s'enquit-il, il n'y a pas de risques de complications ?

Doc' eut une grimace évasive.

— On n'est pas dans un hôpital, grommela-t-il. L'hygiène ne sera pas parfaite et il fait très chaud, mais je connais bien ce genre de situation. Le vrai problème, c'est plutôt le risque d'infection... ou d'allergie aux antibiotiques. Dorana n'a pas été fichue de me renseigner sur ce point car son mari a pour principe de ne jamais parler de sa santé et de dissimuler ses petites faiblesses. Si vous faites vite tout devrait être réglé d'ici quarante-huit heures. C'est un délai raisonnable. Si vous le dépassez, je ne réponds plus de rien. Les médicaments et les pansements vont me faire défaut, Smart risque de ne plus se réveiller à temps, d'avoir des ennuis cardiaques. Ce n'est plus un jeune homme, il peut faire une hémorragie ou une thrombose, au choix. Une amputation ce n'est pas de la petite chirurgie, le corps encaisse un sacré choc opératoire. Alors ne musardez pas en chemin, filez droit à la banque et videz le coffre... Dorana sera là pour superviser cette partie du programme.

Ils s'assirent et restèrent un moment silencieux, les yeux fixés sur la valise métallique toujours posée sur la table, et à la surface de laquelle se formait déjà un film de gouttelettes dû à la condensation.

— Emmitouflez-la dans une couverture, répéta Doc'. C'est très important.

Pensif, il caressait sa moustache à rebrousse-poil. Dan devina qu'il avait quelque chose sur le cœur mais hésitait à parler.

— Un truc vous chiffonne ? fit-il pour lui tendre la perche.

— Oui, murmura le vieil homme. Une idée comme ça. Une impression vague qui me tarabuste depuis le début. Je ne devrais pas en parler.

— Allez-y, insista Dan. Au point où nous en sommes.

— C'est à propos de Dorana, fit Seth, le regard fuyant. Je me demande si l'argent est vraiment un mobile pour elle...

— Je ne comprends pas.

— Je vous avais prévenu, c'est un peu tordu. En fait, je me demande si elle ne souhaite pas plus ou moins consciemment la mort de son mari... Vous voyez ? Si le but de toute cette équipée n'est pas en fait de tuer Smart au moyen d'une intervention « chirurgicale » exécutée dans de très mauvaises conditions.

— Dans ce cas, elle nous aurait engagés pour assassiner Smart, sans nous en avoir prévenus ? Elle miserait en fait sur notre incompétence ?

— Oui, c'est une idée qui me trotte dans la cervelle depuis un moment. Tient-elle tant que ça à l'argent ? Je n'en suis pas certain. Je voudrais savoir si elle est venue me chercher parce qu'elle pense que je suis plutôt bon dans ma partie... ou au contraire parce qu'elle est convaincue que je saloperai le travail et que je provoquerai la mort de son cher époux ?

— Vous pensez trop, soupira Dan. Lâchez la pression.

— Non, grogna Doc', ce que je dis n'est pas idiot. Il est possible que Dorana ne se rende même pas compte de ce qu'elle désire *en réalité*, mais je prétends que la tentation est bien là, au fond de son cœur... Je serais prêt à parier qu'elle serait très déçue de voir revenir Adam autrement que dans un cercueil inoxydable.

— Ouais... mais après tout ce sont ses affaires, fit Dan pour clore un débat qui le mettait mal à l'aise.

— Pas tout à fait, protesta Doc'. Ça ne me plaît pas beaucoup de faire un boulot de tueur. Si elle espère que je bousillerai Smart, elle se trompe. Je lui rendrai son bonhomme en parfaite santé !

Ce soir-là, Monk fut le seul à faire montre d'un bel appétit. Ils mangèrent en silence, à l'intérieur de la camionnette que le lutteur avait garée derrière l'hacienda, de manière à ce que le banquier ne puisse l'apercevoir s'il lui venait à l'idée de regarder par la fenêtre.

Doc' assurait que Smart serait trop faible pour tenir sur ses jambes mais il fallait se montrer prudent. Dans le chenil, Dust ne décolérait pas et ses aboiements sciaient les nerfs des trois hommes. Dan redoutait que Monk ne se mette dans la tête d'aller lui tordre le cou pour le faire taire. Adam n'était toujours pas sorti du sommeil. Il était maintenant très rouge et suait sur l'oreiller. Doc' avait diagnostiqué un peu de fièvre mais assurait que c'était normal. Dan ne savait pas s'il devait le croire. Pour s'occuper, et par mesure de sécurité, il fit disparaître son petit matériel de répétition : le magnétophone, les cassettes, le micro. Il pilonna le tout à coups de talon et sortit enterrer les débris à la lisière de la forêt.

Ils passèrent une très mauvaise nuit à l'arrière de la fourgonnette, enveloppés dans des couvertures. Le chien, sentant leur présence, les réveillait toutes les heures de ses aboiements sourds. Dan espérait qu'il allait finir par se fatiguer mais la bête n'en prenait guère le chemin.

A l'aube, Doc' Brannigan vint les secouer. Il leur apportait du café et la mallette d'acier. Il paraissait pressé de les voir prendre la route.

— Partez maintenant, souffla-t-il, il fait moins chaud et de cette manière Smart ne vous entendra pas démarrer. Il ne va plus tarder à émerger, et je ne pourrai pas le rendormir avant qu'il ait passé son satané coup de fil.

Monk grogna quelque chose d'incompréhensible et s'installa au volant. Dan remarqua qu'il portait la clef de contact du véhicule et celle de la valise autour de son cou, nouées à un lacet de cuir.

— Tenez, dit Doc'. J'ai piqué un peu d'argent dans le portefeuille de Smart, ça vous permettra de faire face aux imprévus. Je garde quelques billets pour assurer mon propre rapatriement. N'oubliez surtout pas de me téléphoner dès le coup terminé, que je puisse ficher le camp avant l'arrivée des flics.

— Comment ferez-vous ? s'étonna Dan.

— Je descendrai peut-être à pied jusqu'au village où je louerai les services d'un bouseux pour me ramener à Tijuana. Ou bien je prendrai la Fleetwood.

— Ne vous compliquez pas la vie, souffla Dan. Prenez la Cadillac.

Le vieil homme eut une moue embarrassée.

— Ce serait le plus simple, c'est vrai, admit-il. Mais il me déplaît d'abandonner Smart ici, sans aucun moyen de locomotion. Dans son état ce pourrait être dangereux.

— Vous êtes trop scrupuleux, fit Dan. Ce mec est une ordure. Laissez-le se débrouiller tout seul.

— Non, s'entêta le vieux. Je ne veux pas qu'on puisse dire ensuite que je l'ai assassiné !

Il cligna des yeux, gêné d'avoir haussé le ton, recula.

— Allez, fit-il en abattant sa paume sur la tôle de la camionnette. Fichez-le camp. J'attends de vos nouvelles.

Monk manœuvra. Lorsque le véhicule passa devant le

chenil, Dust se jeta contre le grillage en glapissant d'une voix enrouée. Une idée saugrenue traversa l'esprit de Dan : « Il sait qu'on emporte la main de son maître. Il l'a senti. Pour lui nous sommes des voleurs... »

Il ne recommença à respirer que lorsque l'hacienda eut disparu, avalée par la végétation.

Seth Brannigan frissonna dans la rosée. Il n'avait presque pas dormi lui non plus ; à son âge, cependant, cela ne représentait pas un véritable handicap. La perspective de rester seul en compagnie d'Adam Smart et du chien fou le terrorisait mais il essayait de ne pas trop y penser. Il savait que s'il se laissait aller, il perdrait tout bonnement les pédales car la vieillesse le rendait sujet à des crises de panique irrépressibles durant lesquelles son esprit se mettait à battre la campagne. Était-il en train de devenir gâteux ? Il se posait de plus en plus souvent la question. Et c'était pour cela qu'il avait besoin d'argent : pour s'installer à Miami, dans l'une de ces résidences pour vieillards fortunés où l'on était aux petits soins pour vous. Bon Dieu ! S'il arrivait jusque-là, il se laisserait dorloter et en profiterait un maximum ! Il n'aspirait à rien d'autre, qu'au confort, à la gourmandise, aux papotages admiratifs des vieilles rombières qu'impressionnerait son faux *curriculum vitae* de toubib à la retraite...

Un éternuement le ramena à la réalité. Ce n'était pas le moment d'attraper la crève ! Il rentra dans la maison. Autour de l'hacienda, la végétation émergeait lentement du brouillard de chaleur. Les feuilles, l'herbe, scintillaient d'un vert humide et « vivant » qui rappelait à Seth Brannigan la peau de certaines grenouilles capturées dans son enfance, lorsqu'il vivait dans le Maine. Il pensait de plus en plus souvent à son enfance depuis quelque temps, et s'en étonnait lui-même car cette période de sa vie ne l'avait pas particulièrement marqué. Des images le submergeaient, fourmillantes de détails qu'il ne se rappelait pas avoir enregistrés. Fallait-il encore voir là un symptôme de sénilité ?

Il fit le tour des pièces pour vérifier qu'il n'avait rien laissé traîner de compromettant, puis s'en alla passer son costume de lin et nouer son nœud papillon. Il consultait sa montre-gousset toutes les trois minutes en se demandant si Adam Smart allait sortir naturellement du sommeil ou s'il faudrait « provoquer » son réveil au moyen d'une drogue. Cette perspective ne l'enchantait guère. Pour hâter le processus, il brancha la radio dans la cuisine. Une musique tonitruante déferla sur le rez-de-chaussée. Doc' compta jusqu'à cent, essuya ses mains moites à un torchon, et prit la direction de la chambre. Il était six heures quarante-cinq.

Par bonheur, Dust s'était calmé une fois la camionnette hors de vue. Doc' priait pour qu'il reste dans ces bonnes dispositions un moment encore.

Il s'assit au chevet du banquier. Smart avait la fièvre et ronflait. La sueur tachait le col du pyjama qu'on avait pris la précaution de lui passer pour « officialiser » son alitement. Seth posa deux doigts sur son épaule et le secoua. Les ronflements cessèrent et Adam ouvrit les yeux. Une expression d'égarement se peignit sur son visage, et il lui fallut quelques secondes pour identifier l'homme qui le veillait.

— Bordel ! grommela-t-il. Qu'est-ce que je fous là ?

Brannigan entreprit de lui raviver la mémoire. Aussitôt, le banquier redressa le torse pour examiner sa main plâtrée.

— Je suis tout engourdi, grogna-t-il, c'est à peine si je sens encore mes doigts... Vous êtes sûr que ce n'est pas grave ?

Doc' se recroquevilla. C'était le moment délicat. S'il ne parvenait pas à calmer les inquiétudes de son patient, celui-ci risquait fort d'attraper le téléphone pour appeler son assurance à L.A et réclamer l'envoi d'une antenne médicale d'urgence.

— Non, se dépêcha de bredouiller le vieil homme. Ce serait bête d'écourter vos vacances pour si peu. Après deux jours sous analgésiques vous ne sentirez plus rien et vous pourrez vaquer à vos projets. Bien sûr, je ne vous conseillerai pas de recommencer à taper comme un sourd sur les

Mexicains, mais les combats de chiens ne seront pas contre-indiqués.

— Ouais ? grommela Adam. Bon sang ! Je suis dans le coton... Vous m'avez drogué ?

— Un simple anti-douleur, répondit Doc' en s'efforçant de sourire. Le temps que les tendons distendus se remettent en place. Soyez patient, si vous rentrez maintenant votre épouse va se moquer de vous... Vous savez comment sont les femmes dès qu'on essaye d'échapper à leur surveillance pour vivre en célibataire.

— Merde ! lança soudain Adam. Quelle heure est-il ?

— Ça n'a aucune espèce d'importance, mentit Doc', reposez-vous. Je vais vous amener du café...

— Vous ne comprenez pas, s'impatienta Adam. J'ai un coup de fil à donner... Pour mon travail. Pouvez-vous m'apporter l'attaché-case de cuir noir qui doit traîner quelque part dans le salon ? Il y a dedans un radiotéléphone ultramoderne spécialement fabriqué pour moi. Nous ne devons pas être plus d'une douzaine dans tout le pays à posséder ce modèle...

— D'accord, d'accord, fit Seth, mais ne vous énervez pas.

Il fit semblant de prendre son temps, en homme qui cède de mauvaise grâce à un caprice de malade. Quand il revint dans la chambre, il surprit Adam en train d'examiner son plâtre.

— C'est désagréable cette impression d'engourdissement, maugréa le banquier. Je sens à peine mes doigts. Vous êtes certain que ce connard ne m'a pas bousillé un nerf ou je ne sais quoi ? Il ne manquerait plus que je reste paralysé.

Il hésita, l'inquiétude s'installait sur ses traits.

— Je ferais peut-être mieux de rentrer à L.A ? hasarda-t-il.

— C'est vous qui voyez, lâcha Doc'. Moi, à votre place, j'essayerais plutôt de me lancer à la poursuite du gars qui m'a fait ça. Ça ne doit pas être trop difficile puisqu'il traîne dans la région. Je m'amuserais à lui faire chatouiller les fesses par mon chien, ça lui apprendrait. C'est vrai, quoi ! Il ne vous a pas eu à la loyale... Le coup qu'il vous a balancé, c'était du karaté ou je ne sais quoi, mais pas de la boxe. A mon avis ça mérite une sanction... et Dust saurait très bien se charger de ça.

Une étincelle mauvaise s'alluma dans l'œil de Smart.

— C'est vrai, ricana-t-il. Ça pourrait être amusant de se faire ce connard.

— Seulement, observa Doc', si vous rentrez à L.A, il y a peu de chance pour que vous lui remettiez la main dessus.

Adam ouvrit l'attaché-case et s'empara du téléphone cellulaire.

— Vous pouvez me laisser seul deux minutes ? demanda-t-il. Un truc confidentiel pour la banque... Quand on occupe un poste d'importance on est astreint à tout un tas de procédures. Si je ne me manifeste pas, ce sera la panique à L.A. Ils ne peuvent rien faire sans moi.

— Bien sûr, fit Doc' en sortant de la pièce. Je vais préparer le café.

Il s'efforçait de sourire mais son cœur battait à tout rompre. Il se passa la main sur le front pour s'assurer que la sueur ne lui dégoulinait pas dans les sourcils. Dans le couloir, sitôt la porte refermée, il s'adossa au mur. Ses jambes tremblaient. Il essaya de tendre l'oreille mais le sang bourdonnait à ses tempes, le rendant sourd. Et si Smart passait outre ? S'il était en train d'appeler son assurance ? Il espéra avoir suffisamment ranimé le feu de l'humiliation dans l'esprit du banquier pour le dissuader d'un retour prématuré.

Il s'arracha du mur d'un pas mal assuré et se dirigea vers la cuisine. Parviendrait-il à tenir quarante-huit heures ? Il n'en était pas certain. Tout lui semblait soudain hors de ses pauvres compétences, trop compliqué. Il se versa un grand verre d'eau minérale.

« Ne perds pas les pédales, s'ordonna-t-il mentalement. Tu ne vas tout de même pas devenir comme ces vieux birbes qui n'osent même plus traverser la rue ? Reprends-toi, merde ! Reprends-toi ! »

Dans la tasse de café de Smart, il versa le contenu de

deux gélules de somnifère, de manière à ce que le banquier se rendorme pour le restant de la journée dès son petit déjeuner avalé. Il lui administrerait antibiotiques et anti-inflammatoires par piqûres, un peu plus tard. Ensuite, il conviendrait de couper le plâtre pour refaire le pansement. Toutes ces tâches l'épuisaient par avance. Il tremblait à l'idée qu'Adam Smart ouvre brusquement les yeux alors même qu'il serait occupé à désinfecter le moignon... Des accidents de ce genre arrivaient fréquemment quand on tenait trop longtemps les malades sous psychotropes. Une accoutumance s'installait, diminuant d'autant l'effet du produit.

Tenant la tasse de café drogué entre le pouce et l'index, il frappa à la porte de la chambre. Adam grogna quelque chose d'indistinct.

Quand Doc' franchit le seuil de la pièce, le banquier était affaissé sur ses oreillers, le visage livide.

— Vous avez pu avoir votre communication ? ne put s'empêcher de demander Seth.

— Ouais... balbutia Smart. C'est rien... Juste un truc administratif. Comme je vous le disais tout à l'heure, quand on est à un poste-clef on est astreint à tout un tas de conneries de ce genre.

— Ah ! la paperasse, soupira Seth Brannigan. J'ai connu ça quand j'étais chef de service aux urgences. L' *Intensive Care Unit*, ça vous fait des nerfs d'acier.

— Je ne me sens pas très bien, gémit Adam. C'est normal ? Je ne suis pas en train de faire un infarctus au moins ?

— Bien sûr que non ! s'écria Doc' avec un sourire jovial. Vous êtes bâti comme un roc, ne vous mettez pas des idées pareilles en tête !

Il s'empressa de tendre la tasse de café en s'appliquant à juguler les tremblements de sa main.

— Buvez ça, commanda-t-il. Ça va vous remettre sur pied. Vous avez besoin d'un coup de fouet. Quand on n'est jamais malade on a tendance à s'affoler au moindre bobo.

— Non... grommela Adam avec un geste de dégoût. J'ai l'impression que ça va me faire dégueuler.

« Bois-donc, abruti ! songea Doc'. Sinon je ne pourrai pas renouveler ton pansement et tu risques de nous faire une septicémie foudroyante ! »

Il dut beaucoup insister pour convaincre Smart d'avaler la mixture.

— C'est dégueulasse, se plaignit le banquier. Vous êtes vraiment nul pour le café ou c'est parce que j'ai un sale goût dans la bouche ?

Doc' ne releva pas. Dans moins de quinze minutes le somnifère réexpédierait Adam Smart au pays des songes, c'était tout ce qui comptait.

— Hé, bégaya Smart, vous n'allez tout de même pas rester là à me veiller... Personne ne vous attend ?

— Ne vous bilez pas, rétorqua Seth. Je me baladais avec un groupe de gens de mon âge... Rien de très palpitant. J'avoue que cette petite aventure met un peu de piquant dans un voyage qui menaçait de devenir barbant. Et puis je ne déteste pas remettre la main à la pâte, de temps à autre. Vous savez ce que c'est : un homme, hors du lit ou du boulot, il n'est plus bon à grand-chose. Et le lit, à mon âge, on ne s'y allonge plus que pour dormir ou attendre la mort...

Il s'écoutait bavasser avec stupeur, taraudé par la crainte diffuse d'en faire un peu trop. Mais sa voix berçait Adam qui dodelinait de la tête. Bientôt, le malade ferma les yeux et sa respiration devint plus lente. Seth s'éloigna à reculons. Il eut la surprise de constater que sa chemise était trempée. Il se laissa choir sur un fauteuil, dans un état proche de la stupeur. Dust s'était calmé et le silence en paraissait d'autant plus écrasant. Doc' essaya une fois de plus d'imaginer les heures à venir, et la peur le reprit. Une frayeur presque superstitieuse, la conviction bizarre que la mort lui avait donné rendez-vous ici, dans cette bicoque perdue au milieu des cactus.

Il fallait se calmer, s'occuper les mains et l'esprit...

Il se demanda s'il ne pourrait pas essayer de droguer le

chien comme il l'avait fait pour le maître ? Il se rappela soudain la pâtée rangée au frigo. Cette mixture saturée de phéromones dont il avait vanté l'efficacité auprès de Dan.

Il dut faire un effort pour se lever et aller concocter une soupe assaisonnée de calmant. Il espérait que le chien l'engloutirait et en crèverait. Il sortit à pas lent, son écuelle à la main, bien décidé à ne pas commettre l'erreur de s'approcher de la cage. « Je vais poser la gamelle par terre, décida-t-il. Et je la pousserai sous la grille avec un bâton. » Mais lorsqu'il arriva près du chenil, il crut sentir ses derniers cheveux se dresser sur sa tête.

Si Dust n'aboyait plus depuis un moment déjà, c'est qu'il avait trouvé une autre occupation...

Il creusait.

Il creusait le sol de l'enclos pour se ménager un tunnel qui lui permettrait de se glisser sous la grille d'enceinte, selon la technique des renards investissant un poulailler. Il procédait avec énergie et fureur, soulevant un épais nuage de poussière. Doc' en fut si surpris qu'il laissa tomber l'écuelle, aspergeant ses chaussures de pâtée. Une fois encore, il faillit céder à la panique. Le chien gronda en l'apercevant mais ne cessa pas pour autant de creuser. Doc mesura l'ampleur de la catastrophe. Si l'animal continuait à ce rythme, il serait dehors avant midi ! Il fallait à tout prix empêcher cela !

Seth se mit en marche, cherchant une pelle, un outil quelconque qui lui permettrait de jeter de la terre sur la bête et de combler le trou au travers des barreaux. Il finit par trouver ce qu'il voulait dans un appentis, derrière la maison. Quand il revint au chenil, il tremblait de tous ses membres et n'avait plus assez de force pour planter le fer de la pelle dans le sol desséché de la cour. Dust lui lança un regard qui lui parut chargé de mépris. En désespoir de cause, Seth frappa sur les barreaux à l'aide de l'outil, dans l'espoir d'effrayer le chien, mais celui-ci ne le remarqua même pas. Le vieillard se surprit à insulter l'animal comme s'il s'agissait d'un humain. Ne sachant que faire, il décida de ramasser de grosses pierres pour les entasser sur le pourtour de la grille, de manière à ce qu'elles roulent dans la saignée ouverte par la bête au fur et mesure que le trou s'agrandirait.

— Celles-là, tu ne pourras pas les enlever ! ricana-t-il, à bout de souffle.

Au dixième caillou il eut un étourdissement et un voile noir lui passa devant les yeux. Il crut qu'il allait perdre connaissance.

Il réalisa qu'il s'était effondré à genoux à deux mètres de la cage, et que le chien le fixait avec des yeux fous.

— T'excite pas, balbutia-t-il. Je ne vais pas te faire le plaisir de crever. Tu ne sortiras pas de là, saloperie ! Je te flanquerai plutôt un coup de fusil !

Mais il parlait pour ne rien dire. Il ne possédait aucun fusil, de plus, il n'était pas certain d'être capable d'ouvrir le feu sur une bête...

Il réalisa tout à coup qu'il se tenait lui aussi à quatre pattes, comme s'il défiait l'animal. Dust avait tant gratté la terre qu'il avait les griffes en sang. Aux éraflures qui constellaient le cuir de la muselière, il était manifeste qu'il avait essayé de s'en débarrasser en frottant son museau contre les barreaux. Seth se releva. Il ne cherchait pas à se leurrer, aucune muselière ne résistait longtemps aux efforts d'un chien décidé, et celle-ci n'avait rien de très compliqué. Dust était fort, il parviendrait tôt ou tard à faire céder le fermoir, quitte à s'arracher la peau des oreilles.

Doc' se demanda s'il y avait assez de cailloux pour combler le trou. La prudence aurait voulu qu'il en entasse quelques kilos de plus, mais il était à bout de forces. Tous les jours des types de son âge rendaient l'âme pour avoir commis l'idiotie de grimper trop vite un escalier. Il se releva lentement et alla s'asseoir sur un banc de bois, sur la véranda. Il respirait la bouche grande ouverte. Pour se donner du courage, il se contraignit à penser à Miami, aux couchers de soleil, à la population de vieillards qui avait peu à peu colonisé la région. Là-bas il se sentirait chez lui, à l'abri des jeunes gens qui bougeaient trop vite, criaient trop fort et dont la musique avait un peu trop le son d'un pilonnage d'artillerie.

Seigneur ! il ne voulait rien d'autre qu'un peu de soleil, un bon livre imprimé en gros caractères, et une *piña colada* bien glacée à portée de la main...

Dust avait repris ses travaux de sape, mais cette fois les cailloux s'éboulaient dans le passage, réduisant ses efforts à néant. La saignée se remplissait au fur et à mesure qu'il la creusait.

— Voilà ! caqueta Doc' avec satisfaction. C'était tout simple. Il suffira de renouveler la provision de temps en temps.

Il se tut, confus de s'être exprimé à haute voix. Cela lui arrivait de plus en plus fréquemment.

Il attendit que la sueur sèche sur lui avant de se décider à bouger. Il avait perdu la notion du temps. A présent le silence se chargeait d'un vacarme minuscule qu'il n'avait pas détecté tout d'abord : bruissements d'insectes, cris d'oiseaux, poursuites saccadées sous le couvert des hautes herbes. Une foule invisible encerclait l'hacienda. Le vieil homme grimaça en se mettant debout. Il lui sembla repérer, de l'autre côté de la piste, la reptation d'un serpent noir et jaune filant dans la poussière. Un gros rattle-snake qui regardait dans sa direction. Il se dit que du temps de sa jeunesse, il aurait sauté sur l'occasion pour capturer le reptile et le balancer dans le chenil... Les deux sales bêtes se seraient expliquées entre elles, et le tour aurait été joué ! Dans sa jeunesse, oui...

Il rentra dans la maison pour chercher un peu de fraîcheur. Le visage lui cuisait. Sa gesticulation de tout à l'heure l'avait épuisé, et il s'endormit sur un canapé en peau de buffle dont on avait dissimulé l'usure sous une couverture indienne.

Il se réveilla deux heures plus tard, en proie à un sentiment de panique, ne se rappelant plus où il se trouvait. Il lui fallut près d'une minute pour reconnaître l'hacienda. Sa montre lui apprit qu'il était grand temps de refaire les pansements d'Adam, mais il n'en avait pas le courage. Depuis que les autres étaient partis, une sorte d'étrange fatalisme l'envahissait. La conviction que tout cela ne servait pas à grand-chose et qu'il était inutile de s'agiter. Quand il côtoyait des gens plus jeunes il parvenait à combattre cette pente fâcheuse sur laquelle son esprit fatigué avait tendance à s'égarer, mais dès qu'il se retrouvait livré à lui-même, il succombait à l'évidence du dérisoire.

Il dut se contraindre à empoigner sa trousse médicale et à marcher jusqu'à la chambre du patient. Tout en étalant ses outils sur le drap, il songea que c'était cela la vieillesse : le désintérêt... l'incapacité de s'enthousiasmer pour un projet. L'intime conviction que rien ne méritait une minute d'effort. Et malgré tout, la carcasse s'obstinait à vouloir durer le plus longtemps possible, alors même qu'elle en retirait si peu de joie.

Il travailla aussi vite qu'il put, un œil fixé sur le visage du banquier. La blessure était saine. Il la saupoudra de sulfamides. Sous les climats tropicaux il convenait de se montrer vigilant car les insectes minuscules pullulaient et ils avaient le chic pour s'infiltrer sous les pansements. Doc' en avait fait l'expérience pendant la guerre. L'odeur du sang attirait toutes les espèces —avec ou sans ailes—, d'où l'importance des bandages stériles.

Il fallait maintenant poser un nouveau plâtre. La chaleur aiderait à sa dessiccation, si bien que lorsque Adam ouvrirait les yeux, la coquille n'aurait pas l'air d'avoir été changée dans la journée. Pour cette dernière partie de l'opération, Seth dut mettre des bandes à tremper dans une cuvette remplie d'eau additionnée de plâtre. La veille, Monk l'avait secondé, de sorte que les choses avaient été menées plus rondement. Aujourd'hui qu'il devait se débrouiller seul, chaque phase du processus s'éternisait.

Quand il eut enfin terminé, il fit le ménage et alla boire un verre d'eau dans la cuisine. Il crevait de soif. La chaleur lui semblait plus incommodante que les jours précédents. Des nuées de mouches, attirées par l'odeur des pansements, tournaient dans la salle à manger. Les ventilateurs bourdonnaient mais on ne percevait guère l'effet de leur travail qu'assis juste au-dessous de l'hélice. Seth aurait bien poussé une chaise dans ce mince îlot de fraîcheur, mais il avait peur de s'enrhumer. Il décida de manger pour reprendre des forces et se fit un sandwich au poulet froid qu'il grignota sans appétit. Il songeait au chien qui n'avait rien avalé depuis la veille. Fallait-il le laisser crever de faim en espérant que la faiblesse aurait raison de son agressivité ?

Seth haussa les épaules, allons, il délirait ! Une bête de ce calibre devait être capable de rester plusieurs jours le ventre creux sans en être incommodée. Il s'agaça de ressentir, tout au fond de lui, une honte vague. C'était stupide ! Il avait coupé la main d'un homme sans hésiter, mais il éprouvait des scrupules à l'idée de laisser un fauve mourir de faim. Que l'esprit des humains est donc inconséquent !

Il but un verre de lait, puis se lança dans la confection d'une nouvelle écuelle de pâtée. Il songea que Dust devait souffrir de la soif, et ne put s'empêcher de remplir un bidon à l'aide duquel il approvisionnerait l'abreuvoir du chenil.

Toutefois, quand il s'approcha de la cage, il constata que le chien avait réussi à se débarrasser de la muselière en l'accrochant à un clou du mur. A force de tractions répétées, le fermoir avait cédé sous son poids, et, à peine libre, Dust avait décidé de vider le tunnel des cailloux qui l'obstruaient. Avec beaucoup de méthode, il saisissait chacun d'eux entre ses mâchoires, et l'extrayait de la tranchée, s'arc-boutant sur ses pattes quand ils étaient trop lourds. Ces manœuvres lui avaient mis les babines en sang mais il continuait sans désemparer. Rien ne semblait pouvoir le décourager, et Doc' estima qu'à ce train-là, il pourrait se faufiler sous le grillage avant la tombée du jour.

Que pouvait-on faire ? Entasser d'autres pierres ? Se résoudre à liquider l'animal ? Monk aurait choisi cette dernière solution mais Doc' en était incapable. Il abandonna donc écuelle et bidon dans la cour, et recula, les yeux fixés sur le chenil. Son instinct lui commandait de sauter dans la Fleetwood et de ficher le camp sans attendre. Il avait été stupide de croire que cette combine pouvait réussir. Maintenant que Dorana n'était plus là pour l'embabouiner, il voyait les choses sous un éclairage plus réaliste. Oui, il n'y avait rien d'autre à faire qu'à ficher le camp sans demander son reste... Partir, et vite, avant que le chien ne se faufile hors de l'enclos pour venir l'égorger.

Il courut vers la maison. Cet effort lui causa un étourdissement à peine le seuil franchi, et il dut s'asseoir dans un fauteuil pour retrouver ses esprits. Il resta ainsi un long moment, n'osant se redresser de peur de perdre connaissance. Il craignait, en tombant sur le dallage, de se casser le col du fémur, accident fréquent à son âge... et souvent mortel. Une heure s'écoula, sans qu'il parvienne à bouger. Et soudain, alors qu'il crispait une fois de plus les doigts sur les accoudoirs du siège, il vit par la porte ouverte une ombre couler sur le pavage de la cour... Une ombre basse et longue. Une silhouette se déplaçant à quatre pattes. Dust.

Dust, qui avait enfin réussi à sortir du chenil. La bête allait pénétrer dans la maison d'une seconde à l'autre... Trois mètres à peine la séparaient de l'entrée. Il aurait fallu bondir, lui claquer la porte au nez. Un homme jeune aurait pu le faire... prendre le fauve de vitesse... Oui.

Doc' ouvrit la bouche pour appeler au secours puis réalisa ce que ce réflexe avait d'imbécile. D'ailleurs il était déjà trop tard. Le chien s'encadrait dans la découpe de la porte. Il était couvert de poussière rouge et du sang coulait de ses babines, là où les pierres l'avaient écorché. Il s'arrêta une seconde sur le seuil, hésitant, puis passa devant Seth Brannigan sans lui accorder un regard. On eût dit qu'il avait décidé de respecter certaines priorités. En trois foulées, il atteignit la chambre de son maître et se dressa sur ses pattes postérieures pour appuyer sur la poignée. Comme la plupart des grands chiens, il savait manœuvrer un loquet, et ouvrir un battant ne présentait pas pour lui de difficultés majeures. Par bonheur, Smart dormait encore. Dust se mit à faire le tour du lit en poussant des couinements plaintifs. De temps en temps, il posait sa tête sur les draps et flairait le plâtre. Sans aucun doute percevait-il l'odeur de la blessure... A un moment, il essaya d'attraper le pyjama du banquier entre ses crocs, pour tirer dessus, mais sans parvenir à d'autre résultat que de faire rouler son maître sur le flanc. Entre chaque tentative, il revenait au plâtre, le flairant, ou le grattant avec la patte. Peut-être croyait-il qu'Adam était mort ?

Doc assistait à la scène du fond de son fauteuil, pétrifié par la peur. Il savait qu'il ne devait bouger sous aucun prétexte. Son premier réflexe avait été de courir vers la Fleetwood et de s'y enfermer, mais il avait brusquement réalisé qu'il ne savait plus où se trouvaient les clefs. Dans la cuisine ? Dans la chambre ? Il se recroquevilla entre les bras du siège et serra les cuisses pour protéger ses pauvres génitoires au cas où le chien déciderait de le punir. Toutefois, à son grand soulagement, l'animal semblait trop inquiet pour chercher à se venger. Dust continua son manège quelques minutes encore, puis, faisant volte-face, quitta la chambre pour traverser la salle. Il passa devant Doc' sans faire mine de s'arrêter, comme si une tâche plus urgente le réclamait. Dans la cour, il flaira le sol puis redressa la tête pour prendre le vent. Enfin, il s'élança sur la piste, d'une longue foulée souple, dans la direction que Dan et Baby Monk avaient prise quelques heures plus tôt.

« La main... songea Doc' Brannigan avec un frisson. Il est parti récupérer la main de son maître. »

Et, toujours ratatiné au fond du fauteuil, il réalisa qu'il ne disposait d'aucun moyen pour prévenir ses complices de la fuite du chien.

—Il faudrait qu'ils m'appellent... balbutia-t-il à mi-voix.

Mais c'était idiot. Dan et Monk n'avaient aucune raison particulière de lui téléphoner. Et de toute manière la clause du silence radio figurait dans l'accord passé : aucun appel avant que la chambre forte ne fût vide.

« Allons, marmonna-t-il pour se réconforter. Ils sont en voiture, ils ont une journée d'avance... jamais Dust ne les rattrapera. »

Il répéta à plusieurs reprises cette profession de foi. Quand la nuit commença à s'installer, il parvint à sortir de son immobilité ; il en profita pour fermer tous les volets et verrouiller la porte... au cas où le chien aurait la mauvaise idée de faire demi-tour.

12

Dan rongeait son frein. Depuis qu'ils avaient atteint les faubourgs de Tijuana, Monk ne cessait de s'inventer des prétextes pour différer le moment de passer la frontière. Il avait d'abord fallu prendre le temps de déjeuner au centre commercial du Downtown Shopping District, puis de flâner au long des rues à la recherche des salles de catch où s'affrontaient des lutteurs aux déguisements invraisemblables, où des filles nues se débattaient dans des bacs de boue vêtues d'un simple string... Baby Monk examinait les programmes, les photos, hochait la tête, et sortait sa cagoule de sa poche pour procéder à des comparaisons. Dan le suivait, la valise de métal à la main, n'osant abandonner le bagage dans la camionnette. Au fil des heures sa nervosité augmentait et il tremblait de se faire arrêter par une patrouille de police. N'avait-il pas l'air bizarre, ainsi planté sur le trottoir, avec cet attaché-case en aluminium ?

— Est-ce qu'il y a quelque chose de prévu ? demanda-t-il pour la cinquième fois à son compagnon. On ne va tout de même pas se présenter à la douane, la valise sur les genoux ? Tu imagines ce qui se passera s'ils nous demandent de l'ouvrir ?

Il songea qu'au moins, s'ils s'étaient déplacés en ambulance, ils auraient pu prétendre convoyer des organes en vue d'une greffe attendue de l'autre côté de la frontière... C'était tiré par les cheveux, mais toujours plus crédible que ce qu'ils s'apprêtaient à faire.

— Te bile pas, maugréait Monk, tout a été calibré au petit poil. Regarde plutôt les affiches et cherche des idées pour mon costume.

— Il y a un compartiment secret dans la camionnette, chuchota Dan plein d'espoir. Un compartiment secret où on cachera la valise. C'est ça ?

— Arrête de me les casser, grogna Monk, tu ne vois pas que j'étudie les costumes ?

Dan se tut. Les gens le bousculaient sans qu'il s'en aperçoive. A force de serrer la poignée du bagage, les doigts lui faisaient mal.

— Tu sais, fit Monk. A mon avis on ferait mieux de laisser tomber. Si on était un peu malins, on flanquerait la mallette dans une consigne automatique et on oublierait toute cette histoire. Est-ce qu'on n'est pas en train de perdre une bonne occasion de rester honnêtes ? Je suis persuadé que je peux faire un malheur sur le ring. T'as vu tous ces mecs ? De vrais ringards ! On devrait se mettre en équipe ; moi je serai la vedette, toi l'imprésario. Tu connais bien les arnaques du show-biz, en quelques mois on serait les rois du catch. Qu'est-ce que t'en dis ?

Dan ne savait que lui répondre. Dès qu'on essayait de le ramener sur terre, le débile faisait la sourde oreille.

Brusquement, il déclara d'un ton doucereux :

— T'as tort de me prendre pour un abruti, tu sais. Faut pas gober mon petit cinéma à cent pour cent. J'aime bien en rajouter... Dans un combat, c'est toujours intéressant de se faire passer pour un gros lourdaud, ça amène l'adversaire à vous sous-estimer. J'ai souvent fait ça sur le ring. Jouer les tarés c'est un bon truc. Quand les gens se croient plus malins que vous, ils se laissent toujours aller à faire une erreur. Je sais bien que Doc' et toi vous me prenez pour un débile. J'ai tout fait pour ça.

Dan digéra l'information sans parvenir à déterminer si Monk se contentait d'ânonner une réplique pêchée dans un film, ou si , pour la première fois, il levait le masque et laissait entrevoir sa véritable personnalité. L'imitateur en éprouva une certaine gêne.

— Tu t'es bien fichu de nous avec ton histoire de cagoule et de cape... bougonna-t-il.

Monk ébaucha un sourire en coin plutôt déplaisant.

— J'dis pas que je suis très intelligent, ricana-t-il, mais au moins je suis beaucoup plus futé qu'on ne l'imagine. Ça me plaît de jouer la comédie, ça me donne une longueur d'avance. Faut jamais me sous-estimer. Ceux qui l'ont fait l'ont toujours regretté.

Dan prit note de la menace voilée. Il se fit la réflexion que le lutteur passait sans doute par des phases successives de lucidité et d'égarement, à la manière des schizophrènes, ce qui le rendait encore plus incontrôlable.

Le temps stagnait. Il faisait chaud et Dan aurait déjà voulu être de l'autre côté de la frontière, à l'abri. Il le répéta à Monk qui prit très mal la chose :

— Tu dis n'importe quoi ! Parce que tu t'imagines qu'on va passer comme ça, la bouche en fleur ? Tu déconnes complètement. Tijuana c'est le couloir de la drogue... La DEA a un bureau permanent de l'autre côté de la ligne. Si on passe avec la valise on a toutes les chances de se faire coffrer. Tu veux que je te dise comment ça va se passer ? Les flics vont faire renifler la camionnette sous toutes les coutures par les chiens des Stup', et ces charognes de clébards localiseront la main, où qu'elle soit planquée ! L'odeur de la barbaque les rendra fous, et les poulets désosseront la bagnole pièce par pièce jusqu'à ce qu'ils dégottent la valoche... Tu piges ça ? C'est même pas la peine d'envisager une seconde de passer par la voie normale. Tu ne me crois pas ? Amène-toi, je vais te faire voir !

Ils remontèrent l'artère principale, *Revolución*, ce boulevard du sexe engorgé par les cohortes de touristes. Quand ils arrivèrent en vue du poste frontière, Monk s'immobilisa. Dan n'eut aucun mal à constater qu'il régnait une grande activité policière au passage de la ligne.

— On entre comme on veut au Mexique, ricana le lutteur. Pour en sortir c'est pas pareil. Les mecs de la DEA en ont marre de voir la came passer par camions entiers. Ce que tu vois là, c'est l'autoroute de la défonce. Tout paquet suspect est aussitôt examiné... Avec ton look de clodo, tu te retrouverais à la fouille en moins de deux, à poil, avec un type qui te fourrerait un doigt dans le cul pour vérifier que tu ne caches rien de ce côté-là. Ils sont méfiants parce qu'ils en ont vu de toutes les couleurs... Depuis les macchabées fourrés à la coke, jusqu'aux bébés morts bourrés de « brune » colombienne que les passeuses faisaient semblant d'allaiter ! Alors tu t'imagines, toi, avec ta valise ! Tu ne ferais pas deux mètres.

— Je ne comprends pas, cracha Dan. Si vous saviez tout ça dès le départ, comment comptiez-vous passer ?

Monk le prit par le bras et lui fit faire demi-tour.

— On a une combine. Un type que je connais, qui achemine de la came en utilisant des chiens dressés.

— Quoi ?

— Merde, c'est simple à comprendre ! Il attache la dope sous le ventre du cabot, dans un sac en caoutchouc muni d'une sangle, et il lui fait traverser le fleuve à la nage, à proximité d'un endroit où on a percé un trou dans la muraille de tôle. Un complice réceptionne la bestiole de l'autre côté. Pas compliqué. On va aller le voir tout à l'heure. Il va nous arranger ça.

Dan écarquilla les yeux.

— Tu veux dire qu'on va sortir la main de la valise, balbutia-t-il, l'attacher sous le ventre d'un chien, et attendre de l'autre côté de la frontière que le cabot passe la ligne ?

— Yo ! se rengorgea Monk. Le mec que je connais fait ça tout le temps. Il a une meute de chiens spécialement dressés pour ce job, de sacrés nageurs, habitués à courir en zigzag et à éviter les balles.

— Quelles balles ? hoqueta l'imitateur.

— Hé ! Les balles des flics, répondit Monk avec un haussement d'épaules. De temps à autre, ils font un carton sur les clébards, du haut de leurs miradors. Ils ont des fusils à lunette de visée nocturne, mais dans l'ensemble les chiens passent quand même. Surtout si on crée une diversion au même moment.

— Même si ça marche, la main va s'abîmer, objecta Dan. Tu comprends ça ? Il fait cinquante-cinq degrés à l'ombre. Combien de temps crois-tu qu'elle tiendra le coup dans cette fournaise ?

— Ce sera juste l'affaire d'une heure ou deux, éluda le lutteur. Après on la rangera de nouveau dans la mallette. De toute façon ça ne sert à rien de tortiller du cul, y'a pas d'autre moyen. On est coincés.

— Ce type, hasarda Dan, on peut avoir confiance en lui ?

— On l'a payé pour. Dorana a vendu ses bijoux. Il touchera l'autre moitié de la somme une fois le cabot remonté au sec, en territoire américain. Décompresse, mec ! Tout ira au petit poil. On va aller le voir pour lui donner le paquet et prendre les coordonnées du rendez-vous. Ensuite on passera gentiment la frontière, comme des enfants de chœur, et on longera la rive du cours d'eau jusqu'à l'endroit où il faudra attendre le chien. Y'a pas de quoi baliser.

— Mais si le chien se fait descendre au milieu de la rivière ? lança Dan.

— Alors ce sera que le destin est contre nous, soupira Monk. Mauvais Karma, mec. On repassera la frontière dans l'autre sens et on essayera de faire fortune dans le catch. Okay ? Faut toujours considérer les choses sous un angle positif.

Dan était anéanti. A chaque nouvelle phase de l'opération il avait la désagréable sensation de tomber dans un abîme encore plus profond que celui dont il venait tout juste d'émerger.

Baby Monk dut sentir son effroi, car il lui envoya un coup de coude dans les côtes en murmurant :

— Panique pas. C'est moins dangereux que tu l'imagines. Tu sais que chaque fois qu'il revient d'une virée au Mexique Smart s'amuse à faire traverser Dust de cette façon ?

— Tu veux dire comme un chien passeur de drogue ?

— Ouais. Ça l'excite de se prouver que son clebs est plus fort que les flics. Et puis ça lui évite les tracasseries du service vétérinaire. Faire entrer une bête sur le territoire des États-Unis c'est plutôt coton ; de cette manière, il s'offre le petit plaisir de rouler l'administration et s'épargne la corvée de paperasserie.

— Et bien sûr Dust s'en est toujours très bien sorti.

— Comme tu t'en doutes.

— Oui, mais c'est Dust... Un chien pas comme les autres.

Dan capitula devant l'optimisme de Monk. Ils repartirent sur *Revolucìòn* pour lorgner les peep-shows.

A l'heure de la sieste, Monk entraîna Dan à la périphérie de la ville, dans la zone peuplée de baraques délabrées et de terrains vagues qui s'étendait entre les *maquilladoras*, ces usines venues de l'étranger travaillant uniquement pour l'étranger. Des carcasses de voitures chauffaient au soleil. Certaines étaient à ce point recouvertes de poussière qu'il était impossible de déterminer leur couleur d'origine.

Derrière un grillage haut de trois mètres s'étendait un chenil mal entretenu d'où montait une odeur de vieille litière. Dès que les deux hommes s'approchèrent de la porte, les molosses encagés se mirent à gronder.

— Le type qu'on va voir s'appelle Manuel, expliqua Monk. Il élève des chiens de combat, des bêtes vicieuses obtenues par croisements... Ça, c'est pour sa couverture ; en réalité, il gagne son fric en passant de la came sur le dos des bestioles. Ce sont des chiens de bât, tu piges ? J'ai réglé toute l'affaire avec lui. Il n'y a rien à craindre. Il a peur de moi. Il sait bien que s'il se risquait à me faire une entourloupe, je reviendrais casser chacun de ses os en trois morceaux, avant d'appliquer le même traitement à sa mère, sa femme et ses gosses.

Ils durent secouer une cloche pour annoncer leur arrivée. Une fillette peureuse vint ouvrir. Sans jamais lever les yeux sur les visiteurs, elle les conduisit vers la maison. Dan crut qu'il ne supporterait jamais la pestilence régnant dans la cour. Deux gosses nus jouaient à quatre pattes dans la poussière, sous l'œil d'une vieille femme habillée de voiles funèbres, qui pelait des légumes au-dessus d'un saladier de bois, et d'un cochon sauvage au poil noir.

Un homme grassouillet se balançait dans un hamac, sous la véranda, des bouteilles vides de Corona, de Sol et de Dos Equis éparpillées autour de lui. Il lui fallut un moment pour émerger de sa torpeur et identifier Monk. Il était probablement très jeune mais son visage affichait déjà une méfiance de vieillard. Baby Monk parlementa une minute avec lui, dans un espagnol approximatif mais cependant rapide.

— Tout est prêt ! *Claro que si !* lança enfin Manuel en s'extirpant du hamac. Je vous ai réservé ma meilleure bête. Venez voir !

Il puait la bière et le dessous de bras. Il fouilla dans la poche de sa guayabera et en tira un moignon de cigare qu'il coinça entre ses dents. Il parlait vite, mélangeant l'anglais et le mexicain, si bien que Dan avait le plus grand mal à le comprendre. A sa suite, ils entrèrent dans une grange délabrée dont le sol avait été recouvert de paille. Des chiens de toutes races attendaient là, à l'attache, la laisse raccourcie de manière à ce qu'ils ne puissent se chercher querelle. L'un d'eux, couché sur le flanc, le ventre enveloppé d'un pansement, paraissait mal en point.

— Il est blessé, commenta Manuel. La police de la frontière, la *Migra*, lui a flanqué un coup de fusil. Heureusement que mes chiens sont habitués à courir en zigzag. Je les entraîne moi-même en leur tirant dessus avec du petit plomb, ça leur cingle le cul et ça leur apprend à avoir de bons réflexes. Le vôtre c'est celui-là : Zoltan. C'est un vrai dur. Jamais les flics n'ont pu le toucher.

Il s'agenouilla près d'un berger allemand au poil très sombre, et qui affichait la mine arrogante d'un chef de meute.

— Il connaît la frontière mieux que les flics, ricana Manuel. Votre paquet, il le passera comme une lettre à la poste.

L'instant d'après, il montra aux deux gringos comment on

bouclait le harnais de cuir sur le dos de l'animal. Les sacoches reposaient sur les flancs de la bête, des sangles les maintenaient sous son ventre. Dan remarqua que chaque poche était percée de trous.

— C'est à cause de l'eau, expliqua Manuel. Comme ça elle ne reste pas à l'intérieur du bât. Dès que le chien est de retour sur la terre ferme, elle s'écoule par les perforations. Donnez-moi votre paquet. Je conduirai Zoltan à la frontière à la tombée de la nuit. Vous l'attendrez de l'autre côté, je vais vous montrer à quel endroit sur la carte. Il faut faire attention au *no man's land*, tout est piégé.

Dan se raidit.

— Le paquet... dit-il un peu trop vite. Il faudra le conserver au frigo jusqu'au dernier moment, sinon il n'aurait plus aucune valeur pour nous. Vous comprenez ?

— Bien sûr ! Bien sûr ! fit Manuel, pressé de réintégrer son hamac. Je vais le ranger avec la bière. Venez voir.

— Faites bien attention que personne n'y touche ! répéta Dan.

Le bonhomme ne lui inspirait guère confiance, et c'est à contrecœur qu'il ouvrit la mallette réfrigérée. Il faisait si chaud qu'une buée de condensation jaillit du bagage, comme s'il avait transporté du brouillard dans la valise.

— Au frigo, martela l'imitateur. C'est compris ?

Le Mexicain se contenta de hocher la tête. Dan ouvrit le compartiment contenant la main. Doc' avait confectionné un paquet rectangulaire, inidentifiable. Il pria pour que la curiosité du passeur ne le pousse pas à le défaire. Zoltan plissa le museau, comme s'il avait repéré l'odeur du sang. Manuel s'empara du colis et sortit de la grange, les deux hommes sur ses talons. Avec beaucoup de simplicité, il entra dans une cuisine encombrée de vaisselle sale, de mouches ainsi que d'un échantillon assez complet d'insectes locaux. Il déposa la main d'Adam Smart dans le freezer d'un antique réfrigérateur Westinghouse, comme on n'en voyait plus guère qu'au Musée d'Art Moderne de New York. L'armoire de métal était remplie de canettes de bière sur trois étages. Principalement de la Corona. Se retournant, le passeur invectiva deux gamins au crâne tondu qui l'observaient par la fenêtre dépourvue de carreaux.

— Faut pas vous inquiéter, assura-t-il aux Américains. C'est moi le maître ici. Personne ne touchera à votre paquet.

Ils passèrent le quart d'heure qui suivit à pointer le lieu du rendez-vous sur une vieille carte d'état-major. Il y avait à cet endroit, affirmait Manuel, un trou dans la barrière de fer installée par les U.S Marines. L'orifice était parfaitement dissimulé, et les flics de la Border Patrol passaient tous les jours devant sans même se douter de son existence.

— Mon cousin Paco vous attendra là-bas, conclut-il. C'est à lui que vous remettrez la seconde partie du paiement. Le mieux c'est que vous passiez la ligne maintenant, de manière à être sur place à l'heure prévue. Il vous attendra dans un restaurant de routiers, le *Bonfire*. Il vaut mieux ne pas trop traîner sur le chemin qui longe la barrière, les flics surveillent tout le territoire à la lorgnette électronique. Ils ont des boosters qui amplifient les images nocturnes.

Voyant l'effarement se peindre sur le visage de Dan, il sourit de toutes ses dents cariées et ajouta :

— N'ayez pas peur, il y aura une diversion. On fera passer Zoltan au même moment qu'une bande d'émigrés clandestins. Les flics encercleront les Dos Mouillés sans s'occuper de rien d'autre. Ils sont déjà en planque, c'est nous qui leur avons refilé le tuyau !

Il éclata d'un rire sonore, heureux de pouvoir montrer à quel point il était futé, et raccompagna les gringos jusqu'à la grille.

— Ça va marcher, affirma-t-il en agitant la main. Bueno ! C'est de la routine pour nous. Détendez-vous et prenez du bon temps en attendant la nuit.

Dan et Baby Monk s'éloignèrent. L'imitateur ne pouvait se défaire d'un sentiment d'appréhension.

Ils passèrent la « ligne » sans encombre. Les chiens renifleurs de drogue firent le tour du véhicule sans rien dénicher de suspect. La camionnette traversa le *no man's land* et ne rencontra pas davantage de difficultés avec la douane américaine. On leur fit une nouvelle fois ouvrir les bagages, mais c'était de la pure routine, et Dan avait pris la précaution de garnir la mallette réfrigérée avec des boîtes de Diet Coke.

Ils décidèrent de longer le fleuve sans plus attendre, au cas où ils mettraient un moment à localiser le *Bonfire*. Ils roulaient en silence, Dan très tendu, Monk commentant à voix basse un match de catch qui semblait se dérouler dans sa tête.

Parvenus au point de contact, il s'installèrent à une table devant deux Michelob et attendirent le cousin de Manuel. Monk avait posé en évidence le signe de reconnaissance fourni par le Mexicain : un catalogue de cassettes vidéo pornographiques dont les actrices étaient toutes obèses. Un homme se détacha du bar. Il était petit, et portait un stetson décoloré enfoncé au ras des sourcils. Il s'assit, se contenta de préciser qu'il se nommait Paco, et s'absorba dans la contemplation de sa bière sans faire d'effort pour alimenter la conversation.

Soixante-cinq minutes s'écoulèrent sans que ni Paco ni Monk ne donnent signe de vie, et Dan se sentait peu à peu gagné par l'illusion d'être assis entre deux morts-vivants. A l'heure dite, le cousin de Manuel se leva brusquement et fit signe aux deux gringos de lui emboîter le pas.

Le Mexicain s'installa au volant d'une vieille Cutlass et démarra en direction du fleuve. Après bien des détours, il gravit le versant d'une colline dominant la muraille métallique, et sortit de son véhicule, une paire de jumelles à la main.

— Là, dit-il simplement en s'agenouillant dans les hautes herbes. Le chien... Il va venir de là.

Dan plissa les yeux, le jour baissait et la rive mexicaine du fleuve se perdait déjà dans la pénombre. Le cours d'eau n'avait rien d'imposant mais il faudrait tout de même un bon moment à la bête pour le traverser. Les chiens ne nagent pas très vite, et pendant tout ce temps, la tête de Zoltan constituerait une cible magnifique pour un tireur adroit. Comme toujours à la proximité de l'eau les moustiques étaient nombreux, et Dan ne cessait de s'envoyer des gifles. Habitué au climat désertique de Vegas, il ne possédait pas le flegme de Paco qui subissait les piqûres sans broncher.

— Maintenant, murmura le Mexicain. Manuel va lancer le chien... Regardez.

Plein de bonne volonté, il tendit les jumelles à l'imitateur qui s'en saisit avec impatience. C'était du matériel militaire qui, malgré la semi-obscurité, donnait des choses une image nette, bien qu'uniformément verte.

Zoltan surgit brusquement d'entre deux rochers. Il courait ventre à terre, en prenant soin de zigzaguer. Il dévala la pente pour se rapprocher de l'eau. Les sacoches de cuir sanglées sous son ventre lui donnaient une silhouette bizarre, enflée.

Alors qu'il s'apprêtait à plonger, une silhouette jaillit tout à coup des buissons, juste derrière lui, et le percuta de plein fouet. Dan mit une seconde à comprendre qu'il s'agissait d'un autre chien... A présent les deux bêtes se roulaient dans la poussière, s'affrontant en un combat acharné, et Dan réalisa enfin que l'agresseur n'était autre que Dust en personne ! Dust qui s'était échappé du chenil pour rattraper ceux qui avaient osé dévaliser son maître.

— Qu'est-ce qui se passe ? grogna Monk.

— C'est Dust ! balbutia l'imitateur. Il nous a suivis... Bon sang ! Il a deviné ce que nous allions faire. Il est venu se cacher ici.

Il ne put en dire plus, Baby Monk lui arracha les jumelles.

— Merde ! gronda-t-il. C'est vrai ! Il est en train d'égorger Zoltan.

Maintenant les trois hommes luttaient pour la possession des binoculaires. Quand Dan réussit enfin à s'en emparer, ce fut pour voir Dust disparaître dans les rochers, un paquet entre les dents. Zoltan gisait au bord du fleuve, gravement blessé ou mort. Dust avait déchiré le rabat de la sacoche fixée sur son dos pour s'emparer du chargement.

— Qu'est-ce qu'il fait ? haleta Monk.

— Seigneur ! bégaya Dan d'une voix incrédule. Il a pris la main... Tu ne comprends donc pas ce qu'il a dans la tête ? Il va la rapporter à son maître !

Cédant au fantasme, il imagina soudain la scène : Adam Smart au rez-de-chaussée de l'hacienda, devisant avec Doc' Brannigan assis à son chevet. Le banquier parlait d'une voix pâteuse, alourdie par les somnifères. Seth, trop vieux, ne percevait pas la foulée du chien sur la route. Dust se rapprochait, il traversait la cour, sautait par la fenêtre pour faire irruption dans la chambre, tout couvert de poussière et de sang. Il bondissait vers le lit et déposait sur le ventre de Smart le paquet dépenaillé contenant la main... Un paquet lacéré par ses crocs, et d'où émergeaient déjà quelques doigts décolorés. Combien de temps faudrait-il à Adam pour comprendre qu'il contemplait sa propre main ?

Ensuite tout irait très vite : pendant que Dust tiendrait Doc' Brannigan en respect, Smart saisirait son radiotéléphone pour donner l'alerte.

Dan s'épongea le visage d'un revers de manche.

Paco était enfin sorti de sa stupeur. De la boîte à gants de sa voiture il avait tiré un talkie-walkie à l'aide duquel il essayait de contacter son cousin, de l'autre côté du fleuve. Des injures crachotantes jaillirent du minuscule haut-parleur, Paco s'empressa de lancer quelques mots sans signification apparente.

— On ne peut pas parler longtemps, expliqua-t-il en éteignant l'appareil. Les flics sont à l'écoute vingt-quatre heures sur vingt-quatre. Ils ont des scanners pour localiser le lieu d'émission.

Il eut un geste autoritaire pour commander aux deux Américains de remonter dans la fourgonnette.

— Il faut repasser la frontière, lâcha-t-il. Manuel n'est pas content... Il a perdu son meilleur chien à cause de vous. Il va falloir le rembourser.

— Et nous on a perdu la marchandise ! riposta Monk. Son connard de clebs n'avait qu'à être à la hauteur et défendre sa peau !

Dan saisit le lutteur par l'épaule et le poussa vers la camionnette. Ce n'était pas le moment de perdre du temps à palabrer. En cette minute même, Dust galopait vers l'hacienda, le paquet calé entre les mâchoires, tel un chien bien dressé qui ramène le journal à son maître. Il fallait à tout prix l'intercepter avant qu'il n'atteigne la maison.

— Ce sale moricaud essaye de nous arnaquer ! gronda Monk en s'installant au volant. De toute manière on n'a pas une tune à lui filer. Il n'a qu'à le bouffer, son foutu cabot, ça le dédommagera ! Il paraît que les Mex' c'est comme les Chinois, ça becte du chien bouilli.

Paco leur fit signe de passer devant. Il allait manifestement les accompagner jusqu'au poste frontière. Dan essayait de ne pas céder au sentiment d'irréalité qui le gagnait. C'était comme un cauchemar constitué de pelures successives. Chaque fois qu'il croyait faire un pas vers la sortie du tunnel, quelque chose le ramenait en arrière, inlassablement, et il se retrouvait à la même place qu'une heure auparavant, en train de piétiner.

— Il faudrait appeler l'hacienda d'une cabine, dit-il alors qu'ils approchaient de la douane. Prévenir Doc' de ce qui est en train de se passer.

— Je ne sais pas si ça marchera, grommela Baby Monk. Le téléphone barre en couille dans ce foutu pays. Les paysans démontent les lignes au fur et à mesure qu'on les pose, pour revendre le fil de cuivre au marché noir.

— Il faut dire à Doc' de s'enfermer, insista Dan. Qu'il se barricade à l'intérieur de la maison et ne laisse à aucun prix Dust entrer. Ce serait la catastrophe. Tu as bien le numéro ?

Monk fronça les sourcils, fouilla dans les multiples poches de son gilet de surplus. Dan ne tenait plus en place. Le lutteur finit par mettre au jour une boulette de papier. L'imitateur identifia aussitôt l'écriture du vieux croque-mort. Il fallait maintenant dénicher une cabine en état de marche, c'était plus difficile. Il faisait nuit mais Tijuana brillait de tous ses feux de l'autre côté de la ligne frontière. Par bonheur les formalités furent réduites au minimum, comme c'était souvent le cas dans le sens États-Unis/Mexique. Paco leur filait le train, ses pare-chocs collés à ceux de la fourgonnette. Penché sur son volant, il arborait un air obtus, renforcé par des sourcils broussailleux qui se touchaient. Dans le quart d'heure suivant, Dan essaya vainement deux cabines. Aucune ne fonctionnait. Passer l'appel d'un bar ou du hall d'un hôtel était délicat, car quelqu'un pouvait surprendre la conversation et s'en étonner. Beaucoup de types de la DEA traînaient dans les lieux publics, essayant d'infiltrer le milieu des passeurs.

Ces arrêts irritaient Paco qui affichait une expression de plus en plus méfiante. Dan réussit enfin à mettre la main sur un téléphone en bon état. Pendant qu'il formait le numéro de l'hacienda, il fut pris d'une crainte subite : et si Doc' ne se décidait pas à décrocher ? Après tout, il avait été arrêté qu'aucun appel ne serait passé avant la fin du hold-up, or il était peu vraisemblable que celui-ci ait déjà eu lieu... Le vieux allait-il laisser sonner l'appareil sans se résoudre à soulever le combiné, redoutant de tomber sur un proche d'Adam Smart ? Ou bien allait-il débrancher l'appareil pour éviter que la sonnerie ne tire le « malade » de son engourdissement artificiel ?

« Bon sang ! grommela Dan, décroche ! »

Le combiné glissait dans sa paume moite. Des images effrayantes s'insinuèrent dans son esprit : Doc' étendu sur les tommettes rougeâtres de la salle à manger, la gorge déchiquetée par les crocs de Dust. Smart, tiré de l'assoupissement par les aboiements du chien, et composant fébrilement le numéro de la police sur son radiotéléphone perfectionné.

« Décroche ! »

La voix de la raison lui soufflait de ne pas s'attarder, d'abandonner les autres et de disparaître au Mexique, de s'enfoncer vers le sud... Mais non ! C'était stupide, il n'avait aucun contact dans le pays et ne parlait même pas correctement l'espagnol. Pendant que grelottait la sonnerie, il lui semblait voir Seth Brannigan, assis devant l'appareil, le visage agité de tics, incapable de la moindre décision. Enfin on décrocha.

— Oui ? fit la voix enrouée du vieil homme.

— Seigneur ! souffla Dan, je me demandais si vous alliez vous décider. Dust s'est échappé... Il nous a joué un tour de cochon ; en ce moment, il est probablement en train de galoper vers l'hacienda. Il va débarquer chez vous dans peu de temps. Barricadez portes et fenêtres, et surtout ne le laissez pas entrer. Il a la main.

— Quoi ? hoqueta le vieillard. Vous voulez dire...

Dan dut patiemment lui expliquer toute l'aventure. L'ancien croque-mort demeurait incrédule, réclamant de nouveaux détails au lieu de courir verrouiller battants et volets.

— Vous ne vous êtes donc pas rendu compte qu'il avait filé ? coupa Dan.

— Si... si, bien sûr, bégaya Doc'.

Sa voix résonnait faiblement dans l'écouteur, et Dan eut le pressentiment que le vieux commençait à perdre les pédales. Tout se passait comme si quelques heures de solitude avaient suffi à émietter la résolution de Seth Brannigan, le transformant en un retraité apeuré, incapable de réagir.

— Je raccroche, annonça Dan pour tirer son interlocuteur de l'apathie. Nous nous lançons sur la piste du chien, nous serons là dans une heure tout au plus. Vous avez compris ? Fermez bien les fenêtres. Installez-vous au chevet de Smart et donnez un tour de clef à la porte de la chambre.

— Oui... oui... se contenta de balbutier Doc' d'une voix qui devenait imperceptible.

Dan quitta la cabine et regagna la fourgonnette.

— Ça va mal, annonça-t-il à Monk. J'ai dans l'idée que le vieux est en train de paniquer. Il faut rattraper Dust avant qu'il ne débarque à l'hacienda.

Le lutteur se contenta de grommeler. Ils réussirent enfin

à sortir de Tijuana pour reprendre, en sens inverse, la route parcourue le matin même. Paco ne les lâchait pas d'une semelle. Ils longèrent le fleuve jusqu'à ce qu'un bref éclat de lumière leur signale qu'ils avaient atteint le lieu du rendez-vous. A peine eurent-ils le temps de mettre pied à terre que Manuel sortit des buissons. Il sentait la bière et paraissait d'une humeur de dogue. Tout de suite il se mit à gesticuler en direction des fourrés, brandissant sa torche électrique comme une massue. Il parlait très vite, en spanglish, cet idiome approximatif né d'un mélange d'espagnol et d'anglais, qu'on appelait aussi le Chicano. Comme tous les Angelenos, Baby Monk avait fini par devenir plus ou moins bilingue, mais Dan ne comprenait qu'un mot sur quatre.

— Il m'a tué Zoltan ! rugit enfin Manuel. *Hijo de la chingada !* Mon meilleur passeur ! Vous saviez que ça risquait d'arriver ! Vous ne m'avez pas prévenu, c'est déloyal... Il faut me payer le prix du chien mort !

Monk jura et leva le poing. Malgré l'obscurité, Dan devina que le cousin Paco se glissait dans les fourrés, ouvrait le hayon du break de Manuel pour y prendre quelque chose. Sans doute un fusil de chasse à canon scié.

— Écoutez ! coupa l'imitateur. On ne pourra vous payer que si nous parvenons à récupérer le paquet... Vous comprenez ? Le paquet représente tout ce que nous possédons. Il faut retrouver la trace du chien.

— De toute façon c'était bien mon intention ! vociféra Manuel. Je vais capturer ce salopard et le dresser à coups de fouet.

— Il est dangereux... se crut forcé de préciser Dan.

— Connerie ! siffla Manuel en crachant à ses pieds. J'en ai dressé de plus durs. J'ai un compte à régler avec lui, mais je ne sais pas quelle direction il a pu prendre.

— Moi, j'ai mon idée, murmura Dan. Je peux vous conduire là où il se rend, mais il faudrait partir tout de suite, il a beaucoup d'avance.

Manuel lui jeta un regard par en dessous. Il semblait

peser le pour et le contre. L'envie d'en découdre fut la plus forte.

— *Mierda !* lança-t-il. Je vais le prendre, je lui casserai toutes les dents avec une trique, puis je lui couperai les oreilles et je les lui ferai bouffer !

Il lança une bordée d'ordres confus à son cousin.

— On monte tous dans votre camionnette, décida-t-il enfin. Si on doit capturer le chien ce sera plus pratique, on le foutra à l'arrière.

Il alla fourrager dans le break, en ramena une corde à nœud coulant, une muselière et une batte de base-ball. Il suait et ne cessait de grommeler en s'agitant. Paco grimpa dans la fourgonnette. Il tenait un Mossberg calibre 12 à poignée revolver dans les mains. Le B.A.-ba en matière d'armement pour tout « gangsta » à la page.

— Qu'est-ce que c'était que ce clébard ? grogna Manuel en les rejoignant. Un chien-flic ?

— Non, inventa Dan. C'est la bête d'un... « concurrent ». Nous pensions l'avoir neutralisée.

— *Pendejo !* jura le Mexicain. Une bête comme ça y'a qu'un professionnel qui peut s'en faire obéir. Ou alors il faut lui foutre deux balles dans la tête.

Le cousin Paco s'était installé dans le fond du véhicule, le fusil négligemment levé en travers de la poitrine. Dan sentait le contrôle des événements lui échapper. Manuel était sans doute armé, lui aussi. Ne distinguait-on pas une bosse étrange à la hauteur de sa taille, sous sa chemise flottante ?

— Allez, ordonna le Mexicain. Je ne vais pas perdre toute la nuit.

Monk démarra sèchement pour prendre la direction de l'hacienda. Dan vérifia du regard que les vitres latérales étaient bien remontées. Il n'avait aucune idée de la manière dont Manuel et son cousin comptaient s'y prendre pour capturer Dust, mais il ne croyait guère à la réussite de l'entreprise.

— Vous savez, hasarda-t-il au bout d'une minute. Il est peut-être inutile de prendre des risques. Quand nous aurons repéré le chien, flanquez-lui un coup de fusil, et tout le monde sera content.

Manuel lui jeta un regard méprisant et alluma un mince cigare.

— Vous avez peur de lui ? ricana-t-il. Pas moi. Les chiens j'en ai maté plus d'un, et de sacrés vicieux. Celui-là, il m'a porté préjudice, je le punirai, je le corrigerai jusqu'à ce qu'il me lèche les pieds. Et s'il est trop arrogant, je lui casserai les quatre pattes en petits morceaux, puis je le donnerai à bouffer aux autres chiens de ma meute. Ça lui apprendra.

Un sourire cruel lui tordit la bouche, et Dan comprit qu'il était beaucoup moins en colère qu'il ne voulait le faire croire. Au fond, cette expédition punitive lui plaisait bien. Sans doute voyait-il là l'occasion d'affronter enfin une bête à sa mesure ?

La camionnette brinquebalait dans les ténèbres. Çà et là, aux carrefours de deux pistes, un feu allumé dans un bidon de fer éclairait la perspective d'un bidonville érigé autour des ruines d'une ancienne église. Dan consulta sa montre en songeant à la température qui régnait à l'extérieur. Combien de temps encore avant que la main coupée ne commence à se décomposer ?

13

Au cœur de l'hacienda, Seth Brannigan resta un long moment à fixer le combiné du téléphone qu'il venait de raccrocher. Il était incapable de se décider à bouger. La perspective du retour imminent de Dust le paralysait de terreur. Il s'était bien évidemment empressé de boucler tous les volets dès que le chien avait pris la fuite, mais il n'avait aucune confiance dans les différents systèmes de fermeture trop artisanaux. Depuis dix minutes il se répétait qu'il serait plus prudent de nouer de la ficelle autour des loquets, et de glisser des coins de bois au bas des portes, mais il ne remuait toujours pas. Il avait allumé toutes les lampes dès que le ciel s'était assombri, et depuis lors, moustiques et phalènes tourbillonnaient autour des ampoules électriques, s'y grillant les ailes. Doc' avait froid ; le sang avait déserté ses mains et ses pieds, toutefois il restait là, assis sur son ridicule petit cul osseux, au bord d'une chaise de paille, l'oreille tendue pour guetter l'arrivée du chien.

« C'est inutile, se répétait-il. Tu n'entendras rien. Tu es trop vieux pour ça maintenant. A moitié sourd... Il est bien loin le temps où tu repérais l'approche d'un japonais au simple crissement que produisaient ses bandes molletières quand il s'agenouillait. »

— Il ne fallait pas me laisser tout seul ! lança-t-il à voix haute sans trop savoir à qui il s'adressait.

Il se ratatina aussitôt, confus de s'être une fois de plus laissé aller. Cette petite honte lui permit de se ressaisir et il trottina jusqu'à la porte principale pour vérifier que les différents loquets étaient bien poussés. Malgré cela il ne se sentait pas en sécurité. Au fil des heures, il en était venu à affubler Dust de pouvoirs paranormaux. Il n'aurait pas été outre mesure étonné de le voir enfoncer le battant tel un rhinocéros chargeant, corne basse.

Et puis l'hacienda comptait trop de fenêtres, d'ouvertures — certaines dépourvues de volets — pour qu'on puisse espérer la transformer en camp retranché.

Il boitilla jusque dans la cuisine pour essayer de trouver de la ficelle. La respiration rauque d'Adam Smart lui parvint par la porte entrouverte. Il était difficile de ne pas l'entendre, elle emplissait le couloir. Un vrai souffle d'agonisant, presque un râle.

« Bon Dieu ! songea Doc'. Tu as trop forcé sur l'hydrate de chloral, le Valium en injection... Tu vas le faire crever. »

Il n'était pas médecin anesthésiste, mais il savait qu'au-delà d'un certain seuil, on provoquait invariablement une paralysie du système respiratoire, ce qui condamnait le patient à une lente asphyxie. Tous ceux qui se suicidaient aux barbituriques mouraient de cette manière, victimes d'étouffement. Adam Smart n'était plus de première jeunesse et ses bronches avaient l'air passablement encrassées par le goudron des millions de cigarettes fumées au cours de son existence ; cela ne simplifiait pas les choses. Il existait sûrement des parades, des médicaments adéquats pour endiguer le processus, mais Seth Brannigan ne les connaissait pas. Il n'avait jamais rien été d'autre qu'un infirmier formé sur le tas, au milieu de la jungle et des embuscades nipponnes. Il se débrouillait plutôt bien dès qu'il s'agissait de couper dans la viande et de suturer une plaie, mais les mécanismes chimiques le laissaient désemparé. Il n'avait pas osé le dire à Dorana, de peur de se retrouver écarté de la combine ; il avait frimé au vieux singe qui connaît tous les trucs... il le regrettait presque à présent.

Il s'immobilisa au milieu de la cuisine, ne se rappelant plus ce qu'il était censé y faire. Le souffle rocailleux de Smart perturbait ses processus logiques.

« Il est en train de s'étouffer, radota-t-il en essuyant ses mains moites sur le devant de sa chemise. *Tu sais très bien ce qui se passe.* Tu as trop forcé sur les somnifères... Et tu ne connais rien aux dosages précis. Tu es en train de le « suicider » à son insu. »

Il avait vaguement conscience d'avoir fait ingurgiter à son malade un horrible cocktail de produits contradictoires dont les chimies opposées se télescopaient, conduisant la machine au bord du déraillement. Réprimant un frisson, il se rendit dans la chambre aux volets clos pour prendre le pouls de l'homme endormi. La respiration était « encombrée », selon la terminologie médicale, et le visage du banquier présentait une coloration bleuâtre, annonciatrice d'un début de cyanose. Il n'était pas rare que les asthmatiques, les « insuffisants respiratoires » succombent à une O.D de somnifères, et cela sans qu'ils aient eu le moins du monde l'intention de mettre fin à leurs jours. Smart était en train de prendre ce chemin. Si le hold-up n'avait pas lieu très rapidement, il mourrait dans son lit, victime des barbituriques dont on avait saturé son organisme.

Doc' se massa le visage du bout des doigts, comme si ce simple geste allait le débarrasser de l'accablement qu'il éprouvait. Il avait été trompé par l'apparence du banquier, sa stature d'homme de fer, de colosse à cheveux gris. Il aurait pourtant dû savoir que tous les hommes sont fragiles passé un certain âge, et que même les bûcherons font des infarctus.

Il laissa retomber la main d'Adam sur le drap. Les ongles en étaient bleuâtres, eux aussi. « Hypoxie généralisée » diagnostiqua Seth. A peine prononcés, ces mots le mirent hors de lui.

— Arrête de jouer au toubib ! siffla-t-il entre ses fausses dents. Avoue enfin que tu n'y connais rien !

Il eut un regard pour le téléphone cellulaire posé sur la table de chevet. Smart devrait être en état de passer son foutu coup de fil de contrôle demain matin, sinon toute la combine serait à l'eau. Il faudrait encore lui faire une injection de speed pour l'arracher aux profondeurs du sommeil artificiel... puis le rendormir de nouveau, pour éviter qu'il ne s'impatiente et n'appelle son assureur afin d'obtenir l'envoi d'une navette médicale. Combien de temps tiendrait-il encore à ce rythme ? Vingt-quatre, quarante-huit heures ?

Un grattement, en provenance de l'extérieur fit tressaillir le vieillard. Il y avait quelqu'un dehors. Sous la fenêtre de la chambre. Quelqu'un qui grattait contre la façade.

C'était Dust. Il était revenu. Son odorat lui avait permis de localiser la chambre de son maître. A présent, il essayait de s'introduire dans la maison. Il allait faire le tour de l'hacienda jusqu'à ce qu'il déniche enfin une ouverture...

Doc' se le représenta, la main coupée coincée entre les mâchoires, bête bien dressée rapportant à son propriétaire l'objet qu'on avait tenté de lui dérober. Bon sang ! C'était à mourir de rire.

Le vieil homme laissa échapper un caquètement dont le son lui déplut. Il sursauta quand le chien donna un coup de tête dans les volets clos, puis quand ses griffes crissèrent sur le bois, essayant de se frayer un passage.

— Tu peux y aller, ricana Doc' pour se donner du courage. Ça tient avec du fil de fer !

Il ne mentait pas. Il avait consacré le seul morceau de barbelé trouvé dans un placard à l'immobilisation des volets de la chambre, pensant que c'était bien par là que le chien tenterait de s'introduire en premier. Avoir vu juste le rassura quelque peu. Seigneur ! ça prouvait au moins qu'il n'était pas encore complètement gâteux.

L'animal renonça au bout de cinq minutes. Doc' l'entendit s'éloigner le long du mur, son poil rêche frottant contre le crépi. Un quart d'heure plus tard, il y eut un choc sourd en provenance de la porte principale, puis ce fut le tour de chacune des fenêtres.

Adam s'agita sur son lit, comme si ces bruits l'avertissaient du danger qu'il était en train de courir. Sa respiration devint encore plus chaotique. Doc' songea qu'il aurait dû redresser le malade sur ses oreillers, mais il n'en avait pas la force. La sarabande du chien fou lui donnait envie de se boucher les oreilles et d'aller se réfugier au fond d'un placard.

Il imaginait n'importe quoi : que Dust allait sauter sur le toit, entrer par l'une des lucarnes du grenier. Il n'aurait pas été surpris de le voir se déplacer le long des murs, à la verticale, comme une mouche. Il crut enfin détecter un bruit dans le lointain, un bourdonnement de moteur. Presque aussitôt, les griffes de Dust crissèrent sur le pavage de la cour et la galopade feutrée s'éloigna en direction de la colline. Le chien avait détecté l'approche des hommes, il allait chercher refuge au milieu de la végétation. Doc' se sentit tout de suite plus fort, la présence de ses complices le rajeunissait de vingt ans. Il se racla la gorge pour donner plus de fermeté à sa voix et sortit de la chambre pour gagner la porte d'entrée. Une portière claqua, le sable crissa. On frappa sur le battant au moment même où Doc' s'apprêtait à faire jouer le verrou.

— C'est Dan, annonça une voix derrière le panneau de bois. Vous êtes là, Doc' ? Ça va ?

Seth appuya son front contre la porte. Ses foutues mains tremblaient tant qu'il ne parvenait pas à dénouer la ficelle au moyen de laquelle il avait entortillé le loquet.

— Le chien... dit-il en espérant que sa voix sonnerait normalement. Il était là il y a un instant. Il doit se cacher dans le boqueteau, sur le versant de la colline.

— Okay, fit Dan. Ça va, vous ?

Il insistait, comme si quelque chose dans le ton de son interlocuteur avait éveillé son inquiétude. Doc' en fut irrité.

— Oui, oui, siffla-t-il. Ne perdez pas de temps à bavarder, essayez plutôt de récupérer le colis.

14

Dan s'éloigna de la porte. La voix de Seth lui avait fait mauvaise impression. L'espace d'une seconde, il avait cru qu'une grand-mère pantelante se cachait derrière le panneau clouté. Pourquoi le vieux n'ouvrait-il pas ? Était-il en train de perdre son sang froid ? L'imitateur recula d'un pas pour diriger le faisceau de sa torche sur la porte. Les planches se révélèrent labourées à mi-hauteur, là où Dust avait attaqué le bois à coups de griffes. Le « paquet » n'était nulle part. Le chien ne l'avait nullement oublié au moment de prendre la fuite. En réalité il ne s'en séparerait à aucun prix. Il faudrait le tuer pour lui extirper enfin le colis des mâchoires !

— Alors ? s'impatienta Monk. Qu'est-ce que tu fous ?

— Le chien était là il y a deux minutes, dit Dan. Il a essayé d'entrer. Doc' pense qu'il doit se cacher sur la colline.

— Qu'est-ce qu'on attend pour y aller ? grogna Manuel. *Carajo !* On dirait que vous crevez de trouille !

— Il faut rester dans la camionnette, plaida Dan. Si nous y allons à pied, il nous liquidera l'un après l'autre. Restons groupés.

— Hé ! tu déconnes *pendejo !* ricana le Mexicain, c'est un chien... seulement un chien !

Ils grimpèrent dans la fourgonnette et roulèrent au ralenti vers le sentier qui serpentait au flanc de la colline. Dan avait peur, il savait que les choses allaient mal tourner, inévitablement. Acculé dans ses derniers retranchements, assiégé sur son territoire, Dust passerait à l'attaque. Les deux « Spics » n'avaient aucune idée de ce qu'ils se préparaient à affronter.

Monk alluma les phares, provoquant la fuite d'animaux embusqués sur la route. Dans la lumière artificielle, la végétation prenait une curieuse teinte bleuâtre. Dust pouvait se cacher dans n'importe lequel de ces buissons.

— Ah ! grogna Manuel. On ne le trouvera pas avec ces méthodes de trouillard. Il faut descendre et faire une battue.

Il avait déjà ouvert la porte latérale du fourgon, la batte de base-ball dans sa main droite.

— Je marcherai devant, annonça-t-il. Paco me suivra avec le fusil. On ne le tue qu'en dernière extrémité, c'est compris ? Je le veux vivant.

Il sauta sur le sol, faisant tournoyer la batte entre ses doigts comme s'il s'agissait d'un bâton de majorette. Paco le suivit, le fusil sur l'épaule, l'index négligemment posé sur le pontet. Ni l'un ni l'autre ne semblait conscient de la menace que représentait Dust.

— Hé ! les gringos ! rigola Manuel en jetant un coup d'œil aux deux Américains demeurés dans le véhicule. N'en profitez pas pour vous papouiller !

Il traduisit la phrase à l'intention de son cousin qui éclata d'un rire grasseyant. Monk crispa les mains sur le volant, mais Dan intervint :

— Laisse, dit-il. Ils vont se faire bouffer. Ça les regarde. J'ai mon idée, mais il faudra faire vite.

S'éloignant de Monk, il s'agenouilla dans l'ouverture de la porte latérale, réduisant l'entrebâillement du panneau coulissant au minimum. Il n'avait pas lâché la torche et fouillait les buissons à l'aide du rayon lumineux. Pour l'instant il ne risquait rien. Il savait que Dust attaquerait d'abord l'homme au fusil, selon la méthode apprise à l'école de police. Ensuite, seulement, il se chargerait de l'individu à la batte. Il procéderait par priorité. Les humains tapis à l'intérieur de la fourgonnette ne représentant pas pour lui un danger immédiat, il ne les saignerait qu'en dernier... et c'était sur ce respect de la procédure que comptait justement Dan.

Les moustiques l'assaillaient mais il n'y prenait pas garde. Le fourgon se trouvait maintenant à mi-pente. Manuel allait en tête, expédiant de grands coups de batte dans les buissons. De temps à autre, il invectivait le chien en espagnol et le défiait de se montrer. Il semblait presque déçu de n'avoir pas déjà fait les frais d'une attaque. Aux alentours, comme si elles pressentaient l'affrontement, les bêtes de nuit avaient fait silence. Dan concentrait son attention sur Paco. Le Mexicain jouait avec son fusil mais ne paraissait pas particulièrement inquiet. Il avait l'habitude des bagarres entre gangs, fréquentes à Tijuana, et, après tout, il ne s'agissait que d'un chien, n'est-ce pas ? Sûrement jugeait-il la traque peu excitante en vérité.

Comme l'avait prévu Dan, l'assaut se fit par l'arrière, sur le flanc gauche. Dust jaillit d'un buisson trente secondes à peine après que Paco fut passé sans le voir. Dan eut juste le temps d'entrevoir une coulée de poil beige au ras du sol, une sorte d'éclair de fourrure. La seconde suivante, le Mexicain lâchait un hurlement de surprise et de douleur. Dust l'avait pris par-derrière, se mettant instinctivement hors de portée du fusil. Ses mâchoires s'étaient refermées sur la nuque du voyou, et il se balançait de droite à gauche, à la manière des loups, pour casser la colonne vertébrale de sa proie. Paco s'affola. Son index se prit dans la détente et un coup partit, crevant le radiateur de la fourgonnette. La balle à ailettes sortit par le tableau de bord, frôla le crâne de Monk et fit un trou dans le toit du véhicule avant d'aller se perdre dans les étoiles. La confusion régnait à l'extérieur. Paco hurlait de plus belle sans parvenir à réarmer son fusil à pompe. Il avait la nuque déchirée et les épaules couvertes de sang. Manuel s'était porté au secours de son cousin, le gourdin levé, mais l'homme et la bête se démenaient avec tant de fureur qu'il lui était difficile d'ajuster ses attaques, et qu'il redoutait de fracasser le crâne de Paco sur un coup malheureux. Dan en profita pour sauter hors de la camionnette. S'il avait une chance de récupérer la main, c'était maintenant, car Dust avait dû se résoudre à la déposer quelque part dans un buisson pour monter à l'assaut. Le colis était donc là, au milieu des feuilles poisseuses. Il suffisait de se jeter à quatre pattes et de fouiller...

Ne prêtant plus attention aux hurlements des combattants, il se rua dans la végétation, concentrant ses efforts sur l'endroit d'où il avait vu jaillir Dust. Il tâtait en aveugle, tremblant de déranger un serpent, un scorpion ou une mygale. Des insectes fuyaient entre ses doigts, les herbes lui cisaillaient la peau. Dans son dos le combat faisait rage. Manuel et Paco hurlaient de concert. Le chien avait vraisemblablement manœuvré pour leur interdire de récupérer le fusil, ainsi qu'on le lui avait enseigné. Dan s'enfonça encore un peu plus dans le feuillage. S'il s'attardait davantage, l'animal risquait de deviner ce qu'il tentait de faire et de se rabattre vers lui pour l'égorger. Il lui fallait faire vite. Ce foutu chien n'avait tout de même pas enterré le paquet, n'est-ce pas ?

Cette perspective l'effraya, et il se mit à fourrager de plus belle au travers des buissons, ne prêtant même plus attention aux épines ou aux coulées de sève urticante. Bon Dieu ! Demain il aurait les bras couverts de cloques !

— Tue-le ! hurlait Paco, qu'est-ce que tu attends ! Tue-le !

Le cri de colère se changea en hurlements de souffrance. Au même moment, les doigts de Dan effleurèrent l'emballage de Nylon rendu visqueux par la salive de la bête. Il s'en empara et battit en retraite. Il se déplaçait à quatre pattes, s'empêtrant dans le lacis des taillis et des lianes. Tout à coup il se crut bloqué, prisonnier d'une résille de chanvre, et faillit perdre la tête. Il ne savait plus où se trouvait la route et dut se guider sur la lumière des phares pour localiser la camionnette. Quand il s'extirpa de la muraille végétale, Dust tourna les yeux dans sa direction, comme s'il avait repéré l'odeur de la main coupée. Dan se jeta en avant, trois mètres le séparaient du flanc de la fourgonnette. Si le chien l'interceptait maintenant, il était mort...

Il se rua dans l'entrebâillement de la porte coulissante, roula sur la hanche et tira le battant derrière lui. A la seconde même où le loquet s'enclenchait, Dust boula contre le métal avec un bruit sourd qui fit trembler le véhicule sur ses amortisseurs.

— Démarre ! cria Dan à Baby Monk. Vite... j'ai le paquet !

Le lutteur obéit. Aussitôt, la camionnette se mit à dévaler la pente en marche arrière, Dust courant après elle dans le pinceau des phares. La lumière artificielle lui blanchissait le poil, lui donnant l'allure d'un loup-garou. Il courait sans plus s'occuper des Mexicains, les crocs découverts, furieux de s'être laissé duper. Manuel et Paco s'agitaient dans le lointain. Dan crut les voir bondir dans les fourrés, trop heureux de la diversion pour ne pas prendre la poudre d'escampette. Ils allaient probablement s'éloigner de la colline ventre à terre, abandonnant là leurs idées de revanche et de dressage.

Dust galopait de toutes ses forces ; son corps se contractait et se détendait à chaque foulée pour se propulser dans la nuit avec une énergie fantastique. Au bas de la colline, Monk braqua sèchement et lança le véhicule sur la piste sans perdre une seconde. Ils passèrent devant l'hacienda le pied au plancher, essayant de creuser un écart entre le pare-chocs arrière de la fourgonnette et les dents du chien toujours lancé à leur poursuite. Mais Dust tenait bon. Le visage pressé contre la vitre, Dan avait l'illusion de rouler au ralenti. Quand donc ce foutu clébard allait-il enfin se décider à décrocher ?

Lentement, l'écart se creusa, et Dust finit par s'immobiliser au milieu de la route, la tête basse, la langue pendante.

— On l'a eu ! souffla l'imitateur. Il renonce. Il s'est arrêté.

— Yo ! J'espère qu'il ne va pas récupérer de sitôt, grogna Monk, parce que ce connard de Paco a bousillé quelque chose dans le moteur avec son coup de fusil. Tu entends ce bruit ? Si la bagnole nous lâche on sera forcés de continuer à pied !

Dan tendit l'oreille sans rien percevoir de significatif, mais il n'y connaissait pas grand-chose en mécanique. Il lui sembla toutefois que la fourgonnette se traînait alors même que Monk conduisait, l'accélérateur au plancher. Son premier réflexe fut de jeter un regard inquiet par la lunette arrière pour vérifier que Dust ne regagnait pas du terrain. L'obscurité lui opposa son mur opaque. Si le chien était encore là, il courait à l'abri des ténèbres, l'œil fixé sur les feux de position du véhicule, et les hommes qui l'avaient dépouillé de son bien ne s'en apercevraient que trop tard.

— Qu'est-ce qu'on fiche maintenant ? s'enquit Monk. On ne peut pas passer la douane avec le paquet. Alors quoi ? C'est toi l'intellectuel, trouve une idée !

— Il n'y a qu'à faire comme le chien du passeur, murmura Dan. On se flanque à l'eau et on traverse à la nage. Ça doit être possible. Des centaines de « Dos Mouillés » le font tous les jours.

— D'accord, fit Monk. Mais à quel endroit ?

— Là où Zoltan devait passer. Au moins on est sûr qu'il existe bien un trou dans la muraille de tôle, juste en face. Il faut retrouver l'endroit. Tu sauras ?

— Yo, marmonna Monk. On devrait apercevoir la bagnole de Paco au bord de la route.

Il parut réfléchir une minute, puis demanda :

— Alors on se fout à l'eau comme ça ? Comme ces connards de Spics ? En abandonnant la camionnette de ce côté-ci de la frontière ?

— Oui, murmura Dan. On range la main dans la valise réfrigérée et on prend la torche électrique. On se débrouillera pour dégotter une autre voiture une fois revenus chez nous.

— Si les flics nous cueillent au sortir de la flotte on aura bonne mine avec notre morceau de macchabée dans le frigo portatif ! s'esclaffa sinistrement le lutteur.

— Je n'ai rien de mieux à proposer, répliqua Dan. Nous n'avons plus d'argent et Manuel ne nous aidera pas pour rien. Il faut se dépêcher de passer avant que Dust retrouve notre trace. Ce chien me flanque la chair de poule. Une fois en territoire américain, nous boucherons le passage avec des pierres, ça le retardera s'il tente d'emprunter le même chemin.

— De l'autre côté il y a les rondes de la Border Patrol, remarqua Monk. Faudra filer comme si on avait un piment dans le trou du cul.

Dan haussa les épaules. Il savait tout ça, il n'avait aucune stratégie de rechange à avancer. Il faudrait s'en remettre à la chance, un point c'est tout.

A tâtons il chercha la mallette réfrigérée, la vida de ses canettes de soda et y rangea le paquet malmené. Par bonheur, en dépit de ses pérégrinations, la main n'avait pas été exposée au soleil ; d'autre part, la température de la nuit étant relativement fraîche, les dommages subis ne devaient pas être trop sérieux. Pourtant il ne fallait plus différer le moment de passer à l'action. Si l'on voulait avoir une chance de remporter la timbale, le hold-up devrait avoir lieu le lendemain soir, avant que les tissus ne commencent à se relâcher, modifiant le tracé de la paume.

Ils roulèrent sans échanger une parole durant vingt minutes, puis le moteur se mit à cliqueter de manière alarmante, et une odeur de graisse brûlée envahit l'habitacle.

— Ça y est, haleta Monk. On va tomber en rade. Ce connard de Paco a dû crever le réservoir d'huile.

Dan ne dit rien. L'oreille tendue, il essayait de détecter la foulée de Dust, derrière eux. Il se secoua. C'était stupide ! Ils avaient trop d'avance sur le chien, à présent ils ne risquaient plus rien.

— On est encore loin du lieu de passage ? interrogea-t-il.

— Je ne crois pas, maugréa Monk. Mais c'est dur à dire, dans la nuit tout se ressemble. Si la caisse nous lâche, il faudra continuer à pinces.

— Tu l'as déjà dit ! coupa Dan à bout de nerfs.

L'idée de marcher dans l'obscurité, Dust galopant sur ses talons, lui mettait la sueur aux tempes.

La camionnette rendit l'âme dix minutes plus tard dans un grand bruit de ferraille. Quelque chose se détacha du bloc moteur pour tomber sur l'asphalte avec un son de calebasse.

— Foutu, constata Monk en coupant le contact.

L'odeur de graisse brûlée était insoutenable et l'intérieur du véhicule s'emplissait de fumée bleue, comme si la camionnette allait prendre feu d'une minute à l'autre. Dan attrapa la valise réfrigérée par sa poignée et sauta dehors. Le pinceau des phares mourait à vingt mètres devant, éclairant une perspective poussiéreuse et désolée. Il n'y avait aucune agglomération à l'horizon, pas même le brasero d'un bidonville. Le vent faisait voleter la terre rouge sous le châssis de la fourgonnette immobile.

— Y'a qu'à marcher, constata Monk. C'est forcément quelque part devant nous. On ne peut pas se perdre. Si ça se trouve c'est même tout près.

Dan ne partageait pas son optimisme. Il savait que la « mort » de la camionnette allait permettre à Dust de rattraper son retard car la bête courait beaucoup plus vite que les fuyards ne marchaient. L'imitateur ébaucha un bref calcul mental pour tenter de déterminer combien de temps mettrait le chien pour apparaître à l'horizon, mais il s'embrouilla et préféra abandonner. Il n'avait jamais été très doué pour les mathématiques.

Monk s'était mis en marche, son sac de voyage jeté sur l'épaule. Dan lui emboîta le pas, l'oreille en alerte, se retournant pour jeter un coup d'œil par-dessus son épaule tous les cinquante mètres. L'obscurité réduisait la visibilité et le vent étouffait les sons. Il n'y avait rien d'autre à faire qu'à crapahuter sur la piste au goudron desquamé, en priant pour que Dust ait succombé à l'épuisement. Dan n'y croyait guère. Les loups sont capables de couvrir d'incroyables distances en l'espace d'une nuit, et Dust était de la même race. Les pattes en sang, il continuerait à galoper dans le sillage des voleurs. Le seul moyen de briser la filature était de traverser le fleuve avant lui et d'obstruer le passage creusé au bas de la muraille de tôle au moyen d'un amoncellement de cailloux. Le temps qu'il fore un nouveau tunnel, Dan et Monk seraient sur le chemin de L.A, à bord d'un Truck ou d'une voiture volée.

Ils marchaient en écoutant sonner leurs talons sur l'asphalte. Dan aurait voulu avoir la force de courir, mais il ne s'en sentait pas capable. Des images le harcelaient : Paco, la nuque déchirée, les épaules et le torse couverts de sang, se débattant dans la lumière jaune des phares, si terrifié qu'il en avait perdu son fusil ; Manuel le fier à bras, tournant autour du fauve, la batte de base-ball levée, ne se décidant pas à frapper, toute faconde soudain envolée. Ils s'étaient crus forts, *muy padres*... leur rencontre avec Dust s'était chargée d'effacer leurs illusions. Encore devaient-ils s'estimer heureux de n'avoir pas fini en charpie !

« Et maintenant ça va être ton tour, songeait Dan. Tu ne l'entendras pas venir. Tu n'auras pas le temps de te retourner qu'il sera déjà là, suspendu à ta nuque, se balançant dans ton dos pour te casser les vertèbres. Et tu n'auras même pas le réflexe de te défendre... tu gigoteras en criant, comme Paco, et tu pisseras dans ton froc, de trouille. »

Il pressa le pas, remontant à la hauteur de Monk. Aussitôt celui-ci força l'allure pour reprendre la première place, et Dan comprit que le lutteur ne tenait pas à être le dernier, car celui qui occuperait cette place serait immanquablement la première victime du chien... L'autre disposerait alors de quelques minutes pour tenter sa chance : s'enfuir, grimper dans un arbre et attendre le jour.

Instinctivement, Dan dénombra du regard les endroits où il pourrait se percher en cas d'assaut. Il fut déçu. Les arbres silencieusement possible en poussant la valise devant soi, telle une bouée.

Il se baissait enfin quand il entendit la galopade du chien dans son dos. Un « flap-flap » assourdi par la poussière rouge... Il n'eut pas besoin de se retourner pour savoir que c'était Dust. La bête soufflait, hors d'haleine, mais ne ralentissait pas pour autant. Dan pivota sur lui-même, s'enlisant dans la vase du fond. Il tenait toujours la valise brandie à la manière d'un bouclier. Il vit les yeux du chien braqués sur lui, et ses crocs découverts, dont la faible lumière lunaire faisait luire l'émail. Cinq mètres, quatre, trois... dans une seconde Dust prendrait appui sur ses pattes postérieures et s'élèverait dans les airs pour lui déchirer la gorge.

Et, subitement, alors que l'animal ne se trouvait plus qu'à deux mètres, il eut une illumination.

— Dust, lança-t-il en contrefaisant la voix d'Adam Smart, ça suffit, couché !

Il n'aurait jamais cru que cela marcherait, mais le chien se figea, interloqué, trompé par la similitude des sonorités.

— Arrête de déconner, gronda Dan en employant la voix du banquier. Je vais être forcé de te corriger si tu continues. Retourne à la maison maintenant... A la niche ! Tu as entendu ? A l'hacienda. Allez !

Tout en continuant à parler, il reculait dans l'eau. Bientôt le flot le souleva et il n'eut plus qu'à se laisser aller. Statufié sur la rive, coupé net dans son élan, Dust le regarda s'éloigner en poussant des vagissements de chiot malheureux. Berné par la voix, l'odeur de la main et les ténèbres, il ne savait plus que faire. Dan en profita pour se mettre à nager, ne sachant combien de temps la stupeur tiendrait le fauve à l'arrêt.

— File ! lança-t-il une dernière fois. Je ne veux plus te voir. Méchant chien ! Sale bête ! A la niche !

Il dut se taire car il avalait de l'eau et commençait à s'étouffer. Dust recula, la queue entre les jambes, les oreilles couchées, hésitant sur l'attitude à adopter. Son instinct lui soufflait que quelque chose n'allait pas, mais le conditionnement du dressage restait le plus fort. La voix du maître avait tonné. Il fallait obéir. Il savait qu'il n'était pas question de faire autrement. Il zigzagua un moment sur la rive, balançant entre des pulsions contradictoires. Quelque chose lui criait de plonger, d'attraper cet homme et de lui broyer la gorge... mais le voleur parlait avec la voix du maître, il avait son odeur. Et il connaissait les mots.

Dan s'éloigna en battant des pieds, s'efforçant de ne pas boire la tasse.

« Seigneur ! songea-t-il avec une joie hystérique. Tu ne recommenceras pas deux fois ce coup-là. Sans l'odeur de la main il te bouffait tout cru !

Il atteignit sans trop de mal le milieu du fleuve. Monk n'avait pas menti : il y avait peu d'eau et on touchait facilement le fond avec les pieds. Le flot était épais, boueux. Au plus fort de l'été il s'assécherait pour se changer en un simple suintement, et les fameux « Dos Mouillés » traverseraient à pied sec.

Comme il se rapprochait de la rive américaine il fut saisi par une nouvelle terreur : qu'un tireur ouvre le feu sur la valise, faisant exploser la bonbonne de gaz du réfrigérateur portatif. Si cela se produisait, le bagage de métal lui exploserait au visage à la manière d'une bombe, lui arrachant la chair jusqu'à l'os. Il en oublia presque la menace du chien et se dépêcha d'aborder. Il grelottait, ne sachant pas très bien si c'était de froid ou de peur. Les vêtements boueux collaient à sa peau, et chacun de ses mouvements produisait un bruit spongieux. Il maudit une fois de plus le sénateur William Marmaduke Ucks, qui, en le condamnant à rester muet pour le restant de ses jours, avait fait de lui un gangster.

— Ici ! ordonna la voix de Monk. Qu'est-ce que tu fous ? Baisse-toi ! Rampe ! Je suis là.

Dan s'efforça d'obéir. Une formidable jubilation s'empara soudain de lui. La voix ! Il avait imité à la perfection la voix d'Adam Smart... Jusqu'à présent il ne s'était jamais estimé véritablement satisfait de ses différentes approches, mais la façon dont il avait réussi à duper le chien le rassurait sur la qualité de son travail.

— Qu'est-ce que t'as à rigoler ? s'enquit rageusement Monk. Bon sang, t'as perdu les pédales ? Amène-toi, je crois que le trou est par là.

Ils rampèrent dans les cailloux jusqu'au rideau métallique qui se déployait tout le long de la rive. L'escalader aurait été trop difficile et trop bruyant, il fallait passer par en dessous. Après dix minutes de tâtonnements, Monk dénicha enfin le terrier par lequel il convenait de se faufiler. Par bonheur la valise n'était pas trop large, et Dan put la pousser devant lui. Ils émergèrent enfin de l'autre côté de la frontière, en terre américaine, boueux et méconnaissables.

Baby Monk entreprit aussitôt de combler le passage à l'aide de grosses pierres. Dan l'y aida, bien qu'il ne crût plus réellement à la venue du chien.

« Il est en train de galoper vers l'hacienda, songea-t-il en étouffant un rire nerveux. Seigneur ! il ne doit plus savoir où il en est. J'espère qu'il attrapera une méningite à force de réfléchir ! »

— On se tire, annonça enfin Baby Monk. On traverse la route et on se perd dans la nature. Faut trouver à se nettoyer avant que le jour se lève. Y'a des fermes par là. On pourrait peut-être bien y piquer un camion ou une bagnole.

Ils suivirent ce plan à la lettre. Se débarbouillant à l'abreuvoir dans la cour d'une petite ferme. Dan vola quelques vêtements sur une corde à linge et jeta ses habits crottés sur un tas de fumier. Plus tard, alors que la nuit se décolorait déjà, Monk réussit à faire démarrer un vieux pick-up Ford à la carrosserie toute bosselée.

— On rentre chez nous, grogna-t-il en enfonçant l'accélérateur. Bordel ! J'ai l'impression qu'on est parti depuis six mois !

Et il mit le cap sur Los Angeles.

Dust resta longtemps assis au bord de l'eau, en proie à

un grand trouble, indifférent aux bruits et aux odeurs de la nuit. Quelque chose n'allait pas... Il ne savait pas exactement quoi, mais il avait l'intuition d'avoir fait une erreur.

Il avait bel et bien entendu la voix du maître et perçu son odeur, mais l'une et l'autre n'étaient pas associées à l'image habituelle qu'il avait d'Adam Smart. Comment le maître pouvait-il donc se trouver en même temps à deux endroits différents, et si éloignés l'un de l'autre ?

Si Adam avait pu quitter le lit pour grimper dans sa caisse de fer roulante, Dust aurait admis que l'homme l'avait dépassé à un moment ou un autre pour arriver au bord du fleuve avant lui... Mais le chien avait la certitude qu'aucune boîte de métal montée sur roues ne l'avait doublé sur la route. Alors ?

En outre, le maître était malade, on lui avait volé un morceau de corps, et ce morceau (une de ses pattes de devant, blanches et sans poil) était maintenant enfermé dans une valise. Dust savait parfaitement ce qu'était une valise. A l'école de police, on n'avait cessé de lui faire renifler des bagages pour y détecter la drogue ou les armes qu'on y avait cachées. (« Cherche, Dust, cherche ! »)

Fallait-il admettre que la patte du maître lui avait parlé du fond de la valise ? Là était toute la question !

Cette patte blanche, qu'on appelait « main », avait-elle le pouvoir d'émettre des commandements ? Jusque-là Dust ne s'en était jamais aperçu, et pourtant il se croyait plutôt malin dans l'ensemble... Où cachait-elle donc sa bouche ?

Il poussa un gémissement de chiot. Tout cela était trop compliqué pour lui. Il était humilié et malheureux d'avoir trop facilement battu en retraite. La voix du maître l'avait décontenancé, l'arrêtant en plein élan...

Et maintenant la patte blanche et sans poil était partie, loin. Si loin qu'il ne percevait même plus son odeur. Qu'allaient donc en faire les voleurs ? La manger ? L'enterrer comme un os dans un coin de jardin ?

L'idée qu'ils puissent manger la main du maître rendait Dust fou de rage. Le vol, lui-même, l'avait désorienté. Généralement, les humains dérobaient des objets, pas des morceaux de corps. Peut-être ceux-là avaient-ils particulièrement faim ? Reviendraient-ils, une fois leur festin achevé, pour découper d'autres portions sur le corps d'Adam ? Il n'en était pas question !

Dust se mit à trotter en direction de l'hacienda, mécontent de lui et inquiet de ce qui pourrait arriver dans un proche avenir.

La main lui avait dit de rentrer, alors il rentrait, bon, mais il restait persuadé qu'elle n'avait pas choisi la bonne stratégie. Qu'est-ce qu'une main pouvait bien savoir de la vie ? Ça n'avait pas d'yeux une main, et pas de nez... rien que des doigts.

Et pourtant ça parlait... Il pouvait en témoigner puisqu'il l'avait entendue ! Quelle histoire !

Dust commença à courir, à petites foulées, se promettant de réfléchir là-dessus pendant le trajet de retour.

15

Un peu avant d'arriver à L.A ils se perdirent dans les Santa Monica Mountains parce qu'ils avaient voulu emprunter des chemins de traverse, et le pick-up donna subitement des signes de fatigue. Dan s'interrogeait sur la nécessité de ramener ce véhicule volé au repaire. Il tremblait à l'idée qu'un contrôle de police pourrait les faucher là, si près du but. Il suffisait d'un rien : d'un motard trop curieux désireux d'inspecter cet engin poussif, et qui réclamerait les papiers de la guimbarde. Comment réagirait Monk en cas d'arrestation ? Ne serait-il pas tenté de supprimer le flic importun ? Dan ne voulait courir aucun risque. En abordant les virages de Mulholland, il suggéra qu'il serait plus prudent de flanquer le vieux Ford dans le précipice bordant la route. Une épave de plus n'étonnerait personne dans ce paradis des chauffards déjà peuplé de carcasses de voitures carbonisées. Baby Monk n'appréciait guère la marche, mais il finit par se rendre aux raisons de l'imitateur. Ils firent du stop, d'abord sans succès en raison de leur mise dépenaillée, puis un camion transportant des maçons Chicanos les ramassa pour les jeter aux abords du jardin « spéléologique » des cavernes de La Brea. Ils retrouvèrent la manufacture de cigares avec un soulagement intense, et leur premier réflexe fut de courir se décrasser dans la cabine de douche en tôle des anciens vestiaires. Il régnait une chaleur d'étuve sous la verrière éclairant la table de travail, et ils se remirent à suer dès qu'ils se laissèrent tomber sur une chaise. Ils n'éprouvaient pas le besoin de parler. Ils fixaient tous deux la valise de tôle dont les flancs se couvraient de buée. Dan retrouvait soudain cette espèce d'excitation étrange, faite de peur et de joie mêlée, qui assaille chaque artiste avant d'entrer en scène. Il savait d'ores et déjà que ce serait pour ce soir, et que douze heures à peine les séparaient du grand saut. D'un seul coup, les choses prenaient une importance étrange, comme s'il les avait contemplées à travers une loupe. Il prenait conscience de mille détails auxquels il n'avait prêté jusqu'alors aucune attention : le grain fibreux de la vieille table, la poussière vibrant dans les rayons de soleil qui tombaient de la verrière. Tous les soldats qui se sont trouvés sur un champ de bataille, deux minutes avant le début d'un pilonnage d'artillerie, connaissent bien ce phénomène de grossissement disproportionné. Cette seconde ultime où l'objet le plus anodin semble devenu si lourd qu'il pourrait s'enfoncer dans le sol sous son propre poids et disparaître dans la terre, de la même manière qu'un homme en train de se noyer s'abîme soudain dans les profondeurs aquatiques.

— Faut prévenir Dorana qu'on est rentrés, dit mollement Baby Monk.

Dan hocha la tête. Il n'avait pas envie de bouger. Aucun d'eux n'avait envie de quitter sa chaise et de rompre l'hypnose qui les tenait là, absorbés dans la contemplation d'une valise de métal suant dans le soleil.

— Faut changer la bonbonne de gaz... dit encore le lutteur.

Ils auraient pu rester ainsi des heures durant, la tête vide, mais le temps était compté. Dan se rhabilla et quitta la manufacture pour appeler d'une cabine. Il forma le numéro de la villa des collines et déguisa sa voix pour duper la cuisinière. Quand il eut Dorana en ligne, il se contenta de prononcer une phrase codée signifiant qu'ils venaient de rentrer, et qu'ils étaient en possession de la seconde « clef » ouvrant la chambre forte. La jeune femme ne dit rien, mais Dan perçut l'accélération de son souffle par l'entremise du micro. Il raccrocha et regagna l'atelier. Il aurait voulu dormir quelques heures, toutefois il doutait d'y parvenir. Il décida de reprendre ses vieilles habitudes d'artiste de la scène et de n'absorber aucune nourriture solide au cours des heures à venir. Il se méfiait des conséquences de la peur : l'inévitable diarrhée qui vous plie en deux au plus mauvais moment, les spasmes stomacaux qui vous jettent à genoux dans la coulisse, vomissant de la bile.

« C'est ta grande rentrée ce soir ! songea-t-il avec un ricanement. L'illustre Dany Norris, l'homme à la voix en caoutchouc, de nouveau seul en scène ! »

Il avait les mains moites et les intestins gargouillant. A son époque de gloire, pour vaincre les effets du trac, il s'administrait un lavement, bouffait du bismuth et avalait un antispasmodique dans les heures qui précédaient son entrée dans le faisceau des projecteurs. Il avait appris à ne jamais sous-estimer les effets du trac, et il connaissait des showmen qui s'étaient couverts de honte pour n'avoir pas respecté ces précautions élémentaires.

De retour à l'atelier, il se fit un café très léger qu'il sucra abondamment pour neutraliser les sécrétions gastriques.

— Ça y est, annonça-t-il à Monk. J'ai passé le message. Qu'est-ce qu'on fait maintenant ?

— Toi rien, dit le lutteur. Moi, je vais voler une camionnette et la préparer pour ce soir. J'ai des autocollants à poser sur les flancs. Faut qu'on nous prenne pour les gars de l'entreprise de nettoyage qui s'occupe de la banque. On a déjà les uniformes, les balais. C'est une bonne couverture parce que ces boîtes d'entretien travaillent souvent au beau milieu de la nuit, parfois même jusqu'à l'aube, et que ça n'étonnera personne de nous voir stationnés devant la banque.

Tout en parlant, il s'était agenouillé sur le sol pour soulever une des lattes du plancher. Il en sortit une cassette métallique contenant des papiers.

— Tiens, dit-il en la posant sur la table. C'est les plans de la *Trade Ltd.* Y'a des photos des lieux, regarde-les en attendant, ça te familiarisera avec le bâtiment.

Dan étala les documents devant lui. C'étaient pour la plupart de mauvaises photocopies de plans destinés aux assurances, et des Polaroïds mal cadrés, sans doute pris à l'aide d'un appareil dissimulé par une Dorana peu soucieuse de prouesses techniques.

Monk sortit, vêtu d'une combinaison de travail portant le sigle d'une compagnie de dépannage T.V. Il s'était coiffé d'une casquette à très large visière et portait un sac à outils en bandoulière. De grosses lunettes noires essayaient de banaliser son visage tordu.

— A tout à l'heure, fit-il en refermant le vantail derrière lui.

Dan étudia les plans trente minutes durant, s'efforçant d'en graver les méandres dans sa mémoire. Il essayait d'écarter toute pensée négative, de tenir les phobies superstitieuses à l'écart. Le monde du showbiz l'avait habitué à la pratique des porte-bonheur, des objets magiques dissimulés sous les costumes à paillettes afin de tenir la poisse à distance. Comme tous ses collègues, il craignait par-dessus tout le trou de mémoire. Le monologue qu'on récite d'une traite dans le secret de sa loge, mais qui ne veut plus sortir dès qu'on se retrouve coincé dans le halo des sunlights... Il savait également qu'à trop craindre le trou de mémoire, on finit par le fabriquer soi-même, et qu'il suffit de dire : « Je n'arriverai pas à sortir cette phrase » pour qu'elle vous reste effectivement coincée dans la gorge une fois que vous serez planté devant le micro.

Écartant les plans, il ferma les yeux et entreprit de réciter la formule magique destinée à l'analyseur vocal.

Il s'agissait du sixième verset du Chapitre 21 de *l'Apocalypse* de Saint-Jean :

Et Il me dit : Je suis l'Alpha et l'Oméga, le Commencement et la Fin. A celui qui a soif je donnerai à boire l'eau de la vie.

Dan prononça les mots avec la voix d'Adam Smart, en respectant l'accent étrange de celui-ci, cette espèce de réminiscence du français qui survivait en Louisiane, et que certains cultivaient avec snobisme en essayant de la faire passer pour le dernier chic parisien.

Par mesure de sécurité, il recopia le texte sur un morceau de carton. Il savait cependant — pour en avoir fait les frais — qu'il ne faut pas trop se fier aux pense-bête et que ceux-ci ont fâcheusement tendance à s'égarer lorsqu'on a le plus besoin d'eux. Cela lui était déjà arrivé à Vegas, avec un monologue qu'il n'arrivait pas à mémoriser. La carte de visite au dos de laquelle il avait écrit ses répliques avait mystérieusement disparu de sa poche le moment venu... Faute d'inattention, acte manqué ou vacherie de collègue jaloux ? Peu lui importait de savoir à qui revenait la faute, mais ce soir-là il avait bafouillé de manière lamentable en essayant de combler les vides d'un enchaînement qui, brusquement, tombait à plat.

Et Il me dit : Je suis l'Alpha et l'Oméga, le Commencement et la Fin...

La voix sortait bien. Du moins il en avait l'impression. Pourtant, depuis trente secondes, quelque chose le gênait. Une peur vague qu'il essayait de repousser hors de son champ de conscience mais qui s'obstinait à bourdonner telle une mouche derrière une vitre. Il serra les poings, se répétant qu'il s'agissait d'une phobie, d'une poussée paranoïaque.

— Ça suffit ! dit-il à voix haute. Arrête.

Pourtant la crainte grossissait, prenait corps. Et si...

« Et si Adam avait pris, à l'insu de tous, une précaution supplémentaire, hein ? s'avoua-t-il enfin. Une précaution dont Dorana elle-même n'aurait pas eu connaissance... »

Il s'agita. C'était facile. Il suffisait de peu de chose, et s'il avait été à la place du banquier, il ne s'en serait pas privé. Une fois dans la cabine d'enregistrement, il aurait prononcé la phrase-clef, oui, mais *normalement*, en abandonnant pour une fois son horrible accent snobinard... Belle trouvaille, non ?

A cette seule idée il sentit la sueur piqueter son front. Seigneur ! Comment savoir si Smart avait poussé la prudence jusque-là ? De quelle façon avait-il articulé les mots magiques ? *Avec ou sans accent ?* Bon Dieu ! la différence faisait tout, car Daniel Norris, l'imitateur surdoué, n'aurait droit qu'à une seule tentative... Si la numérisation avait été faite sans accent, sa pauvre imitation d'Adam Smart déclencherait immédiatement tous les systèmes d'alarme dont la banque était équipée et il se retrouverait prisonnier de la cabine jusqu'à l'arrivée des flics.

Avec ou sans ?

Il se leva, en proie à la panique. Il ne disposait d'aucun moyen de savoir. Cela se jouerait au bluff, comme au poker. Il faudrait marcher à l'intuition. Tenter de se mettre dans la peau du banquier, seul dans le sas, face au micro de l'ordinateur... Qu'avait-il fait à cet instant ? Avait-il trouvé drôle de placer cette chausse-trape sous les pas d'un éventuel cambrioleur muni d'un magnétophone haut de gamme ? Avait-il, pour une fois, laissé le vrai Adam Smart s'exprimer avec sa vraie voix ? Cela n'aurait rien eu d'impossible. Dan avait jadis côtoyé une fausse Bostonienne à la diction très « Harvardienne », qui, dans le secret de l'alcôve, s'exprimait avec l'accent de son Bronx natal. Smart s'était peut-être, également, constitué une personnalité factice destinée à dissimuler ses origines plébéiennes. Peut-être avait-il, lui aussi, quelques talents d'imitation ?

« Ce serait le comble ! songea Dan. L'imitateur roulé par un autre imitateur ! »

Il s'aperçut que la sueur ruisselait sur son visage et s'essuya avec son tee-shirt. L'angoisse lui donnait des coups de poignard dans le plexus. Il tituba jusqu'aux toilettes et vomit le café ingurgité quelques minutes plus tôt. Le trac.

Avec ou sans ? ricanait une horrible petite voix au fond de sa tête.

Il savait faire « avec », mais il n'avait aucune idée de ce que pouvait être la voix de Smart « sans », or la phrase-type numérisée dans la mémoire de l'ordinateur n'accepterait aucune distorsion. Il faudrait que les deux sésames se superposent parfaitement, telles deux signatures sur un papier calque.

Il alla dans la cuisine se rincer la bouche au robinet, puis se mit la tête sous le jet pour tenter de retrouver ses esprits. Il vomit de nouveau, un peu de bile. Dieu ! Il n'avait jamais eu autant le trac de toute sa carrière.

Le problème consistait en fait à savoir si Smart avait encore assez de recul par rapport à lui-même pour reprendre, ne serait-ce que l'espace d'une seconde, sa véritable personnalité ?

« Et si, ajouta la voix qui résonnait dans son crâne, au moment d'enregistrer son texte, il avait tout bonnement changé son choix à la dernière minute ? Hein ? Si, renonçant à citer la Bible, il s'était contenté de prononcer les premiers mots du *Stars and Stripes For Ever ?* »

Dan ferma les yeux tant les spasmes de son estomac devenaient douloureux. Quand on commençait à trop réfléchir tout devenait possible... et l'on restait tout bonnement assis sur son cul, à ne rien faire. C'était ça l'ennui avec les spéculations : elles finissaient par vous plonger dans la paralysie totale.

Il s'essuya la bouche avec un kleenex. Il devait arrêter de

réfléchir, s'en tenir à des hypothèses de travail à peu près solides et n'en pas changer toutes les deux minutes.

D'abord prendre pour un fait acquis que la phrase-code était bien celle enregistrée par Dorana, et ne réfléchir qu'à l'alternative de « l'avec ou sans accent »...

Il se laissa choir sur la chaise tandis que les gouttes de sueur se détachaient de ses sourcils pour tomber sur les plans de la *Trade Ltd Bank*.

Pourquoi cherchait-il à couper les cheveux en quatre ? L'accent d'Adam Smart était peut-être naturel, en fait ! Le banquier avait-il seulement conscience de parler différemment de ses concitoyens ? D'ailleurs, dans le cas même où cette étrange prononciation aurait été affectée, elle avait pu devenir au fil des années comme une seconde nature, un automatisme parfaitement assimilé, presque un réflexe dont l'intéressé ne parvenait plus à se départir.

« Arrête ! gémit Dan. Si tu continues comme ça tu vas perdre les pédales ! »

Il rangea les plans dans la cassette et alla s'étendre sur le lit de Doc' Brannigan au rez-de-chaussée.

« Pourquoi s'hypnotiser sur la voix ? pensa-t-il en s'allongeant. Il y a tellement d'autres raisons pour que ça foire ! »

La première de ces raisons était Doc' lui-même. Doc', que Dan avait trouvé très diminué lorsqu'il lui avait brièvement parlé, d'abord au téléphone, puis à l'hacienda. Doc dont on avait peut-être surestimé les capacités médicales. Et puis il y avait Smart et son foutu radiotéléphone. Smart qui, assommé par les somnifères, avait pu s'embrouiller dans les codes et transmettre un mauvais message sans même le savoir.

Ou bien Smart que Doc' n'avait pu tirer de l'inconscience à temps pour la transmission réglementaire...

Ou encore Smart, qui était peut-être mort au cours de la nuit, d'un excès de drogues, d'une septicémie ou d'une gangrène galopante. Comment savoir ?

Tout était possible.

Même l'hypothèse d'un Doc' Brannigan égorgé par Dust.

Dan expédia un coup de poing dans la paillasse. Il enviait soudain les hommes d'action dépourvus d'imagination et qui montent au combat pleins de certitudes.

Il continua à délirer ainsi une heure durant, puis l'excès d'angoisse finit par l'épuiser, et il sombra dans le sommeil. Ce fut le bruit que fit Monk en rentrant qui le réveilla en sursaut.

— Yo ! ricana le lutteur en le découvrant sur le lit. T'as des nerfs d'acier, toi. Tu roupilles comme un bébé alors qu'on sera peut-être tous en tôle d'ici cinq ou six heures !

Dan jugea inutile de lui exposer la teneur de ses inquiétudes. Il aurait aimé que Dorana soit là. Mais elle ne viendrait pas avant la fin du coup, il le savait. Pendant que ses complices dévaliseraient la banque elle travaillerait à se fabriquer un alibi en participant à un dîner chic dans les Hills.

« Vous enfuir avec l'argent sans m'attendre ne vous servirait à rien, avait-elle énoncé la dernière fois qu'ils l'avaient rencontrée. Je communiquerais aussitôt vos identités et votre signalement à la police, de manière anonyme. Et si l'on m'interroge, je dirai que Dan a abusé de ma naïveté, qu'il s'est introduit chez moi déguisé en jardinier. Qu'il m'a séduite pour me faire parler et a tout préparé à mon insu. Je jouerai les idiotes trop bavardes, je pleurnicherai. On ne pourra rien prouver contre moi. Chaque fois que je suis venue à la manufacture, j'ai toujours pris soin d'effacer mes empreintes. »

Ils savaient tous qu'elle était assez folle pour les dénoncer, même si ses aveux devaient la mettre en fâcheuse posture. Dorana Smart était au bout du rouleau, et elle ne se laisserait pas berner sans chercher aussitôt à se venger. Ils couleraient tous... elle avec eux, mais à ce stade, cela ne lui ferait sans doute ni chaud ni froid.

— Viens m'aider à préparer la camionnette ! lança Monk en sortant les panneaux adhésifs d'un placard. J'ai jamais été foutu de coller une étiquette à angle droit !

Le travail manuel leur fit du bien. Monk changea les plaques de la fourgonnette et disposa un peu partout sur la carrosserie des adhésifs publicitaires vantant les mérites de la *Broom and Vacuum Enterprise.* Ils entassèrent à l'arrière le matériel de nettoyage qu'on s'attend à trouver dans ce genre de véhicule. Dan n'avait rien à redire sur ce point. A Vegas, il avait souvent vu les services de nettoyage briquer les immeubles de bureaux à quatre heures du matin. Les entreprises faisaient chaque nuit le tour de la ville, shampouinant les moquettes, vidant les corbeilles à papier pour que tout soit net avant le lever du soleil. Certaines avaient tant de clients, qu'elles ne disposaient que d'un quart d'heure par société, aussi débarquaient-elles sur les lieux une véritable armée d'hommes de peine qui s'affairaient de manière frénétique sans prendre le temps d'échanger un mot jusqu'à ce que le contremaître donne l'ordre de repli immédiat. On assistait alors à la fuite des nettoyeurs regagnant leurs véhicules comme s'il s'agissait de canots de sauvetage. Puis les fourgons traversaient la ville pour s'arrêter quelques rues plus loin et parachuter son commando armé d'aspirateurs au pied d'une nouvelle tour.

Les adhésifs posés, Monk briqua le fourgon pour le débarrasser de la moindre empreinte digitale. Désormais, il ne faudrait plus le toucher qu'avec des gants de chirurgien. Les combinaisons de travail portaient le même sigle, Monk expliqua que toutes ces contrefaçons avaient été exécutées dans des ateliers clandestins disséminés au quatre coins de la ville par des Latinos ou des Asiatiques ne parlant pas un mot d'anglais.

— On mettra ces masques à la dernière minute, expliqua-t-il en exhibant deux têtes flasques de caoutchouc rose. Dorana prétend que les caméras ne se mettent en marche qu'en cas d'effraction, mais vaut mieux être prudent.

— Je n'arrive pas à croire qu'il n'y a pas un seul garde, murmura Dan.

— Tu verras ça toi-même, ricana le lutteur. De toute manière l'ordinateur contrôle tout. Le moindre tiroir est placé sous sa surveillance. Au plus petit signe d'effraction, la banque se verrouille de partout. Des plaques de blindage dégringolent devant chaque porte, chaque fenêtre, et il n'est plus question de sortir avant l'arrivée des flics... à moins d'être un maître ninja capable de se dématérialiser, bien sûr.

— On va pouvoir rentrer sans mal ? interrogea Dan.

— Yo, la serrure du hall est des plus banales, assura Monk. J'ai une fausse clef qui l'ouvrira.

— Ça paraît trop facile.

— Mais non ! Ce n'est pas parce qu'on est à l'intérieur de la banque qu'on est en mesure de piquer quelque chose, mec ! Une fois que tu as passé la porte d'entrée, tu te retrouves dans un hall sans aucun intérêt. Rien ne traîne. Pas un papier, pas même un stylobille. Les employés ont l'ordre de tout ranger dans les tiroirs à la fin de la journée. Et dès que le directeur plie bagage, l'ordinateur boucle tout. Le fric et les documents sont hors d'atteinte, les consoles des terminaux sont verrouillées. Quand tu te retrouves dans cette banque, c'est un peu comme si tu t'attaquais à un sous-marin en plongée : tu peux toujours te retourner les ongles sur les écoutilles, quand c'est bouclé c'est bouclé.

— Mais la procédure de déverrouillage s'effectue comment ?

— Le matin, chaque chef de service va s'isoler dans le sas. Là, il fait comme notre ami Smart : il pose sa main sur la vitre du lecteur et prononce une phrase secrète. Ça débloque les tiroirs-caisses, les ordinateurs, les lignes téléphoniques... et ainsi de suite. Chacun est responsable d'un secteur. Bien sûr, ce sont de petits secteurs sans importance pour nous. Des trucs de gratte-papier. Les seuls gros morceaux sont les coffres des particuliers, celui où on range le liquide des transactions journalières, et la chambre forte où sont stockés les gros dépôts : la paye des entreprises ou les échanges de devises en transit. Ça c'est le domaine de Smart. Tu connais la suite. Ce soir, il n'y aura pas âme qui vive, mais tant que tu ne seras pas passé par le sas, on ne pourra pas voler ne serait-ce qu'une gomme ou un crayon à papier.

— C'est dingue, soupira Dan.

— C'est ça la science, rigola Monk. Avec cet arsenal la *Trade* s'est fait une sacrée réputation et elle loue ses coffres à prix d'or. Y'a beaucoup de gens que ça intéresse un coffre privé. Tous ceux qui veulent planquer du fric non déclaré par exemple, ou de l'or entré en fraude... des trucs illégaux qu'il est dangereux de garder à la maison. De la came, même ! C'est sacrément plus sûr qu'une consigne automatique que n'importe quel gamin peut forcer avec un pied de biche.

Son exposé terminé, Monk ouvrit une boîte de chili qu'il réchauffa au bain-marie. L'odeur de la nourriture fit se convulser l'estomac de Dan qui préféra se replier dans la chambre de Doc' Brannigan. Il s'étendit sur le lit un peu moite. La chaleur emprisonnée entre les murs de la fabrique lui faisait bourdonner les oreilles. Il était loin de partager l'optimisme du lutteur mais une sorte de résignation s'emparait de lui, quelque chose d'analogue à cette anesthésie hallucinée résultant d'un excès d'angoisse, et qui saisit le soldat lorsqu'il a trop longtemps attendu un ordre d'attaque, au fond de sa tranchée. Il avait soudain hâte d'en finir, quoi qu'il arrive. Pour un peu, il aurait mis le cap sur la banque à la minute même.

Les yeux clos, il écouta les bruits de déglutition et les rots de Baby Monk, si sonores qu'ils traversaient la cloison.

Il aurait aimé pouvoir une dernière fois toucher un corps de femme. Celui de Dorana. Il éprouvait un manque terrible, sa solitude l'écrasait et il songea avec amertume qu'il était peut-être en train de passer ses derniers moments de liberté en compagnie d'un demi-crétin qui bâfrait comme un porc en éclusant bière sur bière. Comment pouvait-il manger en un pareil instant ? L'avait-on lobotomisé ?

Pour s'occuper, il décida de reprendre ses imitations, et tenta même d'imaginer ce que pouvait être la voix d'Adam Smart lorsqu'elle n'était pas déformée par ce ridicule accent français qui faussait la prononciation de certains mots. Il se demanda, si cette affectation, n'avait pas pour fonction de dissimuler un quelconque défaut d'élocution. Il décida que non. Il répéta la phrase magique, procéda à de multiples ajustements, mais s'avoua, en définitive, qu'il ne s'agissait que de conjectures hasardeuses.

Avec ou sans ? continuait à lui répéter le petit démon à l'intérieur de son crâne.

Enfin Monk poussa la porte et lui jeta son déguisement de nettoyeur.

— Fringue-toi, dit-il. On y va. C'est bientôt l'heure.

Dan réalisa qu'il était près de minuit. Il avait été si absorbé par ses travaux qu'il avait fini par perdre toute notion du temps. Quand il se dressa, la tête lui tourna un peu, mais la proximité de l'action engourdissait sa peur. Il se vêtit rapidement, vérifia que ses poches contenaient bien deux paires de gants en Nylon chirurgical, le morceau de papier sur lequel il avait recopié la phrase-clef, et le masque de caoutchouc censé dissimuler ses traits.

Le jeûne lui faisait les jambes molles, mais il avait toujours entendu répéter qu'en cas de blessure au ventre il valait mieux avoir l'estomac vide.

(De blessure au ventre ?)

« Allons, songea-t-il. Tu sais bien que si le coup de fil de contrôle n'a pas été passé ce matin à sept heures, la banque sera pleine de flics embusqués. Ils vous attendront, accroupis derrière le comptoir. Ils vous laisseront entrer et puis... »

Bon sang ! Ni lui ni Monk ne serait armé, mais cela suffirait-il à empêcher la police d'ouvrir le feu ? Dans ce type de situation les poulets avaient tendance à perdre la tête et à tirer au premier froncement de sourcil.

Monk ouvrit la porte de derrière et ils sortirent dans la petite cour entourée de palissades où était garée la camionnette maquillée.

— Mets tes gants, ordonna le lutteur. Faut pas qu'on retrouve une empreinte sur la carrosserie. T'as pas oublié la main ?

Dan sursauta en réalisant qu'il avait presque gommé de son esprit l'existence de la valise réfrigérée.

— Faut la sortir et la nettoyer, observa Monk. On ne va pas se balader là-bas avec une valise.

Comme Dan ne se décidait pas à bouger, il le repoussa sèchement.

— Je vais le faire, grogna-t-il. C'est pas le moment que tu tournes de l'œil comme une demoiselle. Bon sang ! Faudra pourtant que tu t'habitues à l'idée de la manipuler, je ne pourrai pas le faire à ta place.

Revenu dans l'atelier, il ouvrit la valise, défit le paquet contenant la main et sécha celle-ci avec une serviette éponge. Il procédait sans une hésitation, à la manière d'un cuisinier préparant un poulet. Quand il eut fini, il couvrit le moignon avec un sac en plastique qu'il fixa autour du poignet à l'aide d'un élastique.

— Comme ça y'aura pas de sang sur la vitre, commenta-t-il.

Dan se contraignit à examiner la main. Elle était pâle et raidie par le froid, mais elle ne présentait aucun signe de détérioration. Il en fut surpris, lui qui s'était préparé à un spectacle des plus effrayants. Monk l'enveloppa dans une seconde serviette bien sèche et disposa ce paquet au fond d'une musette de toile qu'il tendit à l'imitateur.

— T'en sépare plus, ordonna-t-il. Et la flanque pas par terre quand il faudra la poser sur la vitre du scanner.

Dan se contenta de hocher la tête et essaya de demeurer impassible quand la musette vint cogner contre sa hanche. Il prit conscience de l'effet qu'un tel détail aurait sur un jury populaire s'ils venaient tous à se retrouver dans le box des accusés. Dieu ! Jamais on ne leur pardonnerait une telle horreur. La main coupée d'Adam Smart leur vaudrait trente ans de prison et aucun avocat ne parviendrait à faire oublier l'aspect froidement criminel d'une telle préméditation. On verrait en eux des monstres. Des détraqués.

— Yo ! ricana Monk. Fais pas cette gueule, elle ne va pas sortir toute seule du sac !

Pendant que Dan ouvrit la grille de la cour, Monk s'installa au volant. Il faisait nuit et les ruelles séparant les entrepôts étaient vides. Dan referma le vantail et grimpa dans la camionnette.

— C'est parti, souffla le lutteur après avoir consulté sa montre. On sera là-bas dans quinze minutes.

— Et la vraie équipe de nettoyage ? interrogea Dan.

— Normalement il y aura seulement trois minutes qu'elle aura levé le camp. On va se garer sur leur place encore chaude. Faudra pas traîner. Comme ça, si une ronde de flics passe, ils penseront qu'on a seulement un petit peu de retard sur l'horaire.

— Et s'ils voient le fric ?

— Pauv' pomme ! Le fric on l'entassera dans les sacs prévus pour le contenu des corbeilles à papier. Mais il y aura intérêt à se grouiller.

Dan essaya de se représenter un volume de deux millions de dollars en billets. Le fric était-il en grosses liasses, ou bien déjà réparti dans des enveloppes marquées aux noms des ouvriers ? Dorana avait bien dit qu'il s'agissait de la paye d'une grande partie des ouvriers agricoles de South California, n'est-ce pas ?

Il s'ébroua. Qu'en avait-il à foutre, après tout ?

Monk conduisait prudemment. Dan tremblait à l'idée de croiser une autre camionnette de la *Broom & Vacuum Enterprise*. Le conducteur ne risquait-il pas de s'étonner ? Non, c'était idiot. L'entreprise devait employer un grand nombre de véhicules, quant au personnel, il changeait souvent, et il était impossible que tout le monde connût tout le monde.

Puis il comprit qu'il s'obligeait à réfléchir pour oublier le contact de la musette reposant sur sa cuisse.

— On arrive, chuchota Monk. On se gare, on sort le matériel et j'ouvre la porte. Après ce sera à toi de jouer. Tu traverses le grand hall et tu vas directement dans le fond. La porte verte capitonnée de cuir, c'est là qu'ils ont caché la cabine d'identification. Une seule personne peut y entrer. C'est toi l'artiste, mec, essaye d'être à la hauteur.

16

Ils se garèrent en marche arrière devant la *Trade Ltd*, sur un emplacement réservé au « service ». Monk coupa le moteur. La rue était déserte en amont comme en aval. Le lutteur ajusta son masque de caoutchouc et coiffa sa casquette. C'était un masque « neutre », ni caricatural ni grotesque, une simple figure de latex rose, inexpressive, et qui, de loin, pouvait aisément passer pour un vrai visage. Monk plongea la main dans l'entrebâillement de sa combinaison de travail pour saisir la clef à double panneton qui ouvrait la porte du hall. La serrure joua sans difficulté, et le battant de verre et d'acier pivota sous la poigne du voyou. Dan se décida enfin à descendre du véhicule. Le masque de caoutchouc lui irritait déjà la peau des joues, du front. La musette de toile battant la hanche, il pénétra dans le grand hall, sursauta quand Monk alluma les néons. Cela lui parut imprudent, et pourtant c'était bien la procédure à respecter si l'on voulait passer inaperçu. Aucune équipe de nettoyage ne balayait les bureaux à la lueur d'une lampe torche !

Dan s'immobilisa. Les dalles de marbre noir, fraîchement lustrées, brillaient sous la lumière des suspensions. Tout était en ordre ; pas un papier, pas un crayon ne traînait. En fait, les lieux semblaient étrangement vierges, et l'on aurait vainement cherché une trace humaine aux alentours. Dan fit quelques pas avec l'illusion d'être en train de visiter un appartement témoin. Pendant qu'il avançait, il ne pouvait s'empêcher de scruter l'interminable comptoir d'acajou qui s'étirait tout au long du hall. Le cœur battant, il imaginait une douzaine de flics accroupis derrière ce rempart, retenant leur souffle et l'arme au poing. *Ils étaient là*... Il en avait la certitude, ils attendaient simplement que les voleurs soient parvenus au milieu de la salle pour déclencher la fermeture automatique des portes et jaillissent de leur cachette comme des diables, l'arme brandie, la détente déjà pressée à mi-course.

Dan transpirait sous le masque, et la sueur allumait d'insupportables démangeaisons sous la carapace de latex. Il aurait donné n'importe quoi pour pouvoir se gratter. Il marchait avec l'impression de faire du surplace. Ces bureaux trop propres l'effrayaient. Monk n'avait pas menti : quelque part, la banque ressemblait à un submersible sur le point de plonger. On devinait qu'on se serait vainement retourné les ongles sur toutes ces portes, ces tiroirs, si l'on avait commis l'erreur d'essayer de les ouvrir. C'était un monde ouvert et clos, tout à la fois. On pouvait palper la coque du sous-marin, mais les machines stratégiques nichées au cœur du fuseau de titane demeuraient hors de portée.

Monk s'impatientait. De la main, il désigna la porte de cuir capitonnée qui se découpait tout au bout du hall. Dan comprit qu'il ne pouvait plus différer le moment d'entrer en scène. C'était là-bas que tout se jouerait, dans cette étroite cabine où Superman lui-même aurait eu le plus grand mal à changer de costume. Il décida d'en finir, saisit la poignée de cuivre et tira le battant. Un plafonnier s'alluma, éclairant une niche de métal brossé, rébarbative. Une grille d'acier percée de trous minuscules s'ouvrait à hauteur de visage. Dan en déduisit qu'il s'agissait du microphone ultrasensible chargé de capter la phrase magique numérisée dans la mémoire de l'ordinateur. Juste au-dessous, avait été disposée une étroite tablette de verre translucide semblable à un plateau de photocopieuse. Le contour d'une main droite s'y trouvait figuré, évoquant ces silhouettes à la craie que les flics de l'Homicide Squad dessinaient jadis autour des cadavres. Dan étouffait sous le masque. Il voulut se retourner pour jeter un dernier regard à Monk demeuré dans le hall, mais le battant capitonné se refermait déjà. Debout dans la cabine, les épaules frôlant les parois, on avait l'impression détestable d'être prisonnier d'un cercueil de fer. Dan se tordit le cou pour localiser la fente courant le long de la porte. A la moindre fausse manœuvre, une plaque de blindage serait expulsée de l'épaisseur du mur par un vérin surpuissant, fermant la cabine d'identification de manière hermétique. Si cela se produisait, il n'y aurait rien à espérer. Une fois le couvercle du cercueil mis en place, il était inutile de se meurtrir les poings sur le panneau blindé, seuls les flics pouvaient vous tirer de là.

Dan essaya de discipliner sa respiration et de dominer le sentiment de claustrophobie qui s'insinuait en lui. Pour le moment la machine semblait inerte. Sans doute ne s'animerait-elle qu'une fois la main posée sur la vitre du lecteur ?

Avec un brusque frisson de panique, il s'aperçut qu'il ne savait plus ce qu'il convenait de faire en premier. Poser la main sur la vitre... ou prononcer la phrase magique ? Tout s'embrouillait dans sa tête tandis que l'affreuse petite ritournelle lui emplissait les oreilles : *Avec ou sans accent ? Avec ou sans...*

Le trac lui mit l'estomac en vrille, et, l'espace d'un battement de cœur, il se demanda s'il n'allait pas tout bonnement dégobiller sur la vitre du lecteur, provoquant la mise en branle du signal d'alarme. Il devait se calmer avant de perdre les pédales. Fermant les yeux, il compta jusqu'à cinquante en s'oxygénant, puis il ouvrit la musette, saisit la serviette éponge et la déroula. A chaque mouvement ses coudes et ses épaules heurtaient les parois du réduit. Serrant les dents, la respiration bloquée, il posa enfin les doigts sur la main coupée d'Adam Smart. Une pensée saugrenue lui traversa l'esprit : au contact, ce n'était pas très différent d'un poulet sous Cellophane acheté dans un supermarché. Froid et un peu flasque. Le souffle court, il empoigna le débris par le poignet, et le posa sur la vitre du scanner, la paume et les doigts à l'intérieur du « silhouettage » inscrit sur le plateau. Une quelconque cellule photoélectrique enregistra le changement de contexte et une vive lumière jaillit des tréfonds de la machine tandis qu'une rampe balayait la ligne de vie d'Adam Smart. Dan s'attendait à tout. La voix électronique d'une chiromancienne robotisée surgissant des haut-parleurs l'aurait à peine surpris.

— Identification palmaire positive, annonça le timbre synthétique de l'ordinateur. Après le « top » vous disposerez de dix secondes pour entamer la procédure d'identification vocale. Veuillez approcher votre bouche du microphone. Toute erreur de votre part entraînera le déclenchement des systèmes de sécurité. Au cas où vous seriez bloqué dans la cabine, attendez calmement la venue du service de surveillance, cette cabine est normalement ventilée et vous ne courez aucun risque d'asphyxie.

Dan crut que ses genoux allaient plier sous le poids de son corps. Il contracta ses muscles dorsaux et approcha sa bouche de la grille du micro.

Avec ou sans accent ?

Le bip retentit. Il disposait maintenant de dix secondes pour prendre une décision. Avec ou sans...

Au stade de débâcle nerveuse qu'il avait atteint il ne disposait plus d'assez de présence d'esprit pour risquer une reconstitution hasardeuse, aussi décida-t-il de se rabattre sur un pur automatisme. La tirade biblique tomba de ses lèvres avec la voix d'Adam Smart... cette voix distordue par l'insupportable maniérisme de ce faux accent français appris à coups de films sous-titrés et de voyages en Louisiane.

« Maintenant c'est fini, pensa Dan. Dans un quart de seconde la plaque de blindage va jaillir dans mon dos... »

Il voulut amorcer un mouvement de fuite, lâcha la main coupée qui tomba à ses pieds.

— Identification vocale confirmée, fit le haut-parleur. Bonjour Monsieur Smart. Comment allez-vous ? La porte de la chambre forte sera ouverte dans une minute, je vous rappelle qu'elle se refermera automatiquement dès que vous poserez la main sur le lecteur installé à l'intérieur du coffre. Bonne journée. Il fait 30° centigrades à l'extérieur, la devise du jour est : *Many hands make light work.*

Dan ouvrit la porte capitonnée d'un coup de poing, se baissa pour ramasser la main coupée qu'il jeta dans la musette, et bondit dans le hall.

— Ça a marché ? murmura Monk.

— Oui, bégaya l'imitateur.

Il était hagard, et ce fut Baby Monk qui dut le prendre par le bras pour le tourner dans la bonne direction. La chambre forte se trouvait de l'autre côté des guichets. En réalité, la porte blindée recouverte de moulures d'acajou était totalement indiscernable pour quelqu'un de non averti, et un voleur aurait vainement cherché à la localiser. Le directeur de la *Trade Ltd* avait d'ailleurs, dans ce but, fait installer un second coffre « factice » — très visible celui-là — dans lequel il conservait quelques sacs de menue monnaie, ainsi que des liasses de billets piégées qui répandaient des éclaboussures d'encre indélébile dès qu'on les effleurait.

Dan et Monk passèrent de l'autre côté du comptoir, scrutant les lambris des cloisons. Enfin, un pan de marqueterie pivota, révélant une caverne d'acier cubique aux parois couvertes d'étagères métalliques. Des néons sous grille jetaient une lumière aveuglante sur ce paysage de chrome. Monk saisit un petit chariot et s'approcha de l'ouverture. Dan, qui s'était (Dieu sait pourquoi !) attendu à découvrir des liasses de billets soigneusement empilées fut déçu de constater que l'argent se trouvait déjà à l'intérieur de sacs de transport en tissu grisâtre portant l'écusson de la banque. Il s'agenouilla pour essayer d'ouvrir l'un d'entre eux mais une sorte de cadenas à combinaison fermait le paquet. Il décida que ce n'était pas très important, il suffirait d'une bonne lame pour fendre le tissu, crever toutes ces panses grises et leur faire dégorger le magot !

— Magne ! souffla Monk en avançant le chariot.

Dan jeta le premier sac dans le caddie servant au transport du courrier. Un autre suivit, puis encore un...

Dieu ! Il y en avait douze, gros comme des sacs de farine. Quand on les saisissait à pleines mains on entendait crisser les billets sous la toile !

Ils durent faire plusieurs voyages. Jusqu'à la camionnette. Monk, avant de sortir, dissimulait fébrilement les sacs dans des enveloppes de plastiques de 150 litres destinées au stockage des ordures ménagères.

Dan haletait, au bord de la syncope. Quand il eut sorti le dernier sac de la chambre forte, il appliqua la main d'Adam Smart sur le lecteur installé à l'intérieur de la casemate, sur le côté gauche du chambranle d'acier. Aussitôt, la porte amorça son mouvement de fermeture, et il se dépêcha de sauter dans l'entrebâillement pour ne pas se retrouver prisonnier au milieu des étagères vides. Dix secondes plus tard, le panneau secret avait repris sa place.

Ils chargèrent les derniers sacs dans le fourgon puis Monk referma soigneusement la porte du hall. Toute l'opération avait duré moins de trois minutes. Dan se hissa dans le véhicule au milieu d'une sorte de brouillard mental. Incapable de se persuader que tout s'était bien passé et que personne ne leur avait tiré dessus.

« Ça va venir, ne cessait-il de se répéter. *Maintenant*... ils attendaient simplement qu'on sorte pour nous prendre en flagrant délit. »

Mais rien ne venait. Monk mit le contact et quitta le parking. Quelques minutes plus tard ils roulaient sur La Brea sans qu'aucune voiture de patrouille n'ait tenté de leur barrer la route.

« Seigneur ! songea alors Dan. On a réussi. On a *vraiment* réussi ! »

17

Subitement, alors qu'ils se rapprochaient de l'atelier, le contact de la main de Smart, au travers de la toile de la musette lui devint insupportable.

— Arrête ! dit-il en cramponnant le volant. Il faut que je me débarrasse de ça... toute de suite.

— Tu déconnes ! gronda Monk. Merde ! On est assis sur deux millions de dollars et tu veux qu'on prenne le temps de musarder ?

— Je n'y peux rien, balbutia l'imitateur. Si je sens ce truc une minute de plus je vais devenir dingue !

— Okay, grogna Baby Monk en écrasant le frein. Descends et fous-la dans un égout. Les rats se chargeront de la faire disparaître. De toute manière on ne va pas l'enterrer dans le jardin.

Dan ouvrit la portière. L'air de la nuit lui parut presque glacé tant il ruisselait de sueur. Il vérifia d'un regard qu'aucune voiture ne se profilait à l'horizon, puis, s'accroupissant, glissa la main coupée dans l'orifice d'une bouche d'égout. Il tendit l'oreille pour percevoir le « plouf » du débris anatomique s'abîmant dans le flot d'immondices, puis se rinça les doigts dans le caniveau. Il savait que c'était idiot, mais ce rituel l'avait libéré d'un grand poids, comme s'il était soudain beaucoup moins coupable qu'une minute auparavant. Les égouts de Los Angeles charriaient tant de détritus que la main du banquier y jouerait le rôle de l'aiguille dans la traditionnelle meule de foin. Et puis Monk avait raison. Il y avait les rats... tant et tant de rats.

— Il ne faut pas oublier Doc', dit-il en regagnant la camionnette. Il faut le prévenir tout de suite pour lui donner le temps de ficher le camp.

— Tout à l'heure, s'irrita Monk. Tu l'appelleras d'une cabine. Tu ressortiras une fois l'argent en lieu sûr.

Dan ne protesta pas. Il devinait que le lutteur se fichait du vieux Brannigan comme d'une guigne. Tout ce qui comptait pour lui à présent, c'était d'ouvrir les sacs, de partager le fric et de se séparer avant que l'alerte ne soit donnée.

— Et Dorana ? s'enquit Dan.

— Tu l'appelleras en même temps que Doc', proposa le lutteur.

Dan émit un ricanement.

— Pas question de te laisser tout seul avec le magot, dit-il. A partir de maintenant on fera tout ensemble, la main dans la main.

Monk haussa les épaules.

— Pauv' pomme, soupira-t-il. T'as pas encore compris que je suis réglo ? Si j'avais voulu filer avec le fric, j'aurais pu t'assommer à la sortie de la banque. T'aurais même pas eu le temps de voir venir le coup ! Je suis loyal... comme un samouraï. Quand j'ai donné ma parole je vais jusqu'au bout. C'est pour ça que Dorana m'a choisi. Parce qu'elle savait que je me conformerai aux lois du Bushido. Je ne suis pas un petit truand à la manque.

— D'accord, fit Dan d'un ton apaisant. Excuse-moi. Je perds un peu les pédales.

— Yo, bâilla Monk. Mais je tiens à préciser que je suis sûrement le plus honnête de la bande. Je sais que vous me prenez tous pour un crétin, mais y'a qu'en moi que Dorana a vraiment confiance. Elle sait que j'ai le sens de l'honneur, elle me l'a dit. Toi et Doc', vous avez une mentalité de voleurs. Elle m'a chargé de vous avoir à l'œil.

Une fois de plus, Dan admira l'habileté avec laquelle la jeune femme avait su s'attacher chaque homme de l'équipe. Elle ne s'était probablement pas trompée en accordant sa confiance à Baby Monk et en l'investissant du rôle de chien de garde ; le débile, grisé par cet honneur, se ferait plutôt tuer sur place que de faillir à sa mission.

— Okay, répéta Dan conciliant. Tu garderas le trésor et j'irai téléphoner.

Il avait un peu honte de s'être montré sous un si mauvais jour et d'avoir prêté à Baby Monk des intentions tordues. Il était en même temps humilié de découvrir que Dorana se méfiait de lui. Elle ne l'avait pas mis en garde contre le lutteur, mais elle avait demandé à celui-ci de conserver un œil sur l'imitateur de service. « Ai-je à ce point la tête d'un margoulin ? » se demanda-t-il.

Ils avaient atteint l'ancienne fabrique de cigares. Monk,

sans lâcher le volant, désigna le vantail d'un coup de menton.

— Va ouvrir, ordonna-t-il. Pendant que tu iras téléphoner j'arracherai les adhésifs. Ne traîne pas. Y'a une cabine au bout de la rue.

Dan se laissa glisser à terre et s'essuya les doigts sur sa combinaison de travail. Il lui semblait que le froid de la main morte s'attardait au bout de ses terminaisons nerveuses. C'était désagréable. Il aurait aimé se savonner à l'eau chaude, pendant une heure au moins. Monk rentra la camionnette dans la cour, enleva la clef du contact et la suspendit à son cou, à la lanière de cuir qui lui tenait lieu de collier. Il tendit une poignée de pièces à Dan.

— Essaye de te démerder avec ça, moi je nettoie le fourgon et je sors les sacs.

Dan prit l'argent et tourna les talons. Il pressa l'allure car il n'aimait pas flâner dans le dédale des hangars, ce labyrinthe propice à tous les trafics et aux bagarres entre bandes rivales. Jusqu'à présent les voyous, impressionnés par la personnalité de Baby Monk, n'avaient jamais cherché noise aux occupants de la manufacture, mais il y a un commencement à tout.

Dan s'engouffra dans la cabine plantée en face d'une épicerie chinoise ouverte la nuit. Il se demanda d'abord s'il était prudent d'appeler d'aussi près de la planque, puis réalisa que dans trois heures ils seraient tous éparpillés aux quatre coins du pays, et ne se reverraient sans doute jamais.

Il forma le numéro de Dorana, imita l'accent chicano et laissa sur le répondeur un message pour une certaine Linda Sol. C'était la phrase codée signifiant que le coup avait réussi. Si quelqu'un d'autre que Dorana l'entendait, il croirait à une simple erreur de numéro.

Cet appel effectué, il composa le numéro de l'hacienda en espérant que Doc' ne tarderait pas à décrocher. Il compta les sonneries tandis que les habituelles images d'épouvante le visitaient : Seth Brannigan étendu dans la poussière, égorgé par le chien...

On répondit enfin.

— Doc' ? lança-t-il. C'est moi. Tout est okay. Vous pouvez lever le camp. Vous m'entendez ?

— Oui... bégaya le vieux au bout du fil.

— Hé ? s'inquiéta Dan. Ça va ? Le chien ne vous a pas fait trop de misères ?

— Il est dehors, haleta le vieil homme. Il tourne autour de la maison depuis que vous êtes partis... Si je sors il va me sauter dessus.

Il paraissait à bout de force et sa voix était à peine audible. Dan s'empressa de glisser de nouvelles pièces dans l'appareil.

— Hé ! lança-t-il. Ne paniquez pas. Ouvrez la porte principale et cachez vous derrière. Je suis sûr qu'il va courir tout droit à la chambre de son maître. Dès qu'il y sera, faufilez-vous dehors et verrouillez la serrure. Les volets sont toujours bouclés ?

— Oui... bégaya Doc'. Je vais essayer de faire ça... mais je suis si fatigué.

— Merde ! gronda Dan. Secouez-vous et rappliquez le plus vite possible. Vous êtes riche ! On va commencer le partage dans quelques minutes.

Il répéta ses conseils tandis que la machine dévorait ses dernières pièces. Quand la communication fut coupée il reposa le combiné sur sa fourche avec un mauvais pressentiment. Doc' lui avait semblé très bas, usé par la tension nerveuse. Aurait-il vraiment la force de fausser compagnie au chien et de redescendre à pied jusqu'au village ? C'était un vieil homme qui avait présumé de ses forces. Dan se demanda s'il aurait la présence d'esprit de prendre la Fleetwood du banquier pour regagner Tijuana ? Au volant de la Cadillac, Doc' pouvait atteindre la frontière en moins d'une heure. De Tijuana à L.A, il y avait en gros deux cents kilomètres. En pleine nuit, et en longeant la côte, il pouvait être ici dans trois heures, ce qui lui laisserait amplement le temps de ramasser sa part du magot et de passer la frontière du Nevada avant que l'alerte ne soit donnée.

« Qu'il prenne la Cadillac ! songea Dan en revenant à la manufacture. Smart tiendra bien jusqu'à l'arrivée des secours. »

Puis, brutalement, ses préoccupations changèrent de forme, et il songea avec une réelle terreur que Monk avait pu mettre son absence à profit pour disparaître avec la camionnette. Seigneur ! ç'aurait été si facile. Il suffisait que Dorana lui ait ordonné de passer la récupérer dans un quelconque motel, à la sortie de la ville. En ce moment même, ils roulaient peut-être tous deux vers la frontière de l'État, le fric à l'arrière du fourgon ?

L'angoisse lui coupa la respiration. Il voulut courir mais ses jambes ne répondirent pas. Le labyrinthe des travées lui paraissait tout à coup inextricable. Avait-il été stupide ! dans ce genre d'affaire on n'était jamais assez méfiant. Quand il atteignit le hangar, son cœur était au bord de l'explosion, cependant, le vantail à peine poussé, il aperçut la camionnette au milieu de la cour, la carrosserie débarrassée des autocollants de la *Broom & Vacuum Enterprise.*

Bordel ! voilà qu'il devenait paranoïaque. Il franchit la grille et laissa retomber le loquet. A quelle heure Dorana arriverait-elle ? Dès qu'elle se serait échappée de ce foutu dîner. Il contourna le fourgon dont les portes arrière bâillaient. Les sacs n'étaient plus là.

Tendu, il se glissa dans le bâtiment. Monk avait entassé le butin sur la grande table de travail. Armé d'une tenaille, il s'escrimait sur le cadenas qui fermait l'une des enveloppes de toile grise.

— Merde ! grogna-t-il. C'est du solide ! Aide-moi donc !

Dan se rapprocha. Les douze sacs étaient là, en vrac, polochons au cou étranglé par une sorte de câble antivol fermé par un cadenas courtaud. L'imitateur battit des paupières, soudain inquiet. C'était l'aspect même des ballots qui le mettait mal à l'aise. A présent qu'il pouvait examiner les enveloppes en pleine lumière, leur texture étrange faisait retentir en lui un lointain signal d'alarme. Il avait déjà touché cette matière granuleuse, synthétique... Il y avait des années de cela. Où donc ? A l'armée ? Oui, ce devait être à Biloxi, dans le camp de débourrage des bleus.

Une peur lui vint : et si c'était du Kevlar ? Comme tous les G.I's, il en avait vu et porté durant son service militaire. Il en connaissait les remarquables propriétés.

Du super-Kevlar. La matière qui servait à fabriquer les gilets pare-balles, les casques des soldats.

Si c'était quelque chose d'approchant, ils étaient d'ores et déjà dans la panade...

— Qu'est-ce que tu fiches ? lança-t-il au lutteur d'une voix blanche. Fends-donc ce truc avec un couteau.

— Connard ! rugit Monk la face déformée par la colère. Parce que tu crois que je n'ai pas commencé par là ? Essaye toi-même, si t'es si malin !

Il s'écarta et mit dans la paume de Dan un poignard de combat à lame dentelée. Bien qu'il fût sans illusion sur l'efficacité de sa tentative, l'imitateur planta le couteau-scie dans le ventre du sac posé devant lui. La pointe de la lame dérapa sur l'étoffe sans y faire le moindre trou. Du Kevlar... Il avait vu juste, pour leur malheur à tous. Une espèce de cotte de mailles newlook d'une finesse et d'une légereté trompeuses !

— T'as pigé ? aboya Monk. Merde ! C'est l'une de ces matières qu'utilisent les flics et les Marines ! J'ai bien dû lui expédier quinze coups dans la panse sans ouvrir une seule boutonnière ! Tu savais ça, toi ?

— Ne t'énerve pas, plaida-t-il. Dorana va arriver, elle a sûrement la combinaison des cadenas. Il ne doit y en avoir qu'une, sinon se serait trop compliqué.

Il avançait cela sans savoir, car les sacs étaient bel et bien numérotés, ce qui pouvait impliquer une liste de combinaisons individuelles.

« Voilà... pensa-t-il avec un sourire amer. Voilà pourquoi cette chère Dorana ne craignait pas *réellement* que nous prenions le large avec le magot. Elle savait bien que sans son aide nous n'avions aucune chance de palper les billets. »

Le lutteur s'était emparé d'une énorme cisaille et pesait de toute sa puissance sur les branches de l'outil pour essayer de trancher celles du cadenas. Des veines violettes se dessinèrent sur son front, son cou, sans que les mâchoires de la pince ne parviennent à entamer l'acier du verrou. Il dut renoncer, à bout de force, bavant d'épuisement. Une lueur d'exaspération et de folie scintillait dans ses yeux.

— Laisse, plaida Dan, tu vas te faire du mal. Dorana va arriver. Elle ouvrira ça en moins de deux.

Monk projeta la cisaille à l'autre bout de l'atelier où elle rebondit contre le mur en arrachant un gros éclat de plâtre. Les deux hommes restèrent plantés de part et d'autre de la table, les bras le long du corps, à fixer les sacs.

« Ce n'est pas possible, se répétait Dan. Un simple tissu ne peut pas être aussi résistant. »

Mais il était de mauvaise foi, et il le savait. L'Armée fabriquait des canots pneumatiques en Super-Kevlar. Des dinghies qu'aucune rafale de mitraillette ne pouvait transpercer. Cette matière arrêtait les projectiles à haute vélocité, pourquoi n'aurait-elle pas tenu en échec la pointe d'un simple couteau ?

A la fin, n'y tenant plus, il posa les doigts sur l'un des sacs pour le simple plaisir d'entendre craquer les billets.

Allons ! il suffisait d'un peu de patience. Dans quelques minutes Dorana serait là. Elle leur donnerait le code et les cadenas tomberaient, l'un après l'autre. La nuit était encore jeune et ils disposeraient d'une marge de sécurité suffisante pour quitter Los Angeles avant que l'alerte ne soit donnée.

— Et si elle ne connaît pas le code ? fit Monk d'une voix rauque.

Dan frissonna.

— Elle le connaît *forcément*, lâcha-t-il. Sinon elle ne se serait pas lancée dans cette combine.

Il voulait y croire de toutes ses forces, mais il était loin d'en être certain. Ils s'assirent sur les vieilles chaises de bois bancales et tendirent l'oreille dans l'espoir de repérer l'approche d'une voiture. Il faisait très chaud dans l'atelier mal aéré et l'odeur de tabac commençait à torturer l'estomac de Dan.

L'imitateur n'osait regarder sa montre. Il avait le plus grand mal à détacher les yeux de l'amoncellement de sacs gris couvrant la table. Dire que tout était là... Deux millions de dollars. Il refusait de s'affoler. Il ne voulait pas croire que Dorana ait pu commettre une telle négligence, mais le doute s'insinuait en lui. Smart l'avait-il mise au courant de l'innovation décidée par la banque ? Connaissait-elle seulement l'existence des sacs indéchirables ? Ne s'était-elle pas plutôt imaginé que les billets seraient entassés sur les étagères du coffre, comme il l'avait fait lui-même ?

Il réfléchissait à toute vitesse, essayant de ne pas trahir ses craintes. Il craignait les réactions de Monk dont le visage tordu s'enlaidissait de minute en minute sous l'effet de la colère rentrée.

Enfin, au bout d'une demi-heure d'attente, le bruit d'un moteur tournant au ralenti emplit la ruelle séparant les entrepôts. Les deux hommes se dressèrent d'un même mouvement et se bousculèrent presque pour sortir dans la cour. C'était Dorana. Elle se tenait dans l'entrebâillement du vantail, vêtue d'une courte robe noire qui lui laissait les épaules et les cuisses nues. Une sorte de vêtement de deuil d'un érotisme raffiné et qu'agrémentaient quelques bijoux de métal à la facture un peu barbare. Elle était belle et elle sentait bon. Elle avait l'air d'émerger d'un autre monde et ils se sentirent soudain crasseux, avec leurs crânes tondus et leurs mains aux ongles ébréchés. Elle fit quelques pas sur le sol inégal de la cour, se tordant légèrement les chevilles sur ses hauts talons. Sous la lumière de la lune sa peau prenait un éclat laiteux un peu irréel. Elle tenait à la main un petit réticule, noir lui aussi, taillé dans une espèce de cuir chiffonné qui devait valoir une fortune.

— Alors ? dit-elle en écarquillant les yeux.

Elle avait une expression avide et les yeux flous. Dan se

demanda si elle n'avait pas trop bu au cours du cocktail, pour oublier sa peur.

— Il y a un problème, annonça-t-il sobrement.

— Vous n'avez pas l'argent ? hoqueta Dorana avec un sursaut de tout le corps.

— Si, fit Dan, c'est autre chose. Viens à l'intérieur.

Pendant qu'elle marchait devant lui, il fut frappé de constater à quel point elle semblait faite pour cette toilette extravagante. Les vêtements la magnifiaient, à leur contact elle se transformait, devenait quelqu'un d'autre qu'on osait à peine toucher. Dan réalisa qu'il avait honte de s'approcher d'elle, de lui donner à sentir son odeur de sueur. Dieu ! C'est à peine s'il la reconnaissait.

Dorana pénétra dans l'atelier. Ses talons cliquetaient sur le sol. Devant le monceau de sacs, elle eut un cri de ravissement et porta les mains à son visage.

— C'est formidable ! dit-elle dans un souffle.

— Attends, intervint Dan. Ne t'emballe pas. Il y a un petit problème. Nous n'arrivons pas à ouvrir les sacs. Ils sont en tissu indéchirable, fermés par des cadenas à combinaison dont on ne parvient à scier ni l'anneau ni le moraillon.

— Quoi ? bégaya la jeune femme. Qu'est-ce que tu racontes ?

Son visage se crispa. Sans attendre de réponse, elle se précipita vers la table et s'empara de l'une des poches. Ce simple geste fit crisser les billets sous l'étoffe grise.

— Ce n'est que du tissu, lâcha-t-elle d'un ton sec. Vous n'allez pas me dire qu'on ne peut pas le découper ?

Dan se sentit couvert de sueurs froides. Bon sang ! Les femmes et la technique ! Jamais elles ne parvenaient à lire un mode d'emploi jusqu'au bout ou à mémoriser les caractéristiques d'un appareil. Dorana était comme toutes ses semblables, probablement incapable de programmer un magnétoscope ! Tout ce qui touchait aux procédures mécaniques devait lui sembler rédigé en chinois.

— Vous avez vraiment essayé, au moins ? lança-t-elle

d'une voix qui grimpait dans les aigus. Donnez-moi une paire de ciseaux... ou un couteau, n'importe quoi !

Il fallut obéir. Dan lui tendit le poignard que Monk avait planté dans le bois de la table. Pendant deux interminables minutes Dorana tenta vainement d'éventrer les sacs entassés devant elle. Chaque fois la lame ripait avec un bruit strident. Monk fulminait dans son coin.

— Arrête ! fit Dan en saisissant la jeune femme par le poignet. Tu n'arriveras à rien et tu vas te blesser. Il nous faut le code des cadenas. Enfin, ton mari ne t'avait donc pas parlé de ces nouveaux emballages ?

— Non... balbutia Dorana en écartant d'une main un peu tremblante une mèche de cheveux défaite. Non... bien sûr que non. Mais...

— Mais quoi ? s'impatienta Dan.

— Tout ça est grotesque, explosa la jeune femme. Enfin quoi ! J'ai été mannequin, j'ai l'habitude des étoffes... Je sais bien que c'est fragile un tissu !

— Yo ! On n'est pas dans la merde ! gémit sinistrement Baby Monk en se cachant le visage dans les mains.

— Calmons-nous ! souffla Dan. Tout ça, ça n'a aucune importance si tu possèdes le code des cadenas. C'est une suite de chiffres que ton mari a sûrement notée quelque part. Tu la connais... n'est-ce pas ? Tu la gardais secrète par prudence, je comprends ça, mais maintenant tu peux nous la donner. D'accord ? Tu l'as, n'est-ce pas ?

— Non, avoua Dorana qui avait pâli. Adam ne m'en a jamais parlé. De toute façon, un cadenas ça peut se couper avec une cisaille. Je le sais : quand j'avais dix-sept ans j'ai perdu la clef du fermoir de mon journal intime, pour l'ouvrir, j'ai dû sectionner le cadenas avec une pince récupérée dans le garage de mon père. Si moi j'ai réussi, ça ne devrait pas présenter de grosses difficultés pour vous. Vous n'avez qu'à prendre une très grosse pince.

Cette fois Monk se dressa d'un bond. Son visage tordu était effrayant.

— Quelle conne ! hurla-t-il. C'est pas un cadenas de journal intime qui ferme ces foutus sacs ! Regarde un peu, pauvre cloche !

— Celui que j'ai coupé était également en fer ! protesta Dorana. Du fer brillant... comme celui-là.

— Bon sang ! cracha le lutteur en la saisissant par les épaules. Il y a acier et acier ! Tu ne savais pas ça ? Je vais te faire une démonstration. Ouvre les yeux ! Regarde ! Regarde bien !

Repoussant violemment la jeune femme, il alla récupérer la cisaille, à l'autre bout de l'atelier, et se mit en devoir de couper l'un des cadenas. Bientôt ses muscles roulèrent sous sa peau et les veines saillirent sur son front. Il continua pourtant, les yeux hors de la tête, les lèvres retroussées en un rictus de chien prêt à mordre.

Quand il rejeta l'outil, il était à bout de souffle.

— Tu vois ? balbutia-t-il. Tu commences à piger ? Cette ferraille-là c'est pas de la camelote... On n'en viendra pas à bout avec une scie à métaux.

— Je ne comprends rien à ce que vous racontez ! vociféra Dorana. Vous n'avez qu'à essayer avec... je ne sais pas, moi : un chalumeau ! *Merde*, vous les hommes, vous êtes toujours en train de nous casser les oreilles avec la technique par-ci, la technique par-là, alors utilisez-la, votre foutue technique !

Dan, devinant Baby Monk sur le point d'exploser, s'interposa.

— Dorana, fit-il d'une voix posée. On essayera, mais à mon avis ça ne donnera rien. Si tu veux savoir ce que je pense : ce sera comme si on essayait de faire fondre un dollar d'argent avec une allumette.

— Qu'est-ce que tu connais à tout ça, toi ? aboya la jeune femme.

— Okay ! Okay ! fit Dan en levant les paumes en signe d'armistice. Je te dis qu'on essaiera si on ne trouve aucune autre solution, mais si on avait la combinaison tout serait plus simple.

— Mais je ne l'ai pas ! siffla la jeune femme. Combien de

fois vas-tu me le faire répéter ? Adam ne m'en a jamais soufflé mot. Est-ce qu'on ne peut pas essayer de la trouver en... tâtonnant ?

Dan s'efforça de ne pas céder à la colère.

— Écoute, murmura-t-il. Je connais un peu ces trucs. Vu le nombre de chiffres figurant sur le cadran, je peux d'ores et déjà te dire qu'il y a plusieurs centaines de milliers de combinaisons possibles. On aura les doigts en sang avant d'en avoir composé le dixième !

— Et on n'a pas le temps ! gronda Baby Monk. Il faut que le fric soit partagé avant que Smart ne donne l'alarme. On ne va pas rester un an ici à faire des mathématiques !

Dorana ne trouva rien à répondre. Elle avait l'air égaré et battait des paupières comme si elle éprouvait certaines difficultés à se réveiller.

— Je... je ne sais pas quoi vous dire, chuchota-t-elle.

Dan grimaça.

— Il y aurait bien une solution, proposa-t-il, mais elle est un peu bancale.

— Yo ? maugréa Baby Monk, et c'est quoi ?

— Partageons les sacs, dit Dan. Sans les ouvrir. Prenons-en chacun un nombre égal et séparons-nous. Nous essaierons plus tard de les forcer, chacun de notre côté... une fois en lieu sûr. Avec... je ne sais pas, de l'acide ? On pourra toujours tenter de se renseigner.

— C'est ça ! ricana Monk. Et pourquoi pas s'inscrire au MIT pour devenir ingénieur chimiste ? Tu délires, mec !

— De toute manière c'est inacceptable, trancha Dorana. On n'a aucune idée de la somme que contient chaque sac... celui-là renferme peut-être 15 000 dollars, et celui-ci 200 000... Ce serait un « partage » en aveugle. Chat en poche. L'un de nous pourrait se retrouver avec la grosse galette et l'autre avec de la menue monnaie !

Cette éventualité semblait la révulser. Elle s'approcha des sacs et se mit à les bousculer.

— Regardez ! lança-t-elle. Il n'y a aucune étiquette. Juste un numéro imprimé sur le tissu. Il devait y avoir une liste quelque part dans le coffre, mais vous ne l'avez pas emportée, bien sûr !

— On ne peut pas retourner la chercher, lâcha Dan. De toute façon, je n'ai rien vu sur les étagères.

— Elle doit forcément exister ! s'entêta Dorana. Un listing... avec la description des sommes et leur destination.

— Ça doit sûrement se trouver dans la mémoire d'un ordinateur, admit Dan, mais nous n'avons aucun moyen d'y accéder.

— Alors on ne partagera pas les sacs ! siffla la jeune femme. Pas question ! Je ne veux pas me retrouver lésée.

— Moi non plus ! décréta Monk que cette idée semblait avoir frappé. Dorana a raison, c'est une méthode débile.

— Ce que tu nous proposes, c'est une loterie, lança la jeune femme d'un ton sévère. Tirer le magot au sort ! Quelle connerie !

— D'accord, soupira Dan. Alors propose quelque chose de plus intelligent.

— Inutile de paniquer, fit Dorana. Je ne crois pas que les cadenas soient si solides que ça. Essayez de les attaquer à l'acide sulfurique, il paraît qu'à son contact l'acier se met à fondre comme un sucre dans l'eau chaude. De mon côté je vais fouiller dans les affaires d'Adam. Voir s'il n'a pas inscrit la combinaison quelque part. Il n'a jamais eu une très bonne mémoire des chiffres et ça s'est aggravé ces derniers temps. S'il connaît la combinaison il l'a forcément recopiée quelque part, pour se la rappeler en cas de besoin. Je vais passer son bureau au peigne fin.

— L'alerte sera donnée dans six heures, observa Dan. Nous allons rester là, le cul sur le magot alors que nous aurions pu filer au Nevada.

— Et alors ? fit Dorana. Tu penses que tu seras beaucoup plus en sécurité au Nevada qu'ici ? Tu as du monde là-bas ? Une planque ? Une maison ?

— Non... avoua Dan.

— Alors ? triompha la jeune femme. Tu trouves ça prudent, toi, de se promener sur les routes avec 500 000 dollars dans une valise ? C'est encore en restant ici que vous serez le plus en sûreté. Les flics vont chercher partout ailleurs, sauf ici, sous leur nez.

— Allons, s'impatienta Dan. Tout ça ce sont des astuces foireuses de roman policier ! Tu sais bien que la police cherchera *partout*, y compris sous son nez !

— Ça suffit, trancha Dorana. On ne va pas discuter jusqu'à l'aube. J'ai décidé qu'on ne bougerait pas. Je ne veux pas d'un partage de dupe. A moins...

Elle fronça soudain les sourcils et dévisagea l'imitateur avec une désagréable expression de méfiance.

— A moins que ce soit toi qui ne l'aies, cette fameuse liste, murmura-t-elle. Pourquoi pas, après tout ? Tu aurais pu l'apercevoir sur l'une des étagères de la chambre forte et la glisser dans ta poche, à l'insu de Monk. Tu sais peut-être exactement ce qu'il y a dans chaque sac...

Dan encaissa l'accusation comme une gifle. Le visage de Dorana avait quelque chose d'effrayant. C'était maintenant un masque aux yeux rétrécis, à la bouche pincée. Une tête de fouine prête à l'attaque.

— Tu racontes n'importe quoi... bredouilla-t-il en ayant conscience d'être lamentable.

— Monk, dit doucement Dorana sans cesser de fixer l'imitateur. Surveille-le au cours des heures à venir. S'il a eu l'occasion de lire la liste, il sait exactement quels sacs contiennent les plus grosses sommes. Il pourrait bien ficher le camp avec. Ne le laisse pas te baratiner. Son histoire de partage en aveugle me paraît bizarre.

Dan se passa la main sur les yeux.

— Arrête, lâcha-t-il. Nous sommes tous à cran. Si nous continuons comme ça nous allons nous mettre en pièces avant le lever du soleil.

La jeune femme recula d'un pas.

— Okay, fit-elle avec une certaine froideur. Mais le fric restera là. Dès que les boutiques ouvriront tu essaieras de te procurer de quoi attaquer les cadenas. Pendant ce temps, Monk gardera les sacs. N'essayez pas de m'appeler. Si l'alerte est donnée, la police va débarquer chez moi aux aurores, ma ligne risque d'être surveillée. Je vous passerai un coup de fil d'une cabine. Il faut rester calme et ne pas s'affoler. Ne laissez pas les sacs sur la table, cachez-les sous le plancher. S'ils sont si résistants que ça, les rats ne risquent pas de les ronger.

Puis elle consulta sa minuscule montre bracelet.

— Je dois partir, dit-elle. Il faut que je sois là-haut au cas où on m'appellerait.

Elle ramassa son réticule et se recoiffa rapidement. La robe noire accentuait sa minceur. Dan essaya de se raidir contre la fascination qui s'emparait de lui. Seigneur ! Elle était parfaite... aussi harmonieuse qu'un idéogramme chinois. On eût dit qu'elle était née du coup de pinceau d'un calligraphe. Il aurait pu la contempler pendant des heures. Elle marcha vers la porte, Monk sur ses talons. Sans doute allait-elle lui donner ses dernières consignes ? Il haussa les épaules. Il commençait à se sentir trop fatigué pour réfléchir.

Il écouta le bruit de la voiture qui s'éloignait, puis Monk réapparut. Il avait l'air gêné, et son regard évitait celui de Dan. L'imitateur songea qu'il avait suffi d'une simple apparition de Dorana pour balayer l'amorce de complicité que l'équipée mexicaine avait fait naître entre le lutteur et lui. Il ne s'en étonnait pas. Il avait lui-même éprouvé un brusque élancement de jalousie quand la jeune femme était sortie en compagnie de Monk.

« Allons, songea-t-il. Elle se sert de nous. Dès que les sacs seront ouverts elle oubliera jusqu'à notre existence. »

Monk s'agenouilla sur le plancher et entreprit d'en soulever les lattes une par une. Il y avait là une sorte de grande cache creusée dans la terre brune. Sûrement une planque où l'on entreposait jadis des produits de contrebande.

Le lutteur disposa les sacs gris dans cet alvéole et les recouvrit au moyen des lattes déclouées. C'était une bien pauvre cachette, mais pour le moment ils n'en avaient pas de meilleure. Ce travail effectué, Monk s'assit sur le sol, les mains posées sur les cuisses. Au repos il avait l'allure d'un robot en panne de combustible. On avait un peu de mal à se persuader qu'il était réellement vivant.

— Tu as vu ? lança Dan. Elle n'a pas demandé de nouvelles de son mari.

— T'es con, grogna Monk. Qu'est-ce que ça peut lui foutre ? Dès qu'elle aura le fric elle divorcera.

— Et toi ? questionna l'imitateur. Qu'est-ce que tu feras de ta part ?

— J'ouvrirai une salle de sport, et j'enseignerai les techniques de combat que j'ai inventées. Je deviendrai un maître. J'aurai des disciples. On deviendra tellement forts que le gouvernement fera appel à nous pour les missions difficiles : délivrer des otages, ou des conneries de ce genre.

Il continua à délirer sur ce sujet pendant de longues minutes, mais Dan ne l'écoutait plus.

« Et si Dorana *faisait semblant* de ne pas connaître le code des cadenas ? » songeait-il depuis un moment déjà.

Il retourna l'hypothèse dans sa tête, essayant d'en saisir les tenants et les aboutissants. Où cela la mènerait-il de mentir ? Nulle part. A moins que...

Il grimaça sans même en avoir conscience, effrayé par le scénario qui prenait corps dans son esprit. Et si Dorana avait décidé de se débarrasser d'eux ? Pour cela elle n'avait qu'à attendre que l'équipe soit au complet. Dès que Doc' Brannigan serait de retour, il lui suffirait de peu de chose pour mettre les trois hommes hors de combat : une bouteille de whisky empoisonnée apportée pour fêter la « victoire» ? De la nourriture additionnée d'un somnifère foudroyant ? Ensuite, une fois l'argent récupéré, elle n'aurait qu'à arroser les dormeurs d'essence et à mettre le feu à l'atelier. Simple comme bonjour.

En prétendant ignorer le code des cadenas, elle les clouait sur place et empêchait le partage. De cette manière, le magot ne s'éparpillerait pas aux quatre coins du pays, il attendrait gentiment qu'elle vienne le ramasser... dans sa totalité.

Dan s'agita, mal à l'aise. Était-ce absurde ou affreusement crédible ? Il ne parvenait pas à se faire une opinion. La paranoïa est le lot habituel des voleurs, et il craignait d'y succomber.

« Il ne faudra toucher à rien de ce qu'elle apportera, décida-t-il. Pas plus à la nourriture qu'à la boisson. »

Il fut sur le point de faire part de ses réflexions à Baby Monk, mais y renonça. Le lutteur était un chien dévoué pour Dorana. Il l'insultait, la menaçait, mais c'était elle, en définitive, qui tenait les rênes. Non, il ne fallait pas parler à Monk. Doc' Brannigan, par contre, serait un interlocuteur beaucoup plus intéressant. Peut-être serait-il prudent de le mettre au courant dès son arrivée ?

Il se redressa en bâillant.

— Je vais me coucher, annonça-t-il à Monk. Je ne sais pas si tu comptes jouer les sentinelles, mais moi j'en ai marre. Réveille-moi quand Doc' arrivera.

Il alla s'étendre tout habillé dans la chambre du bas. Il faisait lourd dans la pièce, et des insectes couraient sur les murs, vous dissuadant d'éteindre la lumière. La tête dans l'oreiller, il essaya de faire le vide en lui, mais il avait les nerfs trop à vif pour trouver le repos. Il s'étonna de se découvrir la proie d'une forte tension sexuelle, et cela en dépit du stress. Il aurait fait l'amour à la première femme venue, vieille ou laide peu importe ! Il regretta de ne pas pouvoir se saouler pour glisser enfin dans l'oubli.

Jusqu'à quatre heures du matin, il sommeilla par à-coups, dérivant de cauchemars en rêves absurdes. Lorsqu'il se leva pour uriner, il découvrit Baby Monk, toujours accroupi à la même place, et couvant d'un œil de cerbère les lattes de plancher dissimulant le trésor.

Il finissait de se soulager quand l'écho d'un moteur lui fit dresser l'oreille. Il consulta sa montre. Cette fois ce ne pouvait être que Doc' Brannigan.

Il ne se trompait pas. Le vieil homme se présenta à la grille au volant d'une vieille Subaru poussiéreuse aux ailes dépareillées.

— Je l'ai volée à San Diego, marmonna-t-il avec un geste d'excuse. J'ai laissé la Fleetwood à Tijuana.

— Content de vous voir, Seth, fit Dan en ouvrant la grille de la cour. J'avais peur que le chien ne vous empêche de filer.

— Non, soupira le vieux, ça a marché. J'ai fait comme vous m'avez dit. Le cabot a filé d'une traite dans la chambre de son maître et j'ai bondi de derrière la porte pour me glisser dehors. Le temps qu'il réagisse, j'avais donné deux tours de clef.

Il rangea son véhicule à côté du fourgon et s'en extirpa précautionneusement.

— Je suis trop vieux pour rouler aussi longtemps, grogna-t-il. Alors, ça y est ? Nous sommes riches ?

Dan fit la grimace.

— Oui et non, souffla-t-il. Il y a un petit contretemps. Je vais vous expliquer.

Cette fois ils verrouillèrent le vantail avant d'entrer dans l'atelier. Monk ne se leva pas pour accueillir Seth, comme s'il redoutait de s'éloigner du butin, ne serait-ce que de quelques centimètres. Il fallut tout reprendre depuis le début, écarter les lattes pour que Doc' puisse se rendre compte par lui-même. Le vieil homme paraissait abasourdi. Il ne cessait de palper les sacs, faisant crisser les liasses de billets.

— Bon sang, gémit-il d'une voix tremblante. C'est pourtant là. Je sens le fric. Je l'entends... Vous l'entendez vous aussi ?

On eût dit qu'il parlait d'une victime d'un tremblement de terre enfouie dans les décombres.

— Ce n'est pas possible un truc comme ça, répéta-t-il trois fois de suite. On va trouver une solution, n'est-ce pas ?

Il semblait sur le point de fondre en larmes. Dan en fut bizarrement remué.

— Il faut vous reposer, Doc', fit-il en aidant l'ancien croque-mort à se redresser. Vous avez dû en voir de dures à l'hacienda. A propos, comment se porte notre banquier ?

Seth ébaucha l'un de ces gestes vagues et las qui sont le propre des vieillards.

— Quand je suis parti il avait du mal à respirer, dit-il. Il est peut-être mort à l'heure qu'il est ? Je ne sais que vous dire. C'est à cause des barbituriques. J'ai dû forcer la dose pour l'obliger à se rendormir, sinon il aurait bondi sur son foutu téléphone pour appeler Los Angeles. Il n'a aucune patience cet homme-là ! C'est déjà un miracle qu'on ait réussi à le tenir cloué au lit tout ce temps.

L'estomac de Dan se serra. Si Adam Smart mourait, ils seraient tous les trois considérés comme des criminels.

Tous les trois ? Et Dorana ? Que faisait-il de Dorana ? C'était elle le « cerveau » après tout !

— J'ai pris la Cadillac parce que je ne me sentais pas la force de descendre au village à pied, plaida Doc'. J'espère que je n'ai pas fait une bêtise ?

— Mais non, éluda Dan. De toute manière, si son état empire il ne sera pas capable de prendre le volant.

— Ah ! fit soudain Seth Brannigan en fouillant dans sa poche. Je l'ai dépouillé avant de partir. Ça nous fera un petit pécule en attendant l'ouverture des sacs.

Il déposa sur la table l'équivalent de trois mille dollars en coupures chiffonnées.

— Ce sont ses gains aux combats de chiens, crut-il bon d'expliquer. Il les avait cachés dans le double-fond de son sac Gladstone. Il n'y avait pas de raison de les lui laisser.

— Vous avez bien fait, approuva Dan avec un sourire. Pour le moment nous ne sommes encore que des millionnaires potentiels, et je me demandais avec quoi nous allions bien pouvoir acheter à manger demain matin !

Ils se forcèrent à rire, comme si c'était là la meilleure plaisanterie du monde. Puis Dan accompagna Seth jusqu'à la chambre du bas. Ils s'étendirent côte à côte sur le lit défoncé, faute de place, et le vieil homme sombra aussitôt dans le sommeil.

18

Dorana roula jusqu'au sommet de la colline dans un état second. Alors qu'elle franchissait le portail de la villa, la voiture de patrouille des vigiles arriva à sa hauteur. L'un d'eux se pencha et, la reconnaissant, la salua en portant l'index à la visière de sa casquette. La jeune femme se força à sourire. *Ils l'avaient vue...* Ils se rappelleraient l'heure à laquelle elle était rentrée, ces types-là notaient tout dans un coin de leur tête. Était-ce grave ? Évidemment, son retour paraîtrait bien tardif si l'on prenait en compte qu'elle était censée revenir d'une « party » se tenant trois cents mètres plus haut, à la maison des Richardson.

Elle consulta sa montre, tenta de calculer la dérive temporelle de son alibi. Si on l'interrogeait à ce sujet, elle pourrait toujours prétendre avoir éprouvé le besoin subit de faire un tour en ville, d'aller boire un verre... D'avoir ressenti une brutale envie de solitude. Elle réalisa qu'elle était incapable de savoir lequel de ces trois mensonges paraissait le plus convaincant. Quand on sait qu'on est coupable tout sonne faux dans votre bouche, même la vérité. Surtout la vérité.

Elle activa le système d'ouverture électronique et pénétra dans le jardin. Un coyote hurla dans le lointain. Elle descendit en grelottant. L'air vif de la nuit faisait lever la chair de poule sur ses épaules nues. Appuyée à la portière, elle se débarrassa de ses hauts talons et marcha vers la maison sur ses bas. Quelqu'un qui l'aurait observée à ce moment aurait pensé qu'elle était ivre. En réalité, elle était morte de peur.

Elle avait crâné à l'entrepôt, essayant de dissimuler aux yeux des hommes qu'elle avait en partie perdu le contrôle de la situation. Elle s'était retranchée derrière l'armure de sa robe de cocktail pour leur en imposer. Elle savait qu'elle était belle dans cette tenue, elle l'avait lu dans leur regard. C'était comme ça depuis qu'elle avait eu l'âge de passer sa première paire de Nylons, les vêtements étaient ses amis.

Ils la protégeaient. Elle n'aurait jamais dû cesser d'être leur prêtresse.

Elle escalada les marches menant à la porte d'entrée, composa le code de sécurité qui désenclenchait l'alarme. Son esprit n'était plus qu'un chaos de pensées hurlantes.

Les sacs... Les fichus sacs.

Elle n'était encore qu'à demi convaincue par les objections de Dan. N'essayaient-ils pas de la berner en misant sur son ignorance de la *technique* ? Non, elle ne le pensait pas. Dan aurait peut-être été tenté de le faire, mais pas Monk. Elle tenait Monk bien en main. Elle avait su se l'attacher. Pour lui, elle était une sorte de fée échappée d'un livre de contes. Une idole dépassant ses espérances de gamin un peu attardé, et s'il lui arrivait d'élever la voix, elle avait toujours le dernier mot, en définitive.

Comme chaque fois qu'elle était seule, elle alluma toutes les lampes de la maison. Le code des cadenas... Adam n'en avait jamais parlé, de cela elle était certaine. Il avait toujours été très secret pour tout ce qui touchait à la banque. Non par fidélité envers ses employeurs, mais parce qu'il pensait qu'un certain mystère rehaussait sa stature. Pauvre type.

Elle s'approcha du bar, posa la main sur la bouteille de vodka Laika.

Non, il ne fallait pas. Elle avait déjà beaucoup trop bu au cours de la party. Elle devait garder la tête froide. Essayer de réfléchir. Elle se versa tout de même un fond de verre, y jeta une poignée de glaçons, puis elle grimpa au premier pour inventorier le bureau de son mari.

En temps normal elle évitait de franchir le seuil de cette pièce qui sentait le tabac et le chien. Adam s'y barricadait en compagnie de Dust et monologuait pendant des heures, comme si la bête allait tout à coup prendre la parole pour lui donner des conseils de stratégie bancaire.

Elle eut peur, un instant, qu'il n'ait verrouillé la porte du bureau avant de partir. Il aimait multiplier ce genre de précautions stupides, se donner des airs de directeur de la C.I.A. Parfois, lorsqu'elle s'approchait un peu trop de son fauteuil, il refermait prestement un dossier, comme s'il s'agissait d'un rapport ultra-secret dont dépendait l'avenir du Monde Libre.

Elle poussa le battant. Adam avait meublé la pièce en essayant d'imiter le bureau d'Hemingway, dans sa maison de Key West. C'était idiot du reste, car Dorana avait lu dans une revue féminine qu'aucun des meubles actuellement entreposés dans la demeure de l'écrivain ne lui avait appartenu de son vivant ! La pièce empestait le chien et la pipe froide. Des bottes cavalières, jetées en vrac sur la moquette de coco, ajoutaient à l'ambiance un vague relent de pied moite. Une atmosphère d'homme, à n'en pas douter !

Avec une certaine réticence elle s'assit dans le fauteuil d'Adam et commença à explorer tiroirs et dossiers. Elle le faisait sans fièvre, ne croyant guère à l'histoire du pense-bête qu'elle avait improvisée à l'atelier. Si Adam avait effectivement noté le code des cadenas quelque part, ce pouvait être n'importe où, et la surface de la table de travail disparaissait sous une montagne de dossiers couverts de chiffres. Elle poursuivit tout de même son inventaire, ne touchant les objets que du bout des doigts. Les pipes culottées la dégoûtaient tout particulièrement ; elle n'aurait su dire pourquoi.

Elle jeta un coup d'œil à la pendulette vieillotte plantée à côté de l'écritoire. Combien de temps encore avant que le téléphone ne se mette à sonner ? Elle se renversa dans le fauteuil, essayant d'imaginer comment les choses se passeraient.

Là-bas, à l'hacienda Adam allait bientôt sortir du sommeil artificiel dans lequel l'avaient plongé les barbituriques. Au besoin, Dust l'y aiderait en lui léchant la figure, ou en le secouant par la manche de son pyjama. Il se redresserait sur un coude, appellerait... Il lui faudrait trois minutes pour comprendre qu'il était seul dans la maison. Au début, il croirait Doc' parti au ravitaillement. En fait, ses réactions dépendraient de l'heure de son réveil. S'il s'apercevait qu'il avait laissé passer l'heure de l'appel de contrôle, il bondirait sur son téléphone pour contacter Dick Weston, le directeur de la *Trade Ltd.* Ensuite, tout irait très vite. Le Bureau Fédéral d'Investigation serait saisi de l'affaire puisqu'il s'agissait d'un crime dépassant les limites de l'Etat. Le FBI contacterait la police mexicaine, un hélicoptère s'envolerait vers l'hacienda...

« Ça c'est l'hypothèse dans laquelle ton mari est encore *conscient*, murmura une voix sournoise dans la tête de Dorana. Mais, ma petite chérie, il te faut également envisager celle où il est plongé dans le coma... et même — pourquoi ne pas le dire ? — un peu mort. »

La jeune femme réalisa qu'elle était en train de se ronger l'ongle du pouce. Elle cracha les écailles de vernis qui collaient à ses lèvres et crispa les mains sur les accoudoirs du fauteuil.

Adam dans le coma. Rongé par la gangrène ou la septicémie. Il respirait à peine. La fièvre lui faisait un visage rouge et luisant. Incapable de revenir à la surface, il laissait passer l'heure de l'appel. L'ordinateur bloquait la chambre forte et expédiait un message d'alerte à Dick Weston. Celui-ci tentait vainement de joindre Adam par l'entremise du radiotéléphone... Dans ce cas de figure, il appellerait obligatoirement ici, et il faudrait jouer les femmes oisives surprises en plein sommeil. Dorana n'avait aucun mal à imaginer la conversation qui s'ensuivrait : « Dodo ? C'est Dick. Je suis très embêté ma chérie. Adam n'a pas observé la procédure ce matin et l'ordinateur a déclenché le plan « catastrophe ». Tout est bloqué. Lui avez-vous parlé ces derniers temps ?

(Ici, il conviendrait de faire l'idiote.)

— A qui, Dick ? A l'ordinateur ? Mais je ne saurais pas quoi lui dire... C'est Adam qui s'occupe de ça.

— Non, ferait patiemment Weston. Pas à l'ordinateur, à votre mari. Je veux dire : « Avez-vous eu votre mari au bout du fil récemment ? » Excusez-moi d'appeler si tôt, mais c'est important.

— Non, bâillerait-elle. Quand il est en vacances il ne

m'appelle jamais. Je crois que Dust lui suffit comme interlocuteur.

— Ah-ah, dirait Dick d'un ton sinistre. Je ne veux pas vous affoler ma chérie. Il a sûrement pris une cuite au mezcal et n'a pas entendu sonner le réveil, mais je suis forcé de suivre la procédure d'alerte et de passer en phase 2.

— Ah... et c'est quoi la phase 2 ?

— La police, Dodo. Je suis forcé d'appeler la police, et aussi le FBI.

— Tout ça pour une simple cuite ? Vous charriez ! Il est en vacances, il a bien le droit de lâcher la pression.

— D'accord avec vous, mais il faut également envisager la possibilité qu'il ait été enlevé... Ici, la chambre forte a changé automatiquement de combinaison. Il va falloir que j'aille moi-même l'ouvrir, et je ne me rappelle même plus la foutue phrase que je suis censé prononcer. Je l'ai recopiée sur une carte de visite et je l'ai mise dans mon coffre personnel, à la banque. Tout ça est bien contrariant. »

Oui, c'est à peu près de cette façon que les choses se dérouleraient. Dans un premier temps, il suffirait de jouer les écervelées dépassées par tous ces problèmes techniques, ensuite, on ajouterait quelques gouttes d'inquiétude au mimodrame de « la femme dont le mari a cessé d'émettre ». Un zeste d'hystérie au moment de l'arrivée de la police. Les hommes s'attendaient à un tel comportement, et n'y pas sacrifier aurait pu sembler suspect.

Dorana grimaça. En pensée ça paraissait facile, sur le terrain il en irait autrement. Avec Dick Weston elle serait à son aise, les difficultés surgiraient lors de la confrontation avec les gens du FBI. A cette seule idée, elle sentait son estomac se replier sur lui-même. Elle n'avait jamais été très bonne comédienne, c'est en grande partie à cause de cela qu'elle n'avait pas suivi la filière classique qui menait des défilés de mode aux soap-operas.

« Le mieux, murmura la méchante petite voix, ce serait qu'Adam soit mort, n'est-ce pas ? »

Dorana tressaillit. Elle essaya de se représenter l'hélicoptère de la police atterrissant dans la cour de l'hacienda. Les flics sautaient sur le sol, l'arme au poing, et, tout de suite, Dust les attaquait, croyant son maître victime d'une agression. Les policiers étaient forcés d'abattre le chien... (C'était un point du scénario auquel elle tenait tout particulièrement.) Ensuite ils pénétraient dans la maison pour découvrir Adam Smart, sur son lit, déjà mort ou bien à l'agonie. Dans ce dernier cas ils ne réussissaient qu'à lui tirer quelques mots incohérents avant qu'il rende le dernier soupir. Quelques mots qui n'éclaireraient en rien l'enquête à venir.

Adam mort.

Dorana porta le verre à ses lèvres, mais les glaçons avaient fondu, noyant le peu d'alcool qu'elle s'était donné licence d'absorber. Lorsqu'elle considérait les choses avec franchise, elle était forcée d'admettre qu'elle n'avait peut-être organisé toute cette affaire que dans ce seul but : provoquer la mort de son mari. Une mort accidentelle. Pas un vrai meurtre, non. Pas quelque chose dont elle devrait obligatoirement se sentir coupable. Juste un... coup de pouce ?

Dorana renversa la tête en arrière. Elle étouffait subitement et tout le visage lui cuisait. Qu'avait-elle combiné en réalité ? Un cambriolage ou un assassinat ? Elle n'était plus sûre de rien. Ses propres mobiles lui échappaient.

Pour se donner une contenance elle continuait à retourner délicatement objets et feuilles de papier. De temps à autre, elle regardait par terre, la moquette en fibre de coco, sur laquelle la bave de Dust avait laissé des taches indélébiles. Tout, dans ce cabinet de travail, la révulsait. Les têtes d'animaux empaillées, les fusils de chasse : un Purdey, une Remington 39-45, un vieux fusil Enfield de l'époque de Rudyard Kipling. Jamais elle n'avait vu Adam les utiliser. Ils étaient là, pendus au mur, totems virils auprès desquels son mari se fortifiait. Des statuettes d'Art Nègre, taillées à la hache, s'alignaient le long des plinthes. Il arrivait que Dust, pour marquer son territoire, pissât dessus sans provoquer la moindre réaction de la part d'Adam. Il y avait également un pistolet automatique datant de la guerre de Corée dans le tiroir du secrétaire. Tout couvert de taches de rouille. Celui avec lequel son beau-père s'était suicidé. Un « Nembu » provenant d'un stock d'armes japonaises, plutôt mal fichu au demeurant, et qui ressemblait davantage à un jouet qu'à un objet capable de tuer.

Que se passerait-il si elle ne trouvait pas le code des cadenas ?

« Ça n'aurait pas beaucoup d'importance si au moins tu étais certaine de la mort d'Adam... » songea-t-elle, pour s'essayer à la franchise.

Si Adam était mort, elle livrerait Dust à la fourrière. Elle exigerait qu'on le pique ou qu'on le gaze. Elle ne savait pas très bien comment les choses se passaient dans ce domaine. Plus elle y pensait, moins elle parvenait à prendre l'affaire des cadenas au sérieux. Elle était sûre que Dan allait finir par trouver une solution. Les hommes avaient l'esprit bricoleur, ils dépensaient une énergie folle à fabriquer ou à casser les choses. Ce n'était qu'une question de patience. Elle leur avait suggéré l'acide, parce qu'elle en avait entendu parler dans une série télévisée. Ça marcherait, pourvu qu'ils se donnent la peine d'essayer, car, généralement, les mâles se faisaient un devoir de ne jamais tenir compte des suggestions féminines.

Elle se leva pour arpenter le bureau de long en large. La nuit se décolorait au-dessus des collines. Bientôt le soleil se lèverait. Anita, la cuisinière, arriverait pour préparer le petit déjeuner. Il faudrait lui jouer la comédie, à elle aussi, car les flics ne manqueraient pas de l'interroger.

Si Adam était mort, tout serait plus facile. Elle n'aurait pas à supporter son regard, à essayer de feindre l'inquiétude, à lui prodiguer des gestes de tendresse. Elle garderait sa part du trésor en lieu sûr, le plus longtemps possible, sans y toucher. Elle n'était pas pressée. Elle retournerait vivre un temps chez sa mère, dans l'Arkansas. Elle recommencerait à porter des chemises à carreaux et des jeans. Seigneur ! Il y avait combien d'années qu'elle n'avait pas mis un jean ?

Serait-elle seulement capable d'y faire entrer ses fesses d'apprentie-quadragénaire ?

Si Adam était mort...

Elle sortit du bureau. Il fallait encore qu'elle se démaquille, qu'elle se mette au lit. Elle était si nerveuse qu'elle s'attendait presque à voir crépiter des décharges électriques au bout de ses ongles.

Elle passa dans sa chambre pour se déshabiller.

Si Adam était encore en vie, la partie serait plus difficile à jouer. Il faudrait avoir le courage de demander le divorce. Prétendre qu'elle était incapable de vivre avec un infirme, qu'elle ne supportait pas d'avoir des rapports sexuels avec un homme affligé d'un moignon. C'était crédible. De toute façon elle y serait contrainte, car la vie en compagnie d'un Adam Smart physiquement diminué allait devenir un enfer !

Comble d'ironie, il n'était même pas assez riche pour s'acheter une prothèse présentable, et ce n'était sûrement pas Dick Weston qui mettrait la main au portefeuille pour lui offrir ce petit cadeau. Après tout, les vacances d'Adam avaient déjà coûté bien trop cher à la *Trade* !

Elle prit une douche, se brossa les cheveux et enfila une chemise de nuit. Assise devant le miroir de sa coiffeuse, elle passa en revue les différentes répliques qu'elle devrait employer au cours des heures à venir. Enfin démaquillée, elle se coucha. Étendue au milieu du lit, les bras le long du corps, elle tournait la tête toutes les cinq minutes pour regarder le téléphone. Dans un quart d'heure il serait six heures. Elle essaya, une fois de plus, de se représenter Adam là-bas, dans l'hacienda, mais aucune saynète ne prit forme. La peur stérilisait son imagination. C'est Weston qui appellerait le premier. Elle n'ignorait pas qu'il avait un petit faible pour elle ; cela faciliterait les choses. Elle pourrait tester sur lui les dialogues qu'elle avait écrits.

Victime d'un brusque coup de fatigue, elle s'endormit.

Deux heures plus tard la sonnerie du téléphone lui arracha un cri de terreur, et elle se dressa sur son lit, hagarde, ne sachant même plus où elle se trouvait.

— Oui ? balbutia-t-elle en décrochant le combiné.

— Dorana ? fit la voix de Dick Weston dans l'écouteur. Excusez-moi de vous réveiller si tôt, mais j'ai une mauvaise nouvelle.

— Quoi ? marmonna-t-elle, qu'est-ce que vous racontez ? Elle entendit le directeur de la *Trade Ltd* se racler la gorge à l'autre bout du fil.

— C'est à propos d'Adam, dit-il enfin. Il lui est arrivé quelque chose de moche. Il m'a appelé ce matin, du Mexique... Il a eu une sorte d'accident.

— Il vous a appelé, vous ? fit Dorana d'un ton incrédule. Et pourquoi pas moi ? Qu'est-ce que c'est que cette histoire ?

— Je ne peux pas vous expliquer ça au téléphone, fit Weston d'une voix embarrassée. Je vais passer vous chercher. En ce moment même un hélicoptère est en train d'acheminer Adam à Cedar-Sinaï. Il est assez... malade. Préparez-vous à recevoir un choc.

Elle crut qu'il allait raccrocher, mais il ajouta très vite :

— Je serai avec des gens de la police. Ils aimeraient vous poser quelques questions.

Dorana comprit qu'il parlait en présence des flics. Grâce au coup de fil d'Adam-le-héros, le cambriolage avait été découvert avant même que l'ordinateur ne donne l'alarme. Elle eut beaucoup de mal à poser le combiné sur sa fourche tant ses mains tremblaient. Elle n'eut que le temps de courir dans la salle de bains pour vomir un peu de bile. Jusqu'à présent elle avait toujours cru qu'il n'y avait que dans les romans qu'on vomissait sous l'effet de la peur.

La machine était en marche. Elle savait que c'était inévitable mais quelque chose la chiffonnait : pourquoi Adam avait-il appelé son patron en priorité ? Par sens du devoir ? Parce qu'il se savait trop faible pour passer deux coups de fil consécutifs... ou bien parce qu'il se méfiait de sa femme ?

« Allons ! pensa-t-elle. Ne commence pas. »

Elle se passa de l'eau sur le visage et se vêtit sobrement. Quand elle descendit l'escalier, Anita, qui se tenait au seuil de la cuisine, fut stupéfiée par cette apparition matinale.

— Monsieur a eu un accident, annonça Dorana pour tuer dans l'œuf les mille questions qui ne manqueraient pas de jaillir dès que la Mexicaine aurait digéré l'information. Dick Weston va passer me prendre. Branchez le répondeur et n'ouvrez pas aux journalistes si par malheur ils se présentaient à la grille. C'est compris ?

Anita hocha la tête, encore sous le coup de la surprise. Dorana mit ce silence à profit pour sortir sur le perron. Le vent froid du matin la fit grelotter, mais peut-être n'existait-il que dans son imagination. Elle remonta l'allée jusqu'à la grille. Le claquement de ses talons hauts s'envolait à travers les collines.

« Je dois être verte, songea-t-elle. Au moins de ce côté-là je jouerai bien mon rôle. »

Elle pianota sur le boîtier électronique et franchit le portique pour attendre au bord de la route. Une seule idée clignotait dans son esprit : Adam était vivant. Elle allait devoir se présenter devant lui, lui parler, lui prodiguer des paroles de réconfort, des gestes de tendresse...

« Pas tout de suite, se dit-elle pour se rassurer. Il doit être plus ou moins inconscient. »

Un bruit de voiture la figea. Une limousine remontait la côte. Dick Weston avait sorti l'artillerie lourde. Pour en imposer aux flics, sûrement.

Le véhicule s'immobilisa à sa hauteur. Sans se donner la peine de sortir, Weston ouvrit la portière et fit signe à la jeune femme de monter. Deux inconnus à la mine austère se tenaient côte à côte sur la banquette. Aux costumes infroissables et bon marché, Dorana devina d'emblée qu'il s'agissait des gens du FBI.

— Madame Dorana Smart, annonça Dick. Messieurs...

— Agent Moreno, annonça le premier. Du Bureau Fédéral d'Investigation.

— Agent Carlson, dit le second. Désolé de faire votre connaissance en de telles circonstances, Madame.

Dorana se contenta d'un hochement de tête.

— Dorana, attaqua immédiatement Weston. Il est arrivé quelque chose de terrible. Adam a été... agressé au Mexique. On s'est servi de lui pour cambrioler la banque. La chambre forte a été vidée cette nuit.

— Quoi ? bégaya la jeune femme. Adam a été pris en otage ? Je ne comprends pas...

— C'est assez compliqué, en effet, intervint l'agent Moreno. Je pense que vous connaissez le principe d'ouverture de la chambre forte, n'est-ce pas ? Il est assez sophistiqué, mais beaucoup plus courant qu'on ne pense. De tels systèmes sont aujourd'hui installés dans la plupart des agences gouvernementales, ainsi que dans les entreprises scientifiques.

Il parlait d'un ton neutre, en « suçant » un peu les mots à la manière de ces majors de promotion des grandes écoles. Dorana s'efforçait de le regarder bien en face. Elle avait peur de suer. Elle avait toujours entendu dire que les coupables suent à grosses gouttes. Moreno n'avait rien d'hispanique. Contrairement à ce qu'aurait pu faire penser son nom, il était grand et mince, nanti d'un visage aux pommettes saillantes, très slaves. Il parlait en ouvrant à peine la bouche, comme s'il redoutait de montrer ses dents. Sans doute avait-il longtemps porté un appareil d'orthodontie dans son enfance ?

— Entre autres paramètres, continua-t-il, votre mari devait poser la paume de sa main sur un lecteur optique pour obtenir l'ouverture de la porte. Il semblerait que les criminels aient simulé un accident pour l'amputer de cette main... à son insu.

Dorana éclata d'un petit rire nerveux.

— Excusez-moi, dit-elle, mais c'est grotesque. Vous avez dû être victime d'une mauvaise plaisanterie.

— Hélas non, Madame, fit Moreno avec une petite inclinaison du buste. Votre époux a repris conscience ce matin, vers cinq heures trente, dans cette hacienda où il passait ses vacances, au-dessus d'Opachaca. Son premier mouvement a été d'appeler Monsieur Weston au moyen de son radiotéléphone, puis il a perdu connaissance. En coopération avec la police mexicaine nous avons aussitôt monté une opération pour le récupérer. Il est paraît-il très éprouvé et souffre d'un début de septicémie. Pardonnez ma brutalité, mais on lui a coupé assez grossièrement la main droite. Il ne s'agit pas d'un travail de professionnel. En ce moment même il est à l'hôpital, sous perfusion. Il n'est conscient que de manière sporadique.

— Et... le chien ? ne put s'empêcher de demander Dorana.

Elle se maudit aussitôt d'avoir proféré une telle énormité, mais les mots lui avaient échappé. Moreno cilla ; sa bouche rétrécie ébaucha un mince sourire.

— Oh, le chien, fit-il. Nous l'avons ramené. Il a été impossible de le séparer de votre mari. Même en ce moment, il refuse de quitter l'I.C.U, la chambre de soins intensifs. Les infirmières ont dû le stériliser du museau à la queue. C'était ça ou l'embarquer de force. Personne ne s'en est senti le courage. C'est probablement lui qui a tout fait pour sortir Adam de l'inconscience.

— Il est... très intelligent, balbutia Dorana tandis qu'un filet de sueur dégoulinait dans le creux de ses reins.

Ainsi ils étaient revenus. *Tous les deux.* Se doutaient-ils de quelque chose ?

Elle réalisa qu'elle avait encore plus peur du chien que d'Adam. Elle le voyait très bien : lui sautant à la gorge au moment même où elle franchirait le seuil de la chambre.

— Il va s'en sortir, annonça Moreno. Ne vous inquiétez pas. A l'heure actuelle il ne sait pas encore qu'on l'a amputé. Ne lui dites rien. Il est très faible et un choc pourrait lui être néfaste. Personne n'aime apprendre qu'il n'est plus entier.

— D'accord, souffla Dorana. Mais... on ne peut pas tenter une greffe ?

Elle avait décidé de jouer les idiotes. Elle savait d'instinct qu'aux yeux des deux flics, elle n'était qu'une bourgeoise oisive, une écervelée jadis très belle mais déjà vieillissante. Ils ne s'étonneraient pas de sa naïveté.

— Nous n'avons pas retrouvé la main en question, dit Moreno avec une pudeur professionnelle que n'aurait pas désavouée un maître de cérémonie funéraire.

— Il ne va pas aimer ça, renchérit Dorana. Mon Dieu ! Vous ne connaissez pas Adam ! Il va être d'une humeur épouvantable !

Dick Weston lui entoura les épaules d'un bras paternel. Ce petit salaud ne manquait jamais une occasion de la peloter discrètement.

— Nous allons devoir vous poser un grand nombre de questions, fit le policier. Le moment est mal choisi mais plus nous ferons vite plus notre chance d'attraper ces crapules sera grande. Ne vous brusquez pas si vous nous jugez impolis, ou trop curieux.

La jeune femme hocha la tête et choisit de sortir son mouchoir pour se tamponner les yeux. En réalité elle aurait aimé s'éponger le front. Elle avait l'impression que la transpiration devait dessiner d'énormes taches sombres sous ses aisselles. Elle, qui, jadis, se vantait de ne jamais suer sous la chaleur des projecteurs !

La limousine traversa la ville sans qu'ils échangent de nouvelles confidences. Dorana avait l'horrible sentiment que les flics évitaient de lui en dire trop. Elle voulait qu'ils la cataloguent comme une imbécile trop bavarde, qui avait probablement raconté à toutes ses amies ce que son mari lui avait, lui-même, confié sur l'oreiller, à savoir : la procédure d'ouverture du coffre. Il faudrait fortifier leur conviction en ce sens. Avouer, en rougissant, qu'elle s'était peut-être laissée aller à quelques imprudences verbales. Plus ils auraient l'impression que l'information avait circulé, moins ils chercheraient le coupable dans la maison même du banquier.

Ils atteignirent enfin le centre hospitalier. Dès qu'ils furent dans le hall, un médecin les prit en charge. Dorana ne comprit pas un traître mot de ce qu'il lui expliquait tant ses oreilles bourdonnaient. Ils traversèrent des couloirs, grimpèrent dans un ascenseur. L'odeur d'éther lui donnait envie de s'évanouir. Elle eut peur de céder à la syncope car elle avait entendu dire qu'on disait parfois des choses gênantes lorsqu'on perdait connaissance. Ainsi, l'une de ses amies, lors d'un malaise, avait prononcé à trois reprises le nom de son amant, éveillant du même coup la méfiance de son mari.

Au sixième étage ils durent attendre qu'on achève les soins avant de pouvoir pénétrer dans la chambre. Les deux agents du Bureau Fédéral se retirèrent à l'écart pour converser à voix basse.

— Dîtes-moi, Dick, chuchota Dorana en se rapprochant du directeur de la *Trade Ltd.* Ces deux hommes... ils ne soupçonneraient tout de même pas Adam d'avoir organisé ce cambriolage, n'est-ce pas ?

Weston écarquilla les yeux.

— Dorana ! protesta-t-il. Vous perdez la tête ! Il n'est pas du tout question de ça. Ne vous laissez pas impressionner par leur cérémonial. Ils en rajoutent toujours pour se donner de l'importance. Ce ne sont que de petits fonctionnaires après tout. A propos, vous avez vu la coupe de leurs costumes ?

Ils pouffèrent d'un rire nerveux.

Dorana chiffonnait le mouchoir entre ses doigts. Jamais elle n'avait eu les mains aussi moites. En faisait-elle trop ? Elle tremblait de peur à l'idée d'entrer dans la chambre. Et si Adam se dressait soudain sur son lit, braquait son moignon dans sa direction en hurlant : « C'est elle ! C'est cette putain qui a tout combiné ! Avec l'aide de ses trois amants ! »

L'outrance et le mauvais goût de cette séquence imaginaire la firent sourire malgré elle. Seigneur ! Si elle ne se surveillait pas, elle allait finir à l'asile.

Enfin, ils reçurent l'autorisation de rendre visite au malade. En file indienne, ils pénétrèrent dans la chambre. Dust se tenait dans un coin, l'œil mauvais. On l'avait frictionné avec un quelconque produit aseptisant, et son poil était tout collé à ses flancs, comme s'il sortait d'une baignoire. Ses pattes avaient été enveloppées dans des sachets de Nylon. Il portait également une muselière et une laisse qu'on avait nouée au tuyau du radiateur. Le médecin eut un geste d'excuse et murmura :

— Monsieur Smart a repris brièvement connaissance, à trois reprises... et chaque fois il a demandé après son chien. C'est pour ça qu'on le laisse là, bien que ce soit contraire au règlement. Nous pensons que cela peut l'aider à refaire surface, même si ce n'est pas une méthode très orthodoxe.

Il paraissait gêné et son regard fuyait celui de Dorana.

— Comment va-t-il ? s'enquit Dick Weston pour faire diversion.

— Nous l'avons placé sous perfusion d'antibiotique, expliqua le médecin. Il faut attendre. La plaie a été nettoyée et drainée. Il faudra peut-être procéder à un raccourcissement... Nous verrons cela dans quelques jours. L'important pour l'instant, c'est que la fièvre tombe.

— Est-ce que l'intervention a été faite par un professionnel ? demanda Moreno.

— Non. Mais le type possédait de bonnes notions de chirurgie, ça c'est certain. Il a notamment recousu les plaies avec une grande précision.

— Un vétérinaire ? suggéra Moreno.

— Peut-être. Ou un assistant de laboratoire... ou tout bêtement un croque-mort qui aurait l'habitude de la reconstruction plastique sur cadavre.

Dorana se crispa en entendant ces mots. Les choses allaient trop vite à son goût. Elle s'approcha du lit et posa les doigts sur la barre de métal nickelée supportant la feuille de température. Adam était étendu sur le dos, des tubes fichés dans les narines , la bouche et les bras. Il avait la respiration rauque. Le bras « malade » avait été fixé au matelas à l'aide d'une sangle de cuir. Un drain sortait des pansements pour s'enfoncer dans une bouteille. Dorana dévisagea son mari sans rien éprouver. Ni remords ni attendrissement. Elle en fut tout à la fois rassurée et effrayée.

« Mon Dieu ! pensa-t-elle, je ne savais pas que je le haïssais à ce point. »

Un grondement sourd monta du coin de la chambre. C'était Dust, qui tirait sur sa laisse. Dorana ne tourna pas la tête. Elle devina que le chien la fixait en montrant les dents. Par bonheur, la muselière dissimulait ce rictus accusateur. « Il sait, songea-t-elle. Il a toujours su. »

— Il n'a pas l'air de beaucoup vous aimer, observa Moreno.

— Il est jaloux, dit simplement Dorana. C'est une bête difficile dont Adam s'est entiché. Je crois que la police voulait le piquer. Mon mari l'a sorti du chenil *in extremis*.

Elle s'entendait parler à travers un mur de coton et s'évertuait à articuler les mots avec précision, comme le font les ivrognes lorsqu'ils sentent leur élocution devenir pâteuse. La présence de Moreno lui donnait envie de hurler, elle aurait aimé pouvoir lui arracher les yeux.

Elle continuait à fixer Adam sans savoir ce qu'elle devait faire ou dire. Comment une épouse aimante se serait-elle comportée ? Fallait-il tomber à genoux à son chevet ? Se jeter sur son corps en poussant des gémissements de souffrance ? C'était ainsi qu'on faisait dans les soap-operas, mais dans la réalité... ? Le poignet bandé, *raccourci*, éveillait en elle une affreuse nausée. Elle reporta le regard sur Adam. Il avait maigri et son visage présentait une vilaine coloration plombée. La barbe proliférant sur ses joues était presque blanche. Elle en fut frappée. D'un seul coup, il lui parut beaucoup plus âgé qu'à l'ordinaire... et son dégoût s'en accrut d'autant. Elle se demanda s'il était réellement inconscient ou s'il simulait, pour se donner le temps d'analyser la situation. C'était un calculateur, et il savait sans doute déjà qu'il aurait tout intérêt à jouer les martyrs aux yeux de son patron.

— Il vaut mieux le laisser, maintenant, déclara le médecin. Nous vous préviendrons dès qu'il aura repris connaissance.

« J'aurais peut-être dû l'embrasser... ou lui caresser le front ? » se dit Dorana en quittant la pièce. Toutefois, comme aucun de ces comportements ne lui venait naturellement à l'esprit, elle avait peur de sur-jouer la situation, et demeurait, de ce fait, dans l'incapacité de savoir quelle attitude adopter.

Dust était mécontent, il aurait mordu tout le monde s'il en avait eu le pouvoir. La muselière et la laisse le rendaient fou. La muselière, surtout, qui l'empêcherait de venir au secours du maître si le besoin s'en faisait sentir. Il ne supportait pas de se trouver en position d'infériorité, ainsi ficelé au radiateur... Et puis il se méfiait de cet endroit qui ne lui disait rien de bon. Une odeur de sang flottait en permanence dans les couloirs, et lorsqu'on regardait dans les chambres, on s'apercevait que beaucoup des types qui se trouvaient là n'étaient plus *complets*, eux non plus ! Il leur manquait quelque chose, à tous, Dust l'avait bien vu : tantôt c'était une patte de derrière, tantôt une patte de devant... Dust avait aussitôt senti sa méfiance s'éveiller. Les hommes et les femmes en uniforme blanc qui allaient et venaient empestaient le sang. Dust se demandait s'ils ne profitaient pas un peu du sommeil des malades pour leur voler des bouts de corps ? Ça n'avait rien d'impossible, c'était peut-être une nouvelle forme de criminalité pas encore répertoriée quand il avait fait ses classes à l'école de police ?

Il faudrait ouvrir l'œil, et surtout s'assurer qu'on ne volait rien d'autre au maître. Une main ça suffisait !

Il gronda dans l'étui de cuir qui lui prenait le museau. C'était un sale endroit, pour sûr !

Dorana se laissa traîner à la cafétéria de l'hôpital. Les agents du Bureau Fédéral ne semblaient pas désireux de quitter les lieux. Sûrement parce qu'ils attendaient le réveil d'Adam avec impatience. On s'installa donc au rez-de-chaussée, dans le recoin d'une salle meublée de petites tables en Formica. Des gobelets d'un café infect circulèrent, ainsi que des sachets de Sweet'n Low. L'odeur d'éther s'était installée durablement dans la bouche de Dorana, et chaque gorgée de lavasse accentuait son malaise. Des hommes en complet trois-pièces allaient et venaient, réceptionnaient des messages sur un petit fax portatif, s'isolaient pour les commenter, chuchotaient en hochant la tête. Ils avaient tous les cheveux tondus au ras du crâne et un tas d'appareils de communication suspendus à la ceinture. Ces petites boîtes émettaient des bip-bip ou des buz-buz saugrenus toutes les quatre minutes, mettant les nerfs de la jeune femme à rude épreuve. Elle jugea que, pour l'instant, elle ne s'en tirait pas trop mal. Son hébétude pouvant être mise sur le compte du choc psychologique ; sa raideur sur celui d'une éducation bourgeoise proscrivant les effusions publiques.

Moreno lui toucha soudain le bras, et elle réalisa qu'il lui parlait depuis une minute sans qu'elle s'en soit rendu compte. Elle se ressaisit.

— Vous rappelez-vous avoir évoqué devant quelqu'un les fonctions de votre mari ? questionna Moreno. Je veux dire : plus particulièrement en ce qui concerne la procédure d'ouverture de la chambre forte.

Voilà, c'était parti. Et ça allait durer des heures. Elle débita avec beaucoup de réticence le discours qu'elle avait préparé. Oui, elle en avait parlé... à beaucoup de gens, mais sur le mode de la plaisanterie, parce que c'était trop drôle —n'est-ce pas ?— ce côté *Mission Impossible !* A qui ? Elle ne savait plus. A des amis, des voisines. Au cours de cocktails, de dîners. D'ailleurs la presse locale n'avait pas fait mystère de ces nouvelles installations. Dick, ce cher vieux Dick, n'avait-il pas lui-même donné des interviews ?

Weston s'agita sur son siège. Oui, il devait en convenir. Mais il s'agissait d'une opération publicitaire. Pour redorer le blason de la *Trade Ltd* après le hold-up raté dont elle avait été victime.

Moreno hochait la tête, prenait des notes, cochait des

cases sur des formulaires officiels. Dorana n'ignorait pas qu'il cherchait à les fatiguer, à abaisser leur seuil de défense. Quand il les jugerait suffisamment affaiblis, il porterait sa première vraie attaque. A intervalles réguliers, quelqu'un venait lui parler à l'oreille. Il s'excusait alors très poliment et s'en allait chuchoter à l'écart pendant une minute ou deux. Dorana en profitait pour fermer les yeux et tenter de se relaxer. Dick Weston sautait sur ces occasions pour lui peloter le genou sous couvert de réconfort.

— Quelque chose me chiffonne, déclara enfin Moreno en feuilletant ses notes. Il y a ce... jardinier, que vous avez engagé, et qui, aux dires de votre employée de maison, Anita, a disparu brutalement. Et cela le jour même où votre mari est parti en vacances. La coïncidence est troublante, non ?

Dorana ne se laissa pas démonter, elle s'attendait, depuis le début, à ce que la question vienne sur le tapis. Elle s'y était préparée. Elle était seulement surprise de la rapidité avec laquelle Moreno avait mis le doigt sur cette anomalie.

Elle esquissa un sourire un peu condescendant avant de répondre :

— Ça n'a rien de troublant. Je lui ai moi-même donné son congé. Mon mari ne l'aimait pas beaucoup. En fait, il ne travaillait pas très bien. Et puis, il s'est passé quelque chose de désagréable. Un après-midi je l'ai surpris en train de me lorgner par la baie vitrée alors que je changeais de vêtements. Dans ces conditions, vous comprendrez que je ne tenais pas tellement à rester seule avec lui pendant l'absence d'Adam. Je l'ai payé en liquide, et il est parti sans faire d'histoire. De toute façon, il n'était là qu'à l'essai.

— Comment l'aviez-vous recruté ?

— Par hasard. Je l'avais entendu parler d'horticulture biologique dans un snack. Il avait l'air de s'y connaître et il affirmait chercher du travail. Il avait l'air assez... inoffensif, si vous voyez ce que je veux dire ?

— Baba cool ?

— Oui, quelque chose comme ça. Il s'est présenté à moi

en tant que « jardinier poète ». Je dois avouer que ses poèmes n'étaient pas très bons.

— Hum, fit simplement Moreno. Avez-vous surpris cet homme dans la maison... en train de fouiller dans le bureau de votre mari, par exemple ?

— Non. Vous pensez qu'il s'agissait d'un espion envoyé par les cambrioleurs ?

— Nous envisageons toutes les possibilités. Il est possible qu'il ait décidé de se présenter à vous sous l'apparence d'un jardinier parce qu'il savait que vous en cherchiez un. Ces gens tournaient sans doute autour de vous depuis un bon moment déjà, étudiant vos habitudes. Votre employée de maison, Anita, est-elle très bavarde ? Que savez-vous de ses fréquentations ?

— Vous voulez dire qu'elle serait elle aussi une « espionne» ?

Dorana jouait maintenant la stupeur, l'effroi. Elle n'ignorait pas — pour l'avoir souvent observé chez ses voisins de la colline — que les gens riches passent très vite de la complète insouciance à la paranoïa la plus échevelée.

— Nous ne l'accusons pas, corrigea Moreno. Nous faisons simplement un panoramique de la situation.

— Je ne sais rien d'elle, fit piteusement Dorana. Sinon qu'elle est très propre et très efficace.

— J'aimerais que vous nous aidiez à dresser un portrait-robot de ce jardinier, lança tout à coup Moreno en posant un gros classeur sur la table. Vous connaissez sûrement le principe ? Mais oui, vous regardez la télévision comme tout le monde, suis-je bête.

Il ouvrit le classeur qui se composait de centaines de languettes amovibles représentant des yeux, des nez, des bouches. En piochant dans ce catalogue anatomique, on finissait par bâtir un visage dont les différentes parties se superposaient. Dorana se crispa. Elle redoutait cet exercice depuis le début de l'entretien. Elle n'avait aucun intérêt à donner une description fidèle de Dan. Si le portrait était bon, et s'il paraissait dans les journaux, il se trouverait forcément quelqu'un pour reconnaître l'ancien imitateur vedette de Las Vegas. Elle décida de rester dans le vague. Moreno tournait les languettes, élaborant peu à peu une physionomie quelconque, un « Mister Doe » dépourvu de personnalité.

— Hum, fit-il lorsque le portait fut achevé. Je suis un petit peu embêté, parce que l'individu que vous me décrivez ne correspond pas vraiment à celui qu'a vu Anita. Jugez-en plutôt...

Et il étala sur la table le fax d'un portrait-robot probablement composé une demi-heure plus tôt dans la cuisine de la villa des collines.

Cette fois, les traits de Daniel Norris se devinaient plus nettement sous le déguisement baba-cool.

— Anita semble dotée d'une meilleure mémoire visuelle que vous, observa Moreno.

— C'est possible, fit Dorana d'un ton pincé. Elle a côtoyé ce garçon plus souvent que moi. Ce n'était qu'un employé, j'avoue que je n'ai pas particulièrement prêté attention à sa physionomie.

— Bien sûr, fit distraitement l'agent du FBI. C'est logique.

Dorana ne parvenait pas à détacher les yeux du portrait grisâtre étalé devant elle. Pouvait-on identifier Dan à partir de cette simple ébauche ? Elle n'en avait aucune idée. Il y avait toujours un risque. D'autre part, Daniel Norris n'était pas une vedette internationale, et sa renommée n'avait jamais dépassé Vegas. Elle serra les poings. Elle n'aurait jamais cru que cette grosse gourde d'Anita se souviendrait de la tête du « jardinier » avec autant de précision. Bon sang ! Était-elle tombée amoureuse de lui ?

— D'accord, fit Moreno en s'étirant. Nous allons reprendre tout ça dans le détail.

Et les questions reprirent, inlassablement, jusqu'à ce qu'on vienne les prévenir qu'Adam avait repris connaissance.

— Il est très faible, décréta le médecin. Pas question que

vous lui fassiez subir un interrogatoire. Je m'y oppose formellement.

Dorana se laissa traîner vers l'ascenseur comme une somnambule. Une fois dans la chambre, elle s'assit au chevet d'Adam et lui prit la main. Elle aurait voulu être capable de pleurer, mais rien ne venait. La chaleur moite qui émanait de la paume de Smart la dégoûtait un peu, et elle essaya de ne pas faire la grimace.

Il avait ouvert les yeux et fixait tour à tour les visages rassemblés autour du lit.

— Dust... murmura-t-il enfin. Il est là ? Ils ne lui ont pas fait de mal, au moins ?

En entendant son nom, le chien émit un jappement plaintif. Adam sourit, soulagé, et referma les paupières.

—Il faut le laisser se reposer, fit le médecin d'un ton grondeur. Vous voyez bien qu'il est épuisé. Madame peut rester un moment si elle le désire, à condition de ne pas poser de question.

« Non ! faillit crier Dorana, emmenez-moi... Ne me laissez pas ici. »

Déjà, les infirmières poussaient tout le monde dans le couloir. Dorana resta prise au piège, la tête baissée pour ne pas rencontrer le regard meurtrier que Dust braquait sur elle.

19

Dan, Monk, et Doc' Brannigan écoutèrent l'annonce du cambriolage sur la radio de la fourgonnette. Le présentateur insista tout particulièrement sur l'horreur du procédé employé pour ouvrir la chambre forte, et Dan ne put s'empêcher de songer qu'un tel détail leur aliénerait désormais la sympathie d'un public ayant pourtant tendance à se montrer indulgent dès qu'il s'agissait d'un casse perpétré dans les quartiers chics de la ville. La main coupée les ravalait au rang de bouchers, et chacun, à l'énoncé de ce crime, se sentirait désormais atteint dans son intégrité physique. Le bulletin d'information leur permit toutefois d'apprendre ce qu'ils appréhendaient par-dessus tout : la mise en place de barrages sur toutes les routes et la fouille systématique des véhicules jusque dans la banlieue éloignée de L.A. Le journaliste termina les nouvelles en annonçant que le banquier torturé serait bientôt en mesure de fournir un portrait-robot détaillé de ses tourmenteurs, et que ces images seraient largement diffusées par la télévision, la presse, et feraient même l'objet d'une campagne d'affichage.

Dan tourna le bouton du poste. Il était oppressé. Lorsqu'il surprit son reflet dans le rétroviseur, il réalisa qu'il était blême. Doc', lui, avait le teint jaune et semblait avoir vieilli d'un siècle au cours des dernières vingt-quatre heures. Il bougeait au ralenti et ne quittait guère son siège. Seul Monk faisait preuve d'un bel entrain, comme si sa hargne permanente le protégeait des atteintes de l'extérieur.

— Faut sortir maintenant ! décréta-t-il, avant que nos bobines soient partout placardées dans L.A. Faut acheter de quoi ouvrir ces foutus sacs. On ne peut pas prendre la route avec ces machins-là, l'écusson de la banque imprimé en évidence !

Il parut réfléchir, et pointa le doigt sur Dan.

— Toi, annonça-t-il. Toi, tu vas y aller. T'es le moins repérable de nous trois. Prends du fric et va faire un tour dans les magasins de bricolage. Essaye de ramener de l'acide, une scie circulaire au carbure de tungstène, ou je ne sais quoi.

Dan prit quelques billets et quitta l'atelier. Il n'était pas mécontent d'échapper à l'atmosphère pesante de la planque, mais la menace des portraits-robots lui nouait l'estomac. Si Adam reprenait conscience, il aurait tout le loisir de faire une description détaillée de Doc', qu'il avait pu observer de près pendant des heures. Quant à Baby Monk, comment aurait-il pu oublier un tel faciès ? Ces deux-là auraient intérêt à se laisser pousser la barbe s'il voulaient pouvoir remettre les pieds dans la rue.

« Et moi ? songea-t-il en quittant le quartier des entrepôts. Smart ne m'a pas repéré au Mexique, mais il m'a eu sous les yeux tout le temps que j'ai joué les jardiniers baba-cool. A-t il assez fait attention à moi pour fournir à la police une description réellement utilisable ? »

Et puis il y avait Anita, la cuisinière, qui semblait ne pas avoir les yeux dans sa poche...

Instinctivement, il s'examina dans la devanture d'un magasin. Depuis, il s'était rasé la tête, avait jeté ses lunettes. A première vue il offrait une physionomie très différente de celle du jardinier poète de la villa des Hills. Il jura. Le problème ne se serait pas posé s'ils avaient pu faire le partage au cours de la nuit. A l'heure présente ils seraient chacun à des centaines de kilomètres de L.A. De préférence dans un coin perdu où ils auraient pu attendre que les choses se tassent.

Bon sang ! Pourquoi les choses ne s'étaient-elles pas déroulées comme il l'avait imaginé ?

Il entra dans un « shack » surmonté du panneau *Elbow Grease Area*, un « Do-It-Yourself » spécialisé dans le matériel de construction, et qui vendait tout, depuis le marteau de charpentier jusqu'à la grue démontable ou la bétonneuse en kit. Il acheta un bidon d'acide sulfurique, une paire de gants et des lunettes anti-projections. Il n'osa pas demander de conseils au vendeur. Qu'aurait-il pu inventer qui fût plausible ?

Il déambula entre les rayons, à la recherche d'une scie mirifique capable d'entamer n'importe quel matériau, mais il prit peu à peu conscience qu'il ne nourrissait aucun espoir véritable. Il fut victime d'une sorte de coup de fatigue, et, durant une minute, fut sur le point de gagner la gare routière la plus proche et de sauter dans le premier Greyhound venu.

N'était-ce pas la seule solution, en définitive ? Ficher le camp en faisant une croix sur l'argent. Partir jouer les hobos comme au temps de Kerouac, remonter vers le Canada, l'Alaska. S'enfoncer dans les terres désolées du Grand Nord, là où personne ne viendrait le chercher, là où le sol ne dégelait jamais.

Il était à deux doigts de succomber à la panique. Ce matin, alors qu'il titubait vers les toilettes des vestiaires, il avait surpris Monk agenouillé sur le sol. Le débile avait ôté les lattes du parquet recouvrant la cachette et, une paume plongée dans le trou, caressait doucement les sacs de la *Trade Ltd* en se grisant du bruit des billets entassés sous l'étoffe indéchirable. Il souriait, la tête penchée, à la façon des mélomanes, et sa main calleuse allait et venait d'un sac à l'autre, palpant, pinçant. Dan s'était reculé à l'abri de la cloison, mais il avait encore le crissement des liasses dans l'oreille. Il continuait à penser qu'ils auraient mieux fait de partager les sacs en « aveugle » au cours de la nuit, même si certains d'entre eux auraient couru le risque de se retrouver lésés au bout du compte. Mieux valait n'empocher que 50 000 dollars, mais rester libre de les dépenser ! La stupide avarice de ses complices leur avait fait perdre une bonne chance d'échapper au danger que représentait un quadrillage systématique de la ville. Dan n'ignorait pas que les portraits-robots, s'ils étaient fidèles, éveilleraient la curiosité des zonards peuplant le carré des entrepôts. Monk ne passait pas inaperçu, et il s'était illustré auprès de bandes par ses combats à mains nues contre les chiens préposés à la surveillance des hangars. Les adolescents des gangs savaient où il habitait, ils le respectaient parce qu'ils avaient peur de lui. Cette solidarité d'exclus durerait-elle longtemps encore ?

Dan se décida finalement à acheter une scie circulaire réputée « révolutionnaire » et trois lames de rechange, puis il se dirigea vers la caisse, pour payer ses achats.

S'ils parvenaient à ouvrir les sacs, ils auraient au moins la possibilité de stocker les billets de façon plus discrète que sous la forme d'un énorme polochon de Kevlar au sigle de la *Trade Limited Bank of California !* Dan se méfiait des chiens, il avait lu quelque part qu'on dressait certains d'entre eux à repérer l'odeur de l'encre à billet. En ce qui le concernait, il commencerait par asperger chaque liasse avec l'un de ces répulsifs qu'utilisaient les commerçants pour empêcher les cabots de pisser au long de leur devanture. Ensuite, il coudrait le fric à l'intérieur d'un sac de couchage bien crasseux, acheté dans une boutique de prêt sur gage, et qui puerait tellement le bouc, que personne n'oserait y toucher de peur d'attraper des poux ! Il filerait vers le nord, et ne dépenserait pas un *cent* du magot avant au moins six mois. Avoir le fric à portée de la main l'aiderait à supporter les privations.

Le « cling » de la caisse enregistreuse le tira de son rêve absurde. Il paya avec les billets volés à Adam Smart et sortit du D.I.Y en état second.

« Nous allons tous devenir fous, pensa-t-il en sortant du magasin. Une bande de dingues assis sur un trésor inutilisable. »

Et s'ils ne parvenaient jamais à ouvrir les sacs ? Cette perspective lui donna envie de hurler. Non, ce n'était pas possible. Ils n'allaient tout de même pas passer le reste de leur vie à palper à travers le Kevlar des billets dont ils ne verraient jamais la couleur ?

Dans une sorte d'hallucination, il se vit, vieux, misérable, au fond d'un bidonville, agonisant sur un matelas constitué de sacs intacts de la *Trade Ltd.* Il avait quatre-vingt-cinq ans et n'avait toujours pas réussi à ouvrir les cadenas. Il allait bientôt mourir sans jamais avoir pu dépenser un seul *cent* d'un trésor qui l'avait accompagné toute sa vie durant.

Il eut un vertige, et dut s'appuyer quelques secondes contre un réverbère, en attendant que le malaise se dissipe.

Un peu plus loin, il aperçut son premier barrage. Des motards interpellaient des voitures, les faisaient se ranger sur le bas-côté et fouillaient les coffres. Ils passaient chaque fois sous le châssis un miroir fixé au bout d'une perche, pour s'assurer qu'on n'y avait soudé aucun conteneur suspect. Ils avaient également des chiens qui flairaient rapidement les ailes, les pneus, et le rembourrage des sièges. Ils cherchaient l'odeur de l'encre à billet, et repartaient, déçus.

Dan dépassa le barrage en maudissant la sueur qui lui dégoulinait sur la figure. Les flics ne lui prêtèrent pas attention.

Il se félicita d'avoir pris la précaution de marcher assez longtemps pour faire ses emplettes, car il n'était pas absurde de penser que la police enquêterait auprès des magasins d'outillage, afin de déterminer si quelqu'un, ces dernières heures, avait acheté du matériel insolite. De l'acide sulfurique, par exemple ?

Il fit de nombreux détours, se retournant un peu trop souvent pour vérifier qu'on ne l'avait pas pris en filature. La transpiration faisait une grosse tache sombre sur son tee-shirt, à la hauteur du sternum. Quand il arriva à la manufacture de cigares, ses jambes ne le portaient plus.

— Alors ? lança Monk en lui arrachant le paquet des mains. T'as trouvé ce qu'il faut ?

Ils passèrent l'heure qui suivit en manipulations délicates. L'acide se révéla d'une utilisation difficile, et les gants de caoutchouc ne permettaient pas de diriger la bonbonne avec la précision nécessaire. Ils frôlèrent plus d'une fois l'accident grave, et Monk vit le cuir de ses chaussures se désagréger sous ses yeux sous l'effet d'infimes éclaboussures.

— Faites donc attention ! gémit Doc' Brannigan du fond de son fauteuil. Il y a là de quoi vous ronger la chair jusqu'à l'os.

Ce fut un fiasco. L'acide moussait en sifflant sur l'acier des cadenas sans pour autant les entamer. Il décolorait l'étoffe des sacs mais n'y ouvrait pas de trous. Son ébullition permanente emplit l'atelier de vapeurs irritantes qui firent pleurer les trois hommes et les menèrent au bord de l'asphyxie. Ils durent sortir dans la cour pour s'oxygéner. Tous avaient les yeux rouges et pleuraient comme s'ils venaient d'inhaler des gaz de combat.

— On n'y arrivera pas, souffla Monk. Ça fait rien du tout. Juste des trous dans le plancher, mais sur les sacs, rien !

— Reste la scie, observa Dan. Avec de la patience et en changeant régulièrement de lame...

Comme l'atelier n'avait pas de courant, Monk avait branché une dérivation pirate à partir du hangar voisin, ils purent donc alimenter la scie circulaire dont la stridence emplit bientôt les lieux. Le disque denté crachait des étincelles jaune d'or, sans pourtant parvenir à inscrire la plus petite éraflure sur l'anneau du cadenas. L'outil devint si brûlant qu'il fallut le laisser reposer avant que ses circuits ne grillent. Quand le disque cessa de tourner, on s'aperçut que les dentelures de la lame avaient presque toutes disparu sous l'effet de l'usure. Monk perdit patience et se mit à distribuer des coups de pied dans les sacs. Il frappait de toutes ses forces, à s'en briser les os, et les polochons de Kevlar encaissaient ses ruades avec un bruit sourd, à la façon d'un punching-ball.

— On est cuits, haleta le lutteur en retrouvant son calme. On n'y arrivera jamais de cette manière. Faut trouver autre chose.

— Ce qu'il nous faut, soupira Dan, c'est la combinaison. Sans elle on ne pourra rien faire des sacs, à part dormir dessus. Il faut que Dorana se débrouille pour dénicher le code.

A bout de nerfs, il passa dans la cuisine pour boire au robinet.

— J'ai vu les barrages, annonça-t-il. On ne les franchira jamais avec les sacs. Il y a des chiens qui reniflent tout. S'ils quadrillent la ville, ils commenceront forcément par les bas quartiers, les slums, les entrepôts. Ici, quoi !

Doc' Brannigan toussa pour s'éclaircir la voix. Depuis son retour on ne l'entendait presque plus. Il semblait s'être fait à l'idée que les choses tourneraient mal, et une étrange sérénité s'était emparée de lui.

— Le plus futé, murmura-t-il, ce serait de se séparer et de ficher le camp avant que nos portraits soient placardés à travers toute la ville.

— Et le magot ? aboya Monk. Qu'est-ce qu'on en fait si on ne peut pas l'emporter avec nous ?

— On le remet là, fit Doc' en désignant le trou dans le sol. Et on coule du ciment dessus. On reviendra s'en occuper plus tard, quand les choses se seront tassées.

— C'est trop dangereux, grogna Monk. Ils peuvent raser l'entrepôt entre-temps. Bâtir une usine dessus, ou un parking. Tout le quartier est classé zone d'urbanisation accélérée. Ils peuvent s'amener avec une armée de bulldozers dans un mois ou deux, et tout raser. Et puis, qu'est-ce qui me garantit que l'un de vous deux ne viendra pas déterrer les sacs pendant que je ferai la plonge dans une cantine du Texas, hein ? Ça tient pas debout votre truc !

Dan dut s'avouer que le lutteur n'avait pas entièrement tort.

— C'est insoluble, soupira-t-il.

— Et si on cachait les sacs à l'intérieur d'une statue creuse, ou quelque chose du même genre ? proposa Doc'.

— Oh, lui ! ricana Monk. Et tu vas la chercher où ta statue ? Tu te crois dans un film à la télé !

— De toute manière ce serait trop gros, fit Dan. Les flics ne sont pas idiots. Et puis les chiens renifleraient l'odeur du fric à travers le plâtre. Je les ai vus flairer les banquettes des bagnoles cet après-midi. Le coup du rembourrage est trop connu. Il va y avoir des dizaines de voitures de patrouille dans les rues. On sera en danger dès qu'on sortira les sacs d'ici. Ou alors il faudrait les transporter un à un, mais pour les mettre où ? Nos deux voitures sont des véhicules volés et nous n'avons pas de faux papiers, on court le risque de se faire prendre au premier contrôle venu. Si nous voulons traverser la ville, il faudra le faire à pied, les sacs sur le dos. Et, encore une fois, pour les cacher où ? Dans le jardin de Dorana ?

— Les flics surveillent sûrement la villa, maugréa Doc'.

Et les vigiles ne laissent personne se promener à pied dans les collines, surtout dans ce quartier. Vous serez immédiatement interceptés.

Dan jeta un coup d'œil désespéré aux douze sacs entassés dans la cache. A cause des liasses de petites coupures, ils étaient énormes. Pas très lourds, mais incompressibles. Si on parvenait à les ouvrir avant qu'il soit trop tard, ce volume de papier monnaie poserait à lui seul un problème sérieux.

— Tout dépend de Dorana, répéta-t-il. Elle seule peut encore nous sortir du pétrin.

Mais une voix en lui hurlait : « Abandonne le fric, cours, cours droit devant toi avant que ta bobine n'apparaisse à la télévision. Après il sera trop tard ! »

20

Dorana regagna la villa des collines dès que les flics cessèrent de s'intéresser à elle. Elle n'avait aucune raison particulière de rentrer mais elle ne savait où aller en attendant l'heure des visites. A peine eut-elle franchi la grille du jardin qu'Anita se précipita pour lui demander des nouvelles du « pauvre Monsieur ». Dorana dut se retenir de la rabrouer en lui rappelant au passage que c'était le « gentil chien » du « pauvre Monsieur » qui avait failli dévorer son fils chéri, Jesus. Elle s'assit dans la cuisine, devant une tasse de café, et servit à la femme de ménage une version édulcorée de ce qui s'était passé à l'hôpital.

— Le gens du FBI sont venus ici ? interrogea-t-elle lorsqu'elle eut achevé son récit.

Anita se troubla.

— Oui, fit-elle. Ils m'ont posé des questions à propos du jardinier. Ils avaient l'air de croire que c'était mon petit ami. Ils paraissaient le soupçonner de quelque chose.

— Avec ces gens-là, murmura Dorana, il faut faire attention à ce qu'on dit. Ils soupçonnent tout le monde, vous savez.

Elle voulait faire comprendre à la Mexicaine qu'elle avait intérêt à collaborer le moins possible, et qu'elle était, elle aussi, dans le collimateur des flics. L'espace d'une seconde, elle se demanda si Anita la suspectait d'avoir eu des rapports sexuels avec le « jardinier ». Les femmes ont un sixième sens pour ce genre de chose.

— Je monte me reposer un moment, annonça-t-elle. Je retournerai à l'hôpital en début d'après-midi. J'espère que Monsieur aura repris connaissance.

Une fois dans sa chambre, elle s'étendit sur son lit sans se déshabiller et fixa le plafond. Elle avait un temps espéré que le FBI accuserait son mari d'être le cerveau du cambriolage, mais elle n'y croyait plus guère. Elle sentait bien que les soupçons de Moreno ne s'orientaient pas dans cette direction ; en grande partie parce que la police avait découvert Adam en trop piteux état, rongé par la fièvre et la septicémie. Il avait été trop près de mourir pour faire un suspect valable, et qui aurait accepté de courir ce risque, même pour deux millions de dollars ? Non, ce n'était pas crédible, elle avait été stupide de croire une seconde que cela pourrait marcher.

La rage au cœur, elle chercha le moyen de forcer Moreno à soupçonner son mari. Si Adam était accusé de vol, il serait en effet emprisonné pour de longues années et elle n'aurait alors aucun mal à exiger le divorce. Une fois Adam derrière les barreaux, Dust serait complètement déboussolé. Il ne se trouverait plus personne pour le défendre, et il suffirait de téléphoner à la fourrière pour qu'une équipe de ramassage vienne le capturer. Elle n'aurait qu'à prétendre qu'il mordait tout le monde, un vétérinaire le piquerait, et c'en serait fini de la menace qui avait si longtemps pesé sur elle.

Mais comment impliquer Adam sans se retrouver elle-même accusée de complicité ? C'était difficile. Voire insoluble.

Elle réalisa tout à coup qu'au cours des dernières heures elle n'avait songé *ni* à l'argent *ni* aux trois hommes retranchés dans l'atelier. Depuis le retour d'Adam, elle était victime d'un curieux phénomène d'éloignement, et, au fur et à mesure que le temps passait, Dan, Monk et Doc' s'effaçaient doucement de sa mémoire, comme si tout ce qui entretenait un lien avec le cambriolage était, somme toute, de peu d'importance. Elle n'arrivait pas à se persuader qu'ils étaient en mauvaise posture, et que leur arrestation entraînerait immanquablement la sienne. Une seule chose l'obsédait : Adam. Le retour d'Adam. Elle prenait enfin conscience qu'elle avait toujours pensé qu'il ne reviendrait jamais du Mexique. Pas plus lui que le chien. Elle avait vécu ce départ comme une mort légèrement différée mais belle et bien inéluctable. Aujourd'hui elle déchantait, et la perspective de voir son mari sortir du coma l'emplissait d'une frayeur incoercible. Elle songea qu'en lui rendant visite, cet après-midi, elle pourrait peut-être arracher les perfusions fichées dans ses veines et provoquer une sorte d'embolie ? Elle n'aurait qu'à prétendre qu'Adam s'était débattu pendant qu'elle se trouvait aux toilettes.

Non, c'était idiot. Si elle ébauchait le moindre geste contre le malade, Dust se mettrait aussitôt à hurler. Il tirerait sur sa laisse pour tenter de se jeter sur elle, et les flics se douteraient immédiatement de quelque chose.

Elle frissonna au souvenir des premiers mots d'Adam lorsqu'il avait ouvert les yeux. Il avait réclamé Dust. Pas sa femme, non : *son chien.* Le médecin, l'infirmière et Dick Weston en avaient été affreusement gênés. Moreno, lui, avait manifestement noté la chose dans un recoin de son esprit, cela s'était vu à l'expression calculatrice de son visage.

« Un mauvais point pour toi, songea la jeune femme. Un lapsus qui en dit long sur les relations conjugales que tu entretiens avec Adam. »

Elle soupira, à bout de nerfs. Il fallait qu'elle se domine si elle ne voulait pas perdre la boule. Elle tendit la main vers le tiroir de la table de chevet pour saisir le tube de Valium qui s'y trouvait, mais se ravisa. Les tranquillisants risquaient de réduire son seuil de vigilance et d'abaisser sa garde. Mieux valait demeurer sur le qui-vive.

Quand Adam Smart souleva ses paupières, la première chose qu'il vit fut Moreno assis à son chevet, un magnétophone de poche sur les genoux. Il sut d'emblée qu'il s'agissait d'un agent du FBI, car ceux-ci ont pour consigne d'enregistrer scrupuleusement tout interrogatoire susceptible d'être par la suite contesté.

Moreno se présenta, avant d'ajouter :

— Le médecin m'avait prévenu que vous étiez en train de remonter à la surface. Excusez-moi de vous harceler ainsi, Adam, mais nous devons faire vite si nous voulons avoir une bonne chance d'intercepter ceux qui ont fait le coup. Et pour cela nous avons besoin de votre témoignage. La question que je poserai est capitale : avez-vous vu vos agresseurs ? Vous sentez-vous capable de les décrire afin que nous puissions en tirer un portrait-robot ? Comprenez-moi, la diffusion de ces images gênera considérablement les malfaiteurs dans leur fuite, c'est pourquoi j'insisterai sur ce point.

Adam Smart grogna. Il avait le visage gris et les traits tirés. La barbe blanche envahissait ses joues, le faisant ressembler vaguement à Hemingway, peu de temps avant son suicide. Moreno eut l'impression que le banquier n'avait pas compris un seul mot du discours qu'il venait de lui tenir. Il se préparait à recommencer, quand Smart lâcha d'une voix rauque :

— Le vieux... celui qui se faisait passer pour un médecin. Je l'ai bien vu. Je peux vous le décrire.

L'agent fédéral saisit le classeur aux languettes amovibles et l'ouvrit.

— Nous allons essayer de recomposer son visage, annonça-t-il. Vous sentez-vous assez fort pour me raconter brièvement comment les choses se sont passées ? Avez-vous été enlevé ? Chloroformé ? Vous a-t-on mis une cagoule sur la tête, menacé ?

Smart soupira profondément, et, à petites phrases hachées, entreprit d'exposer les faits. Il le faisait avec une remarquable économie... et un certain ennui. Au bout de quelques minutes, Moreno comprit que le banquier s'intéressait uniquement au pansement recouvrant son poignet. Smart n'était pas idiot, il lui avait suffi d'un regard pour comprendre que les bandages n'étaient pas assez gros pour recouvrir une main dans sa totalité, et qu'il manquait quelque chose à ce bras bizarrement raccourci. L'agent du FBI lorgna du côté du bouton d'appel, se préparant à une éventuelle réaction de panique ou de violence qui nécessiterait l'intervention d'une infirmière, mais Smart demeura de glace. Pétrifié. Il cessa simplement de parler pendant que les traits de son visage se durcissaient à l'extrême. Les yeux clos, il enfonça sa nuque dans l'oreiller en murmurant :

— Ça va, pas de boniment. J'ai pigé.

Il resta silencieux une bonne minute, puis dit, les yeux toujours clos.

— Remarquez, je m'en doutais un peu. Quand j'ai repris conscience, à l'hacienda, j'ai eu des doutes... mais j'étais trop faible pour vérifier. Je ne la sentais plus bouger. Plus du tout. J'ai préféré sauter sur le téléphone tant que j'en avais encore la force. Ils l'ont coupée... c'est ça ? Pourtant, en regardant sous le plâtre, il m'a semblé apercevoir mes doigts. Ils étaient insensibles, mais je les voyais. Ce n'étaient pas les miens ?

— Non, dit sobrement Moreno. Ils avaient placé une prothèse en caoutchouc dans le pansement. Une belle imitation, soit dit en passant. Je n'irai pas par quatre chemins, ils vous ont coupé la main et l'ont utilisée pour ouvrir la chambre forte. On a trouvé des particules de sang coagulé sur la vitre du scanner. Ils disposaient également du code vocal. Comment s'y sont-ils pris pour l'obtenir. Vous ont-ils torturé ?

— Non. Je ne me souviens de rien. J'ai l'impression d'avoir dormi tout le temps.

— Ils ont pu vous faire une injection de scopolamine.

— Le « sérum de vérité» ?

— Oui. Si vous y êtes réceptif, ils n'ont eu aucun mal à vous faire révéler la phrase-clef et à l'enregistrer. Mais c'était un coup de poker. La scopolamine ne fonctionne pas à tous les coups, et souvent elle pousse les gens à dire n'importe quoi.

— Ça fait un peu film de gangster à deux sous, vous ne trouvez pas ? ricana Adam. Le sérum de vérité !

— Je n'y crois pas non plus, fit Moreno. Trop aléatoire. A mon avis, ils possédaient le code vocal avant de vous couper la main. C'est même la possession de ce code, qui les a décidés à faire ce qu'ils ont fait.

— Alors ça vient de la banque elle-même, marmonna Adam.

— Qu'est-ce que vous entendez par là ?

— C'est clair, non ? C'est un collègue qui m'a piégé. Pour être au courant de la procédure, il fallait être de la boîte. On a très bien pu m'enregistrer à mon insu pendant que je me trouvais à l'intérieur de la cabine, un jour que je procédais à l'ouverture de la chambre forte. Il suffisait pour cela de cacher un petit magnétophone à proximité immédiate du terminal d'identification... ou un simple micro H.F. C'est très possible. Il fait assez sombre dans ce placard, et personne ne tient à s'y attarder plus longtemps qu'il n'est nécessaire. J'ai récité ma leçon sans m'apercevoir de la chose, et quelqu'un, dans un bureau voisin, a tout enregistré sur bande.

— Selon vous, un enregistrement réalisé dans ces conditions aurait pu tromper l'analyseur vocal ?

— Oui, s'il a été réalisé par un enregistreur numérique miniaturisé. Avec un micro hypersensible la distorsion devait être infime. Oui... avec du matériel de qualité, c'était faisable.

Smart fronça les sourcils, s'abîmant dans sa réflexion.

Moreno comprit qu'il agissait ainsi pour essayer de ne plus penser à son poignet bandé dans lequel on avait planté un drain.

« Il fait du brouillage » songea-t-il.

— Nous devons également envisager la possibilité d'une « fuite », dit-il. Votre épouse admet avoir évoqué ces procédures devant certains de vos voisins. Elle a pu, involontairement, éveiller la convoitise de personnes mal intentionnées.

— Dorana ? ricana le malade tandis qu'une expression de mépris se peignait sur son visage. Seigneur ! Je ne vois pas ce qu'elle aurait pu dire de compréhensible ! Elle est comme toutes les femmes : infirme dès qu'il s'agit de technique. Elle est incapable de programmer un magnétoscope... c'est à peine si elle sait mettre un réveil à sonner !

Il grimaça.

— Et puis elle ne fréquente que des gourdes ! ajouta-t-il. Les femmes de ces crétins de la colline qui sont tous nés avec une cuiller d'argent dans la bouche. Non, à mon avis c'est à la banque qu'il faut chercher.

— Ce n'est pas une mauvaise idée, observa Moreno, mais il y a quelque chose qui me gêne. D'après les informations qui nous parviennent du Mexique d'heure en heure, il semblerait que vos agresseurs n'aient pas disposé de très gros moyens logistiques. Pour tout dire, j'ai l'impression qu'ils étaient même assez fauchés. Ils ne disposaient que d'un seul véhicule, d'ailleurs en piteux état, et qu'on a retrouvé abandonné au bord du fleuve, le moteur détruit par un coup de fusil. Ils ont loué un bungalow minable à l'*estancia* du village voisin. Les gens du coin ont fait d'eux ces portraits-robots approximatifs. Pouvez-vous me dire si ces dessins vous disent quelque chose ?

Moreno tira trois photocopies d'un dossier. C'étaient les reproductions des fax expédiés par la police mexicaine. On y distinguait un vieillard chauve, une sorte de monstre de bande dessinée, et un troisième personnage d'une si grande banalité qu'il aurait pu s'agir de n'importe qui. Smart les saisit de son unique main, les froissant entre ses doigts moites.

— Le vieux, c'est sûrement celui dont je parlais tout à l'heure, fit-il. Le monstre, ce doit être celui qui m'a brisé la main et qui se faisait passer pour un boxeur. Je n'ai pas vu de troisième homme.

Moreno choisit ce moment pour exhiber les deux portraits du « jardinier » exécutés le matin même à partir des indications de Dorana et d'Anita.

— Et celui-là ? fit-il.

— On dirait le type qui tond la pelouse chez moi, grogna Adam. Une sorte de baba-cool attardé. Pourquoi ?

— Il a disparu le lendemain de votre départ. La coïncidence est peut-être significative.

— Vous vous plantez mon vieux, marmonna Smart. C'est un pauvre type, il avait peur de mon chien. C'est pour ça qu'il a fichu le camp. Ma femme aurait dû vous dire qu'on a des problèmes avec le petit personnel. Personne ne reste plus d'une semaine à cause de Dust. Ce n'est pas à moi de vous dire ce que vous devez faire, mais à mon avis vous vous embarquez sur une fausse piste.

Il repoussa le dessin d'une chiquenaude.

— De toute manière il n'était pas au Mexique, ajouta-t-il. Je l'aurais immédiatement reconnu, même sous un déguisement, je suis très physionomiste. C'est un don chez moi.

— Okay, soupira Moreno. On laisse tomber. Parlez-moi plutôt du vieux.

Ils passèrent la demi-heure qui suivit penchés sur le classeur anatomique, à assembler le puzzle des physionomies amovibles.

— C'est exactement ça, s'exclama Adam en tapant du bout de l'index sur le visage fait de morceaux épars. C'est mon vieux bonhomme. Et, selon vous, c'est ce grand-père qui m'a charcuté ?

Ils éprouvèrent davantage de difficultés avec le « monstre ». Smart se fatiguait. Il avait de nouveau la fièvre et dégageait un fumet rance. Malgré lui, Moreno reniflait, cherchant à repérer l'odeur sucrée de la gangrène qu'il avait flairée plus d'une fois dans les planques de braqueurs grièvement blessés. Il se demanda si le banquier était fichu et s'il aurait le temps d'achever son témoignage avant de retomber dans le coma.

— Le « boxeur »... murmura Smart en se laissant choir sur l'oreiller. Je l'ai mal vu... il faisait sombre dans le hangar... et puis je regardais surtout ses mains. Il avait le nez cassé, ça oui... méchamment tordu. C'est tout ce que je peux dire. Mais ses mains étaient comme des battoirs, toutes calleuses.

Il se tut. Le médecin entra au même moment, suivi de deux infirmières. Il parut mécontent de la présence de Moreno.

— Je vous avais dit cinq minutes ! siffla-t-il. Vous êtes là depuis près de trois quarts d'heure. Ça suffit, fichez le camp ou je porte plainte pour harcèlement !

— Je vous rappelle qu'il s'agit d'une enquête fédérale, protesta Moreno.

— Je m'en fous ! gronda le toubib. Déguerpissez ou je fais une déclaration à la presse ! Vous êtes en train d'épuiser cet homme. Vous ne trouvez pas qu'il a assez de problèmes comme ça ?

Moreno choisit de capituler. De toute façon, il avait obtenu ce qu'il désirait : un portrait-robot parfaitement ressemblant qu'on pourrait confronter avec le fichier des criminels. Si le vieillard avait fait l'objet d'une condamnation, on connaîtrait tout de son identité et ses antécédents d'ici une heure.

Alors qu'il quittait l'hôpital, il croisa Dorana Smart dans le hall. Elle se contenta de le saluer d'un bref signe de tête et marcha vers l'ascenseur. Il lui trouva les traits tirés. Cela n'avait rien de surprenant étant donné les circonstances, pourtant il en éprouva une certaine gêne, comme chaque fois qu'il frôlait un indice important sans parvenir à le localiser avec certitude. L'angoisse de la femme ne cadrait pas avec le peu de cas que son mari semblait faire d'elle. En reprenant conscience, il avait réclamé son chien ! Bizarre, non ? Tout à l'heure encore, il avait fait montre d'un insupportable mépris lorsqu'avait été prononcé le nom de son épouse. Ces deux-là ne s'appréciaient guère, c'était sûr. Fallait-il, pour autant, en déduire quelque chose ?

Moreno haussa les épaules et traversa le parking pour rejoindre sa voiture. Chaque chose en son temps. D'abord le vieux et le « monstre ».

Pour l'heure, il laissait tomber le « jardinier ». La gêne de Dorana Smart à propos de ce dernier personnage provenait sûrement du fait qu'elle avait couché avec lui. Moreno en avait la conviction. Il se demandait même si le « poète » baba-cool n'avait pas profité de son bref passage dans la maison pour s'envoyer à la fois la patronne et la cuisinière. Ces coucheries ayant rendu l'atmosphère explosive, il avait dû lever le camp sans préavis, avant qu'on ne lui réclame des comptes. L'hypothèse tenait debout. Smart n'avait pas l'air d'un rigolo, et Moreno comprenait fort bien que sa femme (la jolie quarantaine désœuvrée) se soit laissé prendre au baratin d'un troubadour à la langue bien pendue. Il ne fallait sans doute pas chercher plus loin.

21

Dans l'enceinte de l'ancienne manufacture de cigares, l'atmosphère était très tendue. Le bulletin d'information de 18 heures ayant averti les auditeurs que l'un des membres du « gang des bouchers » avait été formellement identifié par les services anthropométriques du FBI, les trois hommes s'étaient pressés autour de la radio de la fourgonnette, redoutant chacun d'entendre prononcer son nom.

— Il s'agirait de Seth Brannigan, annonça enfin le présentateur, déjà condamné à cinq ans de réclusion pour homicide involontaire sur la personne d'une fillette.

Suivit l'habituel « portrait » du malfaiteur. Cette fois, le journaliste avait choisi de présenter Doc' sous l'aspect d'un ancien héros de la Guerre du Pacifique, d'un vétéran incapable de se réadapter à la vie civile et dégringolant un à un les barreaux de l'échelle sociale jusqu'à devenir un charlatan de la chirurgie, un croque-mort, et un malfaiteur récidiviste. Le journal s'acheva sur la promesse de révélations imminentes. « L'enquête progressant à pas de géant. »

Dan fut chargé d'aller acheter le journal. Il s'exécuta et se traîna jusqu'au plus proche drugstore dans un état de stupeur tel que plusieurs passants s'écartèrent précipitamment, persuadés qu'il s'agissait d'un drogué au bord de l'O.D. Le *Los Angeles Chronicle* affichait le portrait-robot de Doc' en première page, une photo l'accompagnait, prise lors du procès au cours duquel il avait été condamné pour exercice illégal de la médecine et *coups et blessures ayant entraîné la mort sans volonté de la donner*, appellation qui prenait une saveur toute particulière quand on apprenait qu'il avait en réalité essayé d'opérer une fillette atteinte de péritonite en pleine tempête de neige alors que le plus proche médecin se trouvait à cent kilomètres ! Doc' avait encore des cheveux à l'époque, ce qui changeait considérablement sa physionomie.

Un second portrait-robot suivait. Ç'aurait pu être celui de L'Incroyable Hulk un jour de mauvaise humeur. Laid à faire peur, il ne représentait pas un danger immédiat pour Monk, sauf si l'on décidait d'arrêter systématiquement tous les super-méchants de bande dessinée. Dan regagna le hangar. A peine eut-il franchi le seuil de l'atelier que Monk lui arracha le journal des mains.

— Pourquoi t'y es pas, toi ? aboya-t-il immédiatement. Pourquoi y'a que nous deux ?

— Il n'y avait aucune raison, plaida Dan. Smart ne m'a pas vu au Mexique.

— C'est vrai ! ricana le lutteur. T'es toujours resté planqué. C'est Doc' et moi qui nous sommes appuyé tout le sale boulot !

— Tu dis n'importe quoi, grogna l'imitateur. Smart

m'avait déjà vu en jardinier, je ne pouvais pas courir le risque de me montrer de nouveau.

— Yo, fit Monk. C'est commode. En attendant Doc' est foutu. Il ne pourra plus sortir d'ici maintenant !

Dan se retourna vers le vieux. Assis dans son fauteuil de bois, celui-ci affichait un air étrangement détaché.

— Ne soyez pas idiots, dit enfin l'ancien croque-mort. Il n'y a pas de quoi s'affoler. Rien ne ressemble plus à un vieillard qu'un autre vieillard. Dans le monde où nous vivons personne ne nous regarde plus. Si je veux sortir, il suffira que je mette un chapeau, des lunettes noires et que je pisse dans mon froc. Vous n'avez jamais remarqué comme les gens prennent la fuite à l'approche d'un incontinent ? Il suffit de s'appuyer sur une canne et de trembler de tous ses membres en bavant un peu pour que tout le monde détourne la tête sur votre passage. En Californie c'est encore pire qu'ailleurs. Les vieux n'auront bientôt plus le droit de se montrer en plein jour. Je ne suis pas du tout inquiet. J'ai atteint l'âge où l'on devient invisible.

Monk émit un grognement sans signification. De toute évidence il se fichait du sort de Doc'. Il scrutait le journal comme si un oracle rédigé à l'encre sympathique allait soudain apparaître entre les lignes.

— Pourquoi t'y es pas ? interrogea-t-il encore une fois.

Il revenait toujours à cela. Butait sur cette injustice, au point que Dan finissait par se sentir vaguement coupable.

— C'est pas normal, marmonna le lutteur. Si ça se trouve c'est Dorana qui te protège. Dorana et la bonniche mexicaine. Tu les as mises dans ta poche, c'est ça ? Elles en pincent pour toi, elles se tiennent bouche cousue ! Doc' et moi on a droit à la première page des canards, mais toi t'es l'homme invisible. Pas vu pas pris, personne ne te connaît !

— Arrête ! trancha Dan. Essaye de voir le bon côté de la chose. Ça permet au moins à l'un de nous de circuler librement. Si nos trois gueules s'étalaient en première page on se retrouverait tous bloqués ici. C'est tout de même mieux que je sois libre de mes mouvements.

— Libre de te casser, ouais ! caqueta Monk. C'est pas juste.

Pour faire diversion, Dan proposa de se remettre au travail sur les cadenas. Monk accepta, de mauvaise grâce. Ils usèrent une nouvelle lame sans parvenir à plus de résultats. La scie devint si brûlante entre leurs mains, qu'ils durent la débrancher avant que son moteur ne grille. C'est à peine si les dents au tungstène laissaient de vagues éraflures sur l'acier des fermetures et le tissu des sacs. Ils renoncèrent, avec l'impression d'être en train de vivre un cauchemar.

22

Le lendemain matin, Moreno se présenta à l'hôpital dès la fin des soins. Il remarqua qu'à la différence de Dorana Smart, le chien le laissait s'approcher du lit de son maître sans pousser de grognements. Cela ne signifiait pas grand-chose au demeurant, sinon que la bête percevait plus ou moins intuitivement l'agressivité qu'Adam développait à l'égard de sa femme, et s'y associait par devoir.

Le banquier paraissait abattu. Il avait le teint moins plombé que la veille, mais tout son être dégageait une impression de lassitude et de capitulation. De temps à autre, il coulait un regard bref vers son poignet bandé. Moreno se fit la réflexion qu'il était peut-être en train de se laisser sombrer, victime de ce dégoût de soi-même qui s'empare généralement des mutilés. Une main coupée représente, il est vrai, un gros handicap, surtout lorsqu'il s'agit de la droite. C'est également une infirmité difficile à dissimuler. Pour un cadre supérieur comme Smart, ce moignon — même habillé d'une prothèse — lui poserait très vite de gros problèmes relationnels, et ses clientes ne pourraient s'empêcher d'y jeter des coups d'œil chargés de curiosité malsaine. Le bonhomme était assez intelligent pour s'en rendre compte.

Moreno s'assit au chevet du malade, décidé à ne pas traîner.

— Je voudrais que vous me parliez des sacs et de leur contenu, dit-il. Dick Weston est resté très vague à ce sujet, et m'a renvoyé à vous.

Smart émit un rire sourd.

— Le travail de ce bon Dick consiste surtout à parader dans les cocktails, fit-il, les yeux dans le vague. Egalement à se faire des durillons à la main droite en manipulant sa raquette de tennis trois heures par jour. Il a hérité cette affaire, il ne l'a pas mise sur pied, contrairement à ce qu'il essaye de faire croire. La *Trade Ltd* a été en fait créée par son grand-père.

— Mais les sacs ? insista Moreno.

— Oh ! ils sont très gros, à cause des petites coupures. Ils sont remplis d'enveloppes contenant chacune une liasse de billets et d'une fiche de paye. Cela représente un volume de paperasse considérable.

— Que des petites coupures ?

— Oui : rien que du Washington, Lincoln, Hamilton et de l'Alexander. Ce sont les payes, en liquide, des ramasseurs de melons de San Juan Capistrano, des ouvriers des conserveries de Fresno, des saisonniers des orangeries de Tulare, et aussi des champs de légumes de Salinas. Ce sont des *braceros*. Des Mexicains sous contrat. Ils ne touchent pas grand-chose mais ils sont très nombreux. Il y a aussi les gars des « Wineries » de la vallée de Napa. Une vraie armée.

— Vous avez noté les numéros de ces billets ?

— Vous rigolez ? Ce serait beaucoup trop long. On ne relève les numéros des billets qu'au cinéma ! Ou alors dans le cas des paiements en très grosses coupures. Dans l'affaire qui nous occupe, ce sont des billets de un, de cinq, dix, cinquante et cent dollars. De la menue monnaie pour ainsi dire, et fortement usagée.

Moreno se gratta le menton. Il avait trop appuyé sur son rasoir électrique, et des dizaines de petites taches rouges maculaient son visage.

— Ça signifie que nos voleurs, s'ils les mettent en circulation, n'auront aucun mal à les écouler, observa-t-il.

Smart haussa les épaules. Cette mimique lui arracha une grimace de souffrance.

— Je n'y peux rien, soupira-t-il. Dick Weston ne veut pas qu'on note les numéros dans ce genre d'opération, ça mobilise trop longtemps les comptables et ça ralentit le travail... Nous ne sommes pas une grande banque. Nous n'employons pas une légion de gratte-papier. Tout ce que je peux vous dire c'est que les sacs sont très gros, difficiles à dissimuler... ou alors à l'intérieur de ballots de linge sale, peut-être. Et puis on ne peut pas les ouvrir sans la combinaison des cadenas. Weston a dû vous en parler ?

— Oui... il y a une seule combinaison à six chiffres valable pour tous les cadenas. Mais ça ne peut arrêter nos gars que si les sacs sont *vraiment* indéchirables.

— Oh ! Pour ça, soyez sûr qu'ils le sont ! fit Smart en souriant méchamment. Là-dessus aucune crainte à avoir, cette innovation vient de moi. J'ai même eu du mal à la faire voter. Les vieilles barbes du conseil d'administration n'y croyaient pas ! Les enveloppes sont taillées dans un dérivé du Kevlar, la matière qui sert à fabriquer les gilets pare-balles et les casques des soldats. C'est le dernier modèle des sacs destinés au transport des liquidités. Rien ne peut entamer le tissu, pas davantage un acide qu'une scie circulaire. Quant au cadenas, impossible de le découper, même au chalumeau oxhydrique, c'est un acier utilisé dans la fabrication des navettes spatiales ; il a été conçu pour supporter l'échauffement d'une rentrée dans l'atmosphère sans se liquéfier. Cet usage va se généraliser dans les années à venir. Bientôt, les voleurs qui dévaliseront un fourgon se retrouveront dans l'incapacité d'ouvrir les sacs contenant le fric. Ce sera sacrément dissuasif. Vous imaginez la gueule des gars réduits à écouter crisser un million de dollar à travers l'étoffe sans pouvoir toucher le moindre billet ! C'est un sacré progrès en matière de sécurité.

— Donc, récapitula Moreno, si nos gars ignorent la

combinaison des cadenas, ils sont irrémédiablement coincés...

— Oui, fit Smart. Vous avez tout pigé, si les voleurs n'ont pas le chiffre, jamais ils ne pourront ouvrir les pochons. C'est là le bon côté de cette nouvelle technique. Vous comprenez ? Le fric, ils ne pourront pas le partager. Au bout du compte, la banque pourra proposer un marché : une petite prime contre la restitution du magot. C'est ça le but de la manœuvre, jouer sur la lassitude et l'impatience des voleurs. Dans quelque temps, la *Trade* devrait normalement passer un avis dans la presse : « Rendez-nous les sacs que vous ne pourrez jamais ouvrir, en échange, nous vous donnons 10 000 dollars. » Les compagnies d'assurances font tout le temps des deals de ce genre.

— Je sais, fit Moreno. Et nous sommes férocement contre de tels arrangements.

Il se gratta une nouvelle fois le menton.

— Je ne voudrais rien oublier, fit l'agent spécial. Le deal est effectivement possible si les bandits ignorent la combinaison... mais qu'arrivera-t-il s'ils ont pu se la procurer ?

— Alors c'est que quelqu'un de la banque la leur aura fournie, murmura Adam. Rappelez-vous ce que je vous ai dit hier. Cherchez le coupable à l'intérieur de la *Trade*.

— Qui connaît cette combinaison en dehors de vous ?

— Dick Weston, le chef comptable Jerry Mulligan... et tous ceux ou celles à qui ils ont pu en parler, bien sûr. Femmes, maîtresses... petits amis.

— Vous n'avez pas l'air de les porter dans votre cœur. remarqua Moreno.

— Hé ! Vous rigolez ? s'exclama sèchement Adam Smart. Que pensez-vous qu'ils vont me faire maintenant que je suis dans cet état ? Le conseil d'administration va me mettre d'office à la retraite anticipée — avec une petite prime de dédommagement, soit — mais on va me reprendre la maison, la voiture de fonction. Vous pigez ? Je ne suis plus montrable ! On ne charme pas les veuves pleines aux as en agitant un moignon sous leur nez ! A la *Trade*, je faisais office de rabatteur, si vous voyez ce que je veux dire ? Je faisais du gringue aux sexagénaires liftées à nichons siliconés pour les convaincre d'investir chez nous. Vous croyez peut-être qu'elles auront envie de se faire peloter par le Capitaine Crochet ?

Moreno se contenta de hocher la tête. Il commençait à voir où Smart voulait en venir.

— Alors... le cambriolage, conclut le banquier, à bout de souffle, pour tout vous dire : *je m'en fous.* Ça ne me regarde plus. J'ai bien vu l'air gêné de ce bon Dick, hier, lors de la visite. Il n'arrêtait pas de regarder mon pansement. Dans ses yeux, il y avait écrit : « Mon Dieu ! Qu'est-ce qu'on va faire de ce Quasimodo ? »

— N'exagérez pas. Vous êtes un peu dépressif, hasarda Moreno. C'est normal. Bon, laissons Weston et la banque se débrouiller tout seuls, si vous préférez. Mais, entre nous, vous n'avez pas envie de vous venger des gars qui vous ont fait ça ?

— Si, mais à ma manière, pas à la vôtre, gronda Smart. Vous, vous les collerez en prison pour quelques années. Et s'ils se tiennent bien, ils seront assez vite relâchés, je connais la chanson.

— Et vous ? riposta l'agent fédéral. Que proposez-vous ?

— Moi ? Je les ferai bouffer par mon chien. L'un après l'autre. En commençant par les mains, bien sûr.

— Je ferai comme si je n'avais pas entendu, éluda le policier. En réalité, vous êtes en train de me dire que vous ne nous aiderez pas à les coincer ?

Smart montra les dents. Ses yeux luisaient d'un éclat fiévreux.

— Vous ne les coincerez pas, lâcha-t-il. Ils sont trop malins pour vous. Je vais vous dire ce que je vais faire : je vais guérir. Et dès que je serai sorti d'ici, je me lancerai à leur poursuite, avec Dust. Et Dust en fera son quatre-heures ! Juré !

Moreno rassembla ses notes et se redressa.

— Calmez-vous, dit-il, vous faites une poussée de fièvre. Je vais appeler l'infirmière.

Comme il esquissait un geste pour tâter le front du banquier, le chien grogna et tira sur sa laisse. Moreno n'aima guère la lueur de meurtre qui brillait au fond de ses pupilles. Il battit en retraite, frappé de constater à quel point l'animal et son maître se ressemblaient.

Il s'éclipsa. Pendant qu'il regagnait le rez-de-chaussée, il décida de ne pas mentionner les menaces de Smart dans son rapport, le pauvre bougre avait assez de problèmes comme ça. Quelque chose lui soufflait qu'en dépit de ses vantardises, il ne survivrait pas à sa mutilation. C'était le genre de type à se faire sauter la tête un soir de déprime, avec un fusil à éléphant, dans le plus pur style Hemingway. Encore une fois, ce n'était pas du ressort du FBI, non... à vrai dire, c'était plutôt celui de sa femme, Dorana, mais il n'était pas convaincu qu'elle fût en mesure de faire face. Ni même qu'elle en eût envie.

L'hypothèse d'un complot à l'intérieur de la banque retenait davantage son attention, car il avait appris que la *Trade* allait dans quelque temps passer sous le contrôle d'une grosse firme japonaise, et que Dick Weston risquait fort de se trouver remercié, sa gestion n'étant pas des plus mirobolantes. De plus, une phrase prononcée par Smart tournait dans son esprit : *Dick ne veut pas qu'on note les numéros dans ce genre d'opération, ça mobilise trop longtemps les comptables.*

Dick. Ce cher vieux Dick, qui s'était peut-être ainsi fabriqué un magot totalement invisible, capable de passer au travers de tous les contrôles.

« Weston avait toutes les pièces du puzzle en main, énuméra mentalement Moreno en s'installant au volant de sa Plymouth Reliant. Il connaissait la procédure d'ouverture de la chambre forte et la combinaison des cadenas ; il avait la possibilité d'enregistrer la phrase-clef numérisée dans la mémoire de l'ordinateur, et — qui sait ? — d'en faire une copie parfaite sur disque laser. N'a-t-il pas cédé à la tentation d'utiliser, à son insu, un sous-fifre imbu de lui-même tel qu'Adam Smart pour dévaliser sa propre banque ? »

Tout bien considéré, ce n'était pas une hypothèse complètement idiote. L'aspect « fauché » de l'opération, n'était peut-être qu'un camouflage habile conçu pour aiguiller les soupçons vers la petite pègre sans envergure.

Moreno mit le contact. Oui, c'était décidé : il allait s'intéresser de près à Dick Weston. Il avait confiance en son flair. Jusqu'à présent ses intuitions ne l'avaient jamais déçu.

23

Trois jours s'écoulèrent sans que les fouilles et les barrages n'apportent un élément nouveau. Dan commençait à reprendre espoir. Avec un peu de chance, les routes cesseraient bientôt d'être placées sous contrôle et l'on pourrait de nouveau envisager de déménager incognito. Sa joie fut toutefois de courte durée, car, le soir même, la radio annonça que la police procédait à un quadrillage de la ville, perquisitionnant dans tous les locaux à l'abandon susceptibles de fournir une « planque » aux malfaiteurs. On insistait sur le fait que le trésor volé à la banque constituait un volume incompressible difficile à dissimuler, et qui ne passait pas inaperçu. On invitait la population à signaler aux autorités tout transport insolite. Une prime de 10 000 dollars était offerte à quiconque permettrait l'arrestation des coupables.

Ce dernier point fit désagréablement impression dans le hangar. Et les trois hommes se regardèrent avec la même lueur d'angoisse dans les yeux.

— S'ils foutent du fric sur la table on n'est plus à l'abri, marmonna Monk.

Dan savait très bien ce qu'il voulait dire. Avec l'annonce de la prime, la solidarité des zonards cessait aussitôt de fonctionner. L'appât du gain aurait vite raison de la loi du silence, et pas mal de voyous, parmi les petites bandes qui proliféraient aux alentours des hangars, ne tarderaient pas à faire le rapprochement entre le « monstre » dont les journaux continuaient à diffuser le portrait-robot, et Baby Monk, le karatéka fou, tueur de chiens et apprenti-ninja qui avait tant fait parler de lui dans les travées des entrepôts.

— Ils ont peur de toi... observa Dan. Ils n'oseront jamais.

— Tu ne les connais pas ! siffla Monk. Il leur faut du fric pour la dope. Quand on est en manque on n'a plus peur de personne.

— Le portrait-robot ne te ressemble pas, insista Dan. C'est juste un type au nez aplati.

— Déconne pas, cracha le lutteur. Il est affreux... et moi je suis affreux. Les mecs n'iront pas chercher plus loin. La promesse du fric, ça va les obséder.

— Alors, il n'y a qu'une solution, proposa Dan. Sors et fais-leur très peur. Ça les fera réfléchir à deux fois avant d'aller trouver les flics.

— Mouais, grogna Monk. On peut essayer.

La nuit même, il sortit dans le labyrinthe des entrepôts pour participer à l'un de ces combats de chiens clandestins dont les gangs étaient si friands. Au fond d'une fosse de graissage pour camions géants, il affronta deux dobermans qu'il tua de manière particulièrement cruelle, dans le but bien arrêté de frapper l'imagination des spectateurs penchés au-dessus du vide. Quand il émergea du trou, il était couvert de cambouis et de morsures, mais les deux chiens n'avaient plus un seul os intact dans tout le corps. Un murmure de respect terrifié courut dans les rangs des loubards. Monk se contenta de sourire, rafla la prime, et regagna la manufacture de cigares en claudiquant. Il savait que son exhibition avait eu valeur d'avertissement, et qu'il venait de gagner un sursis.

Dan fut atterré par l'état du lutteur. Certaines morsures auraient mérité d'être recousues, mais les mains de Doc'

Brannigan tremblaient trop, désormais, pour qu'il puisse envisager une telle intervention.

— C'est rien, se contentait de répéter Monk. C'est que dalle.

Dan en était moins sûr que lui. Il essaya de nettoyer les plaies du mieux qu'il put, au moyen de chlorine diluée dans une grande quantité d'eau, car Doc' avait abandonné toute sa pharmacie à l'hacienda. La graisse de moteur ne facilitait pas les choses. Il aurait fallu que Monk puisse se laver avec un détergent adapté. La pauvre savonnette Ivory qu'ils utilisaient pour leur toilette quotidienne se révéla, elle, sans effet.

— C'est pas plus mal, décida Baby Monk. C'est comme une sorte de camouflage. Si je sors avec la gueule toute barbouillée, on me prendra pour un mécano.

Doc' Brannigan assista à la scène du fond de son fauteuil, sans faire mine de se lever. Il avait le teint jaune, et la chaleur qui ne cessait d'augmenter lui causait de gros problèmes respiratoires. La nuit, on l'entendait haleter et cracher dans son mouchoir pour tenter de se dégager les bronches. Dan avait la désagréable impression que l'équipée mexicaine avait eu raison des dernières forces du vieillard. Depuis son retour, il s'amenuisait entre les bras du fauteuil, ne mangeait presque rien et ne prononçait pas dix phrases de toute la journée. Une indifférence de mauvais augure s'était emparée de lui, et il sommeillait des heures durant, le menton sur la poitrine, comme pour s'entraîner au néant.

— On aura la paix tant qu'ils n'augmenteront pas la prime, souffla Monk. Je crois que je leur ai flanqué une foutue pétoche.

Il riait en grimaçant. Du sang tachait déjà les pansements de fortune que Dan avait noués autour de ses bras et de ses jambes. Deux des morsures — l'une à la cuisse droite, l'autre à l'avant-bras gauche — étaient très vilaines, et l'imitateur appréhendait ce qui risquait de se passer en l'absence de piqûre antitétanique ou antirabique. La fatigue aidant, il céda à une brusque bouffée de panique et supplia presque ses complices d'enterrer le magot avant de ficher le camp.

— Il y a du ciment dans l'appentis, plaida-t-il. J'ai vérifié cet après-midi. On recouvre les sacs et on se sépare.

— Tu déconnes, bâilla Monk. A L.A il y a au moins un tremblement de terre par jour. Chaque fois que ça se produit, toutes les crevasses fraîchement rebouchées se rouvrent aussitôt. Ta carapace de ciment, elle ne tiendrait pas plus de quarante-huit heures. A la première grosse secousse, elle se fendrait comme une coquille d'œuf, et n'importe quel clodo n'aura qu'à regarder dans la fissure pour apercevoir les sacs. Non, ça ne tient pas debout ton truc. Faut attendre Dorana. Elle ne nous laissera pas tomber, c'est sûr.

En entendant ces mots, Doc' Brannigan, qu'on croyait assoupi, souleva une paupière et laissa échapper un ricanement.

24

Le lendemain, en raison de la chaleur, il y eut une alerte au smog.

Un anticyclone subtropical s'abattit sur L.A, empêchant l'air humide stagnant au ras du sol de s'échapper. La pollution résultant de l'intense trafic automobile et des fumées d'usines atteignit très vite la cote d'alerte. L'air perdit toute transparence, un brouillard jaunâtre à l'odeur pestilentielle envahit l'atmosphère.

Dans la villa des collines, Dorana vit le jardin et la piscine disparaître progressivement derrière cet écran fumigène qui semblait se déployer en vue d'inquiétantes manœuvres militaires. Au même moment elle se mit à éternuer, et ses lèvres furent parcourues de violentes démangeaisons, comme cela lui arrivait dès que l'indice de pollution dépassait le seuil tolérable. La radio annonça le déclenchement du plan anti-smog : ralentissement du trafic urbain, obligation pour les industries polluantes de procéder à l'extinction immédiate des hauts-fourneaux. Dorana se planta devant la baie vitrée pour observer la montée du brouillard. Elle ne voyait déjà plus les limites du parc, ni la cabane au fond du jardin. La fumée jaune déployait ses volutes au-dessus de la ville pour venir buter sur les premiers contreforts de la montagne qui lui coupaient la route et l'empêchaient de pénétrer à l'intérieur des terres , là où elle aurait pu se diluer sous l'effet du vent. C'était ce cul-de-sac naturel qui donnait une telle densité au smog. Dorana se sentit gagnée par l'étouffement claustrophobe qu'elle éprouvait toujours en pareilles circonstances. La migraine s'installa au sommet de son crâne, comprimant son cerveau, ses tempes. Elle grimaça. Elle détestait avoir mal à la tête car l'Anacin ou l'Exedrin venait rarement à bout de sa souffrance et elle se retrouvait le plus souvent contrainte de s'allonger dans l'obscurité, une compresse d'eau glacée sur le front.

Elle passa dans la salle de bains pour prendre la petite bouteille de comprimés dans l'armoire de toilette. Décidément, il était écrit quelque part que tout irait mal aujourd'hui !

Cela avait commencé aux aurores, quand Adam avait réintégré la maison. En effet, la direction de l'hôpital ayant refusé de tolérer plus longtemps la présence d'un chien dans la chambre d'un malade placé en I.C.U, il avait, sur l'heure, signé une décharge et frété une ambulance pour qu'on le ramène chez lui. Depuis, il reposait dans ses appartements, sous la surveillance d'une infirmière indépendante dont il avait loué les services par l'entremise d'une agence de soins à domicile. La nurse viendrait deux fois par jour refaire les pansements et changer les perfusions. Elle s'appelait Winnifred Stholar, avait cinquante-deux ans et un profil de sergent-major.

Ce brusque retour avait déboussolé Dorana qui ne s'y attendait nullement. De manière assez naïve, elle avait cru qu'Adam resterait à l'hôpital durant des semaines... et peut-être même qu'il n'en sortirait jamais ! Par conséquent, elle n'avait pas pris la précaution de se préparer à cette cohabitation dangereuse, elle réalisait maintenant avec terreur qu'elle risquait à tout moment de se trahir.

Pour l'heure, Adam sommeillait, fatigué par le trajet en ambulance. Le chien s'était bien entendu couché au pied du lit dès qu'on y avait étendu son maître, il était clair que rien ne le ferait quitter la chambre.

L'infirmière s'en était plainte. C'était une femme revêche, à la bouche tombante striée de rides verticales et aux yeux durs. Elle avait jeté sur le décor de la maison un regard désapprobateur, comme si tout ce luxe impliquerait, tôt ou tard, une quelconque punition divine.

« Pauvre conne ! avait failli lui crier Dorana. Rien de tout ça ne nous appartient ! Et on nous l'enlèvera d'ici peu ! »

— *L'animal*, avait déclaré l'infirmière. Il est hors de question qu'il reste dans la chambre du malade. C'est contraire à tous les principes d'hygiène.

— C'est à mon mari qu'il faut dire ça, soupira Dorana avec un haussement d'épaules. Pas à moi. Il y a longtemps que j'ai déposé les armes.

Et comme la nurse tournait les talons pour s'éloigner d'une démarche toute militaire, elle ajouta :

— Un conseil : n'essayez pas de sortir Dust par la force. Vous pourriez bien vous retrouver dans le même état que mon époux !

Elle regretta aussitôt cette saillie qui cadrait mal avec son personnage de femme éplorée, mais elle était à bout de nerfs, et le smog n'arrangeait rien. Lorsqu'elle levait les yeux pour regarder par la fenêtre elle ne voyait qu'une masse de coton jaune pressée contre les carreaux et se sentait au bord de l'étouffement.

Elle dut se forcer pour rendre visite à Adam car le temps passait et elle ne pouvait pas décemment rester cachée au rez-de-chaussée. Lorsqu'elle s'approcha du lit, Smart murmura sans même ouvrir les yeux :

— Qu'est-ce qui pue comme ça ? C'est mon bras ? Je suis en train de pourrir ?

— Non, fit platement Dorana. C'est le smog. Il est tombé sur la colline, on ne voit plus rien.

Elle demeura plantée au pied du lit, incapable d'ébaucher un geste de tendresse. Feindre était au-dessus de ses forces. Avec son poignet raccourci et bandé, Adam la répugnait plus que jamais. Elle prenait soudain conscience qu'elle haïssait tout de son corps : ses muscles, les poils gris de sa poitrine, sa corpulence... et surtout cette odeur de rance qui vient aux hommes vieillissants. Elle détestait ses rides, le grain de sa peau épaissi par les ans, la couleur de ses cheveux, le pli tombant de sa bouche. Pour rien au monde elle n'aurait pu se pencher sur lui pour l'embrasser ou même éponger la transpiration qui perlait sur son front. Elle regarda le mât où pendaient les poches de glucose et d'antibiotique, le bassin sous le lit. Elle eut envie de vomir. Elle prit la fuite parce qu'elle avait la conviction que l'infirmière devinait son dégoût.

Au rez-de-chaussée, elle passa derrière le bar et se versa un *J&B* sans glace qu'elle avala d'un trait, pour n'en pas sentir le goût. Elle alluma la télévision. Elle passait de plus en plus de temps devant le petit écran, ingurgitant indifféremment *Good Morning America*, *Jeopardy* ou les émissions d'Oprah Winfrey. Les bulletins d'information lui avaient appris que la police avait entrepris une fouille systématique de certains quartiers de la ville, notamment dans le périmètre de Watts, dans South Central, du côté de Crenshaw, La Cienega, mais elle ne parvenait pas à s'en alarmer. Tout cela lui semblait lointain, brumeux, aussi délétère que le smog, et elle se demandait parfois si elle n'était pas en train de devenir folle.

Le retour d'Adam l'obsédait. Elle ne parvenait pas à concentrer son attention sur autre chose. Elle imaginait des stratagèmes enfantins pour se débarrasser de lui : débrancher la perfusion d'antibiotique, par exemple, afin de laisser l'infection s'installer.

« Ne délire pas, songea Dorana en remplissant une seconde fois son verre. Tu n'en auras pas le courage. Et puis, de toute façon, Dust ne te laisserait pas faire. »

Elle ne pouvait s'ôter cette idée de la tête. Dust se jetant sur elle si elle faisait seulement mine de poser la main sur Adam. « Il sait » se répétait-elle. « Il a deviné. »

Un peu saoule, elle s'installa devant la télévision pour regarder *Les Médecins Souffrent Aussi*, *Hôpital Général*, *Une Maison Pour Six*, *La Reine de Mai*.

Les gesticulations des acteurs la plongeaient dans une sorte d'engourdissement bienheureux dont elle n'aurait voulu sortir pour rien au monde.

Au début de l'après-midi, Moreno vint rendre visite au malade. Dorana le conduisit jusqu'à la chambre et se retira pour les laisser discuter. Adam ne lui avait pratiquement pas adressé la parole depuis son retour. Lorsqu'il émergeait de sa somnolence — réelle ou feinte — il se contentait de regarder le mur nu qui lui faisait face. Il avait refusé qu'on allume le téléviseur ou la radio. Il n'avait pas jeté le moindre coup d'œil aux journaux ou aux magazines. Il restait là, dans la pénombre, les yeux grands ouverts, absorbé dans ses pensées.

Dorana espérait qu'il allait rapidement glisser sur la pente de la dépression nerveuse. Après tout, cette histoire de main coupée devait avoir quelque chose à voir avec une castration symbolique, non ? « Merde ! s'impatientait-elle. Il serait grand temps que tout ce bazar freudien te soit enfin utile ! »

Elle cherchait à se rappeler ce qu'elle avait lu dans les magazines au sujet des mutilations masculines. Le membre coupé assimilé à une privation de pénis, et tous ces trucs de psychologie tortueuse qui semblaient sortir d'un film d'Alfred Hitchcock. Elle aurait aimé qu'Adam se sente impuissant, détruit, qu'il saisisse l'affreux pistolet avec lequel s'était suicidé son père et se l'enfonce dans la bouche. Il lui restait encore une main, après tout ! Il était tout de même assez adroit pour faire ça sans qu'on l'aide !

Moreno resta longtemps. Intriguée, et un peu inquiète,

Dorana fut tentée d'aller écouter à la porte, mais, au moment où elle posait le pied sur la première marche de l'escalier, elle entendit Dust gronder juste au-dessus de sa tête. Le chien l'avait repérée. Elle ne pourrait jamais rien tenter tant qu'il serait dans la maison.

Quand Moreno redescendit, elle dut subir un nouvel interrogatoire. Cette fois, il s'agissait principalement de Dick Weston auquel l'agent fédéral semblait soudain s'intéresser, sans que la jeune femme puisse deviner pourquoi. Elle s'appliqua à faire bonne figure, tout en sachant qu'elle devait empester l'alcool dès qu'elle ouvrait la bouche.

— Où en êtes-vous ? demanda-t-elle. Vous avez une piste ?

— Nous avons offert une prime, répondit-il. Nous recevons beaucoup de témoignages, il faut les vérifier un à un, et ça prend du temps.

— Tout le monde dénonce tout le monde ?

— C'est à peu près ça.

Elle s'aperçut que Moreno la regardait fixement. Elle fut tentée de s'examiner dans le miroir du bar pour voir si elle avait des taches rouges sur les pommettes. Avait-elle à ce point l'air d'une saoularde ?

L'agent spécial se décida à partir au moment où elle commençait à se sentir mal à l'aise. Il croisa l'infirmière qui venait pour les pansements du soir.

— La fièvre persiste, commenta celle-ci en redescendant. Si elle s'emballait, il faudrait aussitôt appeler les urgences. C'est une folie d'avoir quitté l'hôpital dans cet état. Cette nuit, prenez deux ou trois fois sa température. Le corps s'affaiblit dans le sommeil. C'est toujours la nuit que la maladie passe à l'attaque. Il aura peut-être également besoin d'uriner. Il faudra lui passer le bassin. Vous saurez faire ça ?

Il y avait tant de mépris dans ses paroles que Dorana fut tentée de lui jeter son verre au visage. Elle réussit à se contrôler. « Pauvre conne ! » répéta-t-elle en regardant s'éloigner la Ford Pinto de Winnifred.

Anita vint lui dire au revoir avec un air effrayé. La Mexicaine supportait assez mal les bouleversements survenus au cours des derniers jours et Dorana devinait qu'elle n'allait pas tarder à rendre son tablier. Ça n'avait aucune importance, du reste. Moins il y aurait de témoins, plus elle aurait les coudées franches.

Seule dans la maison avec Adam et le chien, elle se recroquevilla dans son fauteuil « télévision », incapable de se décider à monter dans la chambre du malade.

Comment pousse-t-on un homme au suicide ? En lui faisant sentir qu'il est devenu un objet de répulsion ? Qu'il n'a aucun avenir ?

Elle décida de broder sur ces deux thèmes, et alla rendre visite à Adam sous le prétexte de lui demander s'il avait besoin de quelque chose. Elle le trouva les yeux ouverts, le visage luisant de transpiration. Une odeur aigre flottait dans la pièce, et elle dut se faire violence pour s'asseoir au chevet du malade. Smart ne tourna pas la tête vers elle.

— Ce flic, Moreno, fit Dorana pour dire quelque chose, il a l'air de soupçonner ton patron. Il m'a posé de drôles de questions sur Dick, tout à l'heure. Je ne savais que répondre. J'espère que je n'ai pas fait de gaffe.

Adam resta sans réaction. Dorana fut tentée de lui passer la main devant les yeux pour voir s'il clignait des paupières.

— Tu crois que Weston va te garder après ce qui vient de t'arriver ? lança-t-elle d'une voix égale.

— Non, fit Adam. Je pense que tu peux faire tes adieux à tes chères amies de la colline. On n'en a plus pour longtemps à rester ici. A l'occasion, demande à Anita d'emballer nos affaires personnelles. Ça ne doit pas représenter grand-chose, du reste. Quelques malles de vêtements et... quoi d'autre ? Rien... Rien du tout.

— Où ira-t-on ? interrogea-t-elle tandis qu'un poids effrayant s'installait sur sa poitrine.

— Je ne sais pas... marmonna Adam. Dans la banlieue. il faudra dénicher un petit bungalow dans l'arrière-pays. La côte, c'est trop cher pour nous maintenant.

Dorana ferma les yeux. Elle essayait de s'imaginer, habitant une baraque de planches à la peinture écaillée, avec un Adam Smart à la retraite, mal rasé, traînant en savates toute la journée. Ce serait quelque part dans une agglomération déprimante, à la lisière du désert. Un endroit où les femmes allaient faire leurs courses avec des bigoudis sur la tête, se donnaient des recettes pour accommoder les restes, et portaient des robes de coton décolorées achetées par correspondance. Un endroit peuplé de vieux sans force et de jeunes voyous arrogants. On l'y surnommerait très vite « la pimbêche » et Adam deviendrait de manière tout aussi inévitable le « Capitaine Crochet ». On les mettrait discrètement en quarantaine, ils auraient des ennuis avec le shérif à cause du chien, trop agressif. Il ferait terriblement chaud, et faute d'argent pour les produits de beauté, elle vieillirait très vite dans ce climat de fournaise. En l'espace de six mois elle deviendrait une femme quelconque... sans avenir, elle aussi.

Dorana rouvrit les paupières en suffoquant d'angoisse. Elle ne voulait à aucun prix de cette existence étriquée aux côtés d'un mari taciturne et aigri. D'un infirme qui lui promènerait tout le jour son moignon sous le nez.

— Tu vas acheter une prothèse ? interrogea-t-elle. Un de ces « machins » articulés ?

Adam resta silencieux. Il semblait de nouveau abîmé dans ses rêves. Dorana se redressa.

— Je vais laisser les portes ouvertes, dit-elle. Si tu as besoin de quelque chose appelle-moi.

Elle sortit sans qu'il tente de l'en empêcher. Cela ne l'étonna pas. Ils vivaient ainsi depuis des années, n'échangeant plus que des banalités. Se côtoyant parfois tout un week-end sans s'adresser la parole.

Cependant, à la seconde où elle allait franchir le seuil de la pièce Adam parut sortir de sa transe.

— Donne à boire et à manger à Dust, ordonna-t-il. La pauvre bête est restée toute la journée à me veiller.

— Bien sûr, fit Dorana. Je descends à la cuisine. Il n'a qu'à venir, ce pauvre chéri.

Elle prit la direction de l'escalier pendant qu'Adam donnait ses ordres au chien. Dust n'obéissait qu'à lui.

« Si j'étais en train de me noyer dans la piscine, songea-t-elle, il ne viendrait pas à mon secours avant que mon cher mari ne le lui ordonne ! »

Dans l'office, elle ouvrit le frigo, à la recherche de l'écuelle de pâtée qu'Anita y plaçait chaque soir avant de s'en aller. Dust fit irruption à la seconde même où elle déposait l'assiette sur le dallage. En dépit de son estomac vide, il ne se précipita pas sur la nourriture. Tournant autour de l'écuelle, il la flaira longuement en jetant de brefs coups d'œil à la jeune femme.

« Salopard ! songea Dorana. Tu te demandes si j'essaye de t'empoisonner ! C'est ça, hein ? »

Elle serra les poings pour contenir sa colère et sa peur. A présent, le chien goûtait la nourriture à petites bouchées, mastiquant avec prudence, à la recherche d'une saveur suspecte. On l'avait éduqué ainsi, et s'il consentait ce soir à recevoir sa pâtée de la main de Dorana, c'était uniquement parce qu'il mourait de faim.

Elle monta se coucher. Il était tôt mais l'excès d'alcool avait décuplé sa migraine. Elle s'étendit sur son lit. Le soleil de la fin de journée, traversant le brouillard, emplissait la maison d'une étrange lueur jaune. Elle songea que la fin du monde ressemblerait à ça. C'était comme si toute la poussière du désert avait été soulevée dans les airs par un souffle gigantesque et qu'elle mettait une éternité à retomber. Elle s'assoupit, victime d'une légère ébriété. Elle rêva qu'Adam se levait en titubant. Il arrachait les drains, les perfusions, et se rendait dans son bureau pour charger l'un de ses fusils de chasse. Elle savait ce qu'il était en train de faire mais elle ne bougeait pas. Il pestait, parce que sa main droite lui manquait et qu'il se découvrait très maladroit de la gauche. Des cartouches roulaient sur le sol. Dorana n'ouvrait toujours pas les yeux. Elle songeait : « Il va se tuer, comme Hemingway ! Ça y est enfin ! » Elle écoutait claquer la culasse et comptait les secondes. Une... deux... trois... s'irritant du temps que mettait son mari pour se décider à presser la détente. N'y tenant plus, elle ouvrait les paupières. C'est alors qu'elle apercevait Adam, debout au pied du lit. Il n'avait jamais eu l'intention de se tuer, non, *c'était elle qu'il visait.* Elle, Dorana. En pleine tête.

La jeune femme se réveilla en sursaut. Il faisait nuit. La sueur détrempait ses vêtements. Elle se leva pour se déshabiller. Dans le cabinet de toilette, elle se passa de l'eau sur le visage. Son cœur cognait durement contre ses côtes. Elle n'eut pas le courage de prendre une douche et s'enveloppa dans un peignoir. Un coyote cria au loin, dans la montagne, et des chiens lui répondirent.

Rassemblant tout son courage, elle sortit dans le couloir pour se glisser dans la chambre d'Adam. La maison était plongée dans l'obscurité et, malgré sa peur de l'obscurité, elle n'osa presser l'interrupteur de peur d'éveiller le malade. Adam dormait, le cou cassé en arrière. Il ronflait... comme un vieillard. Depuis son enfance Dorana avait toujours associé les ronflements à la vieillesse. Elle ne savait pourquoi, mais pour elle ils étaient définitivement associés à l'idée de décrépitude, de déchéance physique, comme les appareils dentaires ou les bandages herniaires. Elle s'était physiquement détachée de son mari le jour où il avait commencé à ronfler, vers l'âge de quarante-cinq ans. C'est à cette époque qu'elle avait exigé de faire chambre à part sous prétexte qu'elle ne pouvait fermer l'œil de la nuit. Oui, un jour, elle en avait eu assez de le secouer ou de siffler pour interrompre le grotesque vacarme qui sortait de sa bouche, et ils s'étaient éloignés, chacun à un bout du couloir.

« Après tout, lui avait-elle dit, il n'y a que les pauvres pour partager le même lit. »

Dust dormait sur le plancher, avec ces frissons brusques des chiens qui rêvent.

Si elle avait été audacieuse, elle aurait profité du sommeil de la bête pour aller chercher le petit pistolet automatique dans le tiroir du bureau, elle l'aurait appliqué sur la tempe d'Adam, et...

Faire croire à un suicide ? C'était stupide, il était même inutile d'y penser car elle se savait incapable de presser la détente.

Et puis il y avait Dust, aux aguets. En ce moment même, il feignait peut-être de dormir pour surveiller sa maîtresse entre ses paupières mi-closes. Il attendait qu'elle ose, qu'elle fasse enfin le geste qui la dénoncerait. Alors, il bondirait, lui happerait le poignet entre ses mâchoires. Alerté par le vacarme, Adam se réveillerait. Il n'aurait pas besoin qu'on lui fasse un dessin pour comprendre ce qui se passait.

« Il t'a eue ! dirait-il. Je me demandais quand tu te déciderais à tenter ta chance ; je n'étais pas inquiet, je savais que Dust t'avait dans le collimateur. »

Il se redresserait sur un coude tandis qu'elle serait toujours plaquée au sol par le chien, le poignet lacéré jusqu'à l'os.

Elle recula, faisant grincer le parquet, et Dust montra les dents, lui signifiant qu'il n'aimait pas la voir dans la chambre. Elle se dépêcha de quitter la pièce et courut s'enfermer chez elle. Là, elle avala un somnifère et se recroquevilla au milieu du lit.

Ce fut Anita qui la réveilla le lendemain, en frappant sur le battant. Elle paraissait inquiète. A travers la porte, elle annonça que « la fièvre de Monsieur avait encore grimpé ».

Dorana se leva, l'esprit embrumé. Winnifred, l'infirmière, débarqua au même instant. Elle ausculta le malade et décida, de sa propre autorité, d'appeler le médecin.

— Vous ne vous êtes pas occupée de lui, lança-t-elle avec sécheresse. Il a mouillé son lit.

Dorana ne chercha même pas à protester. Adam ouvrit péniblement les yeux et décréta d'un ton sans réplique qu'il ne voulait pas retourner à l'hôpital. Comme pour le soutenir dans sa décision, Dust se mit à aboyer de toutes ses forces. Winnifred battit en retraite en déclarant qu'elle en avait assez de cette maison de fous. Le médecin, un G.P fatigué aux moustaches poivre et sel, prescrivit de nouveaux antibiotiques.

— Soyez vigilante, dit-il à Dorana. Qu'il ne boive surtout pas d'alcool. Entre la pénicilline et les analgésiques, il pourrait sombrer dans le délire. L'alcool est un catalyseur, on ne sait jamais quelle réaction il va engendrer chez le malade. J'ai eu un patient sous traitement qui a complètement perdu la boule après avoir avalé un demi-verre de whisky. Il ne cessait de crier à la cantonade le nom de sa maîtresse, l'endroit où il la retrouvait, et tout ça devant sa femme assise à son chevet... Ça s'est terminé par un divorce et le type a même essayé de m'attaquer en justice.

Dorana le raccompagna en le remerciant d'avoir accepté de se déplacer à domicile. Peu de médecins le faisaient encore, à cause des embuscades tendues par les junkies dans les appartements vides censés abriter des malades grabataires.

Comme le smog s'était un peu levé, elle se promena dans le jardin. La claustration la rendait folle mais elle ne pouvait décemment prendre la voiture pour aller faire un tour.

Dick Weston appela dans le courant de la matinée afin de s'enquérir de la santé du malade. Dorana essaya de savoir où en était l'enquête. Le banquier lui dit, qu'à son avis, les flics piétinaient.

— Je pense faire passer une annonce dans différents supports, conclut-il. Si les gangsters n'ont pas le code des cadenas, ils ne pourront pas ouvrir les sacs. Ils doivent s'en être rendu compte à l'heure qu'il est. Il est temps de tenter de passer un marché.

— Vous pensez qu'ils n'ont vraiment aucune chance de forcer les serrures ? questionna Dorana en essayant de paraître simplement curieuse.

— Pas la moindre ! triompha Dick Weston. On a fait des centaines de tests, avec tout le matériel existant, depuis la scie à métaux jusqu'au chalumeau oxhydrique. Rien n'a jamais entamé ni les pochons ni les bracelets d'acier auxquels sont fixés les cadenas. En ce moment même, nos bonshommes doivent se mordre les doigts jusqu'à l'os. Je vais leur proposer 20 000 dollars pour le rachat des sacs. 20 000 dollars c'est mieux que rien. Il pourront au moins s'acheter une voiture neuve... ou se payer une excursion à Vegas !

— Vous croyez que ça peut marcher ?

— Bien sûr, ma chérie, les compagnies d'assurances font ce genre de deal tous les mois. Je vais m'adresser à un cabinet d'avocats. Ils chargeront leurs détectives de procéder au troc.

Ils échangèrent encore quelques banalités, puis Weston raccrocha. Dorana était glacée. 20 000 dollars, c'était dérisoire mais elle imaginait très bien Monk acceptant ce marché de dupe. Il avait un cerveau d'enfant. Si on agitait les billets sous son nez, il était capable de préférer cette pauvre liasse à la fortune prisonnière des sacs. Comme tous les gosses, il n'avait aucune patience. De plus, les trois hommes étaient vraisemblablement à bout de nerfs, épuisés par l'attente ; dans ces conditions, il n'était pas impossible qu'ils cèdent à une bouffée de découragement et sautent sur une proposition dont le seul mérite serait d'abréger leur supplice.

Dorana n'ignorait pas qu'elle était un peu responsable de cet état de fait puisqu'elle ne leur avait donné aucune nouvelle depuis plusieurs jours ; comme de leur côté ils n'avaient pas téléphoné par crainte des écoutes, le « silence radio » devait accentuer leur impression d'abandon. Ils avaient dû passer en revue tous les moyens d'ouvrir les sacs, sans succès. Aujourd'hui ils étaient à cran, sans doute très montés contre elle, la maudissant d'avoir négligé un détail technique dont l'importance se révélait capitale. Il fallait qu'elle se secoue ! Elle devait se procurer la combinaison, d'une manière ou d'une autre. Elle en avait besoin de toute façon. Qu'Adam rende l'âme ou survive, il lui fallait ce fric !

Au début de l'après-midi, la fièvre régressa et Adam put absorber un peu de nourriture. Il bavarda même avec Anita, la complimentant sur la qualité de son chili. Puis il réclama un scotch sans glace, que la femme de ménage lui refusa en se retranchant derrière les préceptes du médecin.

— Je peux vous faire du thé, proposa-t-elle.

— Allez donc vous laver le cul avec votre thé ! gronda Adam. J'ai toujours eu horreur de cette pisse de bonne sœur !

Fervente catholique, la Mexicaine se retira, outrée.

— S'il braille, diagnostiqua-t-elle en passant devant Dorana, c'est qu'il est presque guéri.

Un peu plus tard, Smart se mit à monologuer. Dorana crut d'abord qu'il délirait et commença à gravir l'escalier. Elle s'immobilisa sur la cinquième marche en réalisant que Smart parlait à son chien. Il lui expliquait quelque chose, sur un ton de commandement, comme un capitaine exposant à ses hommes la marche à suivre pour investir une position ennemie. Dorana s'immobilisa. Une idée folle lui traversa la tête : Adam était en train d'ordonner à Dust de la supprimer. Il avait tout compris et décidé de la punir. Il allait se servir du chien comme d'un tueur kamikaze.

Elle réalisa qu'elle respirait trop fort et battit en retraite. Quelques minutes plus tard, Dust passa devant elle sans lui accorder un regard, traversa le jardin, sauta par-dessus la grille et dévala la route en direction de la cité. Il allait d'un train décidé, comme si son maître l'avait chargé d'une mission bien précise. Dorana se mordit la lèvre à s'en faire saigner. Qu'avait donc combiné Smart ? Qui cherchait-il ?

Les cambrioleurs ?

Allons ! C'était stupide. Il n'avait pas une chance de les retrouver dans une ville comme Los Angeles.

Elle essaya de rire, sans succès. Des choses lues çà et là lui revenaient soudain en mémoire. Des bribes d'articles de vulgarisation. Quelque chose qui parlait du flair des chiens, capable d'isoler une odeur au milieu de millions d'autres... quelque chose qui parlait de la fantastique mémoire olfactive canine.

Qu'avait donc murmuré Adam à l'oreille de Dust ?

« Retrouve le vieux toubib ! » ? Dust était-il capable de localiser la cachette de Doc' Brannigan ?

Elle avait du mal à s'en persuader et pourtant elle avait peur. Elle songeait à ces chiens, abandonnés à des centaines de kilomètres de chez eux, et qui retrouvent leur chemin alors même qu'ils ignorent tout de la route suivie par ceux qui ont essayé de les perdre en pleine nature. Les journaux étaient remplis de telles anecdotes.

Elle attendit le soir dans un état de grande tension nerveuse. Elle aurait aimé pouvoir prévenir les trois hommes du danger qui les menaçait, les exhorter à la patience, les supplier d'avoir confiance en elle et de ne pas accepter l'offre ridicule de Dick Weston. 20 000 dollars, alors qu'ils avaient mis la main sur une véritable fortune !

Dust rentra alors que le soleil se couchait. Il paraissait fourbu, et tirait la langue, mais il grimpa directement dans la chambre d'Adam, comme pour lui faire son rapport.

Dorana passa une mauvaise nuit. Avant de s'endormir, le chien avait beaucoup bu et mangé sans lui accorder un regard. Nerveuse, la jeune femme s'enferma dans sa chambre. Elle avait peur, tout à coup, que l'animal ne se jette dans ses jambes pour la faire tomber dans l'escalier... ou ne la pousse à travers la baie vitrée, de façon à ce qu'elle aille s'écraser sur le dallage de la piscine, quinze mètres plus bas. Tailladée par les éclats de verre, les jambes brisées, elle resterait là jusqu'à l'aube, se vidant lentement de son sang.

« Dust a probablement cru qu'il s'agissait d'un cambrioleur, expliquerait Adam à la police, le lendemain matin. J'avais pourtant bien recommandé à Dorana de ne pas s'avancer dans l'obscurité, comme une voleuse... mais elle avait toujours peur de me réveiller. C'est un accident. Un terrible accident. »

Elle demeura longtemps aux aguets, écoutant le va-et-vient de l'animal dans le couloir. Aux grincements du parquet, elle devinait que le chien s'arrêtait souvent sur le seuil de sa chambre et qu'il flairait le bas de la porte. Chaque fois que cela se produisait, elle serrait l'oreiller contre son ventre. A l'avenir il lui faudrait être très prudente dès qu'elle entendrait la bête s'approcher dans son dos.

Lorsqu'elle réussit enfin à fermer les paupières elle rêva qu'elle se délassait dans une bagnoire pleine d'eau tiède, de la mousse jusqu'au menton. Alors qu'elle s'assoupissait, Dust se faufilait soudain dans l'entrebâillement de la porte, saisissait dans sa gueule le séchoir à cheveux posé sur la table de toilette, et le laissait tomber dans la baignoire. Le court-circuit traversait le corps de Dorana avec tant de force, que ses dents se brisaient en s'entrechoquant...

Elle se réveilla en sursaut et ralluma la lumière, persuadée qu'elle ne pourrait plus se rendormir avant le jour.

Anita la réveilla cependant à dix heures en lui apprenant que le chien avait encore filé.

— Je l'ai croisé sur la route, en arrivant ! dit la Mexicaine. Je ne sais pas ce qui lui prend. Il est peut-être en rut ? Il ne faudrait pas qu'il se fasse écraser, Monsieur Adam ne s'en remettrait pas.

Dorana, elle, aurait volontiers brûlé un cierge pour que l'animal passe sous les roues d'un truck chargé de troncs de séquoias !

A onze heures l'infirmière vint « faire » les pansements et confirma que le malade se portait nettement mieux. Elle s'en alla en même temps qu'Anita qui devait récupérer son fils à la garderie et Dorana se retrouva seule dans la maison.

Sur le coup de quatorze heures il fit très chaud, le smog revint à la charge, emplissant le jardin de brume jaune. Dorana traîna, en tee-shirt et bermuda. Elle aurait donné n'importe quoi pour aller se baigner à Malibu. En désespoir de cause, elle se dirigea vers la piscine. Elle avait passé un maillot sous ses vêtements, dans la vague intention de faire du bronzing sur la pelouse.

Elle se déshabilla en marchant, s'allongea sur les dalles pour tâter l'eau. Elle était bonne. La jeune femme se laissa couler dans le bassin et fit quelques brasses. Le milieu liquide apaisa ses nerfs. Elle nagea un peu, puis fit la planche, les yeux mi-clos, regardant le ciel jaune au-dessus d'elle. C'est alors que la peur la prit. Brutale.

« Hé ! Pauvre idiote ! souffla une voix au fond de son esprit. Que se passerait-il maintenant si Dust surgissait de derrière la haie pour t'empêcher de remonter, hein ? »

A l'énoncé de l'hypothèse, elle connut une seconde de panique totale et but la tasse. Le bassin était profond... pour la noyer, il suffirait à Dust de courir tout autour de la piscine et de la repousser dans l'eau chaque fois qu'elle tenterait de prendre appui sur le bord. Il était fort, il n'aurait même pas besoin de la mordre pour parvenir à cela. Un coup de tête en pleine poitrine suffirait à la rejeter en arrière. Elle n'avait jamais été grande nageuse et elle avait peu d'endurance. Le chien aurait beau jeu de la fatiguer à l'abri du brouillard. Peu de gens passaient sur la route ; de plus, les jours de smog, la brume rendait la maison indiscernable.

Dust galoperait autour de la piscine jusqu'à ce qu'elle s'essouffle et sente monter la crampe. Elle ne pourrait pas espérer flotter jusqu'au retour de l'infirmière, cela représentait une trop longue immersion. Elle coulerait... Elle coulerait vaincue par l'épuisement, la peur et les crampes. Elle coulerait au fond du bassin, tels ces naufragés qui cessent d'agiter les bras pour se maintenir à la surface.

Dieu ! C'était donc cela qu'Adam avait combiné avec le chien ? Il avait ordonné à l'animal de faire semblant de partir, de s'embusquer dans les taillis, puis d'attendre le bon moment... Et elle avait donné tête basse dans le piège. Profitant de ce qu'elle était dans l'eau, le chien était revenu en catimini. Il l'attendait. Elle allait le voir surgir dès qu'elle poserait la main sur l'échelle.

Elle se débattit au milieu du bassin, faisant du sur place car la panique l'empêchait de coordonner ses mouvements. Quand elle atteignit l'échelle, elle cramponna les barreaux à s'en arracher les doigts et se hissa d'un bond hors de l'eau.

Elle s'effondra sur le dallage, crachant et hoquetant.

Il n'y avait personne dans le jardin.

Pas de chien. Pas l'ombre d'une menace.

Elle était toute seule.

« Je suis à moitié folle, murmura-t-elle en s'enveloppant dans ses vêtements sans prendre la peine de se sécher. A moitié folle. »

Si Adam avait pu la voir, il aurait éclaté de rire.

25

Le lendemain matin, Dan sortit de bonne heure pour acheter le journal et des provisions. Le brouillard jaune qui stagnait dans les rues le rassurait un peu. Il faisait chaud et humide, les particules polluantes lui irritaient les yeux, mais il était comme protégé par ce nuage de vapeur. Il se disait, qu'en cas de poursuite, il lui serait plus facile de semer les flics. Il se rendit dans un Seven-Eleven pour y prendre des conserves, du pain, de la bière, du bacon, des céréales, du lait malté et des œufs. Il n'y avait plus rien à manger à l'entrepôt. Doc' n'ouvrait plus la bouche et Monk était d'une humeur de dogue car ses blessures avaient tendance à s'infecter. Il avait dû renoncer à boxer les sacs pour se soulager les nerfs. Dès qu'il faisait mine de bouger, les plaies se rouvraient. Il aurait fallu les recoudre, mais les mains de Doc' tremblaient trop, quant à Dan, il se voyait mal dans ce rôle d'apprenti-chirurgien.

Il sortait de la boutique, le sac de papier entre les mains, le journal coincé sous l'aisselle, lorsqu'il aperçut les voitures de police qui remontaient la rue. Elles passèrent devant lui sans s'arrêter, mais il connut une seconde de terreur totale, et faillit laisser choir ses emplettes pour se mettre à courir. Il se força à conserver une allure normale, et décrivit un large détour pour rentrer à la manufacture. Cette promenade lui permit de constater que l'étau se refermait lentement sur eux. Les patrouilles affectées au quadrillage inspectaient maintenant les bâtiments se dressant à cinq ou six blocs du carré des entrepôts. Les flics frappaient aux portes, se faisaient ouvrir, jetaient un coup d'œil à l'intérieur des locaux par les fenêtres brisées. Ils épluchaient chaque fois une liasse de papiers comportant sans doute les coordonnées des propriétaires. Dan pensa immédiatement à la fourgonnette et à la Subaru volées qui étaient toujours rangées dans la cour de l'ancienne fabrique de cigares. Il suffirait à la patrouille d'un simple coup de fil pour apprendre que ces véhicules figuraient sur la liste des voitures volées au cours des derniers jours. Ce serait pour eux un prétexte en or. Ils enfonceraient la porte ou passeraient par une fenêtre. La clause de *légitime suspicion* leur permettait ce genre de choses.

Dan transpirait. Le brouillard polluant lui brûlait les bronches. Six blocs... c'était peu. Combien de temps encore avant que la patrouille n'entame la visite générale des hangars ? Vingt-quatre heures ? Demain, à la même heure, les flics remonteraient la travée principale s'étirant entre les baraquements. Ils perquisitionneraient méthodiquement, en consacrant un zèle tout particulier aux bâtisses apparemment vides.

Dan revint sur ses pas. Où pourraient-ils se cacher, Doc', Monk et lui ? Sous le plancher, en compagnie des sacs ? Était-il possible de ménager une sorte de niche, de manière à faire croire que l'atelier était inoccupé ? Il fallait y réfléchir dès maintenant.

Comme il tournait au coin d'une ruelle, la surprise lui arracha un spasme de tout le corps. Il venait d'apercevoir Dust... Dust qui fouinait, la truffe au ras du pavé, cherchant de toute évidence à retrouver une piste.

Dan recula précipitamment. Par bonheur le vent ne soufflait pas dans la bonne direction, et le chien ne l'avait pas repéré. Il trottinait entre les hangars, essayant d'isoler des odeurs, s'arrêtant çà et là pour pisser trois gouttes. Cette fois, Dan s'enfuit ventre à terre. Ce qu'il redoutait le plus venait de se produire : Adam Smart, bien décidé à régler lui-même ses comptes, leur expédiait son limier !

Comment l'animal était parvenu jusqu'ici, c'était un mystère, mais les bons chiens policiers sont coutumiers de tels prodiges. Peut-être Doc, Monk (ou lui-même ?) avait-il oublié un objet à l'hacienda ? Un objet imprégné de leur odeur. Un mouchoir ? Un simple bandana imbibé de sueur, que le banquier avait glissé dans la poche de son pyjama avant d'appeler au secours ?

On ne pensait jamais à tout. Dan se rappelait la chaleur qui régnait à l'hacienda. Il avait passé son temps à s'éponger le front et le cou avec une serviette éponge. Qu'avait-il fait de cette serviette au moment de partir ? L'avait-il laissée traîner sur un siège ? Dust avait pu la flairer, comme il flairait tout ce qui passait à sa portée... il avait immédiatement reconnu l'odeur du « jardinier », et son insistance avait intrigué Smart.

Bon Dieu ! Tout était possible. On pouvait bâtir dix scénarios tout aussi convaincants. Ce n'était pas important de savoir comment ou pourquoi ! Ce qui comptait c'était de savoir combien de temps il allait mettre avant de venir renifler les abords de la manufacture.

Dan se dépêcha de rentrer. Dès qu'il eut refermé la porte à double tour il héla ses compagnons.

— Je viens de voir Dust ! cria-t-il. A cent mètres d'ici. Il est en train de remonter notre piste !

Monk émergea de la pièce du fond. Il avait mauvaise mine et transpirait sous l'effet de la fièvre. Les morsures le faisaient souffrir mais il cherchait à le dissimuler par tous les moyens.

— T'es sûr ? grommela-t-il.

— Oui ! haleta Dan. C'était lui. S'il nous retrouve il nous réglera notre compte l'un après l'autre. Tu peux en être certain. Il va essayer de s'introduire ici... ou bien il nous attaquera chaque fois que nous sortirons.

— On n'a qu'à ne pas le laisser entrer, c'est tout, bougonna Monk.

— Oh ! ricana l'imitateur, super-idée ! Et comment on fera pour bouffer ? En plus, je te signale que les flics se rapprochent. Il y a de gros risques pour qu'ils s'attaquent demain matin au carré des entrepôts. On va avoir chaud aux fesses, c'est moi qui te le dis !

— Alors il faut se débarrasser des bagnoles, fit le lutteur. On n'a qu'à en prendre chacun une et aller les garer dans une ruelle. Des mômes les piqueront aussitôt, ça brouillera les pistes.

— Et nous ? siffla Dan. Où on sera quand la patrouille inspectera la fabrique ? Tu crois que Doc' et toi, vous pouvez vous promener comme ça au grand air, avec tous ces flics aux alentours ? Sans compter que si on traîne un peu trop dans les rues, Dust risque de nous tomber dessus.

— Arrête de paniquer ! grogna Monk avec un geste de lassitude. Dorana ne nous laissera pas tomber. Je suis sûr qu'elle se tient au courant. On va la voir rappliquer ce soir. Oui. Tout sera probablement réglé cette nuit.

Dan ne put déterminer s'il croyait à ce qu'il avançait ou s'il essayait seulement de se rassurer.

— Le plus urgent, dit-il en s'efforçant de parler calmement, c'est de sortir les voitures volées de la cour. On n'a pas besoin d'aller très loin pour s'en débarrasser. Je peux même faire ça tout seul, en deux fois. Pendant que je serai dehors, tu pourrais peut-être creuser un trou sous le plancher, de manière à ce qu'on puisse s'y allonger tous les trois quand la patrouille se rapprochera ? Hein ? Qu'en penses-tu ?

— Sous le plancher ? fit Monk. Tu crois que tu tiendras ? Tu risques de te retrouver nez à nez avec les rats. Faudra pas jouer les délicats.

Instinctivement, il s'était agenouillé sur le parquet pour palper les lattes disjointes. Ses coups de poing provoquèrent des galopades souterraines qui donnèrent la chair de poule à Dan. Le lutteur avait raison : le sous-sol était « habité ».

— On peut se ménager des caches, admit Baby Monk, mais ça va grouiller de vermine.

De ses doigts caparaçonnés de cal, il arracha l'une des lattes branlantes. Il y avait, en dessous, un espace dans lequel un homme pouvait se tenir à plat-ventre, les bras collés au corps.

— Les sacs sont au milieu, dit-il. On se disposera tout autour. Si les flics n'y regardent pas de trop près, et si aucun de vous deux ne pique de crise de nerfs, ça peut marcher.

Il releva la tête pour obtenir l'avis de Doc' Brannigan.

— Hé ! Grand-Père, lança-t-il. Tu te sens le courage de jouer les enterrés pendant une heure ou deux ?

Mais Doc' ne répondit pas. Les deux hommes prirent brusquement conscience que le vieillard n'avait pas ouvert la bouche depuis un bon moment déjà. Pris d'un doute affreux, Dan s'avança vers le fauteuil de bois entre les bras duquel l'ancien croque-mort se tenait ratatiné. Il n'eut qu'à effleurer le poignet du vieil homme pour comprendre ce qui se passait.

— Il est mort, murmura-t-il. Seigneur ! Il a dû mourir ce matin pendant que j'étais au ravitaillement. Il n'était pas très bien depuis son retour, la chaleur l'a probablement achevé.

Monk tendit la main à son tour pour toucher les doigts grêles du vieillard. Ils étaient froids et durs. La *rigor mortis* était déjà à l'œuvre.

Dan se redressa. Il était presque certain que Seth Brannigan avait succombé à une crise cardiaque. La radio du fourgon avait mentionné de nombreux cas d'infarctus chez les personnes âgées au cours des dernières vingt-quatre heures. La chaleur orageuse, la pollution et le manque d'air étaient souvent fatals aux insuffisants coronariens.

— Merde ! Qu'est-ce qu'on va en faire ? grogna Monk avec une grimace d'exaspération.

Dan cherchait fébrilement une solution. Charger Doc' dans le fourgon et l'abandonner avec le véhicule dans une rue déserte ? De prime abord ça semblait le meilleur moyen.

— On ne peut pas le garder ici, observa Monk. Avec la chaleur, il va commencer à se décomposer d'ici midi. Ça ne sera pas tenable, et l'odeur va rameuter les flics. C'est une odeur qu'ils ont l'habitude de renifler, tu peux me croire ! Il faut le transporter dehors. On le roulera dans une toile goudronnée et on le mettra à l'arrière du fourgon.

Dan hocha mécaniquement la tête. Qu'est-ce qui se passerait si Dust se précipitait vers la fourgonnette à un feu rouge, attiré par l'odeur du vieux Brannigan ? Car c'était à coup sûr le « toubib » que l'animal cherchait pour le compte de son maître, l'imitateur en avait à présent la certitude. Il frémit à l'idée de se retrouver bloqué par le chien qui lui barrerait la route, l'empêchant de redémarrer. Un chien fou furieux, dont le manège attirerait l'attention des flics. Immanquablement, l'un d'eux finirait par s'approcher et demander : « Qu'est-ce qu'elle a cette bête ? Vous transportez quelque chose de particulier ? Vous pouvez me laisser jeter un coup d'œil à l'intérieur. Hé ! c'est quoi ce tapis ? »

A peine la portière entrebâillée, Dust se faufilerait dans l'interstice pour se jeter sur le rouleau de toile goudronnée. Il aboierait, gratterait, jusqu'à ce que le flic s'agenouille pour vérifier la nature du colis.

Dan se sentit couvert de sueurs froides. Comme pour renforcer ses craintes, Monk déclara :

— C'est mieux que ce soit toi qui conduises le fourgon. On n'a pas diffusé ton signalement, tu risques moins d'attirer l'attention. Et puis tu passes plus inaperçu que moi.

Il avait raison, mais Dan eut l'impression d'être pris au piège. Monk perçut son malaise et lui secoua l'épaule.

— Hé ! s'exclama-t-il, tu vas pas nous jouer les fillettes, hein ? C'est pas le moment. On n'a pas trop de temps devant nous, alors tu vas m'aider à rouler le vieux dans le papier goudronné. Okay ?

Dan obéit dans une sorte de transe. Le lutteur alla chercher un rouleau d'isolant pour toiture qui traînait dans la cour. La chaleur avait liquéfié le bitume qui coulait un peu et faisait adhérer les spires entre elles.

Rouler la dépouille de Seth Brannigan dans cet emballage ne fut pas une mince affaire, d'autant plus que la rigidité cadavérique avait bloqué les articulations du cadavre en position assise. Dan savait qu'il suffisait d'attendre un peu pour que le mort retrouve son élasticité, mais Baby Monk ne voulait pas entendre parler de délai supplémentaire.

— On ne va pas y passer la journée ! décréta-t-il. Tu préfères que les flics le trouvent ici ? Ou bien tu as envie de t'allonger sous le plancher en sa compagnie ? Tu sais combien il va faire à midi ? Dans les 36° Celsius.

Ils installèrent le corps à l'arrière du fourgon, et Dan s'assit au volant pendant que Baby Monk ouvrait la grille. Le sort en était jeté. A présent, tout pouvait arriver.

— Tu crois vraiment que quelqu'un volera le fourgon avec un cadavre à l'intérieur ? lança-t-il à Monk qui lui faisait signe d'y aller.

— Mais oui, fit le lutteur. C'est pas ça qui arrêtera les petits gars des gangs. Ils largueront Doc' dans un tas d'ordures, et piqueront la caisse sans une hésitation.

Dan démarra. Lorsqu'il fut sur la route, mille terreurs l'assaillirent. Si une voiture de police s'amenait à sa hauteur, les flics risquaient d'apercevoir le branchement des fils sous le volant, et de comprendre qu'il roulait sans clef de contact, donc dans une voiture volée ! S'il tombait sur un contrôle, il serait fait comme un rat. Si...

Il roula prudemment dans le brouillard jaunâtre, redoutant une collision qui entraînerait un constat, ou l'intervention d'un policier préposé au trafic. N'allait-on pas l'interpeller parce qu'il utilisait un véhicule polluant au beau milieu d'une alerte anti-smog ?

Ses mains collaient au volant. Il bénit la brume malodorante qui recouvrait la ville, elle faciliterait sa fuite s'il devait brusquement faire demi-tour pour échapper à un barrage. Mais il redoutait par-dessus tout de voir surgir Dust à un croisement. Si cela se produisait, il aurait toujours la ressource de tenter de l'écraser. Toutefois, il ne croyait guère à cette solution. Le chien était vif et rapide, il se ferait un jeu d'éviter les pare-chocs de la fourgonnette.

Dan roula dans la direction de Watts, le Harlem de L.A. Il avait pris pour point de repère les fameuses *Watts-Towers*, ces colonnes de ferraille et de détritus hautes d'une quarantaine de mètres, érigées par Simon Rodia, un maçon à la retraite, comme une œuvre d'art mystérieuse. Il avait décidé d'abandonner la camionnette dans l'une de ces ruelles pourries qui serpentaient entre les taudis, là où elle n'attirerait pas trop l'attention des patrouilles de police. Le plus dur, ensuite, serait de revenir à pied sans se faire attaquer par les voyous.

Comme il ralentissait à un carrefour, il aperçut Dust, à une trentaine de mètres devant. Le chien n'était qu'une ombre dans le brouillard, mais, à sa manière d'avancer en flairant le sol, Dan fut certain que c'était lui. L'imitateur serra les doigts sur le volant. La seconde d'après, il vérifia que toutes les vitres étaient bien remontées afin que la bête ne puisse détecter son odeur. Dans quel sens soufflait le vent ? Le remugle de pollution était-il suffisant pour couvrir celui de ses sécrétions corporelles ? Il se faisait l'impression de ruser avec un rhinocéros. Il se dépêcha de tourner, faillit emboutir une Lincoln rouillée, et poursuivit son chemin sous un torrent d'injures.

Il ne ressentait plus rien. Ni dégoût ni tristesse. Rien qu'une peur brute, massive, qui annihilait tout le reste. Il atteignit enfin les premiers blocs de taudis. Il était tôt, et les voyous n'avaient pas encore pris position sur le perron des immeubles pour injurier les passants, cela lui laissait une chance de s'en tirer sans anicroche. Il ne chercha pas trop longtemps car le véhicule neuf faisait tache au milieu des files de voitures d'occasion rafistolées au moyen d'ailes ou de portières dépareillées. Des gosses à demi nus essayaient d'ouvrir la vanne d'une borne d'incendie pour libérer un geyser qui leur permettrait de patauger à leur aise. Dan avisa une ruelle, s'y engagea, et arrêta le fourgon entre les tas d'ordures, sous une échelle d'incendie. A l'aide d'un chiffon, il essuya le volant, les sièges, les portières, tout ce que ses mains avaient pu avoir le malheur d'effleurer, puis, sans un regard pour Doc', il sauta sur le sol et s'éloigna, la tête rentrée dans les épaules.

Il marcha très vite, craignant de se faire interpeller par un groupe d'adolescents en maraude, la batte de base-ball coincée sous l'aisselle, le « ghetto blaster » sur l'épaule. Dès qu'il fut sorti du territoire dangereux, il se sentit mieux, mais d'autres terreurs lui vinrent alors.

« Quand tu vas rentrer, pensa-t-il, l'atelier sera vide. Monk aura chargé les sacs dans la Subaru et se sera fait la malle. La mort de Doc' n'aura servi qu'à t'éloigner pendant qu'il fichait le camp. D'ailleurs, le vieux n'est peut-être pas mort tout seul ? Monk a très bien pu l'étouffer pour te faire jouer les conducteurs de corbillard. Et tout cela a sans doute été planifié de bout en bout par Dorana ! »

Il dut ralentir car un point de côté lui coupait la respiration. Bon Dieu ! Voilà qu'il faisait une poussée de parano ! Tout cela était stupide. Le coffre de la Subaru était trop petit pour contenir plus de trois sacs. Si Monk avait eu dans l'idée de disparaître avec le magot, il aurait conservé la fourgonnette.

Dan dut s'asseoir sur un banc pour reprendre sa respiration. Le devant de son tee-shirt était maculé de transpiration. Cela lui fit penser qu'il se déplaçait désormais à découvert, et que Dust risquait d'identifier son odeur bien avant qu'il n'arrive à sa portée. Il regarda nerveusement autour de lui, cherchant à se rappeler les « trucs » évoqués par Doc' lorsqu'ils étaient au Mexique. Ces petites astuces censées déjouer le flair des chiens policiers. Le vieux avait raconté quelque chose à propos de l'anis, qui anesthésiait les récepteurs olfactifs concentrés dans la truffe des animaux. Oui, c'était cela : l'anis. Et il avait fait une allusion à l'ouzo, cet apéritif grec dont le parfum rappelait celui du pastis français. Dan se mit en quête d'un marchand de vin. Il allait acheter une bouteille d'ouzo et s'en aspergerait de la tête aux pieds pour dissimuler l'odeur de son corps, ainsi Dust ne le reconnaîtrait pas s'ils venaient à se croiser. Du moins il l'espérait. Car cette fois, imiter la voix d'Adam Smart ne le sauverait pas. La main coupée n'était plus là pour brouiller les idées du chien.

Il trouva ce qu'il cherchait dans une liquor-shop tenue par un asiatique protégé par une cage anti-agression. Le flacon d'ouzo emballé dans un sac de papier brun, il s'isola dans une ruelle pour s'asperger copieusement. On allait le prendre pour un poivrot, mais il était incapable d'imaginer une parade plus élaborée.

Puant l'anis à dix pas, il se rabattit vers le carré des entrepôts en espérant qu'aucun flic ne s'aviserait de l'embarquer pour ébriété sur la voie publique. De temps à autre, il versait un peu d'alcool derrière lui, pour effacer sa trace. En d'autres circonstances il se serait senti ridicule, mais l'angoisse lui ôtait toute pudeur. La vue des voitures de patrouille occupées à poursuivre leur quadrillage ajouta à ses craintes. Les flics progressaient, passant d'un bloc à l'autre. Ils s'arrêtaient parfois pour tenter d'arracher des bribes d'informations aux manutentionnaires qui allaient et venaient, le dos cassé par les sacs de riz ou de soja. Asiatiques, Latinos faisaient alors semblant de ne pas comprendre un mot d'anglais, et esquissaient de grands gestes d'impuissance. Aucun d'eux ne voulait avoir affaire à Baby Monk et ils secouaient négativement la tête quand on brandissait sous leur nez le portrait-robot d'un homme au visage de travers. « Oui, je le connais, plaisantaient certains. Je l'ai vu hier soir à la télé. C'est L'Incroyable Hulk ! Vous z'avez pas intérêt à lui casser les couilles, sergent ! »

Dan se faufila dans la cour de la fabrique de cigares. Il vit tout de suite que la Subaru avait disparu, et il éprouva une douleur fulgurante à l'estomac. Monk avait filé avec l'argent ! Il s'était fait posséder ! Dieu ! était-il bête de s'être laissé avoir.

La respiration bloquée, il se précipita dans l'atelier pour regarder sous les planches. Les sacs gris étaient toujours là, serrés l'un contre l'autre, inviolés. Monk avait simplement profité de son absence pour aller se débarrasser du véhicule compromettant dans un quelconque terrain vague. Dan se redressa, indécis. L'idée de se cacher sous le plancher lui paraissait moins bonne de minute en minute. Ne pourrait-on pas, après tout, se contenter d'évacuer l'atelier le temps de laisser passer la patrouille ?

Comme il s'approchait de la fenêtre pour surveiller ce qui se passait dehors, Monk fit son apparition.

— J'ai vu le chien, dit-il en refermant soigneusement la porte. T'avais pas rêvé. C'est bien lui. Il rôde dans le coin.

— Je pense qu'il cherche Doc', fit Dan. A l'hacienda il a eu tout le temps de s'habituer à son odeur.

— Alors on ne risque plus rien, observa Monk, puisqu'il n'est plus là !

— Tu raisonnes comme un humain, soupira l'imitateur. Pour un chien, les odeurs subsistent plusieurs jours après le passage du gibier.

— J'ai planqué la Subaru sur le parking d'un supermarché, annonça Monk. On a déjà dû la piquer à l'heure qu'il est. Qu'est-ce qu'on fait maintenant ? Tu veux qu'on se creuse des caches ? Faudrait se décider. Les flics seront là dans pas longtemps.

Dan pressa son visage contre la vitre sale. Si Dust était dehors, se promener sous son nez relevait de la folie. Même aspergé d'ouzo. D'ailleurs ce « truc » ne fonctionnait peut-être pas sur lui ?

— D'accord, capitula Dan. On se cache.

— J'ai trouvé une barre à mine dans l'appentis, dit Monk. Ça permettra de creuser un peu.

Ils se mirent au travail, soulevant les lattes du plancher pour tenter de dénicher un endroit où ils pourraient s'étendre. Les fouilles provoquaient la fuite de dizaines de rats qui filaient dans la poussière pour disparaître dans l'obscurité. Ils bondissaient pour se faufiler à l'intérieur d'un gros tuyau d'évacuation brisé qui circulait sous le parquet. Le conduit , à demi enterré, mesurait à peu près cinquante centimètres de section. Il en montait une odeur fétide.

— Tiens, tu vois ça ? lança Dan. C'est bon pour nous. Si on se retrouvait encerclés, on pourrait essayer de s'enfuir par là.

Et de la pointe de sa barre de fer, il émietta un peu plus la canalisation, agrandissant l'orifice par lequel passaient les rongeurs. Dan essaya de s'imaginer, rampant dans cet étroit tunnel, les épaules râpant les parois.

— C'est trop petit, souffla-t-il. On ne passerait pas.

— Mais si, grogna Monk. Quand la peur vous pousse au cul on passe par un trou de serrure.

Dan frissonna. Il venait de s'imaginer coincé au milieu du tuyau, ne pouvant plus ni avancer ni reculer, véritable bouchon humain prisonnier du conduit. Bloqué... oui, bloqué en compagnie des rats mécontents.

Monk alla ramasser un morceau de tôle qu'il disposa sur l'orifice. Puis il entassa des pierres et des fragments de parpaings sur ce couvercle improvisé.

— Ça empêchera les rats de sortir, grommela-t-il. Ça doit mener dans les égouts ce truc-là, c'est pour ça que ça pue autant.

Ils remirent les planches en place et s'appliquèrent à gommer toute trace d'occupation des lieux. Ce ne fut pas trop difficile. De la terre et du plâtre jetés à la volée suffirent à salir les endroits où la poussière faisait cruellement défaut. Ils renversèrent les chaises, cachèrent les boîtes de conserve et les bouteilles vides. Monk sortit dans la cour pour poser une chaîne et un cadenas sur la grille, puis il entassa des caisses et de vieux pneus sur les quelques taches d'huile que la Subaru avait laissées sur le revêtement de ciment. Tout était en place. Avec un peu de chance les flics en auraient marre d'inspecter des resserres pleines de rats et de cafards, ils seraient pressés d'aller déjeuner. Ils se contenteraient d'un coup d'œil rapide. Seul un chien aurait pu sentir la présence d'individus dissimulés, et aboyer en grattant le plancher. Par bonheur, la patrouille n'était pas équipée de K9, sûrement parce qu'on les avait tous affectés à la fouille des véhicules ?

— Faut y aller, annonça Monk. Surtout coince bien le bas de ton pantalon dans tes chaussettes, ça évitera qu'un rat ne te rentre dans le futal.

Dan nota que le lutteur resserrait les jambes de son jean au moyen d'une ficelle nouée autour des chevilles, et qu'il rentrait soigneusement sa chemise dans sa ceinture.

— Faut pas déconner avec ça, murmura-t-il. Quand tu sens la bestiole te grimper le long de la cuisse tu perds les pédales et tu te mets à brailler comme un môme. Je sais de quoi je parle. T'as tellement peur que tu te fous de savoir si les flics sont au-dessus de ta tête où sur la planète Mars, tout ce qui compte c'est qu'on te débarrasse du rat suspendu à tes couilles !

Dan s'empressa d'obéir. Il aurait aimé pouvoir s'envelopper dans un grand sac de toile, mais l'atelier ne recelait rien de semblable. Leurs préparatifs achevés, les deux hommes s'allongèrent chacun sur le dos dans leur trou respectif, et commencèrent à remettre en place les lattes de parquet, de manière à se recouvrir progressivement. Ce n'était pas des plus facile, et Dan dut s'y reprendre à deux fois avant de réussir une parfaite imbrication. Il espérait que les patrouilleurs ne pousseraient pas le zèle jusqu'à entrer dans la pièce. Si cela se produisait, les planches déclouées ne manqueraient pas de bouger sous leurs semelles.

Y verraient-ils malice, ou bien attribueraient-ils cet état de chose à la vétusté des lieux ? Dan priait pour qu'ils se rabattent sur la seconde interprétation.

Il ferma les yeux et tenta de ralentir sa respiration précipitée qu'on devait entendre dans un rayon de trois mètres. L'exiguïté de la cache réveillait toutes ses terreurs enfantines. Il était allongé depuis deux minutes à peine, et il lui semblait déjà que des dizaines d'insectes se promenaient sur lui, entre chemise et peau. Il croisa les mains sur son ventre en essayant d'oublier les cailloux qui lui rentraient dans les reins.

A chaque galopade souterraine, il devait se retenir de hurler et de bondir. Il fallait qu'il tienne le coup. C'était juste un mauvais moment à passer. L'affaire d'une heure ou deux, le temps que les flics jettent un bref regard par les fenêtres. Ensuite ils s'éloigneraient, continueraient leur chemin vers les taudis de Watts.

Oui. Les choses se passeraient de cette manière. Sans anicroche. C'était juste une affaire de sang-froid.

Il rouvrit les yeux, fixant les rais de lumière dans les interstices des planches disjointes. Seigneur ! ces démangeaisons ! S'il avait pu, il se serait gratté jusqu'à l'os !

26

Dick Weston vint rendre visite à Adam aux alentours de dix-huit heures trente. Au vrai, il passa assez peu de temps avec le malade qui s'obstinait à feindre la somnolence, et sortit avec Dorana faire le tour du jardin. A cette hauteur, le smog se faisait moins sentir qu'en ville, aussi n'avaient-ils pas l'illusion de se promener au cœur du Londres de Jack L'éventreur, comme c'était parfois le cas dans les artères les plus resserrées de L.A. Ils s'arrêtèrent au bord de la piscine, Weston regardant fixement le fond du bassin.

— Il n'a pas l'air de très bien réagir, murmura-t-il soudain. Je me serais attendu à plus de force de caractère de sa part. Excusez-moi de vous parler franchement, ma chérie, mais je crois qu'il ne s'en remettra pas. C'est un homme fini.

Dorana décida de demeurer muette. Elle avait hâte de voir le gros Dick tourner les talons, et elle ne voulait rien faire qui puisse lui donner envie de s'attarder davantage.

— Je ne devrais pas vous le dire, ajouta le banquier, mais il y a un moment déjà que le conseil d'administration réclame la mise à la retraite d'Adam. Il a pris un coup de vieux, ces derniers temps. Et puis, certaines clientes se sont plaintes de ses façons. Disons, qu'il se permettait des familiarités. Je crois qu'il jouait un peu trop au jeune homme avec elles. Nous sommes quelques-uns à penser qu'il n'a plus le profil du poste qu'il occupe. La prospection devrait être menée par quelqu'un de plus « attractif », si vous voyez ce que je veux dire. Il nous sera impossible de l'envoyer démarcher les riches veuves de Bel Air ou de Brentwood avec une main en moins.

— Vous allez le renvoyer ? s'enquit Dorana.

— Disons plutôt : lui suggérer fermement de prendre sa retraite, chuchota Weston. Et c'est ça qui m'ennuie, Dorana. Sans notes de frais, il ne pourra plus vous assurer le train de vie que vous méritez. Vous allez vous retrouver condamnée à une existence étriquée de banlieusards. Je le vois très bien virer alcoolique, aigri. Se retrouver infirme à cinquante ans ce n'est pas très réjouissant.

— Qu'essayez-vous de me dire ? demanda la jeune femme.

— *Quitte-le*... souffla brusquement le banquier. Demande le divorce. Je t'installerai dans une belle petite maison, à Malibu. Je viendrai te voir deux fois par semaine. Il est vieux, il va devenir invivable. Tu es trop jeune pour gâcher ta vie avec un infirme acariâtre qui ne parle qu'à son chien !

Dorana dut se mordre la langue pour ne pas éclater de rire. Mon Dieu ! Voilà que le gros Weston lui proposait de l'entretenir ! Elle dut se retenir de lui crier au visage : « Parce que tu crois qu'un boursicoteur mou aux mains moites vaut beaucoup mieux qu'un manchot misanthrope ? »

Elle se vit, étendue dans un lit, résignée, aplatie sous la masse rosâtre de Weston. Jouant des reins et des cuisses pour mériter son chèque mensuel. Non, pas ça. Elle ne voulait plus dépendre d'aucun homme, avoir à mendier un peu d'argent de poche, devoir justifier chaque dépense. Elle souhaitait être maîtresse de son destin, n'avoir de comptes à rendre à personne. Vivre comme elle l'entendait, imposer ses désirs et sa loi, jouir de cette merveilleuse liberté que procure une fortune gagnée par un coup de baguette magique, et non pas au prix d'un éreintement quotidien. Elle ne voulait plus entendre parler des hommes, de leurs exigences, de leurs besoins. Dans sa nouvelle vie, personne ne la commanderait, il n'y aurait ni mari, ni patron. Elle adopterait un enfant. Au besoin elle l'achèterait à des trafiquants de bébés du Tiers-Monde. Une petite fille, à qui elle consacrerait ses jours et ses nuits. Elle la regarderait grandir. Elles seraient heureuses.

— Dick, dit-elle en posant la main sur le bras du banquier. Votre proposition m'émeut. Mais il faut que j'y réfléchisse. Si j'abandonnais Adam en ce moment, je me ferais l'effet d'être une salope.

— Il ne vous mérite pas, balbutia Weston, se reprenant. Vous êtes jeune, vous êtes belle. Je suis certain qu'il ne vous fait même plus l'amour. Et ce chien qu'il idolâtre ! Ça tourne à la névrose ! J'avoue que je me suis plusieurs fois demandé s'il n'était pas devenu impuissant. Les obsédés de la violence, des armes à feu, de la self-défense, on sait ce que ça cache ! Tout ça c'est freudien... Vous avez entendu parler des pénis de substitution, bien sûr ?

Il devenait grotesque.

— Dick, soupira Dorana. N'insistez pas. Pour l'instant il a besoin de moi. Plus tard, peut-être, quand il sera de nouveau sur pied.

— Pensez-y ! martela Dick Weston. C'est une proposition sérieuse. Je ne veux pas que vous finissiez dans une banlieue minable, à attendre le chèque de la caisse de retraite. Pas vous.

Elle dut le pousser vers sa voiture. « Ni Adam, ni toi, ni un autre ! » avait-elle envie de hurler pendant qu'il s'installait au volant. « J'en ai fini avec vous : les hommes ! »

Elle le regarda partir et agita la main au moment où il sortait de son champ de vision. Elle sourit, il venait de lui fournir le prétexte qu'elle cherchait depuis la veille.

Elle consulta sa montre. L'infirmière était partie pendant qu'elle se promenait avec Weston, elle l'avait vue s'en aller dans sa ridicule petite voiture. Anita s'affairait à la cuisine. Elle ne monterait pas à l'étage car Adam lui faisait peur depuis qu'il était entré dans sa phase de mutisme halluciné. De toute façon, dans trente minutes, elle s'en irait elle aussi. Quant à Dust, il avait quitté la villa dans la matinée, pour accomplir la mission mystérieuse que son maître lui avait semble-t-il confiée. La voie était donc libre.

Dorana rentra dans la maison et fit un détour par le bar pour prendre deux verres et une bouteille de Wild Turquey. Une heure plus tôt, Winnifred, l'infirmière, lui avait encore répété qu'Adam ne devait pas boire d'alcool pendant toute la durée du traitement.

— J'insiste ! avait-elle ajouté, parce que votre mari ne daigne ouvrir la bouche que pour réclamer qu'on lui apporte un verre !

Dorana s'assura qu'Anita ne faisait pas attention à elle, et grimpa rapidement l'escalier. Son cœur battait très vite, car elle savait qu'elle jouait là sa dernière carte. Si le subterfuge échouait, elle en serait réduite à prier pour qu'une innovation technologique future leur permette un jour de venir enfin à bout des sacs de la *Trade Ltd Bank of California.*

Elle entra dans la chambre d'un pas décidé, un sourire désabusé aux lèvres.

— Tu ne sais pas ce que vient de me proposer ton patron ? lança-t-elle. De coucher avec lui.

Elle posa la bouteille et les verres sur la table de chevet et se mit à faire les cent pas sur la moquette.

— Ça me rend folle, siffla-t-elle. Tu sais qu'ils sont décidés à te virer le plus vite possible ? Ton infirmité leur fait honte.

Pendant les cinq minutes qui suivirent, elle s'appliqua à détailler la proposition de Dick Weston en faisant de grands gestes. Elle s'énerva tant et si bien qu'elle réussit même à verser des larmes d'exaspération.

Adam l'écoutait sans rien dire, l'air abattu.

— Bon Dieu ! haleta Dorana, j'ai besoin d'un verre ! Pas toi ?

Ses mains tremblaient en saisissant la bouteille, mais ce

n'était pas grave, « l'humiliation » qu'elle venait de subir pouvait aisément expliquer la chose. Elle n'hésita pas à verser deux doses respectables. Adam suivait le déroulement des opérations avec un regard halluciné. Sevré d'alcool depuis plusieurs jours, il devait souffrir cruellement du manque. Elle avait misé sur cette réaction. Elle lui tendit son verre en le noyant sous un flot de paroles.

— Ils vont nous laisser tomber ! balbutia-t-elle. Ils ne feront pas un geste... rien. Il ne faut espérer aucun dédommagement.

Elle était si tendue qu'elle éprouvait une vive douleur au plexus, comme si on lui avait fiché une aiguille à tricoter au-dessus de l'estomac. Adam but sans reprendre respiration, à tel point qu'elle se demanda s'il avait entendu un seul mot de sa tirade.

— Donne-m'en un autre, grogna-t-il enfin. Cette foutue garce d'infirmière voulait me mettre au régime sec.

— Je crois que c'est une Amish, fit distraitement Dorana. Je suis furieuse. Ce que m'a dit Weston m'a tellement surprise que je suis restée sans voix. Il va s'imaginer que sa proposition m'intéresse.

Adam haussa les épaules et se saisit du second verre.

— Laisse, maugréa-t-il. Ne flirte surtout pas avec lui, ça pourrait te mettre dans une position difficile aux yeux du FBI. Quand les Japonais arriveront, nous nous retrouverons, ce bon Dick et moi, dans la même charrette. Nous sommes aussi obsolètes l'un que l'autre. Il le sait. Je pense que c'est pour ça qu'il a cambriolé la banque. Pour assurer ses vieux jours.

— Quoi ? haleta Dorana. Tu veux dire que...

Elle avait écarquillé les yeux, s'évertuant à feindre la stupeur.

— Ne répète ça à personne, fit sourdement Adam. Moreno est sur son dos en ce moment même. Je lui ai fait part de mes soupçons. Il a tout de suite compris que j'avais vu juste.

— Mais comment... ?

— L'intuition, ma petite... Ça ne s'apprend pas.

Il retournait le verre entre ses doigts pour faire tinter les glaçons. Son regard était devenu fixe et il souriait méchamment.

— Je sais bien ce qu'ils pensent tous : que je suis bon pour me tirer une balle dans la tête, dit-il d'une voix sourde. Que je suis fini, que je vais me laisser couler... Ils se trompent. Je vais guérir. D'ailleurs je me sens déjà mieux. Je vais guérir et je vais réussir là où la police patauge. Avec Dust, je retrouverai ceux qui m'ont fait ça... et je les punirai, salement. Dans quelques jours je serai debout, alors je me mettrai en chasse. Ce sera mon petit safari personnel. Je crois que Dust a déjà trouvé une piste. Ces types-là sont en ville, j'en ai la conviction... Il va s'en occuper. Un par un. Moi, je resterai confortablement assis dans la voiture, aux premières loges, et je le regarderai faire en fumant un cigare. Ce sera comme les jeux du cirque. Je lui dirai d'aller lentement, en commençant par les mains. Je veux qu'ils sachent quel effet ça fait d'avoir des moignons au bout des bras.

Il continua ainsi un long moment, sous l'emprise d'un spectacle imaginaire dont il semblait avoir fignolé tous les détails. Son visage gris avait viré à l'écarlate sous l'action des deux whiskies bien tassés, et il avait déjà la respiration sifflante. Soudain, il cligna des yeux, comme s'il venait d'encaisser un coup de matraque, et sa tête dodelina. Dorana se remit à parler, reprenant sa narration depuis le début, mimant la conversation. Elle avait à peine trempé ses lèvres dans le breuvage et elle conservait encore tout son contrôle.

Adam s'était enfoncé dans sa pile d'oreillers. Il clignait des paupières comme s'il luttait pour garder les yeux ouverts. Il marmonna quelque chose, puis céda à la torpeur qui s'emparait de lui. Dorana se tut et s'avança au pied du lit, les poings crispés. En cette minute elle se jugeait tout à fait stupide. Jamais ça ne marcherait. Elle avait été complètement folle d'imaginer que...

Mais c'est le médecin qui lui avait soufflé cette idée rocambolesque lorsqu'il avait évoqué ce patient sur qui l'alcool avait agi à la manière d'un sérum de vérité. Dorana savait que le gaz anesthésiant utilisé par les dentistes jouait parfois le même tour à ceux qu'on endormait en vue d'une extraction. « Si tu as quelque chose à cacher, lui avait dit une amie, ne va surtout pas te faire arracher une dent. Dès que tu seras dans les pommes tu passeras aux aveux. C'est comme ça, on ne peut plus s'empêcher de parler. Il faut que ça sorte ! Le dentiste connaîtra tes secrets, et s'il est malhonnête, il te fera chanter ! »

Adam ronflait, fauché par l'ivresse, le jeûne et l'abstinence. Dorana ferma doucement la porte de la chambre et tira de sa poche le petit dictaphone qu'elle avait pris, la veille, dans le bureau de son mari. Elle s'était entraînée à le manipuler pendant la nuit et se croyait capable de l'utiliser à peu près correctement, en dépit de son allergie aux machines.

Très nerveuse, elle s'assit au chevet du malade et attendit. Il fallait lui donner le temps de s'enfoncer dans l'hébétude. Quand ses défenses seraient amollies, elle passerait à l'action.

« C'est dingue, pensa-t-elle. C'est complètement dingue. »

Rien d'autre ne lui venait à l'esprit. Elle essayait de ne pas s'obnubiler sur le fait qu'elle brûlait sa dernière cartouche. Elle ne voulait même pas réfléchir à ce qui se passerait si le subterfuge échouait.

Adam ronflait, le menton enfoncé dans la poitrine. Les poils gris de son menton s'emmêlant à ceux, presque blancs, de ses pectoraux. C'était dégoûtant, toute cette vieillesse étalée. A présent il parlait dans son sommeil, marmonnait des choses indistinctes. Elle crut comprendre qu'il disait : « Non, pas la main » ou quelque chose d'approchant. Il gémit. Un gémissement de petit garçon malade. Dorana se raidit. Elle ne se laisserait pas attendrir, il ne fallait pas compter là-dessus ! Dix minutes s'écoulèrent. Adam appela

Dust, puis articula très distinctement : « bon chien ». Il souriait en disant cela. Elle décida de passer à l'action.

— Adam, chuchota-t-elle en approchant sa bouche de l'oreille du malade. Tu m'entends ?

— Mmmm... fit le dormeur.

Dorana appuya sur le bouton du dictaphone.

— Le numéro des cadenas, dit-elle. Dis le numéro du cadenas. Après tu pourras dormir tranquille.

Il grogna, tourna la tête. Il bavait un peu, la bouche molle. Sa sueur empestait l'alcool et le médicament.

Dorana savait très vaguement ce qu'était un coma éthylique. Elle avait lu, dans des revues féminines, qu'on pouvait facilement en être victime sous l'influence de certains médicaments qui amplifient les effets de l'ivresse. Parfois il suffisait d'un verre à peine pour perdre les pédales. Elle répéta sa demande, d'une voix très douce, harcelant Adam. Elle avait maintenant la certitude qu'il ne parviendrait pas à refaire surface. Il dérivait dans une espèce de stupeur hallucinatoire, à la manière d'un drogué en plein « voyage ». « Si ça ne marche pas, songea-t-elle. Je recommencerai avec du L.S.D. »

Elle demanderait à Monk de lui procurer de l'acide... ou quelque chose d'approchant. Une substance qui lui permettrait de vaincre les barrières mentales de son mari. En réalité, elle ne connaissait pas grand-chose à toutes ces substances, ne les ayant jamais expérimentées elle-même.

Alors qu'elle n'y croyait plus, Adam lâcha une suite de chiffres qu'elle comprit à peine et qu'elle dut lui faire répéter. 310551... Elle les compta sur ses doigts. Six ! Il y en avait six... c'était bien la combinaison.

Elle faillit battre des mains, puis, presque instantanément le doute l'assaillit. Et si c'était la combinaison d'un autre cadenas ? Celui du vestiaire d'Adam à la banque... ou au club sportif. De n'importe quel autre cadenas, sauf celui qui l'intéressait ? Elle hésita à le harceler. Si elle insistait il pouvait se réveiller en sursaut, comprendre ce qu'elle essayait de faire. Il n'hésiterait pas une seconde à la dénoncer, elle en était certaine, car c'était à cause d'elle qu'on lui avait coupé la main. C'était elle, Dorana, qui avait décidé de sa mutilation, jamais il ne le lui pardonnerait.

Elle remit le dictaphone dans sa poche, repoussa doucement la chaise. Elle avait le chiffre. Dès que la nuit serait tombée, elle prendrait la voiture et descendrait à la planque. Ils ouvriraient les sacs, se partageraient l'argent, et se sépareraient. Ce que deviendraient les trois hommes, elle s'en moquait. Elle n'avait eu de tendresse que pour Doc' Brannigan. En ce qui la concernait, elle irait cacher sa part du trésor dans les collines, à un endroit qu'elle avait repéré au cours d'une promenade. Elle n'avait aucune confiance dans les consignes automatiques, les « lockers », que la police pouvait faire ouvrir de force dans certains cas, et pas davantage dans les coffres individuels qu'on louait dans les banques. De toute manière, 500 000 dollars représentaient une énorme masse de billets en petites coupures. Il lui aurait fallu louer plusieurs coffres pour parvenir à les y entasser toutes, cela aurait pu donner l'alarme. Elle ne voulait rien d'officiel, rien qui laisse une trace ou nécessite une pièce d'identité. Elle ne voulait pas être soumise aux contraintes d'un horaire quelconque. Son butin, il fallait qu'elle puisse le récupérer à n'importe quelle heure du jour ou de la nuit. Là-haut, dans la montagne, elle avait déjà tout préparé. Il y avait un trou dans la roche. Elle y glisserait le sac, puis boucherait l'ouverture avec du ciment. Les outils l'attendaient sur place, elle les avait montés un à un au fil des semaines, alors qu'elle peaufinait son plan.

Sur le seuil de la chambre, elle se retourna pour regarder Adam. Il était presque violet maintenant. Elle se prit à espérer qu'il serait mort quand elle rentrerait. Si la police l'interrogeait, elle prétendrait n'avoir rien entendu. Au moment de sortir, elle réalisa qu'elle oubliait les verres et la bouteille. Elle se dépêcha de les prendre et quitta la chambre. Elle avait ce qu'elle voulait, et, cette fois, Dust n'avait pu se mettre en travers de son chemin. Sans faire grincer les marches elle regagna le rez-de-chaussée, remit la bouteille à sa place et nettoya les verres dans le petit évier du bar.

« Je ne l'ai pas empoisonné, récita-t-elle mentalement, comme si elle répondait aux questions de Moreno. Nous n'avons fait que boire un verre ensemble. Il était très déprimé, et j'avoue que j'avais, moi aussi, besoin d'un remontant. Son patron, Dick Weston, venait de m'annoncer qu'il comptait nous flanquer à la porte dès qu'Adam serait sur pied ! Mon mari a insisté pour que je lui donne à boire. C'était un homme très autoritaire, et je n'ai jamais su lui désobéir... »

Elle jugea que ce n'était pas trop mal. Finalement, elle n'était pas si mauvaise comédienne.

Anita vint la saluer avant de partir et lui demanda des nouvelles du « pauvre Monsieur ». Dorana se contenta des banalités habituelles, et les deux femmes se séparèrent.

— Dust n'est pas rentré ? s'inquiéta la Mexicaine, en grimpant dans sa voiture. C'est embêtant, je n'aime pas vous savoir toute seule ici, sans personne pour vous défendre.

— Ce n'est rien, dit Dorana qui essayait de dissimuler son impatience. Il ne va plus tarder maintenant. Vous savez bien qu'avec lui dans le jardin, personne ne se risquerait à entrer.

— C'est bien vrai, soupira Anita.

Elle mit le contact et se décida enfin à partir. Dorana resta un moment debout au milieu de la pelouse. La combinaison des cadenas dansait dans sa tête. 310551... Elle rit nerveusement en songeant qu'Adam avait convaincu les gens du FBI de la culpabilité de Dick Weston. C'était bouffon ! Le pauvre gros garçon devait être sur écoute téléphonique jour et nuit. Peut-être même le filait-on en permanence, comme un redoutable criminel ? Dick Weston !

Elle eut un léger vertige. Elle avait la chair de poule, et la tension nerveuse raidissait la pointe de ses seins jusqu'à la rendre douloureuse.

C'est vrai qu'elle se sentait revivre dès que Dust était au

diable et Adam hors d'état de nuire. Elle ne voulait pas grand-chose, en fait. Seulement qu'on lui laisse une seconde chance. Une vie douce, dans un appartement ensoleillé, en compagnie d'une petite fille adorable. Et surtout pas de mari, pas de père... pas de chien !

Elle leva la tête pour suivre la course déclinante du soleil. Bientôt il ferait nuit, elle possédait la formule magique, elle ouvrirait le coffre aux merveilles et tout serait dit.

27

Elle tira un fauteuil devant la baie vitrée et s'installa les jambes croisées, pour attendre le surgissement des ténèbres. Elle avait posé les mains bien à plat sur les accoudoirs afin que le tissu boive la moiteur de ses paumes. Elle essaya de faire le vide dans son esprit tandis que l'obscurité envahissait le jardin.

Dust rentra tard, elle l'entendit se faufiler dans la maison, puis grimper au premier étage. Trouvant la porte de la chambre fermée, il s'allongerait sur la moquette, pour monter la garde ou bien il gratterait interminablement dans l'espoir qu'on vienne lui ouvrir. Si on tardait trop à se manifester, il se dresserait sur ses pattes de derrière et ferait jouer la poignée.

Dorana se raidit. Si Adam était mort entre temps, Dust ne manquerait pas de se mettre aussitôt à hurler comme un loup. Il se planterait au pied du lit, renverserait la tête, et lancerait d'interminables plaintes qui risquaient de provoquer l'irritation des voisins. Elle en fut agacée et regretta de n'avoir pas songé à fermer la porte à clef. On oubliait toujours quelque chose, c'était ça le drame dès qu'on voulait faire du crime une profession.

Elle regarda le jardin qu'éclairaient seulement les projecteurs disposés dans le fond de la piscine. Elle se demanda si le coffre de sa petite voiture pourrait contenir sa part du butin. Elle n'avait aucune idée du volume que représentaient 500 000 dollars en coupures de 5, 10, 50 et 100 dollars, mais cela formait sans aucun doute une énorme masse bruissante. A tout hasard, elle avait acheté des sacs poubelles très résistants, en Nylon tramé. On lui avait garanti qu'aucun chien ne parviendrait à les déchirer. C'était important car les coyotes pullulaient dans les collines et elle ne voulait pas courir le risque qu'ils éventrent les sacs. Elle ne savait pas combien de temps elle laisserait l'argent enterré. Quelques mois ? Un an ? Elle s'était promis de ne faire aucune folie, d'ailleurs elle ne désirait rien d'extraordinaire. Si Adam ne mourait pas, elle demanderait le divorce sous le prétexte qu'elle était incapable de cohabiter avec un infirme. Personne ne trouverait la chose invraisemblable.

Elle consulta sa montre. Il était temps de se mettre en route. Prise d'une subite inquiétude, elle monta au premier pour prendre dans le bureau d'Adam l'automatique japonais qu'il conservait dans le tiroir. L'arme n'était pas trop encombrante et, dans les premiers temps de leur mariage, il lui avait montré comment l'utiliser. Elle vérifia que le chargeur était garni. Elle n'aimait pas les pistolets, mais elle craignait une fourberie de dernière minute. Un retournement de situation... ou un complot des hommes, visant à la spolier de sa part de butin. Il convenait de se montrer prudente. Une fois les sacs ouverts, Doc', Monk et Dan pouvaient très bien se laisser griser par la vue de tout cet argent.

Elle ôta la sûreté de l'automatique, de manière à ce que le petit idéogramme soit visible, et le rangea dans son sac. Elle avait recopié la combinaison des cadenas sur une feuille de papier, en prévision d'un trou de mémoire généré par le stress. Elle était contente d'elle, à peine nerveuse.

Dans le couloir, Dust sautilla dans sa direction et gémit. Elle comprit qu'il réclamait l'ouverture de la porte de la chambre pour pouvoir rendre visite à son maître, elle fit celle qui ne comprenait pas et descendit rapidement les marches.

Si quelque chose se passait en son absence, elle raconterait qu'elle avait été victime d'une crise de claustrophobie et s'était sentie forcée d'aller prendre l'air.

Elle mit des chaussures plates mal assorties au sac à main, décida que ce n'était pas trop grave, et sortit dans le jardin. Respirer lui faisait presque mal tant son diaphragme était contracté. Elle grimpa dans la voiture en se répétant la combinaison.

Elle n'avait pas encore écarté l'hypothèse d'un quiproquo, d'une erreur. Elle pensait à tous les cadenas qu'Adam utilisait chaque jour : vestiaire de la banque, vestiaire du club sportif. Pourvu que, dans la confusion du délire, il n'ait pas récité le chiffre qui permettait d'accéder à sa raquette de tennis et ses chaussettes sales !

Cette éventualité l'avait hantée toute la soirée. Elle haussa les épaules, il fallait être positif. Elle mit le contact, actionna la télécommande de la grille, et se lança dans la nuit.

Dan et Monk avaient tendu du papier goudronné sur les fenêtres et la verrière afin de pouvoir s'éclairer sans courir le risque d'être repérés. Somme toute, ils avaient eu de la chance cet après-midi, et les choses s'étaient plutôt bien passées. La patrouille n'avait pas tenté de pénétrer dans l'atelier. Aux conversations perçues à travers les lattes du plancher, Dan avait vite compris que les flics se contenteraient d'examiner les lieux en jetant un coup d'œil par les fenêtres. Ils commençaient à être fatigués de déloger des rats et de marcher sur des colonies de cafards. Il était midi, ils avaient faim et soif. Dan les avait entendus s'interpeller, secouer les portes cadenassées. Le faisceau d'une torche très puissante avait couru sur le parquet, s'insinuant dans les interstices du sol, et l'imitateur avait réprimé un tressaillement quand la lumière avait coulé sur son visage. Puis la ronde s'était éloignée.

Dan avait attendu patiemment, sans que les rats viennent le harceler. Au bout d'une demi-heure Monk avait écarté les planches qui le recouvraient et passé la tête hors du trou, décidant de la fin de l'alerte.

Depuis, ils attendaient, sans parler. Privés de radio, il ne leur restait même pas la possibilité d'écouter les nouvelles. La nuit les trouva dans la même position. Dan espérait que Dorana se manifesterait ce soir car il n'en pouvait plus d'attendre. Une décision s'imposait. Il fallait, soit ouvrir les sacs, soit accepter de les partager en aveugle en courant le risque d'une répartition inégale. A chacun, ensuite, de se débrouiller avec sa part du trésor.

Un bruit de moteur leur fit dresser l'oreille. Ils se figèrent, dans l'attente de savoir si le véhicule allait s'arrêter devant l'atelier ou poursuivre son chemin. A ce petit jeu, ils avaient été plusieurs fois déçus.

— Yo ! C'est Dorana, souffla Monk. Ça y est. Elle a la combinaison !

Ils se levèrent pour se rapprocher de la porte. Quelqu'un gratta le bois, de l'autre côté. « C'est moi » chuchota la jeune femme. Monk tira la clef de sa poche et déverrouilla le battant. Dorana se faufila dans l'entrebâillement. Elle avait le souffle court, comme si elle s'arrêtait juste de courir.

— Je l'ai, fit-elle dans un murmure qui semblait un gémissement.

— Putain ! grogna Monk, j'y croyais plus.

Dorana avança, les mains tendues devant elle, dans l'atelier qu'éclairait seulement une bougie fichée sur une écuelle. Dan la prit par le bras pour la guider car ses yeux étaient depuis longtemps habitués aux ténèbres.

— Je vais sortir les sacs, annonça Monk en s'agenouillant sur le plancher. On va en avoir pour un bon moment à faire le partage mais je ne crois pas que les flics repasseront ce soir.

Il écarta fébrilement les lattes qui recouvraient le trésor et extirpa les paquets tassés dans le trou. Dan s'accroupit à son tour. Des frissons couraient sur sa peau. Il posa ses mains à plat sur ses cuisses pour dissimuler leurs tremblements. Dorana racontait à mi-voix la manière dont elle s'y était prise pour obtenir la combinaison, mais personne ne l'écoutait. L'acier des cadenas brillait dans la lumière jaune de la bougie. Les douze sacs furent enfin alignés sur le sol. Le bruissement des billets avait à présent quelque chose d'insupportable. Dorana ouvrit son réticule pour y prendre une feuille de papier qu'elle posa dans la tache de lumière. Dan déchiffra une suite de nombres.

— Voilà, annonça-t-elle d'une curieuse voix de petite fille. Ce doit être ça. A trois on ira plus vite.

Puis elle fronça les sourcils et parut enfin s'apercevoir de l'absence de Doc' Brannigan. Dan devança sa question en lui expliquant que le vieillard était mort d'une crise cardiaque. Il lut sur son visage qu'elle ne le croyait pas.

« Elle pense que nous l'avons tué, songea-t-il. Pour que les parts soient plus juteuses. »

Il aurait voulu dire quelque chose, mais Dorana se recula imperceptiblement.

— On s'en fout ! gronda Monk. Merde ! On ne va pas faire une veillée mortuaire. Il faut ouvrir les sacs !

Dorana tendit la main vers le plus proche des cadenas. Ses doigts tremblaient violemment, et elle éprouva tant de difficultés à actionner les mollettes commandant la rotation des numéros qu'elle dut s'y reprendre à trois fois. Les chiffres tombaient en place avec un petit cliquetis métallique qui les faisait tous tressaillir. 3. 1. 0. 5. 5. 1.

Le bracelet d'acier s'ouvrit enfin avec un claquement sec. Comme Dorana demeurait sans réaction, Dan fit glisser le cercle de fer hors des œillets qui lui tenaient lieu de passants et jeta le système de fermeture sur le plancher. Le pochon était ouvert, béant, révélant un fouillis d'enveloppes froissées maintenues en liasses par des élastiques. La paye des ouvriers. Sur chaque enveloppe figurait un nom à consonance latine. Mendoza, Perez, Escadril, Gomez, Furano. Dan avait beau secouer le sac, il en sortait toujours, elles se répandaient sur le plancher, formant une couche craquante de plus en plus épaisse...

Passé la première seconde de stupeur, ils se jetèrent tous

ensemble sur les enveloppes pour les déchirer. Les rabats n'étaient pas collés, et il suffisait de les relever d'un coup de pouce pour faire tomber leur contenu dans le creux de sa paume.

Puis Dan sentit un goût de bile lui emplir la bouche.

Elles étaient vides... Ou plus exactement, elles ne contenaient qu'un bulletin de salaire plié en deux. Il n'y avait pas d'argent, pas le moindre billet. Rien que des fiches de paye comptabilisant le temps que Jesus Maria Ortega avait passé dans les champs de salades de Salinas, à entasser des laitues dans des cageots aussitôt chargés à l'arrière d'un camion.

Ils n'échangèrent pas un regard mais plongèrent dans la masse d'enveloppes avec une sorte de terreur muette. Leurs mains froissaient et déchiraient à tout va, éparpillant les morceaux de papier kraft et les fiches comptables. Il devint très rapidement évident qu'aucune enveloppe ne contenait d'argent.

Monk se mit à bredouiller des injures incompréhensibles. Dorana ouvrait des yeux hallucinés. A présent ils se bousculaient, faisant voler les enveloppes qui, parfois, s'enflammaient au contact de la bougie. Dan dut enrayer du plat de la paume quelques débuts d'incendie.

— Les autres... hoqueta Monk, faut ouvrir les autres, c'est peut-être qu'une erreur.

Et il se jeta sur le second sac, essayant d'égrener les chiffres sur le cadran du cadenas. Ses gros doigts calleux avaient du mal à actionner les fines mollettes. Dan l'imita, mais déjà il n'y croyait plus. Il savait qu'il n'y aurait rien. Rien que des centaines d'enveloppes jaunes et de bulletins de salaire. Dorana gémissait de façon continue, sans même en avoir conscience. Elle happait l'air, la bouche grande ouverte, se cassant les ongles sur les systèmes de fermeture. Ils ouvrirent six sacs sans trouver autre chose que des enveloppes vides. Dan fut pris d'un rire nerveux qui lui mit les larmes aux yeux. Ainsi, durant toutes ces journées passées à attendre, ils avaient écouté le crissement de vulgaires bouts de papier en le prenant pour le chant inimitable du dollar froissé ! C'était à se taper la tête contre les murs !

Dorana fondit en sanglots et s'abîma dans la contemplation de ses mains remplies de bulletins de salaires chiffonnés. Seul Monk poursuivait ses investigations, ouvrant les sacs l'un après l'autre, les vidant avec une frénésie désespérée. Les maudites enveloppes recouvraient maintenant la totalité du plancher. Elles s'étendaient, coulaient, glissaient. Le lutteur piochait dans ce matelas de paperasse à pleines poignées, malaxant, déchirant. Il n'y avait rien. Pas le moindre *cent* ! Même pas de quoi s'acheter un hamburger.

— Je ne comprends pas, bégaya Dorana. C'est absurde. Où est l'argent ?

Dan émit un rire désabusé et se redressa. Il réalisa qu'il avait du mal à se tenir debout et dut chercher l'appui d'un pilier central.

— Tu ne comprends pas ? ricana-t-il. Nous avons été baisés. On nous a manipulés... Nous n'avons jamais été riches. Pas une seconde. Nous avons volé des sacs vides, spécialement préparés à notre intention !

— Qu'est-ce que tu racontes ? aboya Monk.

— Mais c'est évident, haleta Dan. Quelqu'un a retiré l'argent des enveloppes et entassé les sacs vides dans la chambre forte. Quelqu'un qui savait que sans la combinaison des cadenas, nous ne pourrions pas nous rendre compte du tour de passe-passe avant longtemps. Et en volant ce tas de paperasse nous sommes devenus officiellement les cambrioleurs de la *Trade Ltd Bank* !

— Mais qui ? gémit Dorana. Dick Weston ? C'est lui le directeur. Adam m'a dit qu'il le suspectait de...

Elle se tut, réalisant qu'elle refusait l'évidence.

— C'est Adam, dit-elle enfin dans un souffle. C'est Adam qui nous a piégés.

— Exact, fit Dan. Il a toujours su. Depuis le début. Il a deviné ce que tu préparais et il t'a laissée faire. Il nous a fait porter le chapeau... Tu comprends ? Personne ne pensera à l'accuser, lui. On l'a mutilé, il a failli crever. C'est une victime. La grande victime de l'affaire, l'otage torturé. Sans le savoir, nous lui avons forgé un alibi en béton.

— Bordel ! lança Monk, tu veux dire qu'il s'est laissé couper la main pour déjouer les soupçons de la police ?

— Oui... Il savait tout de ce qui allait arriver, mais il a joué les imbéciles. C'est pour ça qu'il est tombé si facilement dans le piège. Il nous servait la soupe ! On n'aurait pas pu trouver meilleur collaborateur, il avait tout intérêt à ce que ça marche... et dire que nous nous sommes crus plus malins que lui !

— Il a retiré l'argent avant de partir en vacances, balbutia Dorana.

— Exactement, soupira Dan.

— Mais comment a-t-il fait pour deviner ? explosa Monk en bondissant sur ses pieds.

— Je ne sais pas, gémit Dorana. J'ai pourtant été prudente.

Monk se rua sur elle, le visage tordu par la rage. Il la saisit par les épaules et la mit debout pour la secouer.

— Pauvre conne ! vociféra-t-il. C'est de ta faute. Tu l'as pris pour un débile et il t'a bien baisée !

Dorana essaya de se dégager. Le mains du lutteur lui broyaient la chair et elle grimaçait de souffrance.

— Lâche-la ! lança Dan en essayant de s'interposer. Ça ne sert à rien. Tout est foutu, fichons le camp.

Monk le repoussa d'un simple revers de bras, et l'imitateur dérapa sur le tapis d'enveloppes. Perdant l'équilibre, il alla heurter l'un des pieds de la table et s'assomma à demi. Monk gifla Dorana à la volée en lui criant des insultes que la haine rendait incompréhensibles. La déception lui avait manifestement fait perdre la tête. Il glissa à son tour sur le matelas de paperasse, et la jeune femme en profita pour lui échapper. Elle saignait du nez et sa bouche avait éclaté. Hagarde, elle tomba à quatre pattes et rampa vers son sac à main. Monk la frappa dans les reins au moment même où elle saisissait le réticule. Elle hurla. Le débile lui martelait le corps comme s'il avait dans l'esprit de briser chaque os et de faire éclater chaque organe. Il la frappait sans retenue, le visage déformé par la haine.

— Assez ! cria Dan, tu vas la tuer ! Arrête !

Instinctivement, il chercha du regard la barre à mine qui leur avait servi à creuser le sol le matin même. Il ne la voyait nulle part. La flamme de la bougie, affolée par le tumulte, crépitait à la limite de l'extinction. Le reste se passa très vite. Dorana plongea la main dans son sac et roula sur elle-même. Elle tira sans même sortir l'arme du réticule, et le cuir s'enflamma au sortir du canon. Monk, frappé en plein front, s'abattit sur le dos, les bras en croix, et les enveloppes chiffonnées burent le sang qui s'échappait de l'arrière de son crâne. Dan se boucha les oreilles. Dans le silence de la nuit, la détonation lui avait semblé assourdissante. Elle avait dû courir dans le labyrinthe du carré des entrepôts, résonnant sous la tôle des hangars. Si les flics patrouillaient dans le coin, ils ne pouvaient manquer de l'avoir entendue.

Dorana s'agenouilla. Échevelée, le visage barbouillé de sang, elle était méconnaissable. Dan ébaucha un geste dans sa direction, mais elle leva l'arme sur lui.

— Il faut partir, lui dit-il. Ne restons pas ici, ça ne sert plus à rien. Rentre chez toi.

— Non ! cria-t-elle. Je veux mon argent. Je suis sûre que vous avez réussi à ouvrir les cadenas, Monk et toi. Vous avez retiré les billets des sacs. Vous espériez que je tomberais dans le panneau !

— Ne sois pas idiote ! siffla Dan, si nous avions réussi à forcer les cadenas nous ne t'aurions pas attendue !

— Je ne suis pas idiote ! hurla Dorana d'une voix stridente. Ne me traite pas d'idiote, pauvre raté ! Je ne suis pas plus bête que vous !

Dan aurait voulu qu'elle se taise. Ses cris lui blessaient les tympans. Il n'osait bouger. Elle lui barrait le chemin menant à la porte, et il devinait qu'il suffirait d'un rien pour la décider à tirer. Sa bouche éclatée gênait son élocution, et il ne comprenait pas tout ce qu'elle disait. Elle s'obstinait à se croire victime d'un complot, exigeait son argent, parlait d'une petite fille(?) qui l'attendait dans un bel appartement clair.

Et soudain la lumière bleuâtre d'un projecteur enveloppa la bâtisse. Elle s'infiltrait par-dessous la porte, le trou de la serrure, et les interstices du papier goudronné tendu devant les fenêtres. Dan sut d'emblée qu'il s'agissait du projecteur mobile d'un véhicule de patrouille. La voiture de Dorana, garée devant l'ancienne manufacture de cigares, avait attiré l'attention des flics. La retraite était coupée, ils ne pourraient plus sortir par la grande porte que les mains levées au-dessus de la tête. Tout était fichu.

Une sirène miaula dans la travée des hangars. D'autres voitures arrivaient, encerclant la bâtisse. La lumière des projecteurs éclairait violemment les pièces du haut.

— Dorana Smart ? meugla un mégaphone. Vous m'entendez ? Je sais que vous êtes là. C'est l'agent fédéral Moreno qui vous parle. Nous vous avons suivie depuis la colline. Je pense que nous devrions discuter calmement. Nous avons entendu un coup de feu, êtes-vous blessée ?

Dan s'éloigna précipitamment des fenêtres. Se laissant tomber à genoux, il songea qu'ils avaient peut-être encore une chance de s'en sortir. Le tuyau d'évacuation... La canalisation que Monk avait mise au jour pendant qu'ils sondaient le plancher !

Écartant les enveloppes, il palpa le sol à la recherche des lattes déclouées. Pendant que le mégaphone continuait à gronder, il dégagea l'entrée du boyau, écarta le « couvercle » de tôle mis en place par Monk.

— Dorana, haleta-t-il. On peut filer par là... il suffit de ramper. Ça doit déboucher dans un égout.

La jeune femme lui jeta un regard horrifié. Dan réalisa qu'en ôtant la plaque de tôle, il avait libéré un couple de rats qui trottinait à présent sur le tapis d'enveloppes, attirés par l'odeur graisseuse de la chandelle.

— Viens, dit-il en essayant de saisir la jeune femme par le poignet.

Elle pressa la détente, et Dan sentit une grande brûlure

lui balafrer le triceps pour remonter sous son aisselle. Il pensa « Je suis touché », et se rejeta en arrière.

— Sortez les mains en l'air ! hurla le mégaphone. Sortez ou nous donnons l'assaut !

Cette fois Dan s'aplatit sur le sol. Il avait si peur qu'il n'éprouvait aucun dégoût. Il enfonça sa tête dans la canalisation. Ses épaules passaient à peine mais les parois du tube étaient recouvertes d'une pellicule gluante qui facilitait son avance. Il rampa en aveugle, dans l'obscurité. Quelque chose de chaud dégoulinait le long de son flanc, pourtant il ne souffrait pas beaucoup, il en déduisit qu'il n'était pas sérieusement atteint. Il se propulsait en prenant appui sur ses pieds, tel un homme canon qui aurait cherché à s'évader d'un obusier dix secondes avant la mise à feu. Des choses vivantes se cognaient à son visage. Des choses poilues qui couinaient de terreur et s'enfuyaient. Il rampait, sans même savoir s'il allait déboucher quelque part ou rester coincé dans un coude, là où personne ne l'entendrait appeler au secours. Il essayait de garder la bouche fermée, de peur d'avaler quelque chose. Il avançait, traction après traction, les mollets douloureux. Il s'enfonçait dans la nuit de la terre.

Dorana se tourna vers la porte. Le pistolet était très chaud entre ses mains, et il en montait une odeur piquante, désagréable. Elle avait vu Dan disparaître dans le tuyau avec un insurmontable sentiment d'horreur. Comment pouvait-on avoir le courage de s'enfoncer dans un tel cloaque ? Elle ne se sentait pas la force de l'imiter.

Le mégaphone continuait à crier des mots qu'elle ne comprenait pas. Elle savait que tout était fichu, et qu'elle ne voulait pas aller en prison. A aucun prix. Elle n'était pas mauvaise, elle ne méritait pas qu'on la punisse. Elle avait juste voulu être libre, habiter un bel appartement et rendre heureuse une petite fille.

On frappait à la porte. Des coups violents. Ils allaient la prendre. Ils l'enfermeraient dans une cellule, en compagnie de mauvaises femmes, et cela jusqu'à ce qu'elle soit devenue très vieille et très laide. Elle ne pourrait jamais supporter cette existence. Mieux valait en finir tout de suite.

Elle retourna le pistolet vers elle, essayant de se souvenir de ce qu'elle avait lu à propos de la meilleure façon de se suicider. On disait que — pour ne pas se rater — il fallait mettre le canon de l'arme dans sa bouche, mais elle trouvait cela horrible pour une femme. Ça avait quelque chose de dégoûtant. D'obscène. Glissant une main dans son corsage, elle essaya du bout des doigts de localiser l'emplacement de son cœur. Il battait si fort que ce ne fut pas très difficile. Elle posa le canon sur la peau, juste au-dessus des dentelles du soutien-gorge. De cette manière, la chose lui paraissait plus correcte. La porte explosa, arrachée de ses gonds par les coups de masses, la lumière des projecteurs entra à flots. Cela lui rappela la brûlure des sunlights, lors des séances de photos de sa jeunesse. Un shooting, comme on disait dans le milieu de la mode.

Elle sourit. Lorsque la première silhouette s'encadra dans la lumière, elle pressa la détente. Elle mourut en disant « cheerio ! » comme on le lui avait appris à l'école des mannequins.

28

Dan déboucha dans un collecteur principal où il faillit bel et bien se noyer. Surmontant sa peur, il se mit à courir au long d'un tunnel, presque en aveugle, se guidant sur la lueur lointaine d'une ampoule de sécurité. Il déambula ainsi une heure durant, n'ayant aucune idée de la direction qu'il prenait, taraudé par l'obsession d'être en train de tourner en rond.

Il finit par basculer dans le vide et rouler sur la pente d'un canal de dégorgement, à ciel ouvert. La tranchée de béton serpentait entre les immeubles et les terrains vagues. Des barbelés en défendaient les abords, et, de loin en loin, des passerelles de ferraille rouillées l'enjambaient. Il y avait peu d'eau au fond — à peine un ruisseau fangeux — si bien qu'on pouvait y circuler à pied sec sur la plus grande partie du parcours. Dan était trempé, il puait, et ses souliers étaient aussi encroûtés de vase que ceux d'un scaphandrier. Il se déplaça rapidement le long de la berge du canal, rasant la muraille de ciment. Les détritus les plus hétéroclites encombraient la tranchée : réfrigérateurs, squelettes de motos, sommiers, et même deux ou trois carcasses de voitures incendiées. Dan passa sous plusieurs ponts et dérangea des clochards qui lui lancèrent des boîtes de conserve cabossées. Il souffrait de contusions multiples et d'éraflures dues à sa reptation forcée. Il se sentait pris de panique dès qu'il songeait aux immondices dans lesquelles il avait baigné sa blessure. Il aurait donné n'importe quoi pour pouvoir se laver et se désinfecter.

Il marcha longtemps, essayant de s'éloigner le plus possible du carré des entrepôts. Il ne savait pas si on le poursuivait ou si l'on ignorait jusqu'à sa fuite. Dorana l'avait-elle dénoncé ? Si c'était le cas, il était fichu. Blessé et sans argent, il lui faudrait se rendre à la police de sa propre initiative s'il ne voulait pas crever au fond d'un terrain vague.

A force de suivre le canal il avait pris le chemin de l'ouest, avec l'idée de remonter parallèlement à la mer vers les collines de Santa Monica. Il progressa à travers les « mauvais quartiers », à quelque distance de la voie ferrée filant vers Long Beach. Il espérait qu'il aurait assez d'énergie pour sortir du tissu urbain et s'enfoncer dans la nature.

Il jeta ses dernières forces dans la réalisation de ce projet. Au cours de son avance, il croisa plusieurs groupes de loubards en maraude, mais le tableau effrayant qu'il offrait, ainsi couvert de sang et de boue, les dissuada de lui chercher noise. Il marcha jusqu'à l'aube et finit par perdre connaissance dans un fossé, à quelques mètres à peine des véhicules lancés à pleine vitesse. Il se réveilla avec le premier rayon de soleil, les vêtements boueux, des cailloux incrustés dans la chair des joues. Son aisselle transpercée le brûlait mais il savait désormais que la blessure était sans gravité, sinon il n'aurait pu tenir debout. Il choisit de tourner le dos à la ville et d'escalader les collines avec l'espoir de s'introduire dans une maison vide pour y voler des vêtements propres et de quoi manger. Tout autour de lui, des villas sur pilotis d'acier se dressaient à flanc de coteau. Certaines, hérissées d'antennes satellites, paraissaient avoir été prélevées sur la piste d'envol d'un terrain militaire. Il y avait peu de végétation car l'influence désertique reprenait ses droits dès qu'on s'éloignait des zones d'irrigation. Dan avançait en zigzag, dans le vent de poussière qui lui desséchait la gorge. Il avait soif et sa blessure le faisait souffrir. Il finit par s'abattre dans un boqueteau, non loin d'un bungalow entouré de palissades barbouillées de cette peinture bleue qu'affectionnent les Mexicains parce qu'elle a la réputation d'éloigner les mouches. Une vieille femme suspendait du linge. A ses pieds, elle avait posé une bassine de sous-vêtements mouillés et une radio portative dont l'antenne étincelait au soleil. Dan se dit qu'elle était peut-être seule, et qu'il aurait pu en profiter pour s'introduire dans la maison, mais il était beaucoup trop faible pour se relever. Il resta donc là, vautré dans la poussière, dégoûté par sa propre faiblesse, tandis que résonnait la musique du flash d'information.

— Coup de théâtre tragique dans l'affaire du cambriolage de la *Trade Ltd Bank*, nasilla la radio. Au cours de la nuit le LAPD, assisté du FBI, a pu localiser la cachette des malfaiteurs, à la lisière de Watts, dans le quartier des entrepôts. L'agent fédéral Moreno a révélé à nos reporters qu'il avait été conduit sur les lieux par Dorana Smart elle-même, l'épouse du banquier mutilé par les gangsters. Dorana Smart faisait l'objet d'une surveillance discrète depuis le début de l'enquête. Il semblerait aujourd'hui qu'elle ait été séduite et manipulée par le cerveau de l'affaire, un homme dont on ne possède qu'un signalement vague, et qui se serait introduit dans l'intimité du couple en se faisant passer pour un jardinier. Cette nuit, aux alentours d'une heure, les forces de police alertées par plusieurs coups de feu provenant du repaire des bandits ont donné l'assaut. Selon les premières constatations, Dorana Smart se serait donné la mort au moment même où les policiers se rendaient maîtres des lieux. A l'intérieur de la cache, se trouvait déjà un autre cadavre, celui d'un certain Patrick F. Cornell, plus connu dans le milieu de la lutte professionnelle sous le sobriquet de Baby Monkey. L'agent fédéral Moreno pense, quant à lui, que les malfaiteurs sont entrés en conflit au moment du partage de l'argent. « Les sacs ont été ouverts et les enveloppes vidées » a-t-il déclaré. Le corps de Doc' Brannigan, celui qu'on surnommait depuis quelques jours « le boucher mexicain » a été découvert ce matin même dans une décharge publique, à quelques blocs du repaire de la bande, quant au quatrième homme, ce fameux Monsieur X, le cerveau de l'affaire, tout laisse à penser qu'il s'est enfui par les égouts en emportant l'argent. Des battues ont été organisées, sans résultat pour le moment.

Dan roula sur le dos, indifférent aux mouches qui se posaient sur son visage. Il eut le pressentiment qu'il allait mourir là, dans ce trou de poussière.

Il entendit les halètements du chien une heure plus tard, et il sut, d'instinct qu'il s'agissait de Dust. Il eut la certitude que l'animal avait retrouvé sa piste et venait l'achever. Dans une minute la bête lui saisirait le cou entre ses mâchoires et serrerait sans même aboyer, pour lui broyer le larynx. Il ferait cela sans haine mais avec application, en bon professionnel, puis il rentrerait à Beverly Hills en trottinant, et Adam Smart lui caresserait la tête pour le féliciter d'avoir mis un point final à l'affaire.

Dan se redressa sur un coude. La silhouette du chien dansait dans le soleil. Elle se rapprochait.

Il fut tenté de s'enfuir, mais réalisa qu'il n'irait pas loin dans son état. L'instinct de conservation lui fit toutefois griffer le sol à la recherche d'une pierre pointue qu'il pourrait utiliser en guise d'arme.

Dust s'immobilisa à trois mètres et poussa un bref jappement, comme s'il cherchait à prévenir quelqu'un. Il paraissait fourbu et tirait la langue en haletant. Dan allait lui crier de ficher le camp lorsqu'il entendit crisser les cailloux. Une minute plus tard, une ombre lui masquait le soleil.

— Hé bien ! souffla la voix d'Adam Smart, vous avez l'air plutôt mal en point.

Dan plissa les yeux. C'était bien le banquier. Il était essoufflé, pas rasé et semblait avoir enfilé un imperméable par-dessus son pyjama. Il était chaussé de grosses bottes militaires Airborne paratroopers.

— Lâchez cette pierre, fit Adam. Je ne vous veux pas de mal. Je suis là pour vous aider mais j'ai deux centicubes de morphine dans les veines, alors il faudra que vous y mettiez un peu du vôtre. Levez-vous... ma voiture est en bas, sur la route. Si vous réussissez à vous traîner jusque-là je vous emmènerai de l'autre côté de la montagne. Dépêchez-vous. Dust ne vous mordra pas. Les flics vous cherchent, il ne faut pas traîner.

Dan hésita. Smart n'avait pas trop l'air dans son assiette. Il avait le visage rouge et transpirait. Il portait son bras mutilé en écharpe et s'appuyait sur une canne à bout ferré.

— Grouillez-vous, insista-t-il. J'ai 39,5 et il faut que je sois rentré avant que ma disparition ne déclenche le branle-bas de combat. Je suis là pour vous aider. Je ne tiens pas à ce que le FBI vous ramasse.

Dan se redressa. Escortés par le chien, les deux hommes descendirent en clopinant vers la voiture garée au bord de la route.

— Dust a eu un peu de mal à vous retrouver, expliqua Adam mais j'ai pris pour hypothèse de travail que vous n'aviez pu vous enfuir que par les égouts. Nous sommes allés chercher votre trace aux abords du canal d'écoulement du carré des entrepôts. C'était bien vu, non ?

Il fit signe à Dan de s'installer au volant.

— Je préfère que vous conduisiez, dit-il. D'une seule main ce n'est pas facile, même avec une boîte automatique. Je n'ai pas encore l'habitude.

Ils grimpèrent dans le véhicule, pendant que Dust sautait sur la banquette arrière par la vitre baissée.

— Prenez la direction des montagnes, ordonna Smart. J'ai amené de quoi vous dépanner : des vêtements de rechange, une trousse de soins, un sac à dos plein de vivres. Des bidons d'eau.

— Vous êtes une vraie mère ! ricana Dan en mettant le contact.

Ils quittèrent très vite la route pour s'enfoncer dans une voie en lacet qui grimpait à flanc de colline au milieu des cactus et des arbres de Joshué.

— Arrêtez-vous là, commanda le banquier en désignant un boqueteau. Ouvrez le coffre et prenez-y de quoi vous nettoyer. Ne traînez pas, nous n'avons pas beaucoup de temps, il serait idiot de se faire surprendre.

— J'ai été blessé, fit remarquer Dan. Votre femme m'a tiré dessus. Je crois que la balle est ressortie.

— Alors ce n'est rien, éluda Smart. Il y a des sulfamides dans la trousse à pharmacie.

Pendant la demi-heure qui suivit, Dan essaya de retrouver figure humaine. Smart avait prévu deux jerricans d'eau potable. L'imitateur les utilisa pour se laver. Il éprouvait une étrange impression d'irréalité à s'agiter nu sous l'œil de Dust qui ne bronchait pas. Smart s'était installé sur la banquette et fumait. Par moments, il devait lutter contre la somnolence qui lui faisait piquer du nez.

— Vous avez mal ? ne put s'empêcher de demander Dan.

— Non, dit l'homme. Pas avec la morphine.

— Il faut que vous sachiez une chose, avoua l'imitateur, je ne me doutais pas qu'ils allaient vous mutiler. Sinon je n'aurais jamais marché dans la combine.

— Je sais, soupira Smart. Mais quand vous l'avez appris, vous n'avez rien fait pour les en empêcher.

Il eut un rire de poitrine, toussa en grimaçant.

— Allez ! Ne vous mettez pas martel en tête, dit-il, bon prince. De toute manière j'étais d'accord... On pourrait même dire que j'ai été votre fidèle complice, à votre insu bien évidemment. Mais vous avez déjà compris tout ça, n'est-ce pas ?

Dan hocha la tête. Décrassé, il se sentait mieux. Ouvrant la trousse de secours, il s'appliqua à nettoyer sa blessure. C'était une plaie en séton, interminable mais sans gravité si elle ne s'infectait pas dans les jours à venir. Il la saupoudra de sulfamides, se fit un pansement. Les vêtements étaient trop grands, toutefois ils étaient propres ; il eut plaisir à les passer. Quand il eut terminé, Smart lui tendit une flasque d'argent gainée de cuir qui contenait du whisky pur malt. Dan but, toute honte envolée.

— Vous avez toujours su, n'est-ce pas ? interrogea-t-il en s'essuyant la bouche. Depuis la première heure...

— C'est vrai, avoua Adam avec une certaine lassitude. Ce n'était pas très difficile. Dorana n'a jamais su jouer la comédie, et quand elle essayait de mentir c'était visible comme le nez au milieu de la figure. Vous savez que c'est pour ça qu'elle s'était mariée avec moi ? Parce qu'à la différence de ses copines, une fois sa carrière de mannequin terminée, elle ne pouvait pas espérer se reconvertir dans les séries télévisées. Je n'ai pas eu grand mal à comprendre ce qu'elle combinait. Ça n'avait rien de sorcier, en vérité je n'avais qu'à lire sur son visage au fur et à mesure... Ça a commencé quand je lui ai expliqué les nouvelles mesures de sécurité mises en place par Weston : la chambre forte, l'empreinte palmaire, la signature vocale. Aussitôt, j'ai vu le projet s'inscrire dans ses yeux. Après je n'ai eu qu'à être un petit peu attentif, la suivre dans ses recherches, ses tromperies au jour le jour. Quand elle a rassemblé une documentation sur vous, l'homme à la voix en caoutchouc, j'ai su qu'elle allait passer aux actes.

— Et vous lui avez facilité la tâche...

— Oui. Sous prétexte de lui demander son avis, je lui ai donné le texte de l'enregistrement. Elle était assez naïve, cela ne lui a pas paru bizarre. Elle avait une excuse cependant : elle me prenait pour un parfait imbécile. Pour en revenir à la manière dont j'ai conçu mon plan, j'ai tout bonnement suivi Dorana, chaque jour ou presque. J'en avais le loisir ; à la banque, je suis libre d'organiser mon emploi du temps et je fais surtout de la prospection à l'extérieur. Je l'ai vu visiter les entrepôts, arrêter son choix sur la manufacture de cigares. A partir de ce moment-là c'était facile. J'ai posé des micros H.F. dans la baraque. Vous savez : ces trucs pas plus gros qu'un *quarter*, et qu'on vend pour 100 dollars dans toutes les boutiques de « sécurité ». Les cocus en font une grande consommation paraît-il. Ils sont équipés de piles qui assurent un an d'émission continue. Dès qu'elle a installé Brannigan et Monk dans la baraque, j'ai tout connu de leurs projets.

— Vous saviez donc qu'elle envisageait de vous faire amputer ? s'étonna Dan. Et ça ne vous a pas fait reculer ?

— Non. Aussi bizarre que ça paraisse, j'étais dans une mauvaise passe. Depuis un an je pensais à me suicider. Très précisément depuis que mon toubib m'avait annoncé que j'étais en train de devenir impuissant. Une histoire de porosité vasculaire qui m'empêche de bander... il n'y a pas grand-chose à faire et je ne vais pas vous ennuyer avec mes histoires de biroute. Tous les soirs, je m'enfermais dans mon bureau et je posais mon pistolet sur le buvard, en me demandant si j'allais l'utiliser ou non. Je n'avais plus d'avenir, pas plus en tant qu'homme qu'en tant que banquier. Je savais que Weston et le conseil d'administration envisageaient de me débarquer à brève échéance. Les perspectives n'avaient donc rien de particulièrement attrayant. La petite combine de Dorana m'a... changé les idées, si vous voyez ce que je veux dire ? C'était brusquement comme un dérivatif. Une sorte de défi. Je n'avais rien à perdre. J'ai pensé qu'avec un peu d'astuce, je pouvais la berner, vous berner tous. Ça m'a excité. Du jour au lendemain je suis sorti du marasme. En fait, je vous dois une fière chandelle, vous m'avez sauvé la vie. L'acceptation de la mutilation, c'est une question de contexte, ça peut sembler dur à admettre, je sais, mais j'étais désespéré, au bout du rouleau. De toute façon, pendant la guerre, j'ai vu des types se mutiler volontairement pour ne pas repartir au front. Ils se tiraient une balle dans le pied ou dans la main, quittes à se déchiqueter plusieurs doigts. Vous êtes trop jeune pour vous rappeler, mais durant la guerre du Viêt-Nam, les gamins convoqués par le conseil de révision se tranchaient le pouce et l'index de la main droite à la hache pour échapper à la conscription. De cette manière, il leur était impossible de manipuler une arme à feu... La plupart le faisaient sans autre anesthésie qu'une demi-bouteille de whisky avalée au goulot. Moi, à côté d'eux, j'ai bénéficié de tout le confort d'une intervention sans douleur !

— Bref, vous nous avez servi la soupe... grogna Dan.

Smart eut un rire lourd.

— C'est vrai. Je dois dire que j'ai été comme un père pour vous. Vous ne pouviez pas tomber sur une victime plus disposée à faire preuve de bonne volonté ! J'ai joué les idiots, j'ai fait semblant de ne pas vous reconnaître sous votre déguisement de jardinier. J'ai feint d'être dupe du baratin de Doc' Brannigan. Bon sang ! Je peux bien le dire maintenant : vous étiez à la fois grotesques et touchants ! De vrais amateurs ! Cette combine invraisemblable que vous aviez montée ! Un gosse de dix ans aurait compris qu'on le menait en bateau. Et ce pauvre vieux bonhomme qui essayait de jouer les toubibs. Il était pathétique.

— Vous avez pourtant accepté de courir le risque de l'opération, remarqua Dan.

Smart haussa les épaules.

— Je ne pouvais pas faire autrement. Il y avait du danger, bien sûr, mais je m'étais tellement préparé à mourir au cours des derniers mois que je n'avais même pas peur. Je savais que cette mutilation allait m'innocenter aux yeux des flics. Aucun être sain d'esprit n'accepterait de se faire couper la main, même pour deux millions de dollars. Un banquier véreux aurait inventé autre chose : qu'on l'avait conduit devant l'ordinateur après l'avoir drogué... qu'on l'avait contraint, le revolver sur la tempe, à ouvrir la chambre forte, ou quelque chose du même genre, mais pas *ça* ! L'amputation était pour moi comme un certificat d'honnêteté. La seule crainte que j'ai véritablement éprouvée, c'est que ce dingue de croque-mort me fasse crever avec ses drogues. Chaque fois que c'était possible, je les recrachais et je faisais semblant de dormir. Je sentais qu'il était en train de craquer, il me faisait presque de la peine ce vieux bonhomme. Lorsque je le voyais s'approcher avec sa seringue, je tremblais qu'il ne parvienne pas à me réveiller pour le coup de fil de contrôle du matin. C'est seulement à ce moment que j'ai eu peur, parce que ç'aurait été bête de capoter si près du but.

— Mais Dust ? interrogea Dan. Il n'a pas arrêté de nous mettre les bâtons dans les roues...

— Dust n'est qu'un chien, soupira Adam. Il ne pouvait pas comprendre ce qui se passait *réellement*. Du début à la fin il a fait son boulot en essayant de défendre mes intérêts. Je reconnais que ça a légèrement compliqué les choses. C'est pour ça que j'ai essayé de le garder avec moi à l'hôpital. Je tremblais qu'il ne se lance à votre recherche et vous liquide l'un après l'autre. Je l'en savais très capable.

— En quelque sorte vous tentiez de nous protéger ?

— Oui.

— Quand je l'ai vu rôder autour de l'entrepôt j'ai cru que vous l'aviez lancé à nos trousses..

— Non, je n'y étais pour rien. Il a fait ça de sa propre initiative. J'étais cloué au lit, malade. Je ne pouvais pas l'en empêcher. J'ai essayé de le raisonner, de lui ordonner de ne pas quitter la maison, mais il n'y a rien eu à faire. Il voulait me venger, je l'ai bien senti. Si je l'avais fait mettre à l'attache, il se serait échappé ; vous savez bien qu'on ne peut pas garder Dust prisonnier très longtemps, vous en avez fait l'expérience. Je me suis fait de la bile pour vous. Je ne voulais pas qu'il vous tue avant l'ouverture des sacs.

— C'est vous qui avez donné, de votre plein gré, la combinaison à Dorana, n'est-ce pas ?

— Bien sûr. La pauvre chérie ! L'invraisemblable combine qu'elle avait imaginée ! Me forcer à boire en espérant me faire délirer. Je savais qu'elle chercherait à se procurer le chiffre des cadenas et je me demandais quand elle allait se décider à m'interroger. Si elle n'avait pas eu recours à ce stratagème idiot, j'aurais fait semblant d'avoir la fièvre et de parler dans mon sommeil. Il fallait faire vite, en finir. Encore une fois je me suis prêté de bonne grâce à la comédie. N'importe qui se serait méfié, mais pas elle. Elle vivait dans ses rêves...

— Vous saviez que le FBI la surveillait ?

— Le FBI surveillait tout le monde : Dorana, Anita, Dick Weston, et tout un tas de gens de la banque, c'est la procédure habituelle. Je savais que les flics la prendraient en filature si elle quittait la villa mais je n'étais pas trop inquiet, ils ne seraient jamais intervenus s'il n'y avait pas eu de coups de feu tirés. Après tout, ma femme avait bien le droit d'aller retrouver un amant dans un entrepôt, n'est-ce pas ? Le FBI n'aurait pas été jusqu'à enfoncer la porte du hangar pour essayer de la surprendre au lit. Non, le danger n'était pas immédiat.

— Mais qu'est-ce que vous espériez en nous laissant ouvrir les sacs ?

Smart sourit méchamment.

— Me venger, dit-il en détachant les syllabes. Vous faire comprendre que je vous avais bien possédés. C'était important pour moi. Les sacs ouverts, il ne vous restait plus qu'à ficher le camp, la queue entre les jambes, et à reprendre vos petites vies minables en essayant d'échapper aux avis de recherche lancés contre vous. Dorana serait rentrée à la maison, vaincue, et j'aurais eu la satisfaction de la flanquer dehors. Sans un sou, bien évidemment. Je vous ai surestimés, je pensais que vous seriez assez intelligents pour vous séparer à l'amiable, bernés mais fair play. Je ne pensais pas que les choses tourneraient à la tuerie. Au bout de quelque temps j'aurais aiguillé Moreno vers le hangar, par l'entremise de Dust, afin qu'il trouve les sacs ouverts. Cela aurait accrédité l'idée que le magot s'était évaporé dans la nature. L'affaire n'a pas évolué exactement comme je le souhaitais.

— Mais l'argent ? interrogea Dan. Où est-il ?

— En lieu sûr. Je n'ai pas eu grand mal à retirer les liasses des enveloppes puisque c'est moi qui m'occupe de la chambre forte. Le fric est resté un temps planqué dans le faux plafond de mon bureau, puis je l'ai sorti en plusieurs fois, dans un grand sac de sport. A la banque, les gens ont plutôt tendance à ficher le camp quand j'apparais, à cause de Dust. Cela me donne une grande liberté de manœuvre. Durant les trois jours qui ont précédé mon départ en vacances, j'ai véhiculé le magot au nez et à la barbe de Dick Weston. C'était assez amusant. Je savais que personne ne toucherait aux sacs avant mon retour.

— Pourquoi avez-vous tant tardé à donner la combinaison des cadenas à votre femme ? Pour rester crédible ?

— Oui. Je ne pouvais pas lui livrer trop vite la clef sur un plateau, elle aurait fini par se douter de quelque chose.

— Vous pensiez que les choses tourneraient de cette manière à l'entrepôt ?

Smart fit la moue.

— Non. Je ne pensais pas que Dorana se tuerait, ça non. Je ne l'aurais jamais crue capable d'un tel acte. Je dois avouer qu'elle remonte un peu dans mon estime.

— Vous êtes un salopard, cracha Dan. Vous ne vous doutiez pas que les flics donneraient l'assaut ?

— Non, ils n'avaient pas de raison de le faire, c'était prématuré. Normalement ils auraient monté une planque, attendu. Ils n'auraient investi la maison que si Doc' Brannigan ou Baby Monk avait commis l'erreur de se montrer. Ce sont les coups de feu qui ont tout précipité. Vous vous êtes tous comportés comme des idiots, au lieu d'admettre votre défaite et de vous séparer en douce. Je suis tout de même bien content que vous vous en soyez tiré.

— Ah oui ? siffla Dan. Et pourquoi donc ?

— Parce que vous accréditez la thèse du « cerveau » en fuite. Du mystérieux Monsieur X parti en cavale en emportant le butin. Cela arrange mes affaires. Je ne tiens pas à ce qu'on vous arrête.

— Et si cela se produit ? objecta Dan. Vous acceptez donc le risque que je dise la vérité aux flics !

— Quelle vérité ? s'esclaffa Adam. Que je vous ai roulé dans la farine ? Personne ne vous croira. La police pensera que vous avez planqué le magot quelque part, c'est tout ! Votre histoire, personne ne l'écoutera. Elle est invraisemblable et c'est là son génie ! Rappelez-vous : *c'est moi la victime.* C'est moi que vous avez mutilé et failli faire crever de gangrène !

— Et Dorana là-dedans ?

— J'ai vu Moreno ce matin, fit doucement Adam. Il pense que Monsieur X a séduit ma femme, qu'il s'est introduit chez moi déguisé en jardinier pour percer mes secrets. Il croit que Dorana, amoureuse, s'est laissé manipuler, qu'elle a beaucoup trop parlé, et ne s'est jamais réellement rendu compte de ce qui se préparait. A aucun moment, selon lui, elle n'a soupçonné son amant de mettre sur pied le cambriolage de la banque, et encore moins de projeter de me mutiler. C'est pour cela qu'elle s'est suicidée. Lorsqu'elle a pris conscience que Monsieur X s'était servie d'elle. Moreno s'imagine qu'elle avait l'habitude de rejoindre le « jardinier » à la manufacture, pour s'envoyer en l'air, et qu'hier soir, prise d'un doute, elle a débarqué à l'improviste. Elle a alors surpris les bandits en plein partage du butin, a menacé de les dénoncer à la police en les tenant en respect à l'aide de mon vieux pistolet. La confrontation a tourné à la confusion pour s'achever de la manière que l'on sait.

Les deux hommes s'observèrent en silence. Ils étaient l'un et l'autre épuisés et ne pouvaient plus s'autoriser le luxe d'une démonstration d'agressivité.

— Je n'ai pas la possibilité de m'attarder plus longtemps, dit enfin Smart. Je dois rentrer tant que la morphine fait encore effet, après je me sentirai trop mal. Il y a encore quelque chose : un cadeau d'adieu. Dans le sac à dos vous trouverez une enveloppe qui contient 20 000 dollars. Je les ai prélevés sur le butin, pour vous permettre de prendre le large. Je ne tiens pas à ce que les flics vous mettent la main dessus. Faites-vous oublier. Ne perdez jamais de vue que votre portrait-robot figure toujours dans les dossiers du FBI. J'ai essayé de brouiller les pistes, mais cette idiote d'Anita a fait de vous une description très fidèle, sans doute dans l'espoir d'obtenir une carte verte en récompense de sa collaboration ! Il ne faudrait pas que quelqu'un s'avise de faire le lien entre le portrait du « jardinier » et Daniel Norris, l'imitateur de Vegas. Je tenais à attirer votre attention sur ce point. Pour les flics, Monsieur X est toujours en cavale avec le magot de la *Trade Ltd.* En bref, je dirai : ne devenez jamais célèbre, Monsieur Norris. Pensez à ce qui risquerait d'arriver si Moreno voyait votre image à la télévision... Restez obscurément tapi dans le trou perdu d'une bourgade lointaine. Ouvrez un commerce de vers de vase, pour la pêche ; devenez loueur de canots en Floride. Vous avez un petit pécule de départ. Allez vous enterrer au fond d'un bayou, là où vos seuls voisins seront les moustiques et les alligators.

Sur cette dernière perfidie, il se glissa au volant, claqua la portière et démarra, abandonnant Dan dans la clairière, au milieu des vêtements épars. Le jeune homme regarda le véhicule cahoter le long de la pente, sans trop parvenir à démêler ce qu'il éprouvait : de la haine ou un immense soulagement. Dust le fixait par la lunette arrière, comme s'il regrettait que les choses en restent là.

29

Dan redescendit de la montagne pour prendre le Greyhound qui filait vers San Francisco. Avec son sac à dos, il avait maintenant l'air d'un routard un peu fatigué. Sa barbe poussait bien. Quant à son crâne, il le raserait soigneusement au moyen d'un rasoir électrique à piles, ce qui le rendrait méconnaissable et assez peu attrayant, en vérité. Il éprouvait une étrange sensation de flottement, comme lorsqu'on a donné trop de sang à la Croix Rouge. Il n'avait aucune idée de ce qu'il allait faire.

Dans la semaine qui suivit, la plaie de son aisselle se referma sans complication, il en refaisait le pansement tous les matins, scrupuleusement. Les journaux avaient enterré l'affaire de la *Trade Ltd.* Le portrait-robot du « jardinier » fut diffusé, non comme l'effigie d'un criminel présumé, mais en tant que celle d'un « témoin principal devant d'urgence se présenter aux services de police ». Tous ceux qui connaissaient cet homme étaient bien sûr invités à fournir tous les renseignements susceptibles de permettre aux agents fédéraux de retrouver sa trace.

Dan examina longuement le dessin et n'éprouva qu'une inquiétude sourde. Avec sa barbe et son crâne rasé, il ne ressemblait déjà plus du tout au dessin. Le croquis ne fut publié que trois fois, puis disparut des colonnes des faits divers. Le temps passait. Dans le petit univers de l'Actualité, le cambriolage de la *Trade Limited Bank of California* faisait déjà figure d'événement antédiluvien.

De San Francisco, Dan descendit vers Big Sur, là où la montagne tombait à pic dans la mer. Comme Kerouac jadis, il loua une cabane à flanc d'abîme. Il avait acheté une radio portative et une pleine caisse de piles. Il passait ses journées au soleil, les liasses de billets cachées sous le plancher de la baraque. Ce n'était pas une fortune, mais c'était tout de même un passeport pour une autre vie.

Parfois il pensait à Dorana, à Dust... et à Adam Smart. Lorsque cela lui arrivait, il se dépêchait de chercher une station diffusant du blue grass sur sa grosse radio et se mettait à chanter en prenant la voix d'un gars du Kentucky.

C'est ainsi qu'il apprit la mort du sénateur William Marmaduke Ucks, qui avait succombé à une crise cardiaque au cours d'un meeting houleux à Nashville, au Texas.

Dan, qui sommeillait au soleil, se redressa d'un bond en

entendant le nom du politicien abhorré qui était à l'origine de tous ses malheurs.

Si Ucks était mort, la malédiction qu'il avait jetée sur Daniel Norris *l'homme aux cordes vocales en caoutchouc* s'achevait avec l'extinction de son pouvoir terrestre !

Désormais plus personne ne l'empêcherait de se produire à Vegas ! Il était de nouveau libre... Aucun tourmenteur ne l'obligerait à rester muet ! Il n'avait qu'à retourner là-bas pour voir les patrons de casinos le supplier de se produire chez eux.

William Ucks était mort ! La vieille fripouille, la sinistre baderne ! Celui qui avait cru pouvoir faire taire Daniel Norris à jamais.

Ce jour-là, Dan dansa comme un idiot au bord du vide au risque de perdre l'équilibre et de s'écraser dans la mer.

30

Dan Norris retourna à Vegas, et lorsqu'il fut dans Fremont Street, au pied du *Golden Nugget*, les yeux levés vers l'énorme cow-boy de néon qui levait son pouce lumineux en répétant à intervalles réguliers son sempiternel *Hello podn'a !* de bienvenue, il eut l'impression qu'il n'était jamais parti.

Alors tout s'effaça : Dorana, le Mexique, le chien...

Il était à nouveau Dany Norris, l'homme à la voix magique qui faisait se gondoler les touristes en goguette, et tant rire les dames qu'elles ne pouvaient se retenir de faire pipi dans leur culotte.

Deux jours après son arrivée, il se trouva nez à nez devant les Dunes avec ses anciens tourmenteurs : Wigs, Curl et Faro. Ils lui tapèrent dans le dos et lui offrirent un *J&B*. Hé ! le passé c'était le passé, pas vrai ? On n'allait pas rester fâché pour si peu ! Ils travaillaient maintenant au service de sécurité de l'un des *Mississippi boats* de Fremont, où ils escortaient les très gros joueurs, les « baleines » en argot de métier. Un bon job.

Dan fut réengagé au *Poodle's Beauty Parlour* et fit salle comble tous les soirs. Il savait qu'il avait tort, mais il ne pouvait s'en empêcher. C'était en lui, comme un vice. Il avait besoin de les entendre rire et battre des mains. Par mesure de prudence, il fuyait toutefois les journalistes, refusait les interviews et les shows télévisés au grand désespoir de son agent qui trouvait son attitude incompréhensible.

Parfois, lorsqu'il regagnait les coulisses, Dan connaissait un bref moment de panique en avisant les silhouettes d'inconnus qui semblaient l'attendre en compagnie des machinistes et des girls... Chaque fois, il se préparait à entendre résonner la formule fatidique qui mettrait fin au rêve : « Bureau Fédéral d'Investigation. Nous aimerions vous poser quelques questions, Monsieur Norris... Voulez-vous nous suivre ? »

Mais cela ne s'était pas encore produit. Cela ne se produirait *peut-être* jamais ?Les inconnus des coulisses se révélaient être des admirateurs venus le féliciter, des producteurs de shows ou des journalistes. Ils l'aimaient... Ils l'aimaient tous. Ils lui donnaient l'accolade ou lui serraient les mains sans se rendre compte qu'il mourait de peur.

C'était ainsi. Il n'y pouvait rien. Il avait beau se répéter qu'il courait à la catastrophe, la scène l'appelait chaque soir, et il s'y précipitait comme on se jette dans le vide, dans la clameur des hourras et la lumière aveuglante des projecteurs. Ils le voulaient, lui ! Ils scandaient son nom en tapant des pieds !

Il était de retour, et il leur donnait ce qu'ils voulaient : du rire à pleurer...

Pendant son jour de repos il allait voir Coleman, le vieux trompettiste à la retraite qui faisait toujours la sieste dans son rocking-chair à la limite du désert. Il n'arrivait jamais les mains vides.

— Je suis content pour toi, radotait l'ancêtre. Je savais

qu'il suffisait d'un peu de patience pour que tout rentre dans l'ordre. Tu vois : tu t'en tires bien au bout du compte. Et pourtant tu m'as fait peur, à cran comme t'étais, je te voyais prêt à t'embarquer dans une sale histoire. Ç'aurait été dommage puisque le destin s'est chargé de redistribuer les cartes à ton avantage.

Tout de suite après, il reprenait son évocation du Vegas d'après-guerre : Gus Greenbaum... Sinatra...

Un soir — c'était au cours de l'hiver, on s'apprêtait à fêter Noël en plantant des sapins de néon en bordure du désert — alors qu'il était en scène, il aperçut Adam Smart à l'une des tables du premier rang. L'ex-banquier avait conservé sa barbe blanche et portait une prothèse au bras droit. Bien que les animaux fussent normalement interdits à l'intérieur du casino, Dust se tenait à ses pieds et achevait de dévorer le contenu d'une assiette de caviar. Il avait grossi et tournait au chien de salon. Adam était en compagnie d'une fille d'environ vingt-cinq ans, très belle. Au milieu d'un public hilare, il était le seul à demeurer impassible. Lorsque vint le moment d'applaudir, il se mit à frapper lourdement sur la table, avec sa main d'acier.

Dan ne le revit pas le lendemain, ni les jours suivants, mais le bruit de la prothèse faisant tressauter les couverts lui resta longtemps dans les oreilles.

Très longtemps.

Il le réveillait même parfois la nuit.

*Composition réalisée par S.C.C.M. – PARIS XIVe*

Impression réalisée sur CAMERON par
BRODARD ET TAUPIN
La Flèche
en juin 1995

Imprimé en France
Dépôt édit. 9174 – juin 1995
Édition 01
N° d'impression : 2047 C-5
ISBN : 2-7024-7834-4

52/6029/4